Rechute
Nouvelles de Marcel Aymé

跌回童年

Rechute
Nouvelles de Marcel Aymé

埃梅中篇小说选

【法】马塞尔·埃梅 / 著
李玉民 / 译

人民文学出版社

Marcel Aymé
Nouvelles de Marcel Aymé
根据 Editions Gallimard 版本译出。

图书在版编目(CIP)数据

跌回童年:埃梅中篇小说选/(法)马塞尔·埃梅著;李玉民译. —北京:人民文学出版社,2022
ISBN 978-7-02-016610-7

Ⅰ.①跌… Ⅱ.①马…②李… Ⅲ.①中篇小说—小说集—法国—现代 Ⅳ.①I565.45

中国版本图书馆 CIP 数据核字(2020)第 171248 号

责任编辑	黄凌霞
装帧设计	李思安
责任印制	王重艺

出版发行	人民文学出版社
社　　址	北京市朝内大街 166 号
邮政编码	100705

印　　刷	三河市宏盛印务有限公司
经　　销	全国新华书店等

字　　数	315 千字
开　　本	880 毫米×1230 毫米　1/32
印　　张	12.625　插页 3
印　　数	1—6000
版　　次	2022 年 1 月北京第 1 版
印　　次	2022 年 1 月第 1 次印刷

书　　号	978-7-02-016610-7
定　　价	46.00 元

如有印装质量问题,请与本社图书销售中心调换。电话:010-65233595

目　次

译本序
　　——谁觅其中谜 ………………………… 李玉民 1

福音街 …………………………………………… 1
几多萨宾女 ……………………………………… 17
参孙 ……………………………………………… 46
田园曲 …………………………………………… 55
跌回童年 ………………………………………… 87
若斯 ……………………………………………… 116
朱诺林荫路 ……………………………………… 139
好画 ……………………………………………… 157
穿行巴黎 ………………………………………… 213
变貌记 …………………………………………… 244

译 本 序
——谁觅其中谜

我翻译雨果、巴尔扎克、纪德、加缪,以及马塞尔·埃梅等法国名家的著作,感到他们都有一种强大的统领心,这种统领心的勇气和底气,就是强大的自我定力。

久违的"自我",现在命运如何?我颇为赞赏这样一种观察:"这是个鼓励人成功,不教人保有自我的时代。"宣扬成功的价值观无可厚非,不过,前些日子我听中央广播电台经济台的节目:"那些年……"一位嘉宾精彩评论中,有这样一句话:"中国成功人士不够善良。"对成功价值观的这种总体评价,给我留下深刻印象。

按说,成功与普世并不对立,为什么又有两立的趋势呢?我们读读经典著作,就容易理解其中的缘故了。读经典,最终要走进这些作家思想和内心最大的秘境。

请看萨特悼念纪德的一段话:

"他为我们经历了一种生活,我们只要读他的作品便能重新体验到……纪德是个不可替代的榜样,因为他选择了变成他自身的真理。"

纪德"选择了变成他自身的真理",意味将他对待生活和写作的态度贯彻到底,原原本本亲历他要讲述的生活,成为他要做的人。他这种多变中贯彻到底的不变,正是纪德的自我。换言之,正是纪德自我的强大统领心,引导着他的生活与创作令人迷惑的多变,而在自主的多变中,纪德从不迷失乃至丧失自我。

埃梅也同样有这种强大的统领心,但是顺着人类常规的运行,则创造出来一个千奇百怪的世界。换言之,在埃梅的笔下,一个人,甚至一个超人,丧失了自我,一个社会,群体丧失了自我意识,由人的本性所呈现出来的世界。

《圣经》中参孙这个人物是个超人,力大无穷。埃梅以他为题,写了一篇故事新编,别开生面。这个传说人物,原本是个只有蛮力的超人。他的情妇被敌人收买,探得他的力量寓于头发的秘密,趁他熟睡将他的头发剃光。结果他被缚受尽羞辱,便求告神再给他一次力量,随即双臂撼倒两根庭柱,在神庙颠覆中如愿与敌同归于尽。

故事新编妙就妙在,参孙的情妇透露力量的秘密是他的精心安排。这就有意思了,参孙要摆脱必得付出这种代价的超人的命运,并不甘心与敌同归于尽。因此,他陈述的开头语:"非利士人自以为非常厉害,给我打发来这个小婊子","自以为""小婊子"这等字眼,表明他早已处于孤独而清醒的状态了。

孤独是超人的宿命,最终要命丧于陷阱。然而,孤独又是机遇,因为孤独是思考的开始。早在他八岁时,叔父见他耍戏中,戕害了那么多公牛等牲畜,损坏了那么多物品,便预言:"这孩子,将来要成为公害。"这话将惶恐的酵素置于他心中。按照叔父的揣度,孩子终生要走在渊薮的边缘,却不知道跌下去有多深。他同哥哥,参孙的父亲争论,进一步阐释他的担心:

> 等到成年,他的心受各种感情冲动的支配,他会干出什么事呢?仇恨非利士人并不是全部生活,参孙还会有别种恩怨,且不说在友谊方面、在爱情方面等待他的考验,也不说自尊心会受到的伤害,或者壮志未酬的失意。这样一种力量,如果仅

仅受寻常偶然性的支配,我就已经很担心了,再掌握在一个人手中,那么在我看来,是非常可怖的事。人的意志,时而向善,时而向恶,而且慈善的事业非常脆弱,一旦毁掉,就不可收拾了。

西墨伊叔父要剪掉参孙的头发,终被他父亲拒绝。没有哪位父亲愿意弃置这样的天赋,况且还有无数赞赏者。尤其富有智慧声誉的马商约阿德,提出任何力量都有益之说,即使雷电和暴风雨,将来也会在人的额头下有序组合,"而人的话语,就宛若爱和智慧的花朵,人就将拥有跟上帝的一根脚趾同样的力量。"

这是超人及其拥趸们的思维模式。约阿德还提出"力量就是荣誉的原则",并且把"力量忠实于思想"同"思想忠实于力量"混为一谈。八岁的参孙自然还辨别不清,只是加深了对自身重要性的体认,加强了战败非利士人的决心。

西墨伊叔父无可奈何,但是以特殊的方式坚持自己的观点:每年生日礼物送给参孙一把剃刀,而且周而复始每年送一把。参孙接受带有鲜明影射的礼物,强忍住愤怒的情绪,然而,到了第七个年头,他将剃刀掷到墙上摔坏,揪住衣裳高高提起他叔父。西墨伊并不挣扎,只是冷眼注视他,那种嘲笑的表情倒让参孙不知所措。父亲吊在他的胳膊上,母亲也跪下求情。小超人初次情绪失控的画面,真有点儿神怒的意味。

十五岁的小超人不再是嬉戏,初试盛怒,已六亲不认,险些酿成家族悲剧。好在参孙还没有丧失自我,及时收手,放下几乎气厥的叔父,不安的情绪却爬上心头,便自闭在忧虑的孤独中,而叔父早年的警语,又浮上他的记忆,呈现出明显的意义。

然而,世事难料,总会有出人意料的导火索,引爆这种超人的力量。马商约阿德基于爱国激情,到处预告震撼未来的力量即将登场,以色列就要恢复荣光。他还嘲笑非利士人信奉愚蠢的神,被非利士人当场抓获,吊死在乡野。参孙敬重的人遇害,促使他从速登场。不过，为避免成为一部纯粹的杀人机器，他制订了一个复杂的计划，要以谨慎的方式报仇，同时发挥智慧和力量。

他照计划娶一个非利士姑娘，试图借助这桩婚姻挑起事端，再导致斗殴与背叛。他这样谨慎行事，孩子气十足，是他那不安的虚荣心在作祟，徒劳折腾一场。引导他行动的已不是他的统领心，而是超凡的力量了。他未能摆脱超人的宿命。

果如他所料，他被捆抱着押到吊死约阿德的地点。出乎三千多非利士人的意料，参孙不费吹灰之力，就挣断绳索，大开杀戒。他陶醉在浑身涌动的不可战胜的力量中，屠戮持续不到半小时，就击毙上千人，平民和军人各占半数。这还是用马商遗留的颌骨打杀的，如果操一截粗树干，他能跟玩似的，一天屠杀五万人。然而，面对这个屠戮场，他潜沉下去的自我意识又浮上来，感到又恐惧又羞愧。他陈述道：

> 我远非以色列善良的人后来大肆颂扬的超人。我的力量，我视为加在我身上的一个人，一个主人，使用我的四肢、我的双手、我的躯体，不由分说就支配我的意志。我被这个巨人压垮，被他愚蠢的行动所裹挟，完全成了一个微不足道的人，丢在自身的一个角落，比个瘫痪的人还不自由。我开始羡慕自由人的生活……

"开始羡慕自由人的生活"，这大体上是参孙的第二次觉醒。俗话说事不过三，可是，要觉醒的是自我意识，那就得再三再四了。这次参孙尝到了无个性的盲目力量疯狂的滋味，酷似脱离山体滚落的一块巨石，成为难以遏止，也无法控制的破坏力。他赶走前来庆贺的同胞，回到家中请求叔父给他剃掉头发。于是，他尝到了虽非回归自我，但至少回归正常人生活的甜头："我惊奇地发现，合乎常人的一种膂力所产生的平衡感觉。我似乎也觉出，我的思维变得更加灵活了。"

这小小的甜头经不住大大的诱惑。这种正常人生活不那么快活了,还惋惜他那蛮力和轻而易举的满足感,缺少这些,无以填充他的虚荣心。于是,他乐得充当民族英雄,充当受神灵启示的人、上帝在世间的代表。以色列最高统治者士师虚位以待,参孙的叔父劝阻他:

> 你究竟有什么业绩,证明你机敏、智慧,能领导一个民族呢?相信我,这些蠢货指定你出任,因为他们把你视为残忍的大力士。你摆脱了你的力量,他们若是知道了,就不会想到由你继承亚伯东的职位了。不过,他们还相信你的力量,于是等待你的统治,就像期待一场残酷的娱乐。

参孙的统治长达二十年,可以说天下太平。民众在歌颂中,将这些业绩归功于他的品德和天赋。然而他心里明白,这主要归功于他的神力所享誉的威望,而他本人始终微不足道。民众越是赞美他身上兽性的力量,他越是鄙视并憎恨这样的民众,最终禁唱颂扬他肌肉力量的爱国歌曲。

叔父西墨伊活了一百零二岁又两个月,在世期间,不断以明智的声音警示参孙。叔父死后,参孙又留起头发,但是还当剃光了头那样,行事非常谨慎,三个月相安无事。不过,他这样描述自己的感觉:"我感到年少那些年的力量,重又逐渐回归我的体内,再次掌握了本我。应当承认,恢复力量给我的乐趣超过愧疚或不安。"

这种感觉再正常不过,然而又极其危险,危险就在于这种"乐趣",时时刻刻在考验他的明智。果不其然,他一时不慎,误伤了一个妻子,正伤心烦躁时,前来求见的一大群人欢呼赞美,为了讨好他,还要虐待一个看热闹的非利士人。参孙看不下去,冲开一条路去救那个不幸者。不识趣的群众却纷纷拥上来,宣泄他们的爱国激情,这终于激发出他对这个民族积攒二十年的愤恨,给他机会发泄蛮力时的畅快。于是,他非常凶猛,大打出手,留下四十多具尸体，当晚秘密前往加沙，找一个能把他出卖给非利士人的美女，选定日子将他力量的秘密泄露出去。

自我意识达到何等强烈的程度，才甘愿沦为阶下囚，被人挖去双眼，剃光了头发，在监狱里拉磨呢？只因"在这座监狱里拉磨，我放松下来，我找到了寻求一辈子的东西"。

在一般人看来，这真是匪夷所思。但是设身处地想一想，不是心弦绷了一辈子，怎么可能不惜如此代价，换取放松的状态，哪怕是沦为阶下囚呢？

放松的状态，就意味本我的状态。参孙当了一辈子超人，"误失了自己的生活，坐到了两个席位中间"，他行在世上，既不是本来的自我，也不是控制他的超人，而是幽幽一身影，总在寻找自己的真身，即使这真身微不足道："上帝一旦撤回赐给个人的特殊恩典，我们就都是寻常人了。"参孙在这种奴役中结束余生，也觉得相当幸运，因为过上了真正人的生活，不再倚重一个附体的超人及其力量。

参孙摆脱超人的宿命，寻找自我的故事，具有古代神话传说的浓厚色彩，而《田园曲》则讲述一个社会群体丧失自我意识，像个寓言故事，发生在未来的上千年的现实中，同样十分神奇。

我说故事发生在未来的上千年，还是大大低估了。小说开篇一句话："法国进入第十七共和国。"而这部小说创作于1930年，到了第三共和国的第六十个年头。现在，2019年，第五共和国已延续七十年了，还没有迹象转型到第六共和国，难以想象下一个千禧年能否赶上第十七共和国。就算赶上第十七共和国又如何，在小说的第二节又出现一个时间坐标："第十七共和国最后二十年间，农村弥漫着一种严重的无政府主义氛围。"结果被波坦王朝所取代。

菲利西安三世国王当政，这位君主在全法国享有盛名，他一登基，就制定一部宪法，整顿农村乱象，即第十七共和国遗留的建制，农村摩天大楼的问题。

奇妙的农村摩天大楼,远胜于现代最著名的摩天大楼。当今的摩天大楼是大都市的标志,而《田园曲》中的摩天楼,则是法国农村统一建制,一楼一村,又高又庞大,活动和生活全在各楼层,其由来和运行机制,小说中有详细交代,无须赘述。

单说杜塞纳小村,高五十二层摩天楼,住五千居民,存在了"八个世纪……直到有一天",这篇故事才真正开始,就发生在杜塞纳村这座摩天楼里,距今也许隔了两个千禧年了。顺便说一句,埃梅笔下大多小说故事发生的时期都很模糊,从这种意义上讲,他的小说具有超现实的特点,能让读者超越现实,做无限的遐想。

"直到有一天,村官宣布人口将增至五千零二十三个,以便弥补二十三名诗人的诞生……"这话颇为费解。照直了说,新出生的二十三个男婴,从他们抓母亲乳房的动作就能判定,全是诗人坯子。然而,公社已有两位诗人,"发出的喧哗,就超过公社其他所有人"。过十五年,就会出现二十三个诗派,要闹得不可开交。为了避免这种危险,他为了诗歌的利益,村官得到菲利西安十二世国王批准,"要处死这二十三名诗人"。因此,杜塞纳摩天楼要保持五千人口的恒量,就要增添数目对等的新生儿,弥补即将消失的未来诗人。

村官的决定遭遇本堂神甫一干人的反对,认为宪法没有赋予村官对属下的生杀大权。十五年后,在教师戒尺的严管下,二十三名诗人才最终培养成为实用工程师。从幼年起,他们就没有闲工夫浪费在早熟诗歌兴趣上,而是接受了崇拜天主教会,热爱精密科学,鄙视文学创作的教育。本堂神甫得出结论:"诗歌这个魔鬼……肯定能被战胜,教规就是一种驱魔法。跟您说吧,这些孩子喜爱尺子:他们对数学那么感兴趣就是明证。"村官依然坚持己见:"诗人就是诗人。"

本来,杜塞纳村生活富足,过着欢乐的日子,一片繁荣景象,远近闻名。"科学的精神肥沃了土地,阳光经济安排得相当合理……男人的劳作时间只占上午或下午的一半。每天余下的时间就用于娱乐:聊天、结交、喝酒、幽会偷情和夫妻做爱,用于各种游戏……""至于妇女,多少世纪过惯了聪智的悠闲生活,美丽的容貌能保持到半老之后,因此在身体接触中,丝毫也不会让男人觉得勉为其难……杜塞纳人能保持特别平和的性情。无论男女,如同《圣经》的早期那样,都是可爱的动物。他们的额头,不会每天为挣面包而流汗。"

然而,这样的好日子,村官却过不好。他终日眉头紧锁,想不出防范诗歌浪潮冲击的良策。遵照他的命令,二十三名诗人单独生活在三十五层楼的一翼,由教师严加看管。这些孩子性情温和,勤勤恳恳,受到老师们的赞扬。不料,可怕的事还是出现了。

一天早晨,数学教师打电话报告村官,学生贝兰在课堂讲圆锥曲面,作了一首散文诗,他这样描述抛物线:"圆锥侧面的平截面,必将延伸无限远。"他还用一种隐喻:"圆锥的卵",称呼椭圆形,竟敢说什么"火山口……"。

这就犯了大忌。村官当即搜查贝兰的寝室,找他谈话,指责他给椭圆形起了可笑的名称:圆锥的卵,房间里还私藏纸张和蘸水笔,而按规矩只允许他们使用石板和石墨笔。村官认为是时候了,该揭开贝兰的身世之谜,最后说道:"从此,您就是诗人了,很可能成为大诗人,因为您的灵感急不可待,随机就抓住了圆锥曲面。我深感不幸,刚才对您讲了,您会给杜塞纳村带来什么危险。然而,毋庸置疑,您是个天才。"

"当然了。"贝兰应声说。他这个十四岁的男孩,脸色红润,眼睛相当直率,近乎大胆。村官却提了个建议,完全出乎他的意料:杜塞纳是个仅有五千居民的小村镇,不是勃勃雄心的合适舞台。到一座大城市更有用武之地,才华会受到更多人赏识。而且,杜塞纳公社仍旧承担贝兰的生活用度。

贝兰思考良久，他以痛苦的声调回答："这种前景再怎么诱人，我还是不能考虑。"接着他说明为什么，"这是因为……不知道该如何向您解释，但是我感觉，在看着我出生的地方，我要完成一种使命……"

一个十四岁的少年，还始终接受相反的教育，如果不是与生俱来，怎么能够说出要完成一种使命感，尽管一时还解释不清楚。不过，贝兰见村官忍无可忍的样子，还是冲口而出：

"您从来就没有听见，各楼层隐隐汇成的哀怨之声吗？得不到满足的灵魂，那些可怜的灵魂，渴求金星的清辉，大写出来的光亮！您从来就没有听见，在万有引力中投射的电子压力下，神经细胞的呻吟吗？"

诗人以其特殊的敏感性，可以说是最贴近灵魂的人，而且得天独厚，这是多么明智的统治者都难以比拟，也无法理解的。村官老实承认没有听见。贝兰就愤然说道："您还是长官呢？您都不知道爱的力量……"

村官总算抓住个话把儿："听我说，亲爱的诗人，爱的力量，谢天谢地，还是不赖啊，我们杜塞纳村人，做爱可都没闲着，而且也完全讲卫生。这方面，你丝毫也不必担心……"

这种聋子对话的场面很有趣，也很有代表意义，自古以来就反复重演，直到可预见的未来，例如埃梅向我们描绘的大约两千年后的情景，恐怕也不会有根本的改变。

这次晤谈一个月之后，就出现了村官所担心的"一场诗歌通胀，伴随通胀而来的是仇恨、分裂、恐慌气氛、不满情绪……"。

第一波是两个前辈诗人对贝兰发起攻击，贝兰就创建新杂志，发表《成熟的诗歌》进行反击，同时推出"绿色诗歌"宣言，还用三百页篇幅，采用不同格律的诗体阐明诗歌的定理。接着，事态恶化，学术争执打上法庭，老派诗人阴谋得逞，法庭判处禁止发行贝兰的作品。可是当天晚上，全杜塞纳村人都能背诵他的诗了，成为越禁止越流传的案例，贝兰反而成为公众的偶像。

第二波则相继抛出"半自生诗歌"宣言、"原始诗歌"宣言，以及二十种其他诗派的宣言。结果杜塞纳村人纷纷跟风，都变得神经兮兮，也分成派别，男人彼此动辄扇耳光，妻子甚至拒绝丈夫的爱抚。文学晚会往往演变成斗殴。

村官控制不住局面，便为诗歌大摆盛宴，招待所有诗人，唯独调开贝兰。二十四位诗人都要大谈诗歌的未来，宴席也就持续了二十四小时。出席盛宴不过两个月，所有诗人都一命呜呼，只有缺席的贝兰幸免于难，他见同道一个个倒下，就赶紧逃之夭夭了。

主任医师声明，夺走诗人性命的是一种新型传染病（"诗歌病"），他用拉丁文表示，就足以让公众舆论确信这次屠戮的神秘性。

以上按照原作的顺序，概述了杜塞纳村发生的重大事件，只为了解这段历史的前因后果，而且后果很严重：埋葬了本地诗人之后不到一年，杜塞纳村便逐渐进入"怪异的病态"。

如果说诗人之死，还能人为地保持一种神秘性的话，那么这种怪异病态之谜，因为没有了诗人，也就无人能破解了。村委会的长官、神甫、医师和专家争论不休，找不出缘由，自然无从下手解决。主任医师大致综述了全村人陷入的冷漠状态：

> 有目共睹……这种冷漠状态，表现在我们的同胞身上，无论体力劳动还是脑力劳动，各行各业无一例外。这种常见的现象，我快速……列出几样：田间劳动，从前当作一种消遣，现在干起来有气无力，还觉得挺累。干别的活儿也是如此。几个演出大厅空荡荡的，《杜塞纳报》没人看了。女人也没有情绪精心打扮了，无论哪一层楼，大家丝毫也不急于做爱了。再过四个月，会有五十七胎婴儿推迟出生。杜塞纳村人虚度闲暇时间，完全无所事事，样子痴痴呆呆的，显示出意志消沉……

性欲专家则认为,这是"集体精神障碍""那种意志消沉的痴呆状,恰恰贯穿他们的睡眠"。他还提出杜塞纳村人八百年近亲联姻,"性欲的氛围最终达到乱伦的超饱和点",正是整个病症的源头,因而要"引入外来血脉补偿",解决性欲衰退的困扰。

神甫主张祈祷是唯一可行之策:"灵魂充满淫亵的罪孽……必须在祈祷的滔滔水中冲洗灵魂,这还不够,必须忏悔。忏悔是一种很好的漂白水。有罪者一旦鄙视他们的罪孽,上帝就会帮助他们,恢复他们必要的欲念……"

村委会没有达成任何共识。人的状态很快殃及家畜,家畜开始衰微,不是喂养不好,而是世袭太久,对主人的性情特别敏感。当初,村民乐得进牲口棚,跟牲口友好地聊聊,自从那些诗人死后,他们就丢下这种乐趣,对什么都不感兴趣了。牛生性敏感,很受伤,大批奶牛消瘦下去。马匹也伤了自尊心,变得暴躁,不听使唤,常踢伤人。

村官见此颓势,无可奈何,只好采纳性欲专家的建议,动用大笔经费,引进五十名巴黎人,有男有女,赋予他们杜塞纳村公民的身份。他们年轻力壮,干惯重活,觉得杜塞纳比得上人间天堂,好似美不胜收的夏令营,一到就有了当地的配偶,无不欢天喜地,这就让村官产生了村子复活的幻想。巴黎人的效应持续了一个来星期,随后就变得沉闷不乐,眼睛开始发直,茫然望着虚空。

"从此,杜塞纳便沉入半睡眠状态。"头脑和感官终日都昏昏沉沉,整座摩天楼,唯见木头人族群:"他们靠着生活习惯",勉勉强强完成每天的任务。这种半死不活的迟缓日子过了十年,便降到一种未开化的麻木状态。田地经营不善,大量减产;摩天楼内隔壁墙塌毁,堵塞楼道,天棚裂缝,窗户破损,风雨直入楼内,这一切都无人管理。

生活的环境越来越肮脏不堪,村民几乎沦落为家畜状态。男人都邋遢了,胡子拉碴,头发乱成一团草,生满寄生虫,破衣烂衫沾满食物的残渣。女人不再卖弄风情，丧失了廉耻的概念，出入就裸体。美妇已忘却美体何用，不以绰约多姿的裸体自豪，裸体的老妇也都毫无顾忌。

杜塞纳村呈现出独特的景象，摩天楼从上到下一片寂静。谁都懒得开口，即使必办之事，也往往打个手势。夏天夜晚，男男女女全都裸体，混杂躺在大露台上，彼此无动于衷，谁也想不到向身边人索取什么，真是又清白又可悲，整个群体构成一种完全平等的悲哀。

生活环境恶化，意识越发冷漠，很快显露后果：大批人患病，乃至死亡，谁都漠不关心。失去亲人，连悲伤的意愿都没有，实在活够了，又缺乏足够的想象力自杀，临终时刻，既不悲伤，也不因解脱而快乐。再也没有新生儿补充死去的人，全村居民数量减少了三分之一，也只有村官为此感到悲痛。

全村人患上了这种神秘的病症，为何村官独独得以幸免呢？只因他负有责任的念头挥之不去。他忠于职守，为杜塞纳村的前途忧心忡忡，盼望出现奇迹。他每天刮脸，穿得整整齐齐，始终保持仪容。夏天，他常在大露台上散步，在他秽亵不堪的同胞裸体中间穿行，一直窥视会有什么意识醒来。

村官名叫路易，这个名字在故事中只出现一次，还是他当本堂神甫的兄弟叫他的："路易，自从那些诗人死了之后，为什么你没有来忏悔呢？你就没有一点儿要自责的吗？……怎么，你以为上帝根本不会审判长官吗？"

"神甫先生，您完全了解不会审判。做长官，必须抛弃一切，甚至他的天堂，以便保证他放牧的羊群安康。我就是这么做的，只为履行天主的话：'带头的将是最后。'"

在罪孽中这种极度克制的隐忍态度，让神甫无比惊恐。这个场面发生在十年前，村官七十三岁了。现在，他这个八十三岁的老翁，仍然独自坚守岗位。包括村委会其他人在内，全村人都丧失了自我意识,他还坚守什么呢?或许他还记得少年诗人贝兰的豪言壮语吧。

当年村官是怎么想的,要害死所有诗人,却特意放过贝兰一马,这在小说中还是一个谜。莫非他出于职守的强烈责任感,对少年诗人"使命"的理念有所感应?不管怎样,他留下了诗歌的这颗优异种子,也给自己管理的村子留下一份希望。也许正是这份希望,始终在支撑着他等待奇迹的发生。

奇迹果然发生了。少年诗人贝兰曾经抛出铿锵有力的誓言:

"我鄙视荣耀,鄙视为荣耀的搏斗……但是,热衷于真理,也绝不会使我忽略,命运题赠给我的痛苦灵魂呼唤。"

青年诗人贝兰背井离乡十年,诗名大增,生活落魄,寄居多尔城十年后,骗过几个债主的警惕,溜出城,最终决心返回他的出生地,尽管心有余悸。难说这不是冥冥之中,他听见家乡痛苦灵魂的呼唤,想起自己尚未完成的"一种使命"。

奇迹往往是一种巧合,彼此都心存一念。于是,杜塞纳村摩天楼大露台上,出现十多年未见的场面:

> 到了大露台,贝兰陪同他的受害者(在摩天楼电梯里遇见的裸体美女,他见裸女一张木然的脸,天真到了完美的程度,忍不住做出了非礼的事)走了几步,然后告辞,优雅地吻了吻她的手。村官恰巧经过这里,看到吻手之举非常诧异,认为这种举止在杜塞纳早已忘记。他注意打量贝兰,很快认出来,见贝兰满脸绯红,情绪激动的样子,不难猜测这其中的缘故。要知道,直到垂老之年,他仍保持极大的鲜活想象力。他按捺不住喜悦,感到这件事的重大,不由得双臂举向天空,以颤抖的声音嚷道:
>
> "贝兰……诗人贝兰!"

这一声呼叫,胜过他一生的忏悔。他和贝兰一样,都拒不忏悔,只为自己的执念:责任感和使命感,互不理解,接近终极时又似乎相通了。

这声呼叫吓跑了诗人,贝兰再也没有露面,但是使命已然完成。

老村官感叹:"他是个充满进取精神的人,他这种活样板儿,能够撼动男性的懒惰。我这可笑的惊呼,却把他人给吓跑了。"

人吓跑了,却留下希望的种子。老村官一眼就看出,裸女与贝兰发生了关系,肉体蕴含着未来的希望,便决意精心呵护,防止孕妇出任何意外。年轻女子随着胎儿生长,开始有了思想,爱美的意识苏醒,逐渐恢复正常人的行为。

一个春天的下午,她来到大露台,突然要生产了。村官拿着棍子驱赶产科室的几名职员。大夫宣告:"生个男孩儿。"经过仔细观察,他又说,"是个诗人。"发现新生儿有种爱的欲望,即纯粹诗歌的征象。孩子开始哇哇大叫,也显示一种与生俱来的节律。

这节律,犹如一阵战栗,传遍躺着的人群周身。窃窃私语的声音,从大露台一端传到另一端,汇成了喧哗。一颗脑袋抬起来,接着上半身,不大一会儿,所有人都站起来了。一些男人,已经紧紧搂住女人了。叫喊、欢笑、呼唤、交谈的声响,一时比一时高涨……

村官大喜过望,看到了生命重生。

生命真的死了,就谈不上重生,照老话,那是托生、转生,但已非原来的生命体了。

参孙倚重超人的力量,丧失自我;而杜塞纳全体居民丧失自我意识,陷入痴呆麻木状态长达十年。无论是个人还是群体,同样照老话来说,丧失自我就是掉了魂儿。我国自古以来,就有招魂、叫魂的传统,只因邪魔附体,真魂迷失了,要把魂儿招回来。

记得小时候,我受了惊吓,样子发呆,母亲就在我耳边,小声叫我小名,唤我回来,那是要招回我吓掉的魂儿。

我还记得报道的一件真事:恩爱的夫妻一方因意外事故而成为植物人,丈夫(或妻子)每天在伴侣耳边呼唤,坚持十余年,终于把人唤醒,恢复正常人生活。

因此,我欣然接受《田园曲》的这种结局。诗歌,是这世间唯一能自我做主的事情,显示出大爱的力量,能直达人心,驱除心魔,迎回真魂。

经典名著,无论诗歌还是其他体裁,无不是建立在人性和时间之上的文学作品,具有无可替代的功能和永恒的价值,除了愉悦并提振人的精神状态,还一代一代地唤醒人类。

埃梅的中短篇小说,以极大的篇幅构成一个光怪陆离的世界,细看来,大多是人性扭曲的怪态,丧失自我意识的丑相,无异于一面面哈哈镜,让世人照照自我失态的形象。

人生于世的这个载体,无论内因作祟还是外界使然,或多或少,总要经历"失魂落魄"的时刻或时期,处于"六神无主"的状态,在阅读中,不知什么话语会拨动心弦,哪盏灯突然照亮心扉,于是在每次的重生中,人生就不断地丰富而升华。

李玉民
二〇一九年五月于
北京花园村

福 音 街

在巴黎小教堂街区,有一个阿拉伯人,名字叫阿布代尔·马尔丹,别人就直呼他阿布代尔,或者克鲁伊亚,或者阿尔比,或者比克木什,再或者比克虱子,因为,他身上确实有虱子。

小教堂街区北部,由光秃秃的高墙围起来,遮掩住工厂、货运站、铁道、煤气储气罐、肮脏的列车车厢、备用火车头。东部和北部路网的烟云,同工厂冒的烟阵搅在一起,熏黑了简易楼房,而街道行人寥寥,一副凋敝的外省模样,围着锈迹斑斑的闲置机械和煤堆的荒凉地带。这是一种文学景观,多愁善感的人常来散步,在受污染的雾气中,倾听火车的鸣叫,他们有时会突然祈求上帝,千万别让人过分长命。

玫瑰街,死胡同走到头,两侧各立着一栋居民楼,黑乎乎的,布满污斑。阿布代尔的居所,就是潮湿的三级石台阶,台阶上面的门砌死了,门上方遮雨的木披檐已经朽烂。深夜回来的邻人,有的借着打火机的光亮,一直走到小巷的尽头,瞧瞧阿布代尔盖着旧军大衣睡觉:军大衣是他白天穿的服装、夜晚盖的被子。最好事者,还用脚推推他,口中念念有词:Arrouah arrouah, chouïa chouïa,或许怀着兄弟般感情,就这样跟他沟通。阿布代尔用哑嗓低低尖叫一声,回应他们,那仿佛是阿拉伯语的底蕴,于是,他们高高兴兴走了。

清晨,听到死胡同铺石路上头几下泼脏水声,阿布代尔就起来,掀掉军大衣被子,又穿在身上。这也就算梳洗完毕,他拖着一双破鞋,在玫瑰街上游荡。起得最早的家庭主妇,赶紧跑菜市场,然后去工厂上班,她们用鄙夷的目光看他,而且没什么顾忌,随口恶语相加。他在垃圾桶上面拾些残余食物，久久站在命运咖啡馆门前，开心地望着那些人在吧台上吃饭，喝杯咖啡或波尔多白葡萄酒。顾客用下巴指指他，彼此说："哎，那不是克鲁伊亚（Crouïa）么。"见他还活着，奇怪中夹杂着一点点气不忿：多少正经人，对他们家庭和共和国有用之材，每天都有人咽了最后一口气。命运咖啡馆老板阿尔塞斯特先生，有时就拿一枚硬币，头顶着玻璃窗，向他示意跨进门来。"我给你们找点儿乐子。"老板对顾客们说道。他倒了一碗酒醋，然后拿一枚二十苏的硬币向阿布代尔晃了晃，对他挤挤眼睛提议这笔交易。阿布代尔从不犹豫，端起碗，咕嘟咕嘟一口气把酒醋喝下去。"一般人喝下去，很可能要了命。"老板指出。他几乎随即要补充一句，"从科学角度，这毕竟很有趣味儿。"老板娘，阿尔塞斯特太太，一点儿也不喜欢这种科学趣味儿，只认为这是扔东西、扔钱玩，她在吧台后面阴沉着脸，耸了耸肩膀。这个女人还相当年轻，又矮又胖，丰乳在鲜艳的绸胸衣里，尖头坠得很低。影影绰绰的黑胡须，给她那张虚胖的脸，平添一抹火辣的神秘。

阿布代尔没有被邀请喝酒醋的时候，还有一种机会准入命运咖啡馆。在工人都离开、生意清淡的时间段，老板打扫店面，有时就产生人事虚荣的紧迫感，瞧了瞧窗外，只见空荡无人的人行道上，阿布代尔倒构成一块有意思的色斑。于是，他打开店门，说道："阿尔比，带进你的虱子来。"阿尔塞斯特太太坐在咖啡馆里侧，再次耸了耸肩膀，却没有抬头，仍旧看她那电影画报，幻想自己就是梅·韦斯特①，或者，在乐观的日子，自己就是戈丽泰·嘉宝②。

---

① 梅·韦斯特（1893—1980），美国女戏剧演员、电影演员，色情的象征，通常扮演水性杨花的妇女角色，创新的导演争相邀请她在电视和轻歌舞剧中扮演角色。
② 戈丽泰·嘉宝（1905—1990），最有魅力和最负盛名的女影星之一。生于斯德哥尔摩，家境贫寒。1922年拍了第一部电影，1925年，应聘去美国米高梅电影公司工作，主演了二十四部影片，在电影史上留下光辉的业绩，36岁时退出艺术界，在纽约隐居。

老板扶着扫帚柄,看着阿拉伯人三口两口喝下温咖啡,不由得高声讲出心里想的话:

"对于认真思考的人,"他说道,"人微不足道。比方说,我看你就是。你算什么呢?败类。你从哪儿冒出来的?大家都一无所知。你有什么用呢?有一次跟理发匠聊起来,说来说去都一致认为,在法国领土上,更不用说在法国的心脏,巴黎这样的城市里,政府绝不能容忍这样一条蛀虫。我并不反对外国人,正相反;然而,我却认为,总该有限度。首先,假如你突然消失,被枪毙或者怎么着,谁会知晓呢?没人。也许我会对阿尔塞斯特太太说:'见不到了,那个喝酒醋的克鲁伊亚。'说过也就完了。过上半个月,我准把你忘掉。这就是最好的证据,你还不如草芥。"

老板讲这番话的时候,阿布代尔却以情欲点燃的目光,望着老板娘,恨不得能强奸她。因为,他性情温和而卑微,绝不会想到自己凭模样儿和吹嘘,就能得到什么。夜晚,睡在潮湿的三级石阶上,他时常梦见这个女人,仿佛一个枕头,活动着激起性欲,软化了他睡的坚硬的石头床铺,而近邻偶尔还听见他发出温柔的呻吟。不过,他最幸福的梦想,也不会引导他多向生活要求什么,就在此刻,他那目光简直要吞掉阿尔塞斯特太太,他也绝不期望人家向他抬起那火热的目光。只不过,他感到有点儿嫉妒那些魅力十足的形象,他从电影画报上瞥见的那些人物,让他觉得把老板娘隔绝在另一个世界,比命运咖啡馆还遥不可及。

阿布代尔离开咖啡馆,走到埃贝尔小广场,又要停留很长时间。他戳在人行道上,处于玫瑰街的起点。他的视线越过十字街头,望向往往空荡无人的地点——福音街,一溜儿下去,夹护着两道高高的盲墙:右侧是巴黎东站的铁道线路,左侧一大片场地,矗立着许多庞然大物,煤气储气罐,那么突兀,势欲压陷整片地面。这条框起来的长路,没有住宅,没有行人,阿布代尔举目望过去,又恐惧又好奇。已经有过好几回,他壮着胆子闯进去,可是走一阵就惊慌了，感到渐行渐远，世界离他而去，他不得不掉头转回来。从埃贝尔小广场踏入福音街，走上百十来米远，就略微朝右偏斜，在两道不断头的高墙之间延伸，似乎没有尽头了。在清晨灰蒙蒙的天光里，这条街恍若一条虚幻的路，仿佛是个起点，通向无穷远的郁闷，或者穿过凄凉的长廊，通往进不去的天堂。其实，他倒认可这条街道不通向任何地方，可是，每当他从小广场观望，看见从福音街开出一辆卡车，他多希望懂得语言，拦住司机问一问："你从哪儿来？"

一整天，阿布代尔就在这街区游荡，总在想命运咖啡馆的老板娘，想象福音街的一片荒凉。上午，他就待在瓜德卢普街菜市场，窥伺着食物和装硬币的小钱包；下午，他就坐在小教堂林荫道的街椅上，在橱窗的反光中，他同那些廉价妓女贴身而过，有一种潜入禁苑的令人疲惫的感觉，老是那些形影反复来袭扰他；到了夜晚，该睡觉的时候，他以为又看见阿尔塞斯特太太矮胖的身影，远远消隐在空荡荡而危险的一条街上。

一个星期的早晨，丈夫正在打扫命运咖啡馆地面，阿尔塞斯特太太在看《您的电影》杂志，读刊载的一部凄美的影片脚本。男主人公是一个英俊的青年，参加了外籍军团，胸脯刺有浪漫的文身。士官对他的评语不佳，而他在战斗中像一头猛狮，平时，他那眼神里燃着乡愁的火焰，能引起女性的幻想。一位大学者来到非洲，研究蝗虫的习性。他妻子爱上了这名普通士兵，二人在芳香弥漫的夜晚相爱。最后，那情人在穷乡僻野，为救大学者的命，死得非常英勇，而那妻子登上一个摩尔人家的房顶，在夜里唱一支柔肠百转的抒情歌曲。这部电影片名为：《我的外籍军团兵》。阿尔塞斯特太太眼睛湿润，胸膛充满爱和英雄主义，甚至没有听见她丈夫从微开的门缝叫阿布代尔，那个克鲁伊亚。她贪婪地凝视男主人公的剧照：褐色肌肤，一身破衣烂衫，但是罩着炽热情感的光环，他忍着干渴，在沙漠里走了一天，冲向危险。她激赏的同时，又感到揪心，想到开咖啡馆的丈夫，不免有点儿气愤和遗憾，他绝不肯去非洲研究蝗虫的习性。她还年轻，心灵难以餍足，却不得不放弃灼热的沙漠、肆无忌惮的爱情、丰美的愧疚。然而她感到跟别的女人一样，她也能够拥抱一个神秘士兵的肉体，唱支动情的歌颂扬他的死。

阿布代尔喝一杯咖啡，老板对他夸夸其谈，假如他是上帝，而非咖啡馆老板，他就要强行把人类分成三六九等。他有了无限的权力，对这个阿拉伯人也并不会更宽容，毫无争议地将他置于末等。

"我嘛，上帝，也白白认识你。我深知你是什么东西，一分钟也不会犹豫。"

突然，老板的话中断，他伸长脖子，重新注意审视这个人渣。他又惊讶又气愤，浑身一惊抖，随即嚷道：

"说说看，阿尔塞斯特太太，你瞧见了，这头猪是怎么看你的吗？你瞧见了他胆敢拿什么眼神儿吗？"

比起前面的话来，对阿布代尔而言，这种话也多不了什么意思，同样未能转移他的瞻仰。阿尔塞斯特太太抬起眼睛，正巧遇见阿拉伯人那野兽的目光，她的心跳加速了。阿布代尔身穿他那件旧军大衣，臂肘倚在柜台上，那张褐色的脸脏兮兮的，在她看来，正像一个被非洲的烈日烤过的士兵，肮脏军大衣的褶纹里带着战斗的光荣苦难。《您的电影》上的英雄形象，她重又见到出现在现实中，从那热烈目光的深处，她认出了她刚才低声呼唤的狂野男性的欲望。

"蛀虫！"老板嚷道，"这家伙，他是如何感谢好客之道！你先给我放下这杯咖啡！"

阿布代尔见咖啡馆老板的凶相，听他恶狠的声调，就感到自己有了罪过，便放下杯子，瞟了一眼店门口。阿尔塞斯特太太已经站起来，脸色苍白，双手紧紧按住胸口。始终存在的家庭现实的意识,阻止她干预此事,屈从于欲念的冲动。她丈夫举扫把威胁阿拉伯人,粗暴地指向店门。

"让我来教教你,让我来指点你怎么尊重人。滚出去,讨厌的家伙!在命运咖啡馆里,别让我再看见你!"

阿尔塞斯特太太一时透不过气来,感到受伤害,又不宜有所举动。她从命运咖啡馆窗户里面,望见那阿拉伯人在玫瑰街人行道上走远,终于以平淡的声调,低语一句:"我的外籍军团兵……"

阿布代尔朝埃贝尔广场走去,一路上心想老板态度的转变,不大明白自己怎么了。他确信对待命运咖啡馆的两位主人,他还像往常那样。他甚至猜想不到,他盯着看阿尔塞斯特太太,还能惹得咖啡馆老板发火。他渴望一个如此遥远的女人,在他看来完全是徒劳的,根本不可能脱出卑下地位,引起命运之神的注意。而阿尔塞斯特太太慌乱的神情,即使更能令人信服,他也同样视而不见。再说,他受女人冷遇,极容易解释,只因他不再讨人喜欢了,仔细想来,究其原因,远没有后果重要。刚刚向他发出的禁令,一下子就打乱了习惯,阿布代尔隐约看到了,不由得一阵伤心。结束了,再也不能久久伫立在阿尔塞斯特先生的店门外,再也不能到柜台,一边喝咖啡,一边从杯子上方观赏老板娘软绵绵的身影。漫长的一天天,他要打发时光,能走进命运咖啡馆,就保证了他的大部分梦幻,还有那么几回,他偶尔探问起未来:他总是依照阿尔塞斯特夫妇,依照他们经营的咖啡馆来设置他的明天。

他走到小广场,照常站住,沉思片刻。他就觉得他的人生,一下子就给抽空了,现在不像往常日子那样,感到这样游荡毫无意绪了。

他厌腻了这个街区。通常,他在这一片漫步,就好像有点儿辖属于命运咖啡馆。他从一个货摊偷一个水果,或者拿一个罐头,还总觉得现场有在远处的阿尔塞斯特先生的保护。

他抬眼发现福音街远景，光秃秃的长街，消隐在烟尘污浊的雾气中。街口敞开，就仿佛一条遗忘之路。他很想深入进去，永远背向小教堂街区，去发现一个新世界。他在小广场兜了一圈儿，站到福音街口。眼前延展一片单调而寂静的沙漠，由两道灰色高墙规范起来，深不可测。身后，他听到生活的一种柔和声响，一个清静的十字街头的尘嚣。有些人笑着走进小广场的一家咖啡馆，他似乎闻到飘来的锯末和苦艾酒的气味儿。一种恋恋不舍的温馨拉住他，在两条人行道之间呆立不动。他自觉身体太滞重，难以去探索未知。一时间，他注视街道名称的蓝牌子，仍然游移不决，终于原路返回，走向菜市场。

他脚步很快，就好像被一种危险的诱惑追赶，不过，日常的思虑又逐渐回归，倒让他的心平静下来。他走进集市大厅，好运气来了。第一眼他就瞧见穿戴寒酸的一个女人，一只手臂抱着一个新生儿。她想腾出手来，要扇揪着裙子哭闹的第二个孩子，就把小钱包和网兜放到身边一摞空箱子上。阿布代尔不会产生愧疚感，他优先下手偷穷苦人，凭经验了解丰衣足食的人反应很危险。他顺手牵走小钱包，从容塞进大衣的口袋里，若无其事地走向出口。他漫步徐行，沿着帕约尔街下到小教堂林荫大道，一路还数着小钱包的钱，总共十来法郎。他既不饿也不渴，只想歇息一下，摆脱无聊。在林荫大道上游荡一会儿，便走进一家门面简陋的咖啡馆。里面围着一张餐桌，坐着六七个年轻人；是星期天的常客，他们喝着咖啡，大谈自行车。一个半老徐娘、淡金黄头发的妓女，躲在玻璃窗后面，冲着行人微笑。她也向咖啡馆里的年轻人微笑，当然并没有捞点儿钱的打算，倒是社交上迎合人的殷勤。

老板是瞪着眼睛接待阿拉伯人。一个星期天早晨，进来这样一个脏拉吧唧的人，不是个好事儿。阿布代尔不敢坐下，走过去伫立在柜台前，一名女招待以怀疑的声调问他要喝什么。他把放在手心里的钱币亮出来,而回答问话,只是哑着嗓子,短促地尖叫两声。老板以敌视的目光,注视着这套把戏。

"好吧,给他杯咖啡,喝完了让他快点儿离开。"他说,嗓门儿提得很高,好让顾客明白,突然闯进来这样一个人,纯属意外情况。

他随即又补充一句:

"你说的什么鸟语!"

淡金黄头发的妓女笑起来,眼睛望着那些青年。他们也中断谈话,打量起那个阿拉伯人。他们好奇并无恶意,那件军大衣看着让人挺开心。阿布代尔不安起来,感到那笑声要引爆哄堂大笑,咖啡没有喝完就已经想离去。其中一名青年站起身,以赞赏的神情围着他打转,指着他那带油渍破洞的军大衣说道:

"你这身小制服,等哪天有点儿穿旧了,请关照一下,高价让给我,好吗?"

哄堂大笑。浅金黄头发的妓女离开观察岗,走到柜台,打算询问阿布代尔他的裁缝的地址。在笑声和议论声中,她没法儿有效地插进这句问话,自尊心已经受到伤害。这时,阿布代尔走向门口,而她想截住他退路,夺回这一问的效果。他本想躲开她,不巧无意中撞了她,还踩了她的脚。那妓女气疯了,破口大骂,称他是浑蛋、窃贼、穷光蛋、头上生疮、脚下流脓的烂货。她甚至还追出店门,站在人行道中间,痛骂的话中有他满身长虱子,得了花柳病。行人纷纷停下脚步,要看清楚值得这样臭骂的男人。刺痛阿布代尔的,是他发现人群中有两个阿拉伯人,并不是这种他只知意图而听不懂的辱骂。那两个阿拉伯人衣着体面,几乎相当讲究,陪同的两位本街区女子,无疑是他们的妻子,因为其中一位还手牵着一个小姑娘,茶褐色肌肤,头发短而卷曲。他们以谴责的目光注视他,缄默而不失尊严。他们的眼神里,冷酷的成分多于讥笑。阿布代尔感到极懊悔,当时站在福音街口,不该犹豫不决,现在他一心想离开一个确实敌对的社会。

他踏入福音街,已经走了二百来米,过了那段弯道,就看不见那些高耸的煤气储气罐:那些罐体在远处,似乎夺了展望的风头。街道整齐划一,严格限制在两道高墙之内,望去隐没在雾气中。他曾试探过几次,但是从未深入这么远。如果每天他都这样探险,那么他还可能遇见开来的卡车,不管怎么一闪而过,总算有人迹,对他多少也是个欣慰。星期天,这条街死气沉沉,不见半个人影儿。它丝毫也不借助于人的生活,墙壁和路面,其牢固和建筑,纯粹是几何图形的,完全剔除了人的参照。阿布代尔有时听到火车头的鸣叫,非常凄厉,犹如深秋田野上空的鸟鸣。每向前迈进一步,他就感到这座城市和整个世界又撤离他一部分。小教堂街区,在他的意识中,只是一个摇动的点了。他的记忆在减退,在抹去,一块块阴影,已经覆盖了他最近经历的部分。他本来要想想他前往的目的地,但是缺乏想象的手段,甚至形成不了模糊的想象。他的支撑点越来越少。就连街名,他在那块蓝色街牌下始终未能拼读出来,也就无知到底了。他身子恍若不在任何地方,飘浮在虚无之上,不由得一阵眩晕。他抬眼望望天空,以便挣脱高墙的挤压,然而天空低垂,如同盖子沉甸甸压下来。

阿布代尔停在马路中央,瞧了一会儿自己的双脚和大衣,好恢复自我意识。自己的脚看着是种安慰。他的一只大脚趾从鞋子破洞而出,活动活动觉得挺有意思,宛若一次温存的相遇。他从污泥染黑的这只脚趾的自由活动中,又体会出生活的温馨。一时间,他的记忆之门微微开启。这种游戏让他想起他夜晚做的一些噩梦,类似他现在经历的梦境:他只身陷入一片恐怖的混乱中,无数奇形怪状的大山,从四面八方压过来,于是,他突然惊醒,接触他这坚硬而发黏的三级石阶,也就有一种说不出来的快乐了,就好像一旦进入生活的边境,就是幸福的开端,世上无论什么偶然事件,都只能增添或都削减幸福的局部价值。

阿布代尔终于看腻了他的脚趾,又恢复不安的情绪。他没了勇气,头脑迟钝,两腿发软了。继续前进之前,他回头望了一眼,发现身后的街道已经雾气弥漫了。原路返回,还是继续前行,他犹犹豫豫,好几次转来转去,终于迷失了方向。夹在两道高墙之间,看哪一边街道都一模一样,远处都是一片迷雾。他心慌意乱,现在决定往回走,可是左顾右盼,不敢断定是哪个方向。最后,他佯装确定下来,朝右走去,而且步子匆急。很快又怀疑选错了,就原路跑回。有好几分钟,他就是这样来来回回,总是奔跑,又总是战战兢兢,生怕闯入未知的区域。他又累又怕,唯恐迷途更远,只好停下来,特别担心,不知道在福音街,这样转悠了多长时间,他判断不了。他也同样丧失了时间概念,真害怕自己被生活遗忘在这儿了。死亡的形象,在他看来。就是在两个方向之间,永世盲目的犹豫。他开始察看墙面,寻找人留下的痕迹,以便固定自己的思想。他担心别走太远,步子很缓慢,如同一名囚徒探察他的监狱。他横过街道,去检查另一道墙,不由得一阵激动,灰泥层上有字迹,用木炭粗体大写字母,非常工整:"绞死卡西米尔!"阿布代尔不识字,不过,这句话的意思不会给他的高兴劲头增添什么。拼读不出来的信息,照样还是人间的信息。目光停留在上面移不开。透过这些高大的黑字迹,世界重又渐渐成形。通过"卡西米尔",他瞥见到小教堂街区,那一条条灰色暗淡的街道,那外省一般的集市、那些愁眉苦脸的店铺、那些潮湿的咖啡馆。命运咖啡馆则显得特别突出,而阿尔塞斯特太太那神秘的形象,来到一种大写文书体的框架中幻想了。更久一些记忆,也逐渐复生,阳光灿烂的国度、父母双亲、羊群、耕种、色彩斑斓的城镇、黑暗的城市、一座监狱、忘却的朋友。

他专注这字迹,一时间放下心来,希望再发现一些题字,更有指引性,能帮他辨明方向。可是,他找起来不得法,三转悠两转悠,很快就同那几个炭写大字失联了。再也找不见了,他真慌了神儿,开始在原地打转转，随后又两侧来回跑。最后，偶然又同那几个炭黑大字打了照面，就再也不肯离开了。他蹲在墙根儿，琢磨这几个字，观摩久了，每组字就有了点儿模样。不过，比起另两个字，他更喜欢"卡西米尔"，这几个神秘字的组合，产生一种淡淡的魅力，渐渐麻痹了他的不安情绪。

　　远远传来的马达声响，让他猛一惊跳。他刚站起身，一辆小汽车就从他右侧雾中冲出来，车开得很快。阿布代尔下了人行道，开始喊叫，打手势。司机怕轧死个神经病，或者以为要警告他有什么危险，就放慢速度，离几米远停了车，用头示意询问什么事。阿布代尔的行为完全是自发的，根本来不及预判什么，不管怎么说，对话极其艰难。他惊慌失措，指给人家看墙上的字迹。对这种话，那司机显然毫无兴趣，他耸了耸肩膀，汽车又重开动了。阿布代尔一时傻了眼，紧接着跑起来，跟在车子后面叫喊，他模糊感觉到，跟住这辆车，他或许能得救。

　　跑出去二十多米，他几乎触摸到汽车了，可是司机提速，加大油门，很快就拉开了距离。不大工夫，汽车就消失在雾中，然而，阿布代尔还不松劲儿。他还听得到马达的声响，这几乎跟看得见一样令人心安。他低着头，咬紧牙关，什么也看不见还照样跑个不停，跑向一个他甚至想象不出来的目的地。他实在喘不过气来了，这才停下脚步。一种嘈杂的声响灌满他的耳朵。他以为眼前发现一座陌生的大城市，却重又置身埃贝尔小广场。他经过时已经注意到的两个女人，现在还在一家配备家具的旅馆门前聊天。他这趟福音街之旅，持续还不到一刻钟。夜晚，在玫瑰街死胡同尽头，阿布代尔又回到他那三级石阶，心怀温存和感激。他盘算着自己的幸福，迟迟没有睡着。他刚刚蒙眬入睡，就仿佛听见轻轻的脚步声，渐行渐近。有人下一级台阶，脚绊到他的膝盖。他一只臂肘支起身子。死胡同夜晚伸手不见五指，他睡觉的穴巢就更黑了。一个女人的身影，丰满而灵活，俯下来解他的大衣纽扣，因激动而急切,双手有些笨拙了。阿布代尔不敢动弹。那女人贴在他身上,一只手伸进他的衬衣,嘴对着他的耳朵悄声说:"我的外籍军团兵。我的外籍军团兵。"有好几次,她这样重复讲,有一种执拗的冲动,仿佛钉下一根钉子:"我的外籍军团兵。"阿布代尔屏住呼吸,接受这柔声喃语。他寻回的城市的全部温馨,今天夜晚,就降临在他的石头床铺上面了。

半个钟头之后,那女子声音更加绵软无力,呢喃着同样神秘的话。只可惜夜色太黑了,阿拉伯人怎么也难辨识,那身影踏着死胡同的铺石路,快步走远了。

次日早晨醒来,他在大衣里重又蜷曲成一团,久久想那来幽会的女人。除了阿尔塞斯特太太,他根本不认识别的女人,首先想到的就是她。他认为这种想法太荒唐,她怎么可能来找他,不过,赋予那陌生女人他久已渴望的女子的模样儿,这是多么欣喜而又方便的事。他离开死胡同,但是避开命运咖啡馆,是有点儿他同阿尔塞斯特吵翻的缘故,尤其还担心吓退了一种偶然机缘。回忆昨夜的情景,足够他这一整天胡思乱想了。他穿过小教堂街区的一条条街道,怀着惴惴不安的幸福心情,追寻爱情的面孔,而且不必费心思,就与阿尔塞斯特太太的相貌重合了。天黑下来的时候,他越发担心那爱恋的女子不来了。

他像往常那样,将近九点钟,回到栖身之所。他本想到死胡同口去守候,然而,一种隐隐的对幽灵幻影应有的敬畏感,阻止他有任何举动。那陌生女子很准时,十点差一刻到来。她带来一卷铺盖,在石阶上摊开,离开时就带走了。二人紧紧拥抱还一如昨夜,事后阿布代尔睡着了,还是没有看清爱他的女子的面容。况且,他再也不寻求出其不意窥见了,决意更喜爱把她想象成阿尔塞斯特太太的长相。

第三天夜晚,那陌生女子很准时,但是亲热的方式有变化,一次比一次短促了,显得有点儿神经质。她不再贴着耳朵叫阿拉伯人"我的外籍军团兵",说话带有命令的口气,语调也冷淡了。这表露出不安的情绪,对未来的担心。次日,他醒来比往常晚一点儿,走出死胡同,望见阿尔塞斯特先生站在命运咖啡馆门口,手拿着扫把在那儿发呆,他便取相反方向走远了。

咖啡馆老板认出阿拉伯人来,他目送片刻,往街道中央唾了一口,转身回咖啡馆。阿尔塞斯特太太正看最新一期的《您的电影》,随着往前阅读,她的气血涌上面颊。现在吸引她的电影剧情,是在上流社会展开的。一个大企业家的儿子正在打网球,对手是个出身极好的孤女。二人经过正常的曲折,充分显示出他们善解人意的心、华丽的服装,终于在圣菲利普·杜鲁尔教堂举行婚礼。

阿尔塞斯特先生在柜台里面,正忙着移开酒瓶,擦拭一个货架。他停下手,丢掉抹布,双手搔起头。他瞥向妻子一眼,指出:

"咦,你也搔痒啦?"

阿尔塞斯特太太手悬在头那么高,从刊物上抬起眼睛,脸一下子涨红了,回答道:

"是啊,我搔起痒了,真不明白是怎么回事儿……"

"我呢,"咖啡馆老板说,"有两天了,叮咬我的脑袋,今天早晨,真好像要把我吃掉。刚才那会儿,我还没有跟你说呢,我在照应顾客的时候,瞧见柜台上有一只虱子,除了我,谁也没有发现,我一想起来……"

一时间,夫妇二人无所顾忌了,大肆搔起痒来。

"随后,"老板又说道,"我就瞧见那个阿拉伯人穿着大衣闲逛,心里便想,恐怕就是他给我们带来的。"

"我正要跟你说这事儿呢。"阿尔塞斯特太太说道。

"星期天早晨,他来咖啡馆了,你记得吧!当时我犯了傻,招呼他了。"

"噢！我不愿意让他进来,还是对的。你瞧现在。"

"当然了,"老板承认,"按说,我一直觉得挺小心的。也的确,像这样的人赖在这街区,政府就绝不应该容忍。我经常这样讲,还是重复这个话。"

"的确如此,"阿尔塞斯特太太也说道,"我们没有受到保护。"

他们又开始搔痒。在《您的电影》翻开的那一页上,老板娘盯着看一个穿燕尾服的青年俊朗身影。她抬起头,对她丈夫说:

"为什么你不去同埃尔奈斯特先生谈一谈？"

"唔,其实……今天下午我就要去看他。"

天刚亮,两名便衣警察就走进死胡同。一个年轻人,呢帽压到耳根,穿一件风雨衣,腰带扎得松松垮垮,却显得很潇洒。另一个,埃尔奈斯特先生,做派更为传统,个头儿敦实,蓄留小胡子,一副摔跤运动员的臂膀,腿肚子特粗,裤子到小腿部分撑出大大的弧形,他头戴圆礼帽,一身黑色大衣,剪裁出政府官员的派头。

阿布代尔一夜没睡好,没有等来他那陌生女人,他还在三级石阶上迷迷糊糊,埃尔奈斯特先生一道手电筒光就打到他身上,作为行家,审视一会儿这堆破烂衣衫。

"难以置信,"他对同伴说,"我若是去跟蓬德尔讲这种情况,他准不会相信。"

他用脚碰了碰睡觉者的肩膀,喊他起来。阿布代尔没时间伸懒腰,就从巢穴里出来。尽管天蒙蒙亮,还看不清来人的面孔,他当即就明白是同什么人打交道。埃尔奈斯特先生打着手电,仔仔细细打量他,鄙夷地得出结论:

"败类……社会渣滓……这是拘留所的活儿,不是我们干的事。"

阿布代尔还以他的方式表示抗议,尖声叫起来,便衣不屑地只用一根指头推推他,说道:

"闭嘴,小子,等一会儿,你到局子里去解释吧。"

阿布代尔只好顺从了,跟在那个年轻便衣的身后。走出死胡同时,他朝命运咖啡馆望了一眼。老板夫妇站在门口。咖啡馆老板注视着他,那种同情的神态几乎没有嘲笑的意味。阿尔塞斯特太太那张脸,则严厉而凶狠。

阿拉伯人垂着头,眼皮还滞重,走在两个押送他的便衣警察之间,没有注意玫瑰街的这道家庭风景。此刻遇到的麻烦,他只是隐隐感到不安,而这种情绪又混同他夜晚的难过和失眠的疲倦。两名警察平静地谈论他们这一行和他们的同事,有点把他遗忘了。押送一名流浪汉,这样寻常的小差使,对他们而言毫无意思。

清晨这个时刻,福音街还空荡荡、静悄悄的,没有行驶的卡车。走到埃贝尔广场,阿布代尔下意识地望了望福音街那边。贴街道地面的一条雾气带,在清晰的两道灰墙之间,铺出一条绵软的路。在拐弯处,高大的煤气储气罐,好似雄伟的坚固堡垒,仿佛在守护寂静。他退后一步,撒丫子穿过小广场,确信一旦冲进福音街,就逃离了这座城市和人世,永远也没人能抓到他了。离目标只有几米,两名警察又把他逮住。阿布代尔就范了,没有抵抗,也就没有发生搏斗。埃尔奈斯特先生举起毛茸茸的大手背威胁,冲他吼道:

"只此一次,下不为例,嗯?"

两名道路管理员前往玫瑰街,从他们面前经过,其中一人笑着对另一人说:

"咦,这个克鲁伊亚,要去度假啦!"

踏入帕约尔街时,阿布代尔最后回头望一眼,他肩头一扭动,似乎又有逃跑的意向。别看他那年纪和肥胖的身体,埃尔奈斯特先生出人意料,动作敏捷,一个连环脚,又准又狠,从大衣背面踢中,疼得阿布代尔哎哟一声。人行道上走来一位遛狗的老媪,有种同情和抗议的表示。

"对付这些畜生,"便衣警察对她说,"就得这样。用别的什么办法,他们都不明白。"

几多萨宾女

从前，在蒙马特尔山上饮水槽街，有一个名叫萨宾的年轻女子，具有分身术的特异功能。她可以随心所欲，高兴在多少场所同时出现，就幻化出多少形神俱全的萨宾来。由于结了婚，如此罕见的一种特异功能，免不了引起丈夫惴惴不安，因此，她守口如瓶，不向丈夫透露半分，而且，她仅仅在自己的住房里试用，趁她独自一人的时候。譬如说早晨，她梳洗打扮时，就一分为二，或者一分为三，这样方便分头察看面部、身体和姿态。察看完了，她再急忙合聚，也就是说，融合为同一个人。冬季一些午后，或者下大雨的时日，她没有兴致出门，在家里分身，就有一二十位萨宾，陪她热烈地交谈，一时欢声笑语，但是归根结底，也无非是同自己的一场谈话。她的丈夫安东尼·勒米里埃，是银行诉讼部的副主管，丝毫没有觉察出真相，坚定地认为他同所有男人一样，拥有一个不会分身的妻子。只有一次，他临时回家，不期面对三个妻子，除了姿态不同，全都一模一样，同样清澈的六只蓝眼睛一齐注视他，他一下子愣住，半晌瞠目结舌。萨宾当即就合聚为一身，他以为自己神思恍惚，出了毛病，看了家庭医生，诊断也确认了这种见解，为下垂体激素缺乏症，开了几服昂贵的药。

　　四月的一天傍晚，吃过晚饭，安东尼·勒米里埃在餐桌上核实清单，而萨宾坐在一张扶手椅上，正看一本电影杂志。他抬眼瞧瞧妻子，见她那姿态和表情十分诧异；她的头歪斜在肩头上，手里的杂志已经失落；双眼睁得大大的，放射着柔和的光芒，嘴唇泛起笑意,脸上的喜悦之色难以形容。丈夫深受感动,赞叹不已,便踮着脚尖凑到近前,怀着爱慕俯过身去,令他不解的是,她为什么不耐烦地躲开了。事情的前因是这样。

一周前,在于诺林荫路的拐角,萨宾遇见一个二十五岁的黑眼睛青年。那人放肆地挡住了路,还说道:"夫人。"萨宾则高扬起下颏儿,眼神极凶:"喂,先生。"结果一周之后,四月这天的暮晚时分,她既在自己家中,又去了那个黑眼睛青年那里。那人实名叫泰奥雷姆,自称绘画艺术家。萨宾在家里,不耐烦地对待丈夫,打发他去核实清单,与此同时,在德·拉巴尔骑士街的画室里,泰奥雷姆却拉着她的双手,对这年轻女子说:"我的心,我的翅膀,我的灵魂!"还有许多甜言蜜语,全是恋爱初期的男子随口就能说出来的。萨宾本来打算最迟晚上十点也要合聚一身,绝不能付出任何重大牺牲,然而到了午夜,她还待在泰奥雷姆那里。种种顾虑只能化为愧疚了。第二天,一直到凌晨两点钟,她才合聚一身,随后几日,就越来越晚了。

每天夜晚,在他妻子的脸上,安东尼·勒米里埃都能欣赏到欣喜之色,美妙极了,她仿佛双脚离开了大地。有一天,他同办公室的一位同事交心,一时冲动,不由得脱口对同事说:"晚上,我们待在餐室,她那样子,您若是能看到:真让人以为她在跟天使说话。"

一连四个月,萨宾一直在跟天使说话。这样她度过的假期,应当是她此生的最美好时光,同时在两个地方:同勒米里埃在奥弗涅的山间湖畔,还同泰奥雷姆在布列塔尼的一片小海滩上。"我从未见你如此美丽,"丈夫对她说,"你这双眼睛,宛如清晨七点半的湖水那么动人。"萨宾则报以粲然一笑,仿佛是送给山上无形的神灵。这期间,在布列塔尼的小海滩上,她和泰奥雷姆相伴,肌肤晒黑了:二人几乎全裸。黑眼睛的小伙子什么话都不说了,似乎沉浸在一种深挚的情感中,寻常语言不足以表达了,其实,他已经不由自主,总是讲同样的话了。年轻女子这边惊叹于这种沉默,以及沉默中显露的全部难以言传的激情,而泰奥雷姆那边,却沉湎于一种动物般的幸福中,静静地等待吃饭的时刻,满意地想到,他这次度假没花费他一个铜子儿。的确,萨宾卖掉了几件她当姑娘时的首饰,作为他们在布列塔尼逗留的费用,恳求她的伴侣欣然接受。泰奥雷姆倒还有点儿奇怪,这样一件看来自然而然的事情,她还费那么大心思让他接受。泰奥雷姆极其痛快地接受了。他认为一个艺术家,在任何情况下,都不应该迁就这种愚蠢的偏见,他就更不在话下了。"我的顾忌,如果会阻止我绘制出像格列柯①,或者委拉斯开兹②那样的作品,这种顾忌,我认为自己无权放任其自流。"泰奥雷姆的生计,完全依赖在利摩日的叔父为他购买的一小笔年金,要解决生活问题,绘画根本指望不上。他的艺术观,既高傲又不妥协,受此约束,没有灵感驱动不会勉强作画。"这样的作品,如果需要我等待十年,"他常说,"那我就等待十年好了。"他差不多就是这样做的。平日大部分时间,他泡在蒙马特尔的咖啡馆里,力图丰富自己的感觉,或者观看朋友们绘画,以便磨砺自己的批评意识,每当朋友们询问他的创作时,他便以十足的思虑方式回答:"我还在探索自己的路。"从而赢得人们敬重。此外,他穿着肥大的胶皮套鞋、肥大的丝绒裤子,作为他冬季装束的一部分,在勾栏库尔街、泰尔特尔广场和修道院街一带,颇有帅气的艺术家的名声。最挑眼的人也得承认,他拥有巨大的潜力。

  暑期最后几天的一个早晨,在布置布列塔尼家具的客房里,这对情人穿好了衣服。距此地五六百公里,在奥弗涅,勒米里埃夫妇二人起床已有三小时,在湖上泛舟,丈夫边划桨边夸耀景色美不胜

---

① 格列柯(1541—1614),西班牙画家,祖籍希腊,故其名为"希腊人"之意。他是绘宗教画、肖像画的独特天才,直到二十世纪初才为人所识。
② 委拉斯开兹(1598—1660),西班牙画家。他研究并受威尼斯绘画的激励,以鲜明多样的笔触、微妙和谐的色彩,描绘出物象的质感、光线、空间与意境,对法国印象派影响深远。

收,萨宾时而则哼哈应对一声。然而,在布列塔尼的客房里,她却面向大海唱歌。她唱道:"我的爱纤指雪白,灵和肉都是造化来。"泰奥雷姆从壁炉台上拿起钱包,在装进短裤后兜之前,取出一张照片。

"咦,你瞧,我找到一张照片。是我去年冬天在烘饼磨坊①附近照的。"

"噢!我的爱。"萨宾说道,她因热诚和自豪,眼里漾出泪花。

照片上的泰奥雷姆穿着冬装,自我打量着胶鞋和肥大的丝绒裤,那裤脚在脚踝折叠得极为美妙。萨宾看出他是个伟大的天才,感到内心受到一种愧疚的刺痛,责备自己隐藏一种秘密,对这个可爱的小伙子,既是个极温存的情人,又是个天赋卓越的艺术家,无疑是莫大的侮辱。

"你真漂亮,"她对泰奥雷姆说,"你真伟大。这双胶鞋!这条丝绒裤!这顶兔皮鸭舌帽!噢!亲爱的,你是个艺术家,多么纯洁,多么能让人理解的艺术家,而我,有幸遇见你,亲爱的,我的心肝,我的宝贝,我却向你隐瞒了我的秘密。"

"你要说什么呀?"

"亲爱的,告诉你一件事,我发誓从未透露给任何人:我有分身的特异功能。"

泰奥雷姆笑起来,可是,萨宾却对他说:

"你瞧啊。"

话音未落,她就化为九个萨宾女,泰奥雷姆看到围着他打转,有九个萨宾,全都一模一样,一时间,他觉得自己神经要崩溃了。

"你没有生气吧?"其中一个萨宾问道,语气中透出一种焦虑的胆怯。

"没有,"泰奥雷姆回答,"恰恰相反。"

---

① 类似巴黎红磨坊的娱乐场所。

他快意地微微一笑,仿佛出于感激,于是,萨宾放下心来,她的九张嘴对他狂吻。

十月初,他们度假回来一个月左右,勒米里埃注意到,他妻子几乎不再同天使说话了,看出她一脸愁绪,神情忧郁。

"我觉得你不大痛快,"一天晚上,他对妻子说,"也许你出门少了。明天,如果你愿意的话,我们去看电影吧。"

就在这同一时刻,泰奥雷姆在画室里踱步,大喊大叫:

"我怎么知道,此刻,你可能在哪里?我怎么知道,你不在维瓦尔,或者蒙帕纳斯,不在一个流氓的怀抱里呢?或者不在里昂,不在一个丝绸商的怀抱里呢?或者不在纳博纳城,不在一个劣酒制造商的床上呢?或者不在波斯,不在国王的床上呢?"

"亲爱的,我向你发誓。"

"你向我发誓,你向我发誓!假如你在二十个别的男人怀抱里,你也会这样发誓吧,嗯?真能让人发疯!我的头脑要错乱了。什么事我都可能干出来:一个不幸的事件!"

他说到不幸的事件,便抬眼瞧瞧他去年在跳蚤市场买的阿拉伯弯刀。为了防止他行凶,萨宾就分身十二人,随时准备阻挡他去拿弯刀。泰奥雷姆情绪平静下来,萨宾也就重又合聚一身。

"我太痛苦了,"画家哀叹,"我本来就心事重重,现在又增添这种折磨!"

他所说的重重心事,是物质和精神两方面的。按照他的意思,现在他陷入困难的境地。他欠了三季度房租,房东威胁要查封他的财产。他那利摩日的叔父最近突然中止了按月供给他的生活费。在精神上,他正经历一场痛苦的危机,尽管前途无量。他感到他天才的创造力在心中涌动,逐渐有了条理,而阻止他实现的恰恰是缺钱。当执达吏和饥饿已经逼上楼来,那就去他的绘制杰作了。萨宾惶恐到极点,浑身战栗,一颗心提到了嗓子眼儿。上一周,她余下的首饰全卖了,偿还泰奥雷姆赊欠诺尔万街一家煤炭零售商的钱款,今天她急得要命,为了他施展才华,却再也拿不出什么来资助了。其实,泰奥雷姆的境况,虽没有见好,也没有更糟,还一如既往。利摩日的叔父,还像过去那样,为亲情大出血,以便促使他侄儿成为大画家;至于房东则天真地认为,可以寄希望于虽穷困而有前途的艺术家,对这位房客总是非常通融,多少先付一点儿就算了。可是,泰奥雷姆不但喜欢扮演受社会排斥的诗人,生活放荡不羁的英雄,他还隐隐约约地希望,他这困境的黯淡景象,能启示这年轻女子做出最大胆的决定。

这天夜晚,萨宾就留在情人身边,担心丢下他一个人想不开,就没有回饮水槽街的家中合聚一身。第二天,她在他身边醒来,脸上绽开清新而幸福的笑容。

"我做了个梦,"她说道,"我们在圣吕斯蒂克街,开了一家小小的食品杂货店,也只有两米宽的门面。我们也只有一个顾客,一名小学生,来买大麦糖和噜嘟嘟糖①。我扎着镶大兜的蓝围裙。你呢,穿着开店铺的罩衫。晚上,你在一大本账簿上记账:'一天收入:噜嘟嘟糖果,六苏。'我要醒的时候,你正对我说:'为了让我们的生意兴隆起来,我们另外还需要一名顾客。我看到他蓄留白色的小胡子……'我正要反驳你,多了一名顾客,我们就该忙不过来了,可是,我还没来得及说就醒了。"

"总之。"泰奥雷姆说道(他还酸溜溜地用鼻子哼一声,伴以嘴角的一丝苦笑)。"总之。"他说道(他直到五脏六腑,都感到被冒犯,受侮辱,怒火一直蹿到耳根子,已经烧灼了他那双黑眼睛)。"总之(泰奥雷姆说道),总之,你的雄心大志,就是让我开个食品杂货店吧?"

"不是,我向你讲我做的一个梦。"

"这正是我要说的,你梦见我经营食品杂货店。还穿着一件

---

① 供幼儿舔食的糖果。

开店铺的罩衫。"

"噢！亲爱的，"萨宾软语温柔，还要辩驳，"当时你若是看见自己的样子！你穿的那件开杂货店的罩衫，跟你特别合身！"

泰奥雷姆怒不可遏，跳下床，叫嚷着别人背叛了他。房东要把他赶到街上还不够，利摩日的叔父断了他吃饭的权利还不够，偏要挑这种时候，他开始有了眉目，就要孵化出来了。这一事业宏伟，但是脆弱，他承担起来，没承想他最爱的女人也来嘲笑他，做梦都让他事业流产，让他去开杂货店！为什么不让他进法兰西学院当院士呢？泰奥雷姆穿着一身睡衣，在画室里走来走去，扯着哑嗓喊叫，这是痛苦的嘶哑声音，有好几次，他作势弄景，要掏出心来，分给他的房东、他在利摩日的叔父，以及他所爱的女人。萨宾的心也被撕裂了，发现一位艺术家的痛苦能达到何等深度，不由得浑身颤抖，意识到自己实在相形见绌。

勒米里埃中午回到家中，看到他妻子六神无主了。萨宾分身几个，甚至忘记合聚一身了，丈夫走进厨房时，迎面见到四个妻子，真真切切，各自做不同的家务活，但是眼睛都呈现同样忧伤的朦胧神色。为此他感到极度郁闷。

"好嘛！"他说道，"我这下垂体激素缺乏症又犯了，还得治疗啊。"

一阵不适的感觉消失了，他开始担心，萨宾日益深陷这种有害身体的愁苦状态。

"小脸蛋儿，"（极深厚的感情，促使这个和善而温存的男人，给他年轻可爱的妻子挑选这样的小昵称）他说道，"我再也不能容忍看你这样憔悴下去。否则，最终我也会跟着病倒了。我走在街上，或者坐在办公室里，一想到你这双黯然神伤的眼睛，这颗心立时就碎了，有时还伏在我的吸墨纸上流泪。我的眼镜片上就浮一层雾气，不得不经常擦拭，耽误了不少宝贵时间，且不说看见我流泪，无论给我的上司还是下属，可能会留下多坏的印象。最后，我甚至要说，尤其要说的是：这种忧伤的神色，让你明亮的眼睛充满一种魅力。当然了，我并不否认，这种魅力难以捉摸，却是痛苦的：我很痛惜，这种愁苦必定会损害你的身体，我的意思是，眼看你明显地较劲，在抵御一种我认为很危险的精神状态。今天早晨，我们的代理人，波尔特尔先生，一个善气迎人的、受过完美教育的人，他的能力都无须赞扬了，波尔特尔先生细心关照，给我一张隆尚赛马场最佳观赏区的入场券。因为，他的内弟，似乎是巴黎范儿十足的人物，在赛马这行很有地位。看来，你正好需要去散散心……"

那天下午，萨宾有生以来第一次，前往隆尚赛马场，路上买了一份报纸。一匹赛马叫泰奥克拉特六世的名号，引起她久久遐想，有一种专有名词的亲缘关系，将她亲爱的泰奥雷姆联结在一起，从而强加给一个吉兆的念头。萨宾身穿后拉锁镶莎苏帛（chsoub）的蓝外套，戴一顶短面纱东京①式帽子，吸引许多男人的目光。头几场赛马没有引起她多大兴趣。她在想她那心爱的画家，正经受遇阻的灵感的折磨：他那闪闪发光的黑眼睛，鲜明地出现在她眼前，他在画室里拼命工作，却在与卑劣现实的冲击搏斗中筋疲力尽。于是，她渴望分身，立刻赶到德·拉巴尔骑士街，想用清凉的双手去安抚艺术家滚烫的额头，这是处于焦虑境况的情侣常用的办法。但是，她没付诸实践，怕去打扰了他努力的探索；她没去就对了，因为，泰奥雷姆哪儿能待在画室里，他去了勾栏库尔街的一家吧台，正在喝一杯阿拉蒙红葡萄酒，心里还盘算再去看电影是不是有点晚了。

注册部部长大奖终于开始了，赛马排列在起跑线上，萨宾仔细打量泰奥克拉特六世赛马，她大约押上一百五十法郎，那是她当时的全部积蓄，期望赌赢，好有足够的钱打发泰奥雷姆的房东。跨上泰奥克拉特六世的赛手，身穿白绿两色的绸上衣，那嫩绿色，清新

---

① 越南旧地区名。

而纤弱,就像生长在天国的一株莴苣。那匹赛马,全身黑色皮毛乌木一般。刚一起跑,泰奥克拉特六世就打头,拉开三个身长的距离。在赛马赌博者看来,起跑的优势未必能预示赛马的胜负。然而,萨宾已经确信必胜无疑,激动得站起身,踮起脚叫嚷:"泰奥克拉特!泰奥克拉特!"周围的看客,有的微笑,有的嘿嘿冷笑。坐在她右侧的一位戴手套的老者,看样子很有身份,戴着单片眼镜,用眼角余光同情地注意她,被她那天真的神态所打动。萨宾陶醉于胜利的喜悦中,竟然嚷出:"泰奥雷姆!泰奥雷姆!"她这样出风头,惹得周围的人开心地议论,几乎忘记了观赏赛马。她终于觉察出来,意识到自己的举止异常,不禁羞红了脸。那位戴着手套和单片眼镜、很有身份的老先生看在眼里,他站起身,竭尽全力高喊:"泰奥克拉特!泰奥克拉特!"那些嘲笑声随即停止了。萨宾听旁边的人小声议论,方才得知这位雅士并非别人,正是伯布里爵士。

这工夫,泰奥克拉特六世渐渐落伍,最终掉到最后。萨宾见希望破灭,而泰奥雷姆注定穷困潦倒,作为艺术家一事无成了,她先是长叹一声,接着欲哭无泪,只是一阵干抽咽。最后,她鼻翼抽动,眼睛湿润了。伯布里爵士油然而生极大的同情心。他和萨宾交谈几句之后,便问她是否愿意成为他的妻子,须知他年收入二十万英镑。与此同时,萨宾眼前一幅幻象:泰奥雷姆躺在医院的破床上,气息奄奄,诅咒天主的名字和房东的名字。为了对她的情人,或许还对绘画的爱,她回答老者,她接受做他妻子,但是也如实相告,她一无所有,甚至都没有姓氏,仅仅有个名字,还极其普通,名叫玛丽。伯布里爵士觉得如此独特,更有刺激性了,想到这会给他妹妹多大的惊喜,心中也十分得意。他的胞妹埃米莉已过中年,终身未嫁,在王国的世族中,一生维系令人敬重的体面传统。爵士不等最后一场赛马结束,就携着他未婚妻,驱车前往布尔热机场。他们傍晚六点钟抵达伦敦,七点钟举行婚礼。

萨宾一方面在伦敦那边结婚,另一方面,还在饮水槽街,同她丈夫安东尼·勒米里埃面对面吃晚饭。他觉得妻子的气色已经好多了，跟她说话也和蔼可亲。丈夫这种关切的态度，萨宾深受感动，种种顾忌便在心中纠结起来，不免思忖她嫁给伯布里爵士，是否符合人类和上天的法则。这个棘手的问题又引出另一个问题：安东尼的妻子和爵士的妻子，同质同体共存的问题。即便每位妻子都有一个独立的形体，那么肉体上一旦结合了，首先还存在一种灵魂的结合。其实，她的顾忌未免过分。婚姻法排除考虑分身术的现象，萨宾可以随心所欲，自由行动，甚至可以心安理得地相信并不违反天条，因为，上帝只是教皇的谕旨，答书或诏书，涉及这个问题不过是蜻蜓点水。然而，她的道德心标准太高，不愿意用律师的这类理由为自己开脱。因此，她还是认为同伯布里爵士的婚姻，应该视为通奸的一种后果和延续，那就根本辩解不了，完全是大逆不道的行为了。她就这样，同时冒犯了上帝、社会和她丈夫，为了赎罪，她就决意永不再见泰奥雷姆了。况且，她欣然吃了一场婚宴之后，就没脸出现在泰奥雷姆面前了，上宴席当然是为了他的安生和荣耀，但是她天真到了令人赞佩的程度，还把这看成是对他们爱情的摧残。

　　应当说，萨宾到英国生活初期相当不错，就把愧疚的情绪，甚至离别之苦置之度外了。伯布里爵士确是位大人物，不仅极为富有，还是"无领土约翰"的嫡系后裔，而当年的约翰不顾皇族身份，娶了平民女子，特朗卡维尔的艾梅辛德，生了十七个孩子；全部幼年夭折，唯独十四子，理查德-胡格存活下来，开创了伯布里家族。这个家族享有不少特权，受到全英国贵族的艳羡，其中有一条是独一无二的：伯布里爵士在王宫里可以张开雨伞，他的妻子可以撑开阳伞。因此，他同萨宾结婚是个轰动的大事件。新的爵士夫人引起了普遍善意的好奇心，尽管她的小姑子力图散布流言，说她从前在塔巴兰当过舞女。在英格兰，萨宾改称玛丽，身为贵妇人，每天都忙着应酬。招待会，茶会，打慈善捐赠的毛线衣，打高尔夫球，试装,时间排得满满的,连打个呵欠的工夫都没有。不过,这么多活动,她对泰奥雷姆仍然没有忘怀。

泰奥雷姆定期收到从英国寄来的支票,丝毫也不怀疑是何人所为,而他在画室里见不到萨宾了,倒也完全适应。每月收到高达两万多法郎,他摆脱了物质上的忧虑,却发觉自己正经历一个超敏感阶段,不利于他的创作,他的思想需要沉淀下来。因此,他安排自己休息一年,如果认为有必要还可以延长。在蒙马特尔一带,同他照面的机会越来越少了。他到更繁华的蒙巴拿斯大街①的酒吧、香榭丽舍大道的夜总会沉淀去了,在那里有高身价的妓女陪同,吃鲟鱼子酱,喝香槟酒。萨宾得知,他过上了一种放荡生活,但是她的热忱毫不动摇,想必他继续探索戈雅②风格的艺术形式,融合光影游戏和女人面具遮掩下的不洁。

一天下午,伯布里夫人离开逗留三周的伯布里城堡,回到马利松广场的豪宅,一进客厅就瞧见四个纸盒,分别装着新定制的服装:一条艾莱阿斯布料晚裙装、一条罗马绉呢的午后连衣裙、一条呢绒运动连衣裙,还有一件老式胶布女套头衫。她支走了贴身女仆,便分身五个试连衣裙和套头衫。不巧,伯布里爵士走进来。

"亲爱的!"他高声说,"怎么,您有四位惊艳的姐妹,您可没有对我讲过!"

伯布里夫人一时慌乱,非但没有合聚一身,反而觉得应该回答:

"她们刚刚起来:阿尔芳西娜,是比我大一岁的姐姐。布里吉特,是我的孪生的妹妹。芭尔珀和罗莎莉,我的两个妹妹,也是孪生的。都说她们的相貌非常像我。"

四姐妹受到上流社会的款待,到处都被奉为上宾。阿尔芳西

---

① 塞纳河左岸,巴黎十四区。
② 戈雅(1746—1828),西班牙著名画家。

娜嫁给了美国的一位亿万富翁,冲压铜板之王,跟随丈夫横渡大西洋;布里吉特,则嫁给印度戈勒克布尔土邦主,被带到邦主的宫内;芭尔珀选中的丈夫,是那不勒斯的著名男高音歌唱家,她陪着到世界各地巡回演出;罗莎莉找了个西班牙探险家,夫妇二人一同去新几内亚①,观察巴布亚人古怪风俗习惯。这四场婚礼,几乎同时举办,在英国,甚至在欧洲大陆,引起极大的反响。巴黎各家报纸也津津乐道,还转载了照片。一天晚上,在饮水槽街住宅的餐室里,安东尼·勒米里埃对萨宾说:

"伯布里夫人和她的四姐妹照片,你看到了吧?太奇怪了,她们长得都这么像你,只不过,你这双眼睛更明亮,脸形长些,嘴没那么大,鼻子要短些,下颏儿也窄些。明天,我带上报纸和你本人照片,给波尔特尔先生看看,准会把他惊呆的。"

安东尼笑起来,只因他兴致很高,要给公司的代理人,波尔特尔先生一个大大的惊诧。

"我发笑,是想到波尔特尔先生瞪大眼睛的那副样子,"他解释道,"可怜的波尔特尔先生!对了,他又给了我一张入场券,赛马最佳观赏区的座位,星期三那天。依你看,怎么处置呢?"

"我也不知道,"萨宾回答,"这很不好办。"

她面有难色,犯起踌躇,要不要让勒米里埃给他的顶头上司的妻子,波尔特尔太太送花。在这同一时刻,伯布里夫人在桥牌桌,同德·莱斯特伯爵打对家;戈勒克布尔土邦王妃,正躺在大象背上的驮轿上;史密森夫人在宾夕法尼亚州,自家综合文艺复兴风格的城堡中,正举行招待会;芭尔珀·卡扎里尼,坐在维也纳歌剧院的包厢里,听她丈夫,杰出的高音歌唱家演出;罗莎莉·瓦尔代兹·伊·萨马尼戈,在巴布亚一座村庄的草房里,睡在蚊帐中,她们也都同样思忖,给波尔特尔太太送花是否合适。

---

① 南太平洋最大岛屿。

泰奥雷姆从报纸上得知这些婚礼，看到报道所配发的照片，毫不犹豫，当即确认所有这些新娘，无不是萨宾的分身。他认为选中这样的丈夫完全对路，唯独那个探险者所干的行业，在他看来不是发财之道。大约到了这个时期，他觉得应该返回蒙马特尔了。蒙巴拿斯大街下雨的气候，以及香榭丽舍大道喧哗的枯燥乏味，已经让他厌烦了。况且，伯布里夫人的月供，他用来泡蒙马特尔高地的咖啡馆，可以大出风头，而在那些陌生的娱乐场所，就不显什么了。不过，他丝毫也没有改变他的生活方式，时过不久，他在蒙马特尔赢得了夜游神、酒鬼和淫乱之徒的名声。朋友们听他讲述放浪的行为，都极为开心，他们虽然蹭吃蹭喝，还是有点嫉妒他新交的财运，一再幸灾乐祸地重复他的绘画算是毁了。他们倒还是着意补充一句，这实在可惜，因为他真有艺术家气质。萨宾了解到泰奥雷姆品德不端，便明白他走上歧途，要从厄运的斜坡滑下去。她对泰奥雷姆及其命运的信念动摇了，不过，她更加深情地爱他了，反而责怪自身是他堕落的始作俑者。将近一周时间，她在世界的四个角落，就这样绞着双手自责。一天夜晚，时已午夜，她同丈夫看电影回来，走到于诺-吉拉尔东十字街口，瞧见泰奥雷姆胳臂拐着两个妓女，都微醉而嘻嘻哈哈笑着。他本人已酩酊大醉，呕吐出黑乎乎的葡萄酒，连连打着嗝逆之间，还对两个婊子骂骂咧咧。那两个女人，一个扶着他的头，亲热地叫他"我的猪猡"，而另一个，用警卫队的术语来讲，正打趣地估价他爱恋的手段。他认出了萨宾，把他的脏脸转向她，打着嗝说出伯布里的姓氏，还加了句简短的，但令人反感的评语，随即便瘫倒在一盏路灯的脚下。这次相遇之后，在萨宾的心目中，泰奥雷姆完全成为一个可恨而又可憎的对象，她决意要忘掉了。

半个月之后，伯布里夫人陪丈夫住在伯布里庄园，她迷上从附近到城堡共进午餐的一名年轻牧师。那牧师的眼珠不是黑色的，而是淡蓝色的，那张嘴也并不更具性感，反而紧紧地抿着，样子倒是整整齐齐,干干净净,隐秘的思想很冷静,也擦得明亮,属于决意鄙视自己不了解的事物的那类人。第一次共进午餐,伯布里夫人就狂热地爱上了。晚上,她对丈夫说:

"我没有告诉您,我还有个妹妹,名叫犹滴。"

下一周,犹滴来到城堡,午餐由那位牧师作陪。他彬彬有礼,但是敬而远之,就像对待一位女天主教徒,装满并运送坏思想的载体,一言一行,完全合乎礼仪。午餐后,他们一起在园子里散步,犹滴在恰当时机,仿佛偶然引述《约伯记》《申命记》①和《民数记》②。牧师明白这是块好耕田。一周之后,他使得犹滴改宗,又经过半个月,就同她结婚了。他们的蜜月期很短暂。牧师开口闭口就是教育人,一直到枕边,他一套一套讲的,还是揭示高超的思想。犹滴同他在一起厌烦透了,就趁夫妇一道在苏格兰湖畔散步之际,佯装失足意外溺水而亡。其实,她憋一口气沉下去,一旦消失在丈夫的视线之外,便实施合聚,回到伯布里夫人的体中。这位尊敬的牧师悲恸欲绝,感谢天主赐给他的这场考验,在他的园子里为亡妻立了一小块纪念碑。

这期间,泰奥雷姆没有收到月供钱,开始担心了。起初还以为不过是延误了,他就尽量耐心等待,然而,他赊账过了一个多月之后,终于决定找萨宾谈谈他遇到的麻烦。一连三个早晨,他都守候在饮水槽街,以便出其不意撞见她,可是徒然,倒是一天傍晚六点钟,偶然相遇了。

"萨宾,"泰奥雷姆对她说,"我找了你三天了。"

"可是,先生,我不认识您啊。"萨宾回答。

她想过去,泰奥雷姆却抬手搭上她的肩膀。

"嗳,萨宾,你这么对我恼火,是什么原因啊?我是按照你的

---

① 《圣经·旧约》中的一卷。
② 《圣经·旧约》第四卷。

意愿做的。有那么一天,你决定不再到我那儿去,我默默地忍受,甚至没有问你为了什么,放弃我们的会面。"

"先生,我根本就听不明白您说的话,然而,您用'你'来称呼我,以及您这种莫名其妙的话,是在侮辱我。让我过去!"

"萨宾,你不可能全忘了。你回想一下。"

泰奥雷姆还不敢提补助金,仍然尽量恢复表面上的亲密关系。他以感人的声调、动情的回忆,重又描述他们相爱的过程。然而,萨宾以惊诧的、略显恐惧的眼神注视他,她驳斥中,惊愕的成分多于愤怒的成分。那青年还不肯罢休。

"不管怎样,你回想一下今年夏天,我们一起在布列塔尼度假,我们观海景的客房。"

"今年夏天?我的假期,我是和丈夫在奥弗涅度过的!"

"当然啦!假如你躲到事实的后面!"

"什么!我躲到事实的后面!您是嘲弄我,还是丧失了理智?让我过去,不然我就喊人啦!"

睁眼说瞎话,泰奥雷姆着实恼火了,他抓住萨宾的胳膊,开始摇晃,亵渎起神灵来。这时,萨宾望见她丈夫走在街道对面,没有往他们这边看,她便呼叫安东尼。安东尼走过来,还不清楚是怎么回事,点头向泰奥雷姆致意。

"这位先生,我平生第一次见到,"萨宾解释道,"他却在街上拦住我。他用'你'称呼我,还把我当成他情妇,叫我'亲爱的',回顾所谓往事,我们曾经相爱的情景。"

"有什么说的,先生?"安东尼·勒米里埃态度高傲,质问道,"我应该得出结论,您企图无中生有,进行卑劣的敲诈吗?不管怎样,您这种行径,没法儿让我相信是一位雅士所为,我提醒您了。"

"好吧,"泰奥雷姆咕哝道,"我不愿意趁火打劫。"

"您打劫好了,先生,不必顾忌。"萨宾笑着对他说。她又转向安东尼:"这位先生回忆所谓我们相爱的往事,刚才还提起过去的这个夏天,他跟我在布列塔尼海滩如何度过了三周。你说呢?"

"就当我什么也没有讲。"泰奥雷姆气急败坏地说。

"诚能如此,那再好不过了,"做丈夫的赞了一句,"要知道,先生,我妻子和我,整个夏天就没有分开过,我们一起度假,那是在……"

"在奥弗涅湖畔,"泰奥雷姆截口说道,"这没错。"

"您是怎么知道的?"萨宾故作天真地问道。

"我的小手指头,有一天他在布列塔尼一片海滩,穿着游泳裤。"

这句回答似乎让年轻女人略有所思。画家用那双乌黑的眼睛注视她。她微微一笑,问道:

"总而言之,如果我听明白了的话,您断言我当时和丈夫在奥弗涅湖畔,同时又和您在布列塔尼的海滩啦?"

泰奥雷姆眨了眨一只眼睛,表示正是此意。在安东尼·勒米里埃看来,情况变得明朗了,他真想照泰奥雷姆的肚子踹上一脚。

"先生,"然而,这个善良的人却说道,"想必您在生活中,不是孤单一人,一定有什么人照顾您:一位朋友、一个女人、亲戚。如果您住在这个街区,我可以送您回家。"

"您不知道我是谁吗?"画家怪道。

"请见谅。"

"我是韦辛格托里克斯①。我回去的事,您不必担心。我在拉马克站乘地铁,到阿莱西亚去吃晚饭。好了,晚安,您快回家爱抚您这布尔乔亚妻子吧。"

泰奥雷姆甩出最后这两句话,极其放肆地盯着萨宾看了一眼,

---

① 韦辛格托里克斯(? —公元前46),高卢部落阿维尔尼人的首领。公元前53年,他率众起事,反对罗马人在高卢的统治,头几年接连获胜,后在阿莱西亚被尤利乌斯·恺撒的军队包围,被迫投降,押到罗马,作为战俘示众,随后处死。

便扬长而去,还发出几声恶毒的冷笑。可怜的小伙子没有掩饰他已经疯了,心中还奇怪,没有早些时候显露出来。他发疯的证据是很容易举出来的。布列塔尼度假和萨宾的分身术,如果纯粹是他臆想出来的,那么,这正是一个疯子的幻想。反之,假如全是真的,那么泰奥雷姆又陷入另一种境地:一个人可以证明一种荒唐的真相,这也正是神经错乱的特征,确信自己神经错乱,这给画家的打击极为深重。他神色黯然,思想内敛,开始疑神疑鬼,躲避他的朋友,打击他们上赶着帮忙的热情。他也同样逃避那帮妓女,不再光顾山上的咖啡馆,独自关在画室思考自己的疯癫。除非失忆了,否则他看不到能治愈的那一天。孤独倒产生好的效果,将他引回到绘画上。他开始绘画,劲头异常凶猛,往往进入癫狂的状态。他那十分杰出的才华,从前都虚掷在咖啡馆、酒吧和淫乐上,现在开始闪亮,绚丽,继而大放光彩了。经过狂热的探索,奋斗了半年,他完全实现了自我,每画出一幅就是杰作,几乎全部成为不朽的作品。譬如其中一幅,他那著名的《九头女》,就已经引起巨大的反响。再如《伏尔泰座椅》,那么纯净,又那么打动人心。他那位在利摩日的叔父非常满意。

这期间,伯布里夫人肚子大起来,那是牧师的杰作。我们要赶紧交代一句:他们二人无论哪一个,行为上都没有丝毫违背名誉,然而犹滴回归她姐姐的怀里时,腹中同牧师结合的果实,还是初孕的状态。伯布里夫人分娩了,生下一个健康的男孩,由牧师漠不关心地洗礼,而这孩子成为她道德上的一个小小缺憾。孩子起名安东尼。此外就无可奉告了。大约同一时期,戈勒克布尔王妃生下一对双儿,全仗邦主本人的功力。举邦欢天喜地,民众按照当地的习俗,献给两个新生儿他们体重的纯金。至于芭尔珀·卡扎里尼、罗莎莉·瓦尔代兹·伊·萨马尼戈,也都做了母亲,前者生个儿子,后者生个女儿。两个家庭也同样兴高采烈。

亿万富翁的妻子,史密森夫人,却没有以她的姊妹为表率,反而病倒了，病情相当严重。她在加利福尼亚度过康复期，开始阅读那些危险的小说：那些书太吸引人，叙述无耻的男女深陷罪恶之中，而且可恶的是，作者津津乐道，使用多么投人所好的语言，运用何等渲染骇人情节的艺术，最丑陋不堪的场面，也写得让人喜闻乐见，给人物罩上光环而易容，恶魔般地引导我们忘掉自我，即或不赞同（赞同也常见）那种无耻行径的真正性质，他们甚至肆无忌惮，向我们描绘爱情的乐趣，如何追求情欲。这类书比什么都坏。史密森夫人经不住诱惑，沉迷其中了。她开始叹息了，还要思前想后，心中暗道：我有五个丈夫乃至同时有六个丈夫。我只有一个情夫，在半年时间他给我的快乐，胜过一年中我的所有丈夫加在一起给我的。而且，他还不配我的爱。我碍于信念，抛弃了他（想到此处，史密森夫人又是叹息，书页快速从拇指下纷纷滑过）。《爱情唤醒我》中的那些情侣，就不知道什么叫作顾忌。而他们幸福得好似牛（她想要说赛似神仙）。我产生的种种顾忌，是说不通的，因为，通奸的罪孽，体现在什么方面呢？损害别人本应他独占的东西。可是我呢，没有什么能阻止我有个情夫，而我又能保持完整属于史密森。

　　这种思考不久便自然孕育果实。糟就糟在孕育果实的不单单她一人，按照分身术的法则，这种毒素同时渗入了她姊妹的意识中。且说在加利福尼亚多拉多海滩休养的最后日子，一天晚上，史密森夫人去听音乐会。演奏狂热爵士乐《月光奏鸣曲》。贝多芬及其魔舞般的音乐魅力，极大地煽动起她的想象力；以至她爱上了那个鼓手，然而第三天，那名鼓手就登船前往菲律宾。半个月之后，她一个分身便派往马尼拉，迎接那乐手上岸，彼此相爱了。与此同时，伯布里夫人喜欢上一名猎豹手，仅仅在一份杂志上看到他的照片，便给他派一个分身去爪哇。高音歌唱家的妻子，离开斯德哥尔摩时，也留下一个分身，去结识她在歌剧院注意到合唱队中的一个青年。至于罗莎莉·瓦尔代兹·伊·萨马尼戈，丈夫在一次宗教仪式上,被巴布亚一个部落给吃掉了,于是她分身化为四人,同四个帅哥儿相爱,都是在澳洲各港口邂逅的。

说来实在不幸,善分身术女子很快淫荡成瘾,情夫散布在世界各个角落,数量以几何级数增长,公比为2∶7。这一分散的族群,包括各种各样的男人:海员、种植园主、中国海盗、军官、牛仔、一位国际象棋冠军、斯堪的纳维亚运动员、珍珠采集者、一位人民委员、中学生、赶牛人、一名持剑斗牛士、一名屠夫助手、十四位电影艺术家、一名瓷器修补师、六十四位医生、侯爵、四位俄罗斯王公、两名铁路职员、一位几何教师、一名马具皮件商、十一位律师,如此等等,不一而足。不过还应指出,有一位法兰西学院院士,留着大胡子,正在巴尔干地区巡回讲学。这个性欲难以餍足的女人,觉得马克萨斯群岛(玻利维亚)上的种族特别棒,仅仅在这群岛上,她就分身化为三十九个美女。只是三个月工夫,她的分身就增至九百五十个同样的女人。随后半年中,她的数量就达到一万八千左右,还真够庞大的。几乎改变了世界的面貌。一万八千个情夫接受同一个女人的影响,而且在不知不觉中,他们之间在意愿、感知和判断事物上,形成了一种亲缘关系。此外,他们受到她的忠告,受到讨她欢心的同样渴望的开导,久而久之,言谈举止,着装和领带的颜色都趋同了,甚至面部的表情也趋同了。就这样,几何教师很像一名中国海盗,而那位院士,尽管长着大胡子,还是看似那名持剑斗牛士。从而塑造出一种类型男人,躯体化性格,怎么仔细审视,也看不出什么大的差异。萨宾哼惯了一支歌曲,开头一句歌词是这样:"在法国警卫队中,我有一个情人。"接着,从她双唇流畅地吐出数不胜数的情人,以及他们的朋友和熟人,她也变成一支国际流行曲。阿尔巴孔的强盗们,边歌唱着她,边洗劫芝加哥的主要银行,如同武奈那的海盗歌唱着抢劫蓝河的帆船。再如那些不朽的院士,也歌唱着修订法兰西词典。总而言之,萨宾的身形、体态、眼睛的模样、双腿的姿势,似乎很快就要成为女性美的新标准。那些大旅行家，尤其那些记者，都十分惊讶，无论到哪里，总发现同一个女子，简直同她一模一样。这引起报纸极大反响，科学界对这种现象，推出好几种解释方法，从而产生大规模争论，而且看不出很快就能结束。半目的论者通过转基因和潜意识的取向，拉平各种族的理论，总的来说在公众中颇有市场。伯布里爵士相当关注这些辩论，开始以怪异的神态看他的夫人了。

在饮水槽街，萨宾·勒米里埃在表面的平静中，继续过着体贴的妻子和好主妇的生活，跑菜市场，煎牛排，缝纽扣，延长丈夫衣物的使用期限，还同她丈夫同事的妻子来往，定期给住在克莱蒙费朗的老伯父写信。她与她的四姊妹正相反，似乎并不愿效仿史密森夫人那些小说的恶毒怂恿，不肯分身追随那些情人。有人断言这种谨慎小心是装模作样，口是心非而虚伪的，因为萨宾和她那些众多作孽的姊妹，无非是同一个人。然而罪孽最深重的人，永远也不会完全被上帝抛弃，在他们可怜灵魂的黑暗中，天主始终还是给一点儿光亮。毫无疑问，在数不胜数的爱恋女的第一万八千个身体中，正是这样的光亮如此这般物质化了。果然，她听到了主的声音：要向合法丈夫，安东尼·勒米里埃的优先地位致敬。她对待丈夫，一举一动总能表明这种敬重的考虑。勒米里埃在交易所刚刚进行不当的投机，举了重债，便一下子病倒了，结果家里经济极度拮据，濒临穷困的边缘。往往同时缺钱，买不了药、面包，付不了房租。萨宾过上了惶惶不安的日子，但是总能挺得住，哪怕执达吏来砸门，哪怕安东尼要本堂神甫来做临终圣事，哪怕受到诱惑，想求救于数百万伯布里夫人，或者史密森夫人。她坐在床头守护病人，观察他的困难呼吸，然而，她也始终关注她那些姊妹（已经有四万七千人）的寻欢作乐，看着她们的一举一动，倾听那片淫荡的喧嚣，有时不由得引起她一声叹息。她咬紧牙关，神情紧张，瞳仁微微放大，有时就像一名电话接线员，工作认真热情，监视着一台庞大的电话交换器。

尽管参与(也隶属于)这一纵欲群体,无数分身,不知羞耻,只求欢欲,流着汗,呻吟着,享受着欢爱的乐趣(必然地,也是必需的,也是人体器官构造的必然而绝对的协调一致),尽管萨宾一直难以平静,心灵总在饥渴中。正是她爱上了泰奥雷姆,并且决意不告诉他实情。她那四万七千个情人,也许不过是这种无望欲情的一种消遣。想一想总归还是可以的。另一方面,也可以设想,事情很简单,她无法抗拒,被漏斗状的一种命运吸进去了(参看查理·傅立叶①的思想,谁都能读到,就刻在他的雕像的基座上,立在克利希大街和克利希广场的交会处:"吸引力同命运成正比")。泰奥雷姆成功的消息,萨宾先是听乳品店老板娘讲的,随后又在报纸上看到了。她去看画展,观赏他那幅《九头女》,不禁心花怒放,眼睛都湿润了,画得那么柔和,那么悲剧般的不真实,而对她又富有暗示意义。她从前的情夫,在她看来净化了,弥补了,赎罪了,脱胎换骨了,焕然一新而又光明了。唯独为了他,她才敢祈祷,祝愿他睡得好,吃得香,一年四季心灵都保持清纯,也祝愿他的绘画越来越美妙。

泰奥雷姆还是那双黑黑的眼睛,但是疯癫已经离他而去,尽管他要证明这一点,还是采用同样的论据。他倒是乖觉多了,思忖无论什么事物,总存在充分的理由,因而要削减他发疯的证据,必定存在极好的理由,他无须费力去寻找。不过,萨宾的生活差不多一成不变:勤劳持家,大多时间孤单一人。泰奥雷姆的绘画,也不辜负萨宾的祝愿,越来越美妙了,艺术评论家谈到他画作的灵性,分析得十分精妙。到咖啡馆也难得遇见他,而他甚至在朋友面前,也

---

① 傅立叶(1772—1837),法国社会理论家,主张把社会改造成自给自足的、独立的"法朗吉"。这是 1825 年至 1850 年出现的几种乌托邦社会主义纲领之一。他的第一部主要著作《四种运动和人的命运》(1808)。还有《新的工业世界》(1830)。傅立叶强调社会要适合人类的需要,指出竞争的资本主义制度造成浪费。现在看来岂止是浪费,简直是挥霍,势欲毁灭人类家园。

寡言少语,那张忧伤的脸和神态,表明男人经历过巨大的痛苦。这是因为他回归自我,实现了一种重大的转变,审评了他从前对萨宾的行为。他意识到自己行为卑劣,一天不知有多少次面红耳赤,高声责骂自己愚钝,粗野,是有毒的癞蛤蟆,是趾高气扬的一头猪。他很想到萨宾面前谴责自己,恳求她宽恕,但是他认为实在没脸见人家。他故地重游,又去拜谒了布列塔尼那片海滩,携回两幅能感动杂货店老板落泪的出色画作,以及一段自己粗野表现的锥心回忆。在他对萨宾的热恋中,他进入了无地自容的状态,现在反而懊悔曾经被爱上过。

安东尼·勒米里埃大病不死,治愈后又上班了,好歹修补好金钱的窟窿。在这场考验过程中,邻居们幸灾乐祸,料想那丈夫即将一命呜呼,家具全拍卖,那妻子就要流落街头。其实,他们都是很好的人,跟所有人一样,都有金子一般的心,对勒米里埃夫妇毫无怨艾,但是,他们在观赏围绕勒米里埃一家上演的一出凄惨的悲剧,情节跌宕曲折,高潮迭起,房东吼叫,执达吏登场,看得人热血沸腾,他们数着日子,惴惴不安地期待配得上这出悲剧的结局。大家怪勒米里埃没有死。他不死,整出悲剧就演砸了。他们出于报复,就开始怜悯起并赞赏起他妻子。有个女邻居就对她说:"勒米里埃太太,您可真有勇气啊,当时我们都惦记您,我要上楼看望您,弗雷德里克就对我说不要去:你会打扰人家,但是,我一直了解情况,我经常讲,昨天还对布列维说来着:勒米里埃太太那一阵非同寻常,那一阵真令人赞叹。"这番话还尽量在勒米里埃面前重复,或者通过六楼的三个房间,或者四楼的对门一讲再讲,效果很明显:这个可怜的男人认识到,自己感恩还远远不够。一天晚上,他见萨宾在灯下神情倦怠。萨宾正在爱恋第四万六千个情人,一名警察队长,仪表堂堂,在卡萨布兰卡的一家旅馆,他一边解她的腰带,一边对她说,吃饱喝足了,再抽完一支好雪茄,做爱就是神仙的享乐了。安东尼·勒米里埃十分崇敬地注视他妻子,拉起她的手,

嘴唇贴上去,对她说:

"亲爱的,你是一位圣女。你是圣女中最温柔、最美丽的圣女。一位圣女,一位名副其实的圣女。"

这种颂扬,以及这种景仰的目光,不由自主传递的嘲弄,真让萨宾无地自容。她抽回手,失声痛哭,抱歉她心绪烦躁,随即回她的卧室了。她正拿卷发夹子整理头发时,那位大胡子的院士动脉瘤破裂,死在雅典他与在那边取名居内贡德的萨宾共餐的一家饭店。居内贡德自称是她的侄女,这名字有点讲究,甚至具有文学性①,不过,要认真想一想,日历上哪儿能容下五万六千位圣女,可人人又得有个受尊崇的位置。院士这个伟人的遗体会有周到的安置,居内贡德放心离开,返回萨宾的怀里。次日早晨,萨宾就把她打发到郊区的贫民窟,为无数次侮辱安东尼·勒米里埃而去赎罪。

居内贡德化名为路易丝·梅干,住进圣武安区最简易的木板房。这些棚屋建在肮脏不堪的居民区,正对着一座座大垃圾堆;这些垃圾堆在地基不牢的地段,散发着灰烬和人粪便的恶臭。她的棚屋是用拆房的旧木料搭建的,屋顶铺着(涂沥青的)油毡纸,分两间屋,用木板隔开。其中一间住着一个患卡他性鼻炎、身体虚弱的老人,由一个痴呆的男孩照顾,而老人奄奄一息的声音,日夜总在斥骂孩子。路易丝·梅干要经过很长时间,才逐渐适应这种环境,她同样要适应各种寄生虫、老鼠、各种气味、吵架的喧嚷、城郊居民的粗野,以及各种难以忍受的不便,全是这人间地狱最底层强加给人生的。伯布里夫人及其结了婚的姊妹,也有五万六千名爱恋女(数量还不断增长),她们一连数日,饮食上没了胃口。伯布里爵士不免奇怪,有时发现妻子面无血色,头和双手发抖,还翻翻白眼。他心中暗道:看来向我隐瞒了什么事。其实,只不过是路易

---

① 居内贡德:伏尔泰中篇哲学小说《老实人》中的女主人公,贵族小姐,与老实人相恋,因遭战乱而流离失所,到处逃难,历尽人世沧桑。

丝·梅干在她的陋室,正同一只大腹便便的硕鼠对阵,或者同臭虫争夺床铺,但是,爵士不可能了解。也许有人会推测,这样打下地狱赎罪,过起拾荒者的日子,整天伴随着臭味、蛀虫、创伤、脓疱、饥饿、动刀子、破衣烂衫、酗酒和昏头昏脑的叫喊,就能促使善分身术的罪孽女子悔改,在道德之路上前进一大步。其实不然,恰恰相反。路易丝·梅干,她的五万六千姊妹(已变成六万),以及四分身的妻子,都力图麻醉自己,以便忘掉圣武安贫民窟。路易丝非但没有安贫乐道,应当从痛苦中得到教益,反而熟视无睹,充耳不闻,都分散在五大洲,耽于不正当的玩乐。这样很松快。人有了六万双眼睛,随便一双所看到的景象,就足以令我们分神,无须费力。耳朵也同样。

幸而上天明鉴。一天傍晚,飘浮着薄雾,空气非常和怡;棚屋、流浪生活的篷车,以及垃圾堆散发的气味,融合成深透的异味,类似腐尸味;在城边的居民区,一片轻雾浮动着,模糊朦胧了不匀称的景物和煤渣路;那些家庭妇女斗嘴,彼此称臭婊子、烂货、窃贼,而在一家木板房的咖啡馆里,广播正播送对著名自行车赛手伊德的采访。路易丝·梅干拎着喷壶,到界石状公共水龙头接满水,看见从流浪篷车钻出一个莽汉。那人的长相:那宽肩、那面型和耷拉到膝部的长臂,完全像个大猩猩,他穿着拖鞋,两条绑腿不是原配的。他转动着肩膀走上前,停在路易丝旁边,什么话也不讲,毛茸茸脸上的那对小眼睛闪闪发亮。有几个男人已经到水龙头那里接近她,甚至有的到她的棚屋周围转悠,不过,最粗鲁的人也还是有所顾忌,要遵守一点儿常规的过渡。而这个家伙,肯定连想都不想,他决心干的事,就心安理得,就仿佛乘公共汽车那样。路易丝不敢抬眼,只是恐惧地注视他那双垂下的巨掌,掌背布满浓密的黑毛,有几处因油脂粘连而翘起一绺绺。喷水壶灌满了水,她拎着往回走,黑猩猩陪伴着,始终一言不发。他捯着碎步,走在她身边,只因他脚外翻,腿短,跟上身不成比例,他不时吐一口嚼烟汁。"您跟随我,到底为什么呀?"路易丝问道。"我的伤口又流脓了。"黑猩猩边走边说道,他还揪了揪裹着大腿的短裤。他们走到棚屋。路易丝心惊肉跳,她跨前一步,冲进屋里,关门把他挡在门外。哪知不待她上锁,他一巴掌就把门推开,人已经立在门框之间。他不顾女人在眼前,用手指小心轻轻地抚摩大腿,隔着布确定流脓伤口的范围,操作了好长时间。在隔壁房间,老人咕哝着亵渎神灵的话,用奄奄一息的声音,抱怨孩子要害死他。路易丝惊恐万状,立在屋子中央,定睛看着黑猩猩。他重又抬起头时,瞧见她那种眼神,就用手示意,好像让她耐心一点儿,关上房门之后,他将嚼烟吐在一张椅子上。

在巴黎、伦敦、上海、巴马科(非洲马里)、巴吞鲁日(美国)、温哥华、纽约、布雷斯劳(波兰,今为弗罗茨瓦夫)、华沙、罗马、本地治里(印度)、悉尼、巴塞罗纳,以及环球各个角落,萨宾屏住呼吸,注视着大猩猩的举动。伯布里夫人刚走进朋友的客厅,女主人迎上前,却见她吓得后退,鼻子抽紧,眼睛惊恐万状,一直跌坐到一位年迈上校的双膝上。在内皮尔(新西兰),艾奈斯蒂娜,六万五千姊妹最小的,她的指甲深深抠进银行的一名年轻职员的手心里,弄得人家不知该做何想法。萨宾本可收回路易丝·梅干,进入众多分身的随便哪个姊妹的怀里,她不是没有想到,可转念又一想,她无权拒绝这场考验。

大猩猩强奸路易丝好几次。在间歇中,他又舔起那口嚼烟,随后再吐到椅子上。隔壁那老人继续咒骂,用虚弱无力的手掷鞋子,要砸他的小伙伴,而每次,孩子都咯咯傻笑。天差不多黑了,在昏暗中,大猩猩的动作搅和着他的兽毛中,衣衫里的油腻、变质食物、泥土和脓血的浊重气味。最终,他又舔起那口嚼烟,总算不再吐出来了,作为懂得生活的男人,将一法郎硬币丢到桌子上,出门时还丢下一句:"我还会来。"

这一夜,六万五千个姊妹,谁也睡不着觉,她们眼泪似乎永远也流不干。她们现在看清楚了,史密森夫人读的那些小说描绘的爱的欢乐,原是迷惑人的幻象,而世间最漂亮的男人,在婚姻的神圣关系之外,所能给予的,归根结底(她们这样想道),同那个大猩猩所给予的相差无几。她们当中数千人,跟她们的情夫闹翻了:那些男人见她们又哭又闹,摆出憎恶的样子,就不胜其烦,关系很快就破裂了。于是,她们就自己谋生,挣体面的面包吃。有些人进工厂做工,还有些人去当保姆,什么活儿都干,另一些人则受雇于医院或者收容所。在马克萨斯群岛(玻利维亚),她们有十二人到麻风病院去护理病人。唉!还不应该相信这种行为,在姊妹之间很快就能普遍认同。恰恰相反,新分身的作孽女又来充数了,抵消了这些光荣的引退。即使这群悔改的姊妹,也仍有些经不住诱惑,又恢复了寻欢作乐的恶习。

好在那个大猩猩常去光顾路易丝·梅干。他始终那么丑陋不堪,那么粗野,气味总是那么呛鼻子,他的淫荡能产生极好的教益。每次他闯进棚屋,一种憎恶的战栗,就强烈地传导给这些爱恋女,结果总有一两千人规避到正当的劳动中,慈善的机构里,哪怕再反悔,再重蹈覆辙。只看数目,最终算下来,萨宾在向善的路上,也没有明显的进展,但是情夫的数量稳定下来,有六万七千左右,唯独这一点是一种进步。

一天早晨,大猩猩扛着大布袋,到路易丝·梅干那里。布袋里装着八盒鹅肝酱罐头、六盒鲑鱼罐头、三块羊奶酪、三块卡芒贝尔干酪、六个煮鸡蛋、十五苏的醋渍小黄瓜、一罐熟肉酱、一根香肠、四公斤新鲜面包、十二瓶红葡萄酒、一瓶朗姆酒,还有一台1912年制造的电唱机,以及(爱迪生时代)筒形蜡管录制的歌曲。只有三支歌,以大猩猩爱听的顺序为:《金麦子之歌》、一首轻浮的独白,以及二重唱:《夏洛特和维特》。且说大猩猩扛着大布袋来了,同路易丝·梅干关在屋里,直到第三天下午五点钟才离去。折腾了两天多时间,淫乐的罪孽滔天,不便细述。应当指出的是,在这段时间,有两万沉迷性爱的姊妹纷纷醒悟,丢弃她们的情夫,投身毫无收益的任务,去救助悲痛的人。诚然,也有九千姊妹(将近半数),重又堕入罪孽中。不过,收益还是好的。从此,尽管有反复,故态复萌,收成差不多稳定了。这些数不胜数的躯体,仅仅由一颗灵魂蜕变出来的,有人也许会奇怪,成果来得不是那么痛快。要知道,生活的习惯,尤其那些日常的、最不起眼的、看似最无足轻重的习惯,仿佛千丝万缕、粘连着灵魂和肉体。看看萨宾,就完全明白了。她的姊妹们过惯了放荡不羁的生活:今天找个情人,明天又换一个,天天跳华尔兹舞,有些人率先悔改了。但是,其余大部分人则恶习难改,要按时喝的开胃酒,舒适的套房,饭店里套餐巾用的小环,冲门房的微笑,一只暹罗猫,一只猎兔犬,每周做一次波浪式头发,一台收音机,一位女裁缝,一把深深的扶手椅,几位打桥牌的对家,最后,面前总有个男人,能跟他交换看法,谈天气、领带、电影、死亡、爱情、烟草或者落枕。然而,这些挡箭牌,似乎势必接连倒下。每周,那个大猩猩都要到路易丝家,一连住两三天。他喝醉了恶心死人,而他那种生蛮,那浑身气味和脓血的恶臭,都到了无以复加的程度。成千上万追欢逐乐的姊妹,都开始认罪了,纷纷洁身自好,做起善事,重又堕落,再次爬出泥坑,仍然犹豫,反复思考,还要选择,摸索;跟跟跄跄,丢下又拾起,拾起又丢下,最终,绝大部分都规矩起来,守着贞节的生活,不敢妄动了,过上劳动和克己的日子。天使们无不惊叹,从天国的屏障激动地观望,注视这场光荣的搏斗,他们一看到那个大猩猩走进路易丝·梅干的棚屋,就禁不住唱起一支欢快的颂歌。就连上帝也不时瞧一眼。不过,上帝远不如天使那样欢欣鼓舞,只是微微一笑,有时还训斥他们(当然是慈父般地):"好了,好了,"上帝说道,"没什么好看的,也没什么好说的。那是一颗普通的灵魂。你们所看到的,正是发生在所有灵魂深处的情况,我只是没有费心,赋予其他灵魂六万七千个肉体。我承认这颗灵魂的斗争,确实相当可观,但这正是按照我的意愿。"

饮水槽街,萨宾过着忧心忡忡而内省的生活,窥伺她灵魂的动静,在她家庭主妇的记事本记录了数字。等到她那些悔改的姊妹增至四万人了,她脸上的表情就宁静多了,尽管她一直保持警觉。傍晚,在餐室里,往往有一抹笑意,使她显得光明而透亮,安东尼·勒米里埃比以往任何时候都更明显地感到,她在同天使对话。一个星期天的早晨,她在窗前抖搂一块床前脚垫,勒米里埃在她旁边,正在思索一个难解的填字游戏,这时,泰奥雷姆经过饮水槽街。

"嘿,瞧那个疯子,"勒米里埃说道,"好久没有见到他了。"

"不该说他是疯子,"萨宾轻声反驳,"泰奥雷姆先生是一位大画家!"

泰奥雷姆信步走来,走向他的命运:先是沿着柳树街下坡道,一直走到克利尼昂库尔城门外的跳蚤市场。他随意转悠,并不注意那些旧货,最终踏入城边村。城郊的贫民以谨慎的敌视态度,看着这个衣冠楚楚的陌生人走过,嗅出这个散步者是到贫民区来猎奇。泰奥雷姆加快脚步,到了最后几间棚屋,几乎迎面撞见拎着一壶水的路易丝·梅干,她光脚穿着木底鞋,身上那件黑色瘦衣裙补了又补。他一句话不讲,抢过水壶拎着,跟在她身后走进破旧的小屋。隔壁那老人拖着脚步,一直走到跳蚤市场,要买一只旧盘子,整个棚屋静悄悄的。泰奥雷姆拉着萨宾的双手,彼此都要请求宽恕,以为给对方造成的伤害,可是谁都发不出声来。由于泰奥雷姆跪到她脚下,她想要拉起他来,自己却双膝跪下了,二人相对,都热泪盈眶。恰巧这当儿,大猩猩闯进来,肩上扛着一大布袋食物,只因他这次来路易丝的陋室,打算住上一个星期。他一声不吭,放下食品袋,他仍然一声不吭,双手抓住这对情侣的脖子——每只手掐住一个脖颈,拎起来,就好像摇晃两只小瓶子,随后就把二人掐死了。这对情侣脸对着脸,四目对视,同时一命呜呼。大猩猩安置每人坐到一张椅子上,接着他也落座,打开一瓶鹅肝酱,喝一瓶红酒,一整天,他就这样又吃又喝,还给电唱机上了弦,听《金麦子之歌》。天黑下来,他将两具尸体捆在一起,塞进大布袋里。他扛起沉重袋子,要离开这间陋室时,就觉得胸口隐隐战栗,仿佛动情了;于是,他不怕费事,重又打开大口袋,放进去他从当地一辆篷车窗户折的一朵天竺葵花。他沿着林荫大街,一路下坡,直奔塞纳河,夜晚十一点钟到达。这场风波的整个经历,最终引发他一点儿想象力。他在梅吉斯里码头,将两具尸体抛进河中。大猩猩觉得生活很无聊,像一本书那样累人。他当即萌生个念头,要跟生活同归于尽,不过,他还挺讲究方式,没有投河,而是到拉旺迪埃尔-圣奥波尔丹街,在一家门廊下割喉自尽。

就在路易丝·梅干被掐死的瞬间,她那六万七千多一些的姊妹也都咽气了,脸上挂着幸福的微笑,而手则抚摩着脖子。有一些姊妹,如伯布里夫人和史密森夫人,安息在豪华的坟墓里,其他人则埋葬在普通的土丘下,而一座座土坟很快就会被岁月抹平。萨宾葬在蒙马特尔的圣万桑小公墓里,她生前好友时而去扫扫墓。大家认为她必定在天堂,等到最后审判的日子;她就将喜获新生,在她那六万七千个躯体中复活。

参　孙[*]

　　非利士人自以为非常厉害,给我打发来这个小婊子。假如他们真能确信我根本不会理睬她,假如我认为她会忠心耿耿,我甚至都不会注视她一眼,恐怕他们一定会大惊小怪。他们怎么可能揣测出来,我指望的就是大利拉的出卖呢?这些人给我设置了个陷阱,而且达到了他们的目的。他们做梦也想不到,这种目的恰恰与我的目的不谋而合,在这场冒险中,我不是单凭冲动的莽汉,而是有心计地单打独斗。他们并不知道,谁也不知道,我深深陷入孤独的状态。这种孤独,在我的欣赏者,非利士人的喧嚣声中传播已久,如果说他们了如指掌,但是比起我的同胞来,他们同样参不透这其中的含义。可以断定,他们认为这只是一种超人命运应付的代价。我仅仅看出我叔父西墨伊揣度过,我终生沿边缘行走的渊薮深度。甚言之,或许正是他将惶恐的酵素置于我心中。我想到我八岁那年,他和我父亲在索雷亚那次谈话。他们坐在房后的草地上,我在不远处玩耍,抓住一头公牛,抛向半空大树那么高,落下来时再用双臂接住。叔父西墨伊严厉地注视我,随后,又注视我父

---

[*] 参孙:《圣经·旧约》中人物,以色列的第七十五代士师,力大无比的勇士。他曾徒手击杀雄狮、用谜语难客、将火炬绑在狐狸尾上烧毁庄稼等。非利士人收买了他的情妇大利拉,她从参孙口中探出他力大无比的秘密,趁他沉睡时剃光他的头发。于是,他被非利士人捆绑,受尽戏辱。他求告神再给他一次力量,然后双臂各抱一根庭柱,致使神室倾覆,与敌人同归于尽。
《圣经》中的这则神话故事,埃梅从新的角度诠释,别开生面。

亲,神态同样严厉,而我父亲怜爱地微笑着看我嬉戏。不大工夫,他们交谈激烈起来,我猜出是争论我的事儿,就把公牛撂到一旁,倾听谈话。

"这孩子,将来要成为公害。"叔父说道。

"恰恰相反,"父亲淡淡地回答,"神谕示过我。将来正是参孙,能把以色列从非利士人手中解放出来。"

"我知道,也不怀疑神谕,然而,我们的解放,要付出多大代价呢?参孙身上这种超凡的力量,人力无法抗衡,他施展起来,难道只会对付非利士人吗?"

"那又怎么样?除了上帝赋予我们的,我们一无所有,当然,这种天赋,我们往往没有用到正地方。你很赞赏这孩子,跟一头公牛玩耍,如同别的孩子玩小猫那样。如果你计算一下,他出世以来毁坏了多少东西,你对他的力量,就不会这么引以自豪了。想一想,他拔掉多少扇门,击穿多少面隔壁墙,打碎了多少餐具,毁坏并连根拔起多少棵树木,伤残甚至亲手打死多少牲畜。就在昨天,他友好地拍一巴掌,不是拍死了你那头最好的驴吗?他只是玩耍,完全是好意。等到成年,他的心受各种感情冲动的支配,他会干出什么事呢?仇恨非利士人并不是全部生活,参孙还会有别种恩怨,且不说在友谊方面、在爱情方面等待他的考验,也不说自尊心会受到的伤害,或者壮志未酬的失意。这样一种力量,如果仅仅受寻常偶然性的支配。我就已经很担心了,再掌握在一个人手中,那在我看来,是非常恐怖的事。人的意志,时而向善,时而向恶,而且慈善的事业特别脆弱,一旦毁掉,就不可收拾了。"

西墨伊叔父得出结论,要让人剪掉我的头发,我父亲心平气和地拒绝了。他这种淡定的态度让叔父无计可施,很可能又要激烈地争执起来,正巧从房角转出一个人来,马商约阿德,是个富有而受尊敬的人。他的智慧名声很大,于是,父亲和叔父从老远过去,向他请教。他了解情况之后,认为我父亲说得对。

"你的担心不能成立,"他对西墨伊叔父说道,"要明白,任何力量都有益。牛能拉犁,驴能往磨坊驮谷,风推动船只在海上行驶,而参孙能把我们从非利士人统治下解放出来。自不待言,世上有许多力量,我们还很陌生,表面上看是敌对的。暴风雨会折毁航船,吹倒庄稼,拔起树木,而雷电说不准会击到哪里。少安毋躁。"

马商约阿德,垂下厚重的下巴,得意地张着嘴,一副自信的笑容。

"少安毋躁。所有这些我们没有掌握的力量,上帝留待日后给我们,那将是对我们的虔诚和爱心的酬偿。我们赞美上帝吧,祈求上帝吧,那么雷电和暴风雨就将属于我们,成为我们身上的力量。西墨伊,上帝将力量寄寓在参孙的头发里,你难道不感到惊讶吗?在我看来,这是一个阶段。总要有那么一天,这种力量会久留下来,但不是在我们头发上,而是在我们的头脑里。雷电和暴风雨,将来会在人的额头下组合有序,而人的话语,就宛若爱和智慧的花朵,人就将拥有跟上帝的一根脚趾同样的力量。"

这场争论,非但没有往我内心播下怀疑的种子,先头还加强我自身重要性的见解,以及战败非利士人的决心。对于西墨伊叔父,我也看出有一种不信任感,后来变得尖刻了。从那年起,他就养成一种习惯,每年送我的生日礼物就是一把剃刀,我收下时,爱搭不理地挤出一声谢谢,强忍住心头的怒火。这种带有影射的剃刀,周而复始每年送一把,在我父母看来无非是一种有点儿过分的玩笑,却扫了我的兴,破坏了祝福我生日的家庭欢乐气氛。六年共六次,我都控制住了愤怒的情绪,但是到了第七个年头,我接过剃刀,掷到墙上摔坏了,揪住衣裳提起我叔父双脚离地。他并不挣扎,只是带着嘲讽的意味,冷眼注视我,倒让我不知所措了。我父亲也吊在我的胳膊上,而母亲还跪倒在我面前。我放下开始喘不上气来的叔父,逃避到乡野,为了平息盛气,我连根拔起四棵粗壮的树木,用拳击死两头公牛以及十八头奶牛,还不算那些小牛。正是那天,我心中萌生了不安,不久之后,不安的情绪势必将我封闭在忧虑的孤独中。叔父西墨伊讲过的话又浮现在我的记忆中,开始向我表明一种明显的意义。于是,我常去见马商约阿德,听他说说话,消除烦乱的心情。这个杰出的人善于激发我的爱国情怀,至少转移了我的烦恼。

"在以色列的园子里,"他说道,"那些猪猡胆小如鼠。把你的力量施展出来吧,参孙。打开闸门,让湍流荡涤那不洁的敌群。杀吧,开膛破肚,击毙吧,屠戮吧。上帝给了你超凡的力量,你就为所欲为吧。不要听你叔父的话,他是虚假的智者。他不理解力量就是荣誉的原则。他不懂得力量必然忠实于思想。"

有时候他还说,思想忠实于力量,不过,这已经不重要了。这些言论倒激发他内心的爱国热情,他在本城和整个地区开始宣讲,预告力量将登场,以色列将恢复荣誉,震撼未来和受控制的风暴。有一天,他嘲笑了非利士人信奉的愚蠢的神,被非利士人当场抓获,吊死在乡野。我非常崇敬他,因而他遇害,大大促使我决心从速登场了。我很快制订了一个复杂的,但孩子气十足的计划,实施几周之后,很容易就导致一场大屠杀。我打定主意的当天,非但没有屠杀非利士人,反而感到有必要娶一个他们血统的姑娘,借助这种婚姻,挑起他们争执与事端,进而斗殴与背叛,然而这样折腾徒劳一场。如今看来,这仅仅是我不安的虚荣心的一种谨慎行事。我担心自己成为一种纯粹的杀人机器,想要确信在这件事情上,智慧和力量应该旗鼓相当。

最终,不出我的预料,我被手脚捆缚,交给了非利士人。他们有三千多人,押解我前往乡野,那里绳索吊着的约阿德的遗体已经变成干尸。为了给我腾出地方,士兵们解开绳索,这个不幸者摔下去,身首断为两截。令看押我的士兵们吃惊的是,我一下子就挣断了绳索,就好像是头发丝绑缚的。我陶醉在浑身涌动的这种不可战胜的力量中,看到眼前一片血红,然而也心生一念,让约阿德参与我这复仇的冲天怒火。我拾起马商的颌骨，开始击打非利士人，击毙上千人，平民和军人各占半数。这场屠戮持续不到半小时，还应当指出，马商的颌骨是一件很不给力的武器。如果操一截粗树干，我感到一天能屠杀五万人，就跟玩一样，一点儿也累不着。我的同胞围着这场辉煌的战绩呐喊，但是他们似乎从来就没有想一想，反对侵略者的斗争旗开得胜，为什么我没有进行到底呢？把他们赶出我的家园，对我来说是件无比容易的事。只要我想干，用不了一周，就能完全实现了。我没有这种愿望。非利士人都仓皇逃走，这场屠杀之后，我远远抛掉约阿德的下颌骨，坐到尸体中间。非利士人倒在一个狭长的地带，在下颌骨的击打下，脑袋开瓢了。鲜血和脑浆溅到叠摞的尸体上，流遍尚温的肉身。我沮丧地观看这个屠戮场，所有打得稀巴烂的面孔，黏糊糊一片狰狞。死人丝毫也引不起我的怜悯。在我的眼里，这仅仅证实了我的力量，但是这景象既令我恐惧，又让我羞愧。我远非以色列善良的人后来大肆颂扬的超人。我的力量，我视为加到我身上的一个人；一个主人，使用我的四肢、我的双手、我的躯体，不容分说就支配我的意志。我被这个巨人压垮，被他愚蠢的行动所裹挟，完全成了一个微不足道的人，丢在自身的一个角落，比个瘫痪的人还不自由。我开始羡慕自由人的生活。从尸堆上我抓起一具尸体，摆坐到我对面凝视，我还从未这样注视过一个人。这是个士兵，已经年老，脖颈被我击穿，个头儿比我高些，肩膀也更宽，精瘦的肌肉表明久经战场，但是天生一副正常的膂力，合乎一个男子汉所需要的比例。他承担起一件重活的时候，必得预计要做出多大努力，战胜劳作中的疲惫。对他而言，打仗始终是个偶然事件，自己了解其中的危险，要战胜与人面对面厮杀的恐惧心理。我赞赏这个人，体魄十分匀称，力量听命于意志，只是一个活人所应具备的能力的一种。而我杀害他，无须害怕，也没有冒险，可见打死一个仅从普通汉子的力量和能力对抗我的士兵，我根本用不着表现勇敢，也不必谨慎。我凭着一股无个性的盲目力量激发的感觉,一味打打杀杀发泄狂怒,犹如脱离山体的一块巨石,从斜坡滚落下去。我面对这个非利士人的尸体,因一种可耻的缺陷而感到自身既渺小又可怜。我将这死者扔回血淋淋的尸堆,双手掩面,久久不动,咀嚼回味对自身的厌恶。猛然间,号角齐鸣,沸反盈天,让我惊跳起来。距我二百米远处,出现一队人兴高采烈、狂热地大吼大叫,径直朝我走来。逃跑的非利士人扩散开他们失败的消息,我的同胞前来庆祝这个事件,祝贺胜利者。眼前这些尸体,十数倍激增他们的陶醉。他们践踏着尸体跳舞,快意蹚过非利士人的血泊,男男女女张开双臂朝我跑来,连声呼喊着:"参孙!以色列的复仇者。"我最初吃惊的反应一过,便感到怒不可遏,于是拔起当作绞刑架的树桩,以威胁的动作举起来,平复了我那些拥趸的狂热,止息了号角之声。我命令他们掉头回去,以免在绞刑架的树桩下粉身碎骨,吓得他们转身,头也不回就逃开了。他们受到我如此接待,万分惊诧,怎么也弄不明白,经过我一顿臭骂,不得不撤离。他们大失所望,默默离开屠场,散开队形走远了。可是到了远处,在胜利的号角与歌声中,他们又重整队列,而那胜利的号角与歌声,永远也不会停下来了。我等到夜幕降临,才回到索雷亚。家里一片喜庆气氛,回荡着父母和朋友们的欢声笑语。我径直走向单独站在一旁的叔父西墨伊,请求他给我剃掉头发。

我惊奇地发现,合乎常人的一种膂力所产生的平衡感觉。我似乎也觉出,我的思维变得更加灵活了。然而,我却不那么快活了,惋惜我那力量和轻而易举的满足感。如果没有叔父西墨伊的护佑,时时提醒我防范自己,我很可能就经不住诱惑,任由我的头发长起来了。这期间,我战胜非利士人的壮举,在以色列引起极大的反响。我成了民族英雄,也成了受神灵启示的人、上帝在世间的代表。

以色列士师①亚伯东去世,有人催促我填补其位,我的心活了,但是叔父西墨伊却劝我拒绝。他说道:"你究竟有什么业绩,证明你机敏、智慧,能领导一个民族呢?相信我,这些蠢货指定你出任,因为他们把你视为残忍的大力士。你摆脱了你的力量,他们若是知道了,就不会想到由你继承亚伯东的职位了。不过,他们还相信你的力量,于是等待你的统治,就像期待一场残酷的娱乐。"

　　我的统治可以说天下太平。我引起的恐惧,能使得非利士人规规矩矩。我对自己的同胞非常严厉,不让他们认为地位变了,就可以乘机侮辱或者掠夺非利士人。旷日持久的谈判拖延数年,最后数日间就有了结果,看似无法解决的分歧,一时间就搞定了。非利士人的权利有了明确的规定和限制。他们在生活中,习惯了盗窃,巧取豪夺,难以忍受这种新的境况,就逐渐放弃了以色列这个国度,觉得他们不能像从前那样,靠强力夺取利益了。我的统治长达二十年,临终那段时间,他们在我们这里已成唯唯诺诺的少数了,还不断地减少。

　　我周围的人在颂扬中,将这些业绩归功于我的品德和天赋,然而我却知道,几乎应该完全归功于我的二头肌所享誉的威望,而且我也相信,所有肯动脑筋的人,对此都会有同样的看法。我这个真正的人始终微不足道,一如我留长发的那个时期。确信了这一点,我的性格就变得尖刻了。我活在世上,时时刻刻都感到,我误失了自己的生活,坐到了两个席位中间,受两种欲念的诱引,一个是任由我的头发重新长出来,另一个是丢下我的职务,去国外过正常人的生活。我变得易怒,动辄发火,随时都可能进入大发雷霆的状态。叔父西墨伊若是在场,总要不失时机地向我指出假如我还留着长发,这样盛怒的后果该有多么可怕。他也同样抓住每次机会,向我重复,我剃光了头发,为我们的人民造福了,有好几回我忍不

---

　　① 以色列立王位之前,士师是最高统治者。

住回应说,我恨我们的人民这是实情。我的憎恨始自我统治的初期,而且逐年加剧。我鄙视这样的民众,一味赞赏我身上的一种兽性力量。他们的欢呼让我失去冷静,最终我禁唱颂扬我的肌肉力量的爱国歌曲。

叔父西墨伊去世,享年一百零二岁又两个月。他死后,我又留起头发,但是约束自己,无论碰到什么情况,权当自己仍然剃光了头。我还真做到了,三个月下来,在我周围的人眼里,我的举止行为毫无变化。然而,我感到年少那些年的力量,重又逐渐回归我的体内,再次掌握了本我。应当承认,恢复力量给我的乐趣超过愧疚或不安。不过,我也十分谨慎地行事,加了百倍小心去触碰人、牲畜和物品。我的头发已经长成手掌这么长,不料有一天,我一时心烦,稍微使点性子,用臂肘推开一个妻子,却要了她的命。那天是我的生日,大家组织庆祝会,等我去参加。一大群人在房屋前面,吵吵嚷嚷要见我。这种赞美的喧嚣声,一直传到因我失手而生命垂危的女人床前,我觉得太过分了,就走到窗口,力图让他们安静。没承想我一露面,又引起欢呼,喧哗声变本加厉了。我不禁大怒,骂起粗口,大骂起哄的人群,反倒让他们更加兴高采烈了。那些蠢货为了讨好我,抓住一个来看热闹的非利士人,正要虐待他。我看不下去,纵身跳到人群中,冲开一条路,去救那个不幸者。群众纷纷拥向我,亲吻我的袍子,凑近我的鼻子赞扬,宣泄他们的爱国激情。我厌恶这种接触,二十年来我对这个民族的愤恨,顿时全冲上我的头脑。我开始在人群中胡乱击打,非常凶猛,也表现出蛮力终于有机会发泄时的畅快。那天上午,我当场留下四十来具尸体,还胆敢承认,我撤离时还意犹未尽。当天晚上,我秘密离开这座城市,前往加沙,一到那里,就开始找一个能把我出卖给非利士人的美女。我很容易就找到了,我的力量的秘密在我选定的日子泄露出去。

你对我讲述了你的故事。这就是我的故事,也许还没有完结。

我双眼剜掉了,头发剃光了,在这座监狱里拉磨,我们放松下来,我找到了寻求一辈子的东西。我丧失了力量和与之俱来的威望,就体会到了上帝一旦撤回赐给个人的特殊恩典,我们就都是寻常人了。我战败了,成了可怜的阶下囚,但是我却默默对自己说,再也不必倚重一个外人附体,也不必倚重他的影子了。我觉得相当幸运,就此可以期待,锁在这种奴隶的劳役中结束自己的余生。然而,我的头发又开始长起来,上帝的恩典再次回到我身上,我也热切地想到我惹下的灾祸,因为,我没了双眼,事情也不算完,在我体内复活的力量,总会找到我发泄的途径。

田 园 曲

一

法国进入第十七共和国,人口过剩的危险①,已经引起许多爱思考的公民惊慌。刚刚恢复全民公投的那些领导人,经过议会初选,他们本人对这种情况都惊叹不已:两亿两千万人,完全意识到他们的公民义务,在全国范围内,纵火,重大的屠杀案件频发,大量消耗了爆炸物。新当选的议员,大多都在搏斗中受了伤,思虑未来的竞选,便提出公投法的修正案,公布的内容如下:至少满十岁的公民,保留选举权,但是公投以掷骰子的方式投票,即公民到市政厅,当着三位市政官员的面,掷一把骰子。这样,政治的狂热就会锐减,由掷骰子投出来的议会,称为桑给巴尔三骰子议会,同上一届议会毫无差异,也有三个议员团,左派、右派和中间派。

然而,在两届掷骰子议会选举之间,公民又不断激增,移民每年大量拥入法国,数以几十万计。政府想实施计划生育和限制移民。马尔萨斯②人口论成为国策。边境线加强管控了。外国人拿不出十万法郎年金的证明,就被拒之国门之外,可是,移民却未见

---

① 这篇小说创作于1930年,1931年发表在《阅读新作》杂志上。当时法国还是第三共和国,"二战"后,1947—1959年为第四共和国。1959年,戴高乐将军当选总统,开创第五共和国至今。现今法国人口约为五千七百万。
② 马尔萨斯(1766—1834),美国经济学家,著有《人口论》(1798)。

减缓。每时每刻,都有许多架次大型飞机,从四面八方飞抵法国的腹地,卸下一万至一万五千不受欢迎的人,要等待警察部队开到现场的时间,他们坐地就已建起一座城市;当局派人员赶到,也只能便宜行事,一股脑儿批准这些外国人加入法国国籍。也试图使用暴力。十来座这样的移民城市,一周之内就捣毁了,居民遭到屠杀。这就引起了外交事件。美国声言要求法国交付从1700年起,每年应付给美国拖欠的钱款。此外,面对(意大利大湖)波罗梅四岛咄咄逼人的态度,必须公开认罪,只因四岛掌握纳普斯(Napus)的秘密:十二名身穿睡衣的议员,脖子套着绳索,渡过了大湖。

当时,国家实验室经常引发细菌灾难和水域污染。马赛第一场大流感,就夺走了八十万居民的性命。那些领导人大喜过望,反正他们都接受了精心的免疫处理。然而,由于大自然的一种补偿性反应,始则无节制的性狂欲,终致这第一场死亡的浪潮,人口大量锐减。去年,成千上万体面的家庭,已经按照法律生了二胎,却又增添一孩,甚至二孩,因为双胞胎的现象前所未见。这些家庭组成了联合会,拒绝交纳应付的超生罚款。这样因果互动,便加剧了经济的困局:大田里的劳动者,一对对极度狂热,如饥似渴地搂抱在一起,在丰收的麦地上翻滚,毁掉了三分之一的收成。

拿津贴的那些诗人,徒然歌唱往昔爱情无以言表的乐趣,从前不敢道出名字的爱,如今赤裸裸成为风尚。风流男子穿着灯笼短套裤,活现出装模作样的阿谀者。而女士们,突然都发育出丰乳和肥臀。全国进入发情期,纷纷躁动起来,而在参议员中间,大问题就是道德观念。

马赛流感大暴发之后,第一次人口统计,就显示居民增加了一百五十万。这个问题在议会引起巨大骚动。左派谴责右派,说是人口激增,资产者没有付出任何代价,而左派则指责其他党派制造混乱,缺乏预见性,一味贪图众所周知的享乐。主管部沦为少数,议会两院投票通过新预算法案,发展水疗法,将一篇产科学的作文引进中学会考,占总分的百分之二十七。

秘密委员会并不打算将新生儿的这种流行病,拉进马赛的大流感。委员会还派人组织多场没有听众的讲座,不断张贴广告,丑化人口多的家庭。监狱都取消了。从此往后,犯罪分子和窃贼,就判处整体或部分削减。这就造成了六十万阿贝拉尔①式人物,他们在激情四射的国度里,黯淡的目光追寻往昔的雪景。本来指望他们宣扬肉体享乐的虚无;但是,他们几乎全部离开了法国,以便减少他们在普遍狂热氛围中强烈的自卑感所造成的伤害。这样,就减少了六十万居民,然而,道德水准与出生率,都又同步提高了。

还是让实验室发挥作用。鼠疫不加选择,屠戮了二百万法国人。缓一步再看,后果实在惊人。每天早晨,在所有公寓的电梯里,看门人都能发现遗弃的新生儿。更有甚者,一股多愁善感的浪潮,又以新的规模,席卷了全法国。在街头各个角落,都能听见有针对性的情歌,颂扬满头金发和青少年的纯真无邪。一位中右议员,著名的社会党人,在一篇动人的呼吁中,请求最终给予他生四个孩子的权利。民众发出吼声,要求生"第四胎"。在巴黎,一些过激的人,甚至筑起了街垒,一名大学生站在街垒上,朗诵一场剧:《当爷爷的艺术》,当场丧了命。议员们都吓坏了,要投票通过"第四胎法案",全国无不为之欢欣鼓舞。人人都要充分利用这一法案,以至过不了多久,又该投票通过第五胎了。而女性的美感,这一段时间也奇妙地移位了。男人尤其要称颂怀孕的女子。矫形外科医生发了大财,用牛羊大肠制作的薄膜假腹特别流行,就连歌剧院的演出,朱丽叶的角色也选一名即将当母亲的演员扮演。

这期间,国家实验室陆续释放出三相交感霍乱病毒、狂犬病毒和杜朗波,也不考虑这类灾难能造成多么悲惨的后果。因此,全体

---

① 皮埃尔·阿贝拉尔(1079—1142),法国神学家和经院哲学家。因对爱洛绮丝的爱情而被阉割,在轰动经院哲学界的关于普遍概念性和起源的论争中,他的观点接近概念论。

民众都能准确评估,这些神秘的灾难与人口增长之间的关系,可是政府还不明白。一位议员受到他那公寓看门人的提醒,有一天也觉察出这种巧合的怪异,便推翻了内阁。新的秘密委员会决定取消周期性灾难。不过,国家首脑还是签发了释放的法令,这样,放任流行一场肌力性伤寒,仅在巴黎,就清空了一万五千套公寓房。从此,国家实验室的应用大大缩小,只完成警察局那种小范围清洗。如此这般,生育大为减少,生第四胎法案也不难推迟实施了,绿色康乃馨能在扣眼里重新绽放了。

人口增长虽说放缓了,却始终构成一种威胁,在整整一个时期,假流产的手段盛长,累积的后果十分惊人。五花八门的人种大混杂,这样狂热的淫乱也未能足以融合,还是纷纷拥向相隔的自然边界。有些地区,一转眼工夫,城市就连成一片了。一种杂糅难懂的语言,经过法国无线电传播更加混乱,在全法国肆虐流传,已经组合得相当完善了。

二

最为严重的问题,就是农业人手过盛。农民足以吃光他们收获的小麦,只给城里人留下让性格变得刻薄的合成食物。因此,所有人都想去务农。怎么宣扬返回工厂都无济于事,发热的脑袋只梦想扶住犁把子。去乡下盖房子形成风潮,不过数年,可耕种的土地面积就缩减了一半。收获的小麦甚至不够农民吃的了。统计人员于是惊呼起来,有人听进去了。在议会两院内部组建几个委员会,积极开展工作,用了二十年,确定了一项计划。

全国消防人员,包括预备队,都动员起来,组成一支千万大军,开往农村,肩负扫荡乡下居民的使命。他们士气高昂,不辱使命,在丰收之年,将全法国扫荡得光秃秃的。在农村居民中,也有个把残渣被杀害了,但是消防制服的威力,几乎全摆平了。

乡野清理得一干二净,合乎要求了,于是着手开始重建。每座大村庄,就重建成一座独栋的摩天大楼,种植面积多达数百万公顷土地。

农业摩天大楼的生活,组织起来也难免不遇到严重问题。

利益争端不算,虚荣心或政治争端又不断添乱。

住在三十三层和三十四层的穷人,按说住得很豪华,但是他们却眼红低层,就以不朽的平等原则,堵上中二楼(一楼和二楼的夹层)套房的锁孔。教堂通常设在大楼顶层,有时也被打发到地下室,因为无神论者主持的行政机构,首先考虑确保行政的崇高地位。这不免引起各方在议会上质疑,报纸登载报道。《未来报》发表一篇轰动的文章,表明地下室正适合宗教的蒙昧主义。而《过去报》则指出,世俗机构占据顶层楼的野心,就是报复潜伏在每个神经细胞里的神秘憧憬。牲口棚设在四十层区域是否适当,也争论很长时间。有些人断言,高空臭氧能延缓牛奶变质。另一些人则声称,大气压降低对牲畜有威胁,容易患心脏病。政府法令统一所有人意见,明确牲畜安置在第八层和第九层区域。不过,短语"奶牛的地板",在我们的语言中始终指"实地"。

第十七共和国最后二十年间,农村弥漫着一种严重的无政府主义氛围。农民付出的劳动与获得的成果不成比例(当时每天干七八小时活儿),个体经营收益少得可怜,各层楼道不和,发生争吵,他们就拼命寻求一种社会制度,大家结成相互依存的关系,这是保证顺利发展的必备条件。事态正到这一步,议会两院又投票通过革命状态,导致红外线专制。穷人的这种专制政权持续两年多一点儿,处死了三百万资产者。反革命的血腥屠杀也毫不逊色,死难的穷人数目特别庞大,一时间有人以为消灭了贫困。正在这种节骨眼儿上,菲利西安三世国王当政了,他的统治受波坦王朝明智的传统启发。伟大的菲利西安,以其联姻和自己家族的影响——波坦家族的一位先祖,于1914年曾端着刺刀上战场——也凭着他在贸易领域的真知灼见,这位君主在全法国已经享有盛名,他也的确非同凡响,名副其实。他一登基,便集中全部精力解决农业问题:要给农村摩天大楼制定一部宪法。

每一座村庄有一名世袭的村官,由国王任命,对国王负责。在宪法赋予的权限内,村官享有绝对权威,不仅掌管司法、教育,还掌管整体经济大权。所谓自由职业,同样为世袭,而且,这种现象奇就奇在,能把人类引向天分自动优选为荣上,所有其他行业:农民、无线电操作员、鞋匠等,都变成世袭的,沿袭了一个世纪,丝毫也没有强制(根据这项法律,例外的唯独诗人,摩天等级中,永世无可慰藉者,他们被剥夺了当父亲的权利)。这种体制,大大得益于头脑的一种严格规范,如今却有人怀疑,那或许算不上肌体专业化的最高阶段,埃米尔一世则颁布"长子法令",将这种体制永久固定下来,他同时又颁布"奴隶法令",确立主人和仆人之间已然存在的一种原则区分——仆人包括侍从、马夫、楼层服务生,等等。埃米尔一世的这些法令,从伟大的菲利西安宪法已经预见的出身谨慎含量中,汲取了其全部价值,规定村庄里的所有居民,包括主人和仆人,都必须生两个孩子,头生男婴,次生女孩。这种生育男女的能力,我们今天看来十分自然,当年可是一件极大的新鲜事,由不朽的卡纳克学者伊于·飞总结出来。唯独村官可生育三胎,两男一女,最小的是女孩。两个男孩,长子继承父职,次子将成为摩天大楼的本堂神甫。

如果发生意外,不幸一个人早逝,或者哪个家庭生了一名诗人,那也不会打乱秩序,只需村官解一道算术题,指定某一对夫妇按性别需要生一个孩子。

虽然并不禁止独身,但是很少有人逃避婚姻,只因每人都有生两孩的义务,独身主义者本就寥寥无几,无不知难而退了。年轻人通常在十六岁至二十岁结婚,妻子刚完成学业,修好梳妆打扮的哲学,能协助丈夫干好本行,还善于施展受整个有先见性教育引导的偷情私通的游戏。

农业财产并没有废除，但是，在一座摩天大楼里，收益紧紧连在一起，就完全丧失了必要性，纯粹变成荣誉性了。一个公民尽可以夸耀，在他杜朗名下有三公顷土地，这不过是空头支票，有名无实。在主人的生活中，也同样在奴隶的生活中，劳动所占位置很小，生活准则和机械化，将劳动压缩恰到好处。

生存无忧无虑，居住舒适的布置，满足了农民的需求和行乐，同时也限定了他们的想象力。在这些摩天大楼里，每种渴望立时就能得到满足，同外界关联的概念逐渐淡薄了。地理上未知因素的诱惑力，也大大减退，变成一种空想的好奇心，通过电影的话音、电视的遥感，很容易就平复了。我进入摩天大楼，很快就感到一种本位主义，而起点也并不是教堂钟楼的远古精神。钟楼的远古精神，建筑在骄傲或者羡慕上，而这种本位主义则不同，仅仅是习惯的积数。此外，由于法律限制，农民只能同本村人联姻，每座摩天大楼居住同一个种族，具有非常独特的性格，尽管同一种生存模式，由宪法强加给法国农村各地，使得这些独特性并不怎么显眼。

表面上看来，农村一座摩天大楼的生活，比起波尔多或者巴黎的一座摩天大楼的生活来说，没有多大差异：在家里，同样营生，家庭经济、邻居、通奸和无线电广播。即使在外面，一个农民和一个城里工人，机械劳动也相差无几。城里居民和乡间居民之间，仿佛产生了一部类似的交响乐。其实恰恰相反。既然所有法国人都能吃饱面包，村庄的组织就算很完善了，可是，城里人偏偏忘记农民摩天大楼供应粮食的作用，总要伺机干蠢事，挫败政府的政策，大喊大叫，揭发农村封建体制的危险。激发一些骚乱，迅速被镇压下去，但是这给市民心里留下一种深深的怨恨，仇视"地主老爷"。从农村到城市，只剩下粮食交换的必不可少的关系了，这更助长了农村摩天大楼以"摩天乐派"著称的自私。即使村庄之间，关系也相当疏远。伟大的菲利西安宪法规定，每座村庄都是一个完整的组织,农村全按照同一节奏生活,结果就在毗邻摩天大楼之间,消除了利益或情感上的任何等差。竞争的目标不复存在,也没有了促进睦邻友好的互助。

当时的道德观念,同我们如今理性至上的观念大相径庭,很难准确判断那些农民的私生活①。历史学家要想掌握分寸,试图解释清楚,如果忘记钢筋混凝土时代的古训,神经细胞的价值是按照物质价值排列的,那么付出的努力必将徒劳。这些小规模的村庄,人口最多的不过一万五千人,乍一看很可能认为,根据当时对幸福的粗浅概念,农民在族长体制下,过着近乎幸福的生活。然而,那个时期的许多材料却向我们透露出,那些农民中间蔓延一种病态的不满意情绪,以及一种沉浸在绝望中的隐秘心理,而那些摩天大楼有益于身心的氛围似乎不宜滋长那类情绪。热尔布瓦先生精心研究了摩天乐派,阐述得引人入胜。他说,一个有机体的自治,就等于判处这个有机体死刑,同样,一个人群体精神孤立,也必然走向末日。在这里没有必要辩论,这种理论的架构是否牢固,我仅仅保留结论,我这样看重是因为个人的工作:

去年年底,我作为诗人在市政厅供职,自然而然在图书馆,研究"人生的狭路",运气不错,发现了对开本的一本书,还盖有一家农村印刷厂的印章。这本书尘封了几个世纪,无疑是摩天乐派编年史非常珍贵的资料。我偏爱改编寓言,忍不住技痒,但是不忘求真,写出这篇记述文,其全部价值,就是求真务实,一丝不苟。

三

杜塞纳小村,高五十二层的摩天楼,存在了八个世纪,共计五

---

① 直到八世纪初,才颁布《爱情和友谊宪章》。从前,没有法律惩罚爱或友谊的现行,"情感"的存在,对小说家和江湖艺人而言,仅仅是虚拟的。(见 R.P.高安:《爱情法规史》十六卷)——原注

千居民,直到有一天,村官宣布人口将增至五千零二十三个,以便弥补二十三名诗人的诞生,这是一年之中令人悲叹的事。这二十三名小男孩一出生,就确认生为诗歌所用,从他们抓母亲乳房的动作就能看出其悟性。还有一些同样令人信服的征象,证实这是法国历史年鉴中独一无二的灾难。

村官是个明智的人,他的最初决定,就是将他们处死。

"二十三个诗人,将来我们怎么安置呢?"他对大咨议说,"我们已经有两名诗人了,仅仅两个人发出的喧哗,就超过公社其他所有人。过不了十五年,我们就会看到,全村要分成二十三个诗派,他们总要为某种晦滞的文字游戏,随时准备闹得不可开交。就是为了诗歌的利益,也最好让他们消失了:您完全清楚,诗人大部分时间,都用来无病呻吟,哀叹他们的孤寂。诗人的数量增长,如果超过合理的比例,他们最容易产生灵感的这种非凡的孤独;恐怕就再也享受不到了。那样一来,他们又该如何评价他们喜欢称作的使命呢?这非常危险。我呢,生为村官,又得到菲利西安十二世的批准,一方面既考虑确保杜塞纳各个楼层的安宁,另一方面也考虑必须防止诗歌停滞,因此我决定,除非有碍公共健康或者违宪,要处死这二十三名诗人。"

他的兄弟,大楼的本堂神甫发言了。他惋惜道,长官行使权力,始终与教会的神权相契合,今天却险些违反上帝的第五诫。长官曾向他允诺,没有他的调解,绝不会处死诗人,神甫还指出,上帝的怒火,绝不会威胁受害者,而是指向残酷没有来由的刽子手。因为,这纯粹是一种罪恶杀人,绝非惩罚:说到底,能给这些新生儿的意识,加上什么罪名呢?

村官再怎么宣称,能为这场处决负全责,终归徒然,神甫还是态度坚决,表明这种举措违反充分考虑到上帝的宪法精神。

"神甫先生,"村官反驳道,"我可以回答您,例外情况须有例外措施。即使教皇,也说不出什么来……"

"赋予长官对属下有生杀大权的宪法,那就不能称其为宪法。"一名电工提出异议。

"您看怎么样,"神甫得意了,"您的决定不为宪法所容,正在于戏弄宪法的精神与原则。"

"再说了,"一位公证人讷讷说道,"诗人,一点儿也不坏。"

村官陷入沉思,认真考虑之后宣布:

"那就让二十三名诗人活下去吧,既然受宪法的保护。大夫,您照样还得费神,吩咐我要向您提供名单的家庭,生育七个女孩和十六个男孩。"

他转向神甫,又补充道:

"神甫先生,这些诗人都欠您一命。但愿您能得到回报,日后听他们歌颂上帝。我只是担心,您听了头几首,就会面失血色。将来如何,我们走着瞧吧。"

这场争论之后十五年,本堂神甫对当年的干预,没有理由感到遗憾。二十三名诗人,在挑选合适的教师的戒尺严管下,受到了崇拜天主教教会、热爱精密科学(指数学及以数学为基础的科学)、鄙视文学创作的教育。他们的作息时间安排十分紧凑,从幼年起,就没有闲工夫浪费在早熟的诗歌兴趣上。况且,他们学习数学的那种热忱是好兆头,最终能培养成为实用工程师,本堂神甫对此丝毫也不担心。

"诗歌这个魔鬼,"他对村官说,"要知道,确是个魔鬼,肯定能被战胜,教规就是一种驱魔法。跟您说吧,这些孩子喜爱尺子:他们对数学那么感兴趣就是证明。"

"神甫先生,"精神病大夫附和道,"诗歌魔鬼,在我看来,无非是一种幻象,不过,我相信习惯的疗效。教规必将驯服这个魔鬼。"

他们催促村官表明看法,村官则耸了耸肩膀,一成不变地咕哝道:

"诗人就是诗人。"

这些诗人随着年龄和知识增长,村官越来越犯愁了。下午,他独自坐在办公室里,有时要工作很长时间,拟订一个组织方案,中和湍流般诗歌的威胁。他时常停下来,打个气馁的手势,哀叹道:

"无计可施啊,诗人就是诗人,唉!靠着诗歌的激情,人还饿不死。我一想起那幸福时期,黄金年代,那时,诗人却饿得要命……上帝啊,我们的父辈多么明智,尽管他们很粗鲁……"

这期间,杜塞纳村民依然生活富足,过着欢乐的日子,并不知晓还有什么威胁他们的危险。杜塞纳村庄,距图尔城数百公里,该城如今的废墟证实古代的辉煌,全村大楼很美观,高达五十二层,钢筋混凝土建筑,嵌入了白石料。村民人口不多,土地广阔,管理明智,保证了突出的繁荣景象,往东一直到卢奥尔良城,沿途都能听到议论"杜塞纳村的富有"。

杜塞纳村种植葡萄园,布满缓坡的小山谷,一直到卢瓦尔河,种植的小麦列入法国最优质的小麦,还饲养了大批牲畜。科学的精神肥沃了土地,阳光经济安排得相当合理,大多谷类作物每年都两熟。保障公社生活的各种劳作,在所有居民中分配得极为公平,机械也都极为有效,男人的劳动时间只占上午或下午的一半。每天余下的时间就用于娱乐:聊天,结交,喝酒,幽会偷情和夫妻做爱,用于各种游戏,全是有远见的行政机构为公民准备的。

至于妇女,多少世纪过惯了聪智的悠闲生活,美丽的容颜能保持到半老之后,因此在身体接触中,丝毫也不会让男人觉得勉为其难。那种肥胖臃肿,骨瘦如柴,膝盖大骨节或者平脚板,都被视为重病,不亚于黄热病或者白喉。卫生条件极佳,饮食消化正常,身体各器官功能运行状态良好,因此,杜塞纳村人能保持特别平和的性情。无论男女,如同《圣经》的早期那样,都是可爱的动物。他们的额头,不会每天为挣面包而流汗。

杜塞纳村人出于对本堂神甫的礼貌,能履行天主教徒的义务,但是没有多高的热忱。他们对死亡感受不到多大不安,身后事物就完全寄托于伟大的菲利西安的宪法,毫不怀疑宪法安排了他们的永福。

遵照村官的命令,二十三名诗人单独生活在三十五层楼的一翼,他们外出,多半到田野散步,在散步的场所睡一会儿午觉,或者在大楼顶的平台上睡个午觉,当然总跟个老师严加看管。他们学习勤奋,又有严格的纪律管束,与其他杜塞纳村人完全隔绝。他们一出生,父母就弃绝了,认为生下这样的怪物实在丢人。这些孩子性情温和、勤勤恳恳,教师们开口闭口赞扬他们的温顺,而本堂神甫的乐观态度,最终赢得大多数人的认同:这些人因职务之便,能同他们经常接触。

不料,一天早晨,数学教师急匆匆离开教室,跑进前厅,给村官打电话:

"喂!我是三十五楼层的数学教师。长官先生,出了一件可怕的事,一件……事……总之,学生贝兰刚给我背诵一首诗。"

"喂!您是说:一首诗?"

"没错,确确实实,事关一首诗,是讲圆锥曲面,一首散文诗,这倒是,不过同样很严重。"

村官却怀疑此说:

"嗳!我亲家的教师,我们要冷静。您是说,事关一首诗,要知道,表现几何图形的术语,就可能引起误解:至少,没有任何明目张胆的、诗歌特有的词语吧?"

"唉!长官先生,可这几乎就是纯粹的诗歌。喏,我不编造一个字,您听听,这个浑小子怎么描述抛物线的:'圆锥侧面的平截面,必将延伸无限远。'这是一条抛物线吗,长官先生?"

"事实上……"村官喃喃自语。

"这还不算什么。如果您听到他怎么讲椭圆形……全班的气氛都给毒化了,我看见我那几个最优秀的学生,脸色都苍白了。您想想看,这个可恶的贝兰,使用一种……怎么跟您说呢……对,使用一种隐喻:'圆锥的卵',他就是这样称呼椭圆形! 他居然还敢说什么'火山口……'"

数学教师声嘶力竭了。村官痛苦地呻吟一声。

"真想不到。"那教师又说道,"真想不到,我原本打算过两个月,就开始教他们学习纯虚数呢。纯虚数,噢! 我浑身不由得发抖。"

这工夫,村官已经镇定下来,他声音坚定,下了命令:

"这堂课一结束,您就让贝兰学生来见我。我立即就去搜查他的寝室。"

事过半小时,贝兰被带到长官办公室。这个男孩十四岁,脸色红润。他那双眼睛相当真率,近乎大胆。长官指给他一张座椅,一针见血对他说:

"您好像作起诗来了。"

贝兰有点慌神儿,他含混不清,讷讷表示否认。

"不要否认,"长官接着说道,"我知道您有些行为不当,其中一种,竟然给椭圆形起了个可笑的名称:圆锥的卵。先生,椭圆形,是一种正儿八经的形象,而您如此放肆,绝不可原谅。此外,在您的寝室里,还发现纸和蘸水笔。用不着我提醒您,只允许您使用石板和石墨笔。嘿! 嘿! 蘸水笔! 您可真行啊,年轻人!"

贝兰满脸通红。他先是垂下眼睛,继而,受此屈辱他不免气愤。又抬起眼睛,直视长官,字字铿锵地说道:

"我有蘸水笔,这算什么不当行为? 我也不会用来戳瞎我的双眼!"

"没有您质疑的份儿,一项措施,我认为必要就有必要,您只需服从就是了。"

驳斥的语气非常严厉。贝兰不禁浑身一惊。他站起身,放出狠话:

"我要是不肯服从呢?"

长官一时语塞。他摇了摇头,最终嘀咕这么一句:

"显然,我没有什么可讲的,既然您是诗人……"

贝兰犯了寻思,不大理解这话的意思,以为还是执意影射他贸然给椭圆形打的比方。他估量自己多么大胆,冲动起来抵制三十五层的纪律,便主动道歉,又变回了胆怯的声调:

"长官先生,我向您保证,绝对尊重圆锥曲面的特性,不仅如此,我还非常热爱,随时准备赞美这些特性。不用说,我撤回'圆锥的卵',但是您尽可以相信,我丝毫无意贬低椭圆形……"

村官连连点头,摆摆手不让他说下去。他想到是时候了,该向贝兰揭开他的身世之谜,便详详细细讲述一遍。

"年轻人,"最后他说道,"从此,您就是诗人了,很可能成为大诗人,因为,您的灵感急不可待,随机就抓住了圆锥曲面。我深感不幸,刚才对您讲了,您会给杜塞纳村带来什么危险。然而,毋庸置疑,您是个天才……"

"当然了。"贝兰同意。

"我有个想法,"村官接着说,"一个只有五千居民的小村镇,不是您勃勃雄心合适的舞台。您到一座大城市更有用武之地,才华会受人赏识。当然了,您的生活用度,仍然由杜塞纳公社担负:作为补偿,您的荣誉光辉,多少也会反射到杜塞纳村。"

贝兰双手托着下颏儿,思考了许久。村官紧张得大气不敢出。最后,年轻人摇了摇头,声调很痛苦,回答说:

"这种前景再怎么诱人,我还是不能考虑。"

"这是为什么?"

"就是因为……不知道该如何向您解释,但是我感觉,在看看我出生的地方,我要完成一种使命……"

村官不耐烦地打了个手势,几乎忍无可忍:

"别来这套,"他说道,"别来这套……"

可是,贝兰充耳不闻。他说话激动起来,脸蛋滚热,眼睛发直。

"您从来就没有听见,各楼层隐隐汇成的哀怨之声吗?得不到满足的灵魂,那些可怜的灵魂,渴求金星的清辉,大写出来的光亮!您从来就没有听见,在万有引力中投射的电子压力下,神经细胞的呻吟吗?"

"老实说没有。"村官承认。

"嘿,也真够意思!"贝兰愤然说道,"您还是长官呢,您都不知道爱的力量,想必您是藐视的了。您当心……"

"听我说,亲爱的诗人,"村官说道,"爱的力量,谢天谢地,还是不赖啊,我们杜塞纳村人,做爱可都没闲着,而且也完全讲卫生。这方面,您丝毫也不必担心。不过,让我告诉您吧,您的激情,可能为您准备许多挫折和失望。我还没有跟您说过,已经有两位诗人,在杜塞纳立足。自不待言,每个都自称是公社的唯一诗人,把对方骂个狗血喷头。现在冒出第三个预言家来,毫无疑问,他们不会拿好眼色看待。他们会骂你这小子自负,是同性恋者,装腔作势,还很可能暗示您一边屁股患了皮脂囊肿。您就会报复,称他们是顽石,老傻瓜,熟透的水果,嘲笑他们受这里赶时髦的人赞扬的一切。必然会爆发激烈的争吵,而您肯定能够胜出,因为所有女人都会迷上一个未到青春期的诗人。于是,您把所谓的使命置于脑后,沉浸在胜利的自豪中,直到有一天……"

"长官先生,"贝兰以浓浓的自尊自重的口气说,"告诉您,我鄙视荣耀,鄙视为荣耀的搏斗。您对我讲的这两位诗人,差不多让我明白,恐怕就是两个骗子。我有办法,能让他们无地自容。但是,热衷于真理,也绝不会使我忽略,命运题赠给我的痛苦灵魂的呼唤。"

"……直到有一天,我是说,那二十二个诗人,也关注圆锥曲面,有哪个像您一样,发现他有一项使命要完成。那样一来,又会发生大争吵,随后再出现第五位诗人、第六位诗人,最终算下来,杜塞纳村就有二十五位诗人。用不了半年,先生,我们就要经受一场诗歌通胀,伴随通胀而来的是仇恨、分裂、恐慌气氛、不满情绪……"

贝兰听着,觉得无聊,却保持礼貌。村官越说越激动,列举出等待可爱的杜塞纳村的所有灾祸。他还说道:

"两年之后,诗人先生,反抗的黑旗,就会飘扬在杜塞纳的大地上。假如我不维持秩序的话。"他咬着牙低声补充道。

贝兰站起身,神态严肃,肯定地说:

"假如我认为有必要,号召杜塞纳村人起来反抗的话,那我一定行动。不过,您的担心,在我看来夸大了。我那些同学都不危险,我很了解他们,说穿了吧,他们哪一个也不可能自诩为真正的诗人。这些人,将来不管多么自负,他们也不得不承认我是他们的导师。在音韵和谐的路上,我引向哪里,他们都会追随……"

"好吧,我祝您好运,"村官说道,"我要吩咐人,去给您安排好住处。千万不要告诉您的同学,您为什么离开他们。"

这次会晤一个月之后,在《层楼杂志》编辑部,贝兰受到他两个前辈诗人的攻击,指责他无知,剽窃,背叛,甚至亵渎。贝兰反击,创建《最后杂志》,一出版就引起轰动。刊头的文章题为:《成熟的诗歌》,向杜塞纳村人揭发老一辈人因循守旧,文风晦涩,思想邪恶,嫉妒而又愚蠢。第二部包括绿色诗歌宣言,随后用三百页篇幅,以不同格律的诗体,说明诗歌的定理。

如此一来,事态很容易就恶化了。老派诗人阴谋得逞,学术争执打到法庭上,贝兰要答辩三种主要罪状:施暴色情狂,大不敬和违反宪法的勾当。法官们禁止发行受指控的作品,当天晚上,全杜塞纳村人就全能背诵下来了。贝兰成为公众的偶像。这种状况持续好长时间,终于有一天,他的一个老同学离开三十五层楼,抛出"半自生诗歌"宣言;继而,又出现"原始诗歌"宣言,接着又有"新古典"以及二十种其他诗派的宣言。

杜塞纳村人变得神经兮兮,踌躇多疑了,还不断跨入前所未见的节奏赶浪头折腾。在电梯里,在平台上,或者在楼道里,为了绿色诗歌或者虚拟思想哪个优先,男人甚至彼此扇起耳光。女人则拒绝丈夫正常的爱抚,借口同诗情难以相容。

晚上,二十五位激动不已的诗人,有时一起拥上摩天楼顶的大露台。他们呼吸急促,半跪在那里,心中诗情涌动,汲取灵感,最终总能有一点升华到头脑。这样的文学晚会,往往演变成斗殴,而诗人都成为危险的狂热者。

本堂神甫日夜惕厉,生活不得消停。有一些诗人太张狂,竟然抛弃了上帝。另一些却反其道行之,对教会表现出脉脉温情,表达的诗句总会有损于宗教的声誉。还有一些诗人,应该是最危险的,各自以不同的方式阐释《圣经》。本堂神甫无能为力了,他本来请求这些弟子令行禁止,却眼睁睁看着他们日益背离弥撒圣祭。他也找过村官,承认当初悔不该发善心,留下这么大隐患。

"神甫先生,"他哥哥回答说,"您不必自责。罪过在我,是我未能偏离上帝之路,作为长官不该如此。"

这期间,村官无论怎么办,都控制不住杜塞纳的诗歌热情。他装作对所有诗歌运动都感兴趣,放下架子参加,为一些诗歌朗诵会鼓掌。

有一天,他摆盛宴,招待所有诗人,只有贝兰例外,被他成功地打发走了。好一场盛宴,持续二十四小时,因为每位诗人都要讲话,谈一谈诗歌的未来。

盛宴之后不过两个月,所有诗人都一命呜呼了。唯独贝兰得以幸免于难,他不待他的最后一个同道倒下,就匆忙逃之夭夭了。

主任医师声明,一种新型传染病,夺走了这些不幸者的性命,他称之为"malaria poetica"("诗歌病"),用拉丁语指认,就足以让公众舆论确信这场屠戮的神秘性。

杜塞纳村埋葬了本地诗人之后不到一年,就开始进入怪异的病态。

四

本堂神甫看自己手相,就知道他同村官约会,提前到了二十分钟。他首先想真糟,随后再一转念真好。

"我没想到您会来这么早,"村官说道,"神经大夫和性欲专家,一刻钟之内来不了。"

"我并不想提前到,"神甫叹息,"真的,也许这是上帝催促我来的……"

村官没有应声,移开了目光。他兄弟仍然强调:

"上帝抛下绳索,拯救在极不公正的海洋上遇难的人。我呢,也将缆绳交到渔夫的手上,他却视而不见……路易,自从那些诗人死了之后,为什么你没有来忏悔呢?你就没有一点儿要自责的吗?"

"我是长官。"

"怎么,您以为上帝根本不会审判长官吗?"

"神甫先生,您完全了解不会审判。做长官,必须抛弃一切,甚至他的天堂,以便保证他放牧的羊群安康。我就是这么做的,只为履行天主的话:'带头的将是最后。'"

本堂神甫惊恐地注视在罪孽中的这种隐忍克制。他开始祷告,一直到辩论的时刻。

十点整,主任医师进来了。他一脸不安的,近乎沮丧的神色。

"这样根本不行,"他边走进来边说,"根本不行。"

他在村官对面的一把扶手椅坐下,默默地等待村委会成员到齐了。十点过十分,性欲专家走进来。这个矮个儿男人有一张爽朗的面孔,目光特别敏锐,干这行的人莫不如此。他道歉来迟了:

"我去了一趟梦幻办公室,想要做出昨天夜晚,杜塞纳村之梦示意图。喏,拿来了,"他说着,从兜里掏出一张纸,"我要告诉你们,图示不好,非常糟糕。只有十二个人做了通奸的梦,而且,难以置信的是,也许在杜塞纳的历史年鉴中还从未见过,任何男人都没有梦见强暴他的岳母。反之,倒有四十七个人做梦,骑着一只灰兔子,揪着兔子耳朵在田野上奔驰。可怕不可怕?这体现了性欲冲动的低迷,两性做爱意愿能力的衰退,而两性相悦,只有在行政这面镜子上,正常而持续地有所反映,才能保证器官的良好功能。"

"总而言之,您得出什么结论呢?"村官问道。

"我的结论是,由于干预性欲,所有杜塞纳村人的欲望大大减退……"

主任医师听得不耐烦了,截口说道:

"对不起,您的结论没有告诉我们什么,这种状况我们早就已经知道了。"

"在欲望的实质上,我们的见解当然不同,"性欲专家语气尖刻,又说道,"对我而言,我再三重复也不为过:欲望是性行为的延续,也可以说,是性的一种宣扬方式……"

"嗳!"村官插言道,"这可不是开玩笑的时候。"

"开玩笑,长官先生?不存在开玩笑的问题。何况,什么算是开玩笑,如果不是一种第三性这玩意儿……"

村官终于让他闭嘴,请主任医师讲讲形势。

"你们从我口里了解不到什么,"主任医师说道,"有目共睹,你们同我一样,都看得清清楚楚,这种冷漠的状态,表现在我们同胞身上,无论体力劳动还是脑力劳动,各行各业无一例外。这种常见的现象,我快速地,随便给你们列出几样:田间劳动,从前当作一种消遣,现在干起来有气无力,还觉得挺累。干别的活儿也是如此。几个演出大厅空荡荡的,《杜塞纳报》没人看了。女人也没有情绪精心打扮了,无论哪一层楼,大家丝毫也不急于做爱了。再过四个月,会有五十七胎婴儿推迟出生。杜塞纳村人虚度闲暇时间,完全无所事事,样子痴痴呆呆的,显示出意志消沉的各种迹象。除此之外,这些人饮食,睡眠,一切都很正常。"

"我要打断您,"性欲专家高声说道,"您怎么就能这样肯定,他们睡眠很正常呢?他们睡梦的示意图却向我们指出,他们在醒着的状态,您所捕捉到的那种意志消沉的痴呆状,恰恰贯穿他们的睡眠!主任先生您似乎忘记了,睡眠只应是接近性平衡的一种倾向,我说性平衡,还有重复性……"

由于他的话被人打断,性欲专家手臂举向半空,狂热到了极点,整个人都变了样儿,他还说道:

"你们怎么不懂得宇宙的面孔呢?你们怎么视而不见,宇宙布满林立的勃起的生殖器呢?视而不见像通了电似的颤动的外阴,无边无际,看不到头也想不到边呢?"

本堂神甫塌下双肩,心中万分惊恐:世界万物竟是如此一幅世俗的景象。他口中念念有词,要驱除邪说,而主任医师却盯着性欲专家,以不屑的声调问道:

"莫非您是诗人,先生?"

性欲专家满脸通红,他惶恐不安地瞥了长官一眼,长官则不自然地微微一笑。主任医师显然满意了:

"我是说呀,"他又说道,"我是说杜塞纳村人饮食,睡眠都很正常,正是这种现象,变得令人心神不宁。不错,初看上去,很可能面对的是一种神经衰弱,甚至是恶病质,具有一种传染性。不过,我反复观察之后,可以确信,问题不是出在功能紊乱上。当然了,我首先推想,就是集体精神障碍。必须找到关键缘由,我才能排除这种假设。况且,杜塞纳村人的冷漠——这种现象我扣上这个词,为了谈起来方便——并没有传染性,其扩散毫无外在原因,诸如在一种食物里、不洁的水中,或者受污染的大气中能找到病毒。仅凭经验,我就能确定。这其中的奥妙,就是科学检查不顶用了。正是考虑到医学无能为力,长官先生,我才要遗憾地离开这场辩论:我在场一点儿用处没有。"

他站起身正要告退,村官却求他看在友谊的分儿上留下来。

"即便您的医学经验受挫了,"村官说道,"您这个明智而审慎的人的阅历,会对我们有极大的帮助。"

这时,性欲专家在座位上躁动起来,他见医学要退位,就已经显示他的优势了。

"主任先生,"他开言道,"您的工作得到负面的结果,我并不奇怪,完全理解是什么原因。我们村子的这种麻木状态,没有别的原因,就是性欲衰退了。您若不是这把年纪,也肯定能体会出来了。对于我们的长官,我也要这样讲,他刚刚庆祝完七十三岁生日。我提都不要提神甫先生,他从事的职业没有性的问题。至于我本人,正当壮年,更容易估量受损害的程度,只能调动起我的全部意愿,再用我的责任感来激励,绝不能随波逐流,眼看这种衰退在我们同胞身上,甚至毁了次要的功能。现在要确认是什么起因,导致全体性意识减弱了。这一点相当容易。你们不是不知道,有效的性意识,发自廉耻心和乱伦顽念的对抗,这就能解释通,如我们所见,全人类何以产生这样爱的大饥渴。然而,乱伦的顽念,在杜塞纳村几近消失了,只因在这里,乱伦行为已成为家常便饭了。"

神甫打了个恐怖的手势,村官愤然发出抗议。性欲专家笑呵呵地听着,随即又解释道:

"乱伦行为在这里,已成为家常便饭,这样说还不够,我本来应该讲,已经无法避免了。事实上,我们的大楼历时八百年了,我们杜塞纳村人从未同公社之外的人家联姻,结果所有人都有极近的亲情关系,性欲的氛围最终达到乱伦的超饱和点,整个病症大概来源于此。在我看来,也只有一种药方:首先放任不管出生率的下降,扩大病症的后果,然后再引入外来血脉补偿。"

村官刚才听了主任医师的声明,已经六神无主了,差不多就想要接受专家的这种性欲的解释,但是结论却令他恐慌。

"这种思路丝毫也不违背原则,"村官说道,"我并不那么顽固,不顾我管辖的居民幸福而固守传统。但是,考虑问题也要合情合理:杜塞纳村人生活的微妙机制,不可能适应如此彻底的解决办法。外来血脉会有损于公社的意识,我们看到这一点也就足够了,且不说可能引起的混乱,例如,会打乱行业世代的传承。那样一来,也许要有几个世纪的耐心,才能恢复大楼经济的平衡。不行,这种办法不能考虑。"

"尤其不能考虑的是,"主任医师附和道,"性欲专家先生的解释,在我看来纯属无稽之谈。至于我,我不同意起因是乱伦顽念之说。再者,专家先生能告诉我们,这种冷漠,为什么如此突然地表现出来呢?就照您的说法,有效的性意识,随着乱伦顽念的减退,不是也应该逐渐衰弱吗?"

"大谬不然,"专家反驳,"超饱和的肉体现象,在这一点上,也找到了相应的生理现象。刚才我就说过了。"

"我根本就不相信。不管怎样,总还得解释欧德-法伊摩天楼,比杜塞纳还早建三百年,为什么就从来没有受到性欲衰退的困扰……您哑口无言了,我认为您若是明智点儿,就让神甫先生讲一讲。"

神甫听性欲专家的阐述,难免极度不安,便向主任医师投去感激的目光,以极大的勇气说道:

"应该祈祷。灵魂充满淫亵的罪孽,我看得清清楚楚。上帝就看得更清楚了。他的宽恕中容忍了恶,但是,上帝只能按照意愿去做,因为他是公正的。因此,必须在祈祷的滔滔水中冲洗灵魂,这还不够,必须忏悔。忏悔是一种很好的漂白水。有罪者一旦鄙视他们的罪孽,上帝就会帮助他们,恢复他们必要的欲念。必须祈祷。"

"当然了,"村官有礼貌地表示赞同,"这是个好主意。"

性欲专家大声咳嗽,以便掩饰他那冷笑。

"是啊,"他说道,"祈祷,肯定不会坏了任何事。不过,我提醒您,那个大诗人说的话,他生活在查理大帝的朝廷,还是路易十四宫廷,我记不清了。他说:'你先要自助,老天才助你。'"

"远古那些诗人,特别明道理。"村官感叹一句。

他似乎忘掉邀请来的客人,而几位客人也很知趣,容他冥思苦索。

家畜开始衰微,不是因为喂养不好,而是世袭太久,对主人的性情就特别敏感了。通常,杜塞纳村人的乐趣,就是去牲口棚,每天至少两趟,跟牲口友好地聊聊。自从那些诗人死后,他们就丢下了这种乐趣,其他乐趣也同时舍弃了。牛生性非常敏感,立刻表现出来很受伤,一大批奶牛日渐忧郁,乃至消瘦下去。马匹也伤了自尊心,变得暴躁,不听使唤,在马厩隔板间尥蹶子,每天都踢伤人。

春季清点显示,牲口数目锐减。村官见此情景,只好采用了性欲专家出的方子。

杜塞纳村以大笔费用,引进五十名巴黎人,有男有女,赋予他们杜塞纳村公民的身份。这些人都有正经职业,习惯在城里干重体力劳动,还从未待在农村过懒散生活而变得萎靡不振。他们刚一到,就觉得杜塞纳比得上人间天堂,就像美不胜收的夏令营。一连四五天,他们都欢天喜地,这就让村官产生了他的村子复活的幻想。村里特意安排,他们一到达,就给他们配了当地的丈夫、当地的妻子。尽管巴黎女人不免抱怨,她们新的伴侣没有精神头儿,但势头不错,很快就能好起来。巴黎人的这种效应,持续了一个来星期,随后,他们就开始变得闷闷不乐了,眼睛发直,茫然望着虚空。

从此,杜塞纳便沉入半睡眠状态,头脑和感官的这种昏昏沉沉的状态,除了村官,任何人都未能幸免。在摩天楼里,唯见木头人似的族群,他们靠着生活习惯,好好歹歹继续完成每天的任务。医疗卫生服务站不再关心村庄的卫生状况。在空荡荡的教堂里,本堂神甫诵着弥撒,却连想也不想。性欲专家也完全消沉了,整天站在楼顶平台上,不知呆望什么。他尚余几分专业意识,有时还想挑逗挑逗,讲点儿黄色段子,但是声音毫无情调,并未进入角色,没人理会,普遍都无动于衷。

杜塞纳村过了十年的迟缓生活,便降到了一种未开化的麻木状态。法官们忘掉了司法,犯罪分子丢弃了犯罪,而医生也搁置了医学。性欲专家的梦境,也完全变成天使的纯洁境界。田地经营不善,大量减产。摩天楼内十分肮脏。因隔壁墙塌毁,堵塞了一些楼道。大部分窗户,没有重新安装坏了的玻璃,风雨刮进来,天棚裂开一道道缝隙,墙壁、家具布满了污斑。摩天楼各层积满厚厚的灰尘,有时穿堂风太猛,卷起灰尘,仿佛密布的乌云呼吸都困难了。

居民生活在肮脏的环境里,几乎沦落为家畜状态。男人都邋遢了,胡须越长越长,头发乱成一团荆草,生了许多寄生虫。他们身上的破衣烂衫,沾满了食物的残渣。

妇女也都彻底放弃卖弄风情了。她们从来不到户外劳动,就过起裸体的幽居生活,冬天待在自家套间里,到了气候宜人的季节,她们就到摩天楼顶大露台,展示自己的裸体。廉耻的概念沦丧了。老妇并不比年轻女人收敛,毫无顾忌地走来走去,奶子像两只羊皮囊,在软塌塌的腹部褶皱上摇晃。美妇也丝毫不以她们绰约多姿的裸体自豪,只因她们早已忘却美体何用了。

摩天楼从上到下,笼罩在一片寂静中,这赋予杜塞纳村一种非常独特的性质。大家几乎不讲话了,只说即刻必办的事,还往往不肯开口,以手示意便罢了。夏天夜晚,男人和女人完全裸体,混杂躺在露台上,这种彼此无动于衷的气氛,真是又清白又可悲。整体构成一种完全平等的悲哀,谁也想不到向身边人索取什么。

不讲卫生的后果,也很快显露出来:一大批人患病了。大家都漠不关心,人死就死了。杜塞纳村人眼看着一个兄弟,或者一个儿子咽了气,也不悲痛,连悲伤的意愿都没有。他们本身那种状态,活着就够累的了,好像已经缺乏足够的想象力企图自杀了。因此,他们临终时刻的表现,既不快乐也不悲伤。

根本没有出生的婴儿,补充死去的人,村民数量减少了三分之一。不过,也只有村官因此悲痛。他负有责任的念头挥之不去,这似乎反倒让他幸免,没有患上他的村民这种神秘的病症。他为杜塞纳村的安康忧心忡忡,只盼望出现奇迹。他每天刮脸,穿戴整洁,保持仪容。夏天,他习惯在大露台上散步,穿行于他的同胞们秽亵不堪的裸体中,执意窥伺有什么意识会醒来,他看到男性生殖器萎靡地耷拉着,心里着实不是滋味。

五

贝兰,拒不忏悔的诗人,寄寓多尔城十年,在文学上赢得了名望,拥有了一件衬衫,一身打了补丁的服装。以及一双鞋子,即绳底帆布鞋。他趁着一个月黑之夜,骗过他几位债主的警惕,终于溜出城,在乡野一气走出二十公里,这才容自己思考了。夜晚很温和,空气弥漫着刚割饲草的清香,容易触发诗情的灵感。贝兰压下抒情的冲动,开始思前想后,生活对他有多么残酷,他所获得的财富同他的才华丝毫也不相配。因为,除了他的诗作,数量无可比拟,十年拼搏下来,比起离开可爱的杜塞纳村的那天,他还要穷困潦倒。贝兰并不怀疑,后世一定能还他个公道,但是同时代人这样无情无义,他实在憾恨不已。他心中凄怆,回顾他十五岁的时候,在他出生的村庄,他能把握住理解诗的公众,还无损于他的衣食生活。他自是心胸广阔,回想往日的温情忍不住流泪,新作一首诗,题献给杜塞纳村人。他还久久地诵颂结尾一句:

噢!我的杜塞纳!噢!我的杜塞纳!

结果欲罢不能,可爱的摩天楼的名字,最终在他这诗人心中无限回响,传至幽深幽深。贝兰感到,他不会就此止步。果然,他又创作了十首诗随后便有了打算,回到祖辈生存的摩天大楼。决心是下了,可还不免犹豫好长时间。最终他想通了,确信杜塞纳二十四名诗人是意外死亡,不能归咎于村官的残忍。这种巧合本身,在他看来也十分美妙,他下定决心,要以此为题作一首绝妙好诗。不过,他也有所保留,行事要特别谨慎。

　　贝兰身无分文,就打算徒步赶路。为了挣口饭吃,他每到一座乡间摩天大楼脚下,就朗诵自己作的诗,居民就从各楼层窗户丢下什么回赠,时而一块面包,时而一枚硬币。有时候,还倒夜壶所存之物浇他一头,于是贝兰就辨认出一个同行听到了。在九月一天的傍晚,他完全像个不幸的流浪汉的样子,落到极度贫困潦倒的状态,望见了杜塞纳高楼的墙壁,他无比激动,心里一种甜美的感觉,他就用奇数韵律表达出来。

　　贝兰走进大楼底层宽阔的走廊,一想到自己盘算能吃上丰盛的饭食,就不免咽了咽唾液。首先他十分惊诧,迎接他的竟然是一片寂静。他记忆中的底楼走廊,一天不分什么时刻,总是乱哄哄的,人来人往忙忙碌碌。现在却不见一人,也听不到声音。电梯和运货升降机空荡荡的,不见了往常的工作人员,贝兰开始担心了。

　　"一定有什么欢庆活动,"他心想,"长官准备在楼顶大露台举办。太遗憾了,我这副样子,不适合出现在那种场合。"

　　他是考虑自己这身破衣烂衫,才决定先到三十五层停下来,希望能找到什么服装,穿得像样点儿,再去填饱饥饿的肚子。他走进一架电梯间,勉强启动了。电梯吱吱咯咯响,不时抖动,四壁积满了灰尘,脚下堆满垃圾,臭气烘烘的。贝兰乘电梯渐渐上升,感到一种惶恐袭上心头:唯恐像他预感的那样,撞见一个可怕的陌生人。

　　到了三十五层走廊,他扫视周围,以便认出他童年熟悉的地方。长长的走廊,在他四周辐射出去,但是空无一人。完全像底层那样,沉重的寂静压下来,墓地一般的死寂。贝兰走了几步又站住了,简直吓坏了,双手捂住能听见怦怦跳的胸口。他想要说说话,以便打破压抑的寂静。可是,刚说一两句,他又戛然住声,就好像他说话的声响,从走廊静止的幽深处,引出了恐怖的幽灵。这种寂静引起的惶恐太折磨人,他就跑起来,气喘吁吁,随手推开了一扇房门,走进肮脏不堪的豪华房间。这是一间小客厅,家具都破败了,帷幔也污迹斑斑。只见地毯上躺着一个男子,衣服褴褛满脸胡须,眼睛盯着天花板。贝兰心里稍安,见此人的穷苦相,他反倒有点释然了。他抱歉自己太唐突,作了自我介绍。这工夫,房主人却一动也不动,眼睛仍然直勾勾的,贝兰不免怀疑,他是否还活着。躺着的人终于动弹一下,嘴唇翕动,并不恼火地说道:

"房门。"

贝兰道声歉,说自己疏忽,去关上房门,回身对主人说:

"先生,我的确冒失,不过,我离开十年之后,回到杜塞纳,不禁怀疑发生了什么变化。"

主人丝毫没有表露出迹象,听懂了这话的意思,还一直定睛望着天花板。诗人重复好几遍他的问题,也没有产生什么效果。他泄气了,耸了耸肩膀,心想他走进一个疯子的家。他离开之前,经受不了诱惑,抓起丢在一张座椅上的一块带血的烤牛肉、一块面包。贝兰一吃下烤牛肉,就又喜爱生活了。

"我敲另一家的门,运气会更好。"贝兰心里念叨。

他去敲了几家门,也根本没人应声,这就促使他不请自进,还像头一次那样。小客厅也类似第一家,只见一个须发乱蓬蓬的男人,躺在地毯上,纹丝不动观望着灰泥层开裂的天棚。贝兰轻手轻脚走到近前,从容地仔细端详这个人。他不禁吃了一惊,喃喃说道:

"多梅纳克……"

那人心不在焉地瞧了来访者一眼,随即又移开目光。

贝兰跪到他身边,声调激动地对他说:

"多梅纳克……怎么可能,你就是多梅纳克,当年给杜塞纳的黄金青年定调子的那帅哥儿?

"上帝啊,胡须这么肮脏,这身破衣烂衫,这张呆滞的脸……你能告诉我吗,遭到什么灾祸,从前我认识的那个无比迷人的才俊,落魄到这等悲惨的境况啊?你的才智、你的举止、你的声音那么有魅力,吸引住所有女子。你得到所有美人,甚至你心仪的美人的青睐。不过,你说说,告诉我出了什么事儿……"

多梅纳克执意不吭一声。显而易见,他同杜塞纳女性的那些风流韵事,根本不再萦绕他的记忆了。贝兰焦急地抓起他的胳膊:

"你一句话也不说。喏,你躺在这儿,为什么独自一人?你妻子呢?"

"人死了。"多梅纳克终于答道,平静的口气实在欠妥。

贝兰有点儿不知如何是好了。不管怎样,他认为应该表示一下同情。

"我理解……悲痛,我可怜的朋友……其他人呢?我在楼道里没有遇见任何人。"

"不知道,也许在楼顶。"

"在大露台上?对呀,一点不差,我想就是。欢庆会,对不对?你新近服丧,就不准参加了。不瞒你说,我本人也没有多大参加的欲望。我更愿意亲切地聊聊天,那是我从前的一大乐事。多梅纳克,我们在修鞋皮匠的客厅初次相遇,你还记得吗?"

多梅纳克的头微微动了动,示意不记得。

"什么!"贝兰怪道,"你怎么可能不记得了呢?刚才,你不是认出我来了吗?"

"不。"这是多梅纳克想要说的话。

"多梅纳克,我可是你最好的朋友啊!你不认得你的朋友贝兰,诗人贝兰啦?"

一听到"诗人"这个词,多梅纳克的眼睛亮起来,抬起头,喃喃说道:

"诗人……啊!你是诗人贝兰,你是绿色诗歌……诗歌……"

他脸上泛起一种清澈的微笑,随即筋疲力尽,重又坠入凝望天棚的状态。贝兰看着他的好朋友,油然而生极大的怜悯,考虑他们俩身材相仿,便请求允许他在大衣柜里挑一套衣服。诗人走到隔壁房间,打开一个深深的壁橱,立时从里面飘出灰色的粉尘和霉味。

"上帝啊,"贝兰高声说,"全让蛀虫给蛀蚀啦!"

他看准一个五斗橱,翻了所有抽屉,发现全是脏衣服和床上用品。他很气愤,责怪多梅纳克:

"难道就应该这样接待浪子吗?"他对多梅纳克说,"你将有用的传统丢到哪儿去啦?为什么桌子上缺少为行客准备的面包、肉食和水果呢?为什么你肮脏的胡须里,没有绽放深情的问询呢?我为思想的荣耀战斗了十年归来,你连一件衬衫都不能给我!你接待我,没流下一滴眼泪,几乎没有说什么话,而友谊的壁橱,却被灰尘和蛀虫侵占。这样无情无义,伤透了我的心,我已经想重新去投入战斗,从而忘掉忘恩负义的杜塞纳。永别啦!"

这纯粹是诗意风格的一种表达方式,贝兰出屋刚到走廊,首先就要上大露台。他正走向电梯,在走廊的一个交叉口,不期遇见一位年轻女子。那女子身段十分悦目,头发披散在后背上。贝兰当即就注意到她赤条裸体。她走在前面,相距几步远,根本就不留意他,丝毫也没因为附近有这个男人而慌乱。那么坦然自若,这在贝兰看来,就形同披上天真无邪的轻纱,这足以迷住一个诗人。

"美妙的臀部,"贝兰心想,"这样的裸体,正是令人赞叹的隐秘面。一切都是这么浑圆。杜塞纳女子,当初我在的时代,更着重作秀弄景,揭示她们的性格。那样真遗憾,别提有多遗憾了……"

这工夫，他加快脚步，赶上年轻女子。一时间，他默默地走在她身边，尽情欣赏，也并未惹她生气；于是，他胆子大起来，伸手抚摩她的胸脯，即兴作一首情诗，这是诗人的拿手好戏。年轻女子也不自卫反抗，只是扫向他一张木然的脸、一双温柔而痴呆的大眼睛。贝兰啧啧称奇：天真到如此完美的程度，心下便打算不能错过良机，因为他穿越法国的乡村田野，一路千辛万苦，任何欲望都被剥夺了，就连牧羊女，也早已不复存在，只留在古老神话的故事中。

贝兰和那年轻女子，一同走进宽大的电梯间，应当送他们上大露台。诗人还相当冲动，一套一套话脱口而出，而他的女伴却充耳不闻。她坐在一张软垫长凳上，大腿上平展着双手，眼睛盯着地板，目中无视余物。到了第四十层和四十一层之间，贝兰按停电梯，他看美人，眼珠简直要冒出来，还向她表示希望她能心甘情愿。这美女却不理解，不过，诗人一再坚持，终于唤醒她的少许好奇心，而当他明讲出他心想做的事时，她半笑不笑，就好像这件事在她看来并不当真，有点儿好笑。于是，贝兰摘下帽子，挂到衣架上，便一边道歉，一边做起非礼的事来，准备好强行交欢了。按说，他本可以从容一些，事情干得舒服一点儿，因为，她本能的抵制，并非德操愤慨的弹力，主要体现出一种动物的恐惧。

到了大露台，贝兰陪同他的受害者走了几步，然后告辞，优雅地吻了吻她的手。村官恰巧经过这里，看到吻手之举非常诧异，认为这种举止在全杜塞纳早已忘记。他注意打量贝兰，很快认出来，见贝兰满脸绯红，情绪激动的样子，不难猜测这其中的缘故，要知道，直到垂老之年，他仍保持极大鲜活的想象力。他按捺不住喜悦，感到这事件的重大，不由得双臂举向天空，以颤抖的声音嚷道：

"贝兰……诗人贝兰！"

贝兰一见长官那么冲动，便害怕了。二十四位同行之死又穿过他的脑海：他看到老人眼睛闪亮，以为流露凶光。他赶紧又乘电梯下楼，放弃了杜塞纳，此后再也没有露面。

这工夫,村官揪自己的头发,乱扭两手,正是发生了误会所做的动作。

"我真该死,"老人哀叹,"他是个充满进取精神的人,他这种活样板儿,能够撼动男性的懒惰。我这可笑的惊呼,却把人给吓跑了!"

村官反身往回走,瞧见受贝兰侵害的女人站在露台中央,在躺着的人体之间找个位置。她赤身裸体,在村官的眼里,完全抵挡了肉体的罪孽,却又估量出她那肉体蕴含着未来的希望。他跑过去,拉她到他的套房,打算精心呵护她的身体状况。

由于医疗界的学术长期僵化了,他只好完全靠自己了。一连数周,在无法确定中度过,实在折磨人,总观察少妇的脸,是否出现能让他得出结论的征象。终于,未来有了准头儿,村官乐不可支。

妊娠到了第五个月,年轻女子还未脱离迟钝状态,但是开始有了思想,可以同她谈话了,爱美的意识也苏醒了。又过了一阵,她表现出了不安的、焦躁迹象,最终向村官承认,她时刻梦想做爱。村官道歉,说他已年迈,做不了这种事情了,但当即出去,要找个有能力的男子。他跑遍了各楼层,询问了许多人,激励他们。然而,无论恳求杜塞纳村人为全村的利益振作起来,还是要让他们为如此可悲的懦弱而感到羞愧,他到处碰到的唯有无动于衷。他实在担心受他保护的女子,别因为爱的这种强烈欲望而有危险冲动,就不准她出屋,只有年长的男人来了才开房门,以免她瞧见青年人而出意外,造成无可挽回的后果。这位少妇还始终那么不安稳,村官日夜警惕,真怕这种焦躁的情绪会影响胎儿的发育,他还惶惶不安地猜想,一种强烈的性欲,能给新生儿打上什么烙印。

在临产的最后几周,不幸的女人才终于安生了,再也没有别的什么焦虑,只想做母亲了。一个春天的下午,她得到村官的准许,上大露台去坐一坐。太阳暖洋洋的。大露台上横七竖八,躺满了杜塞纳人,都完全交代给了虱子和痴呆。男女混杂,形成了污秽不堪的一群，在暖阳照耀下，臭味就更加难闻了。一个怀孕的女人，又极特别，竟然别出心裁穿了衣服，可是也没人感到奇怪。这些悲惨的人，四仰八叉躺在水泥地上，她缓步走在他们中间，有时踢踢一个人，让他翻个身让路。别人也都顺从，并不生气。

到了大露台中央，她突然一阵阵疼痛，在无动于衷的人群中喊叫起来。村官闻声很快赶到，他拿着棍子驱赶产科室的几名职员。

大夫举起新生儿，宣告："生了个男孩儿。"他又仔细观察之后，又补充道，"是个诗人。"因为他刚发现新生儿有种爱的欲望，这纯粹是诗歌的征象。

果不其然，新生儿开始哇哇大叫，显然合乎一种与生俱来的节律。

"啊—啊，啊—啊—啊—啊，啊—啊……"

这节律，就如一阵战栗，传遍躺着的人群周身。窃窃私语的声音，从大露台一端传到另一端，汇成了喧哗。一颗颗脑袋抬起来，接着上半身，不大一会儿，所有人都站起来了。一些男人，已经紧紧搂住女人了。叫喊，欢笑，呼唤，交谈的声响，一时比一时高涨。在露台的一个角落，两个男人对骂，继而动起手来，最终，其中一个得手，将对方推下护栏。

村官，大喜过望，看到了生命重生了。

跌回童年

贝特朗·达洛姆在我家小书房门后吻了我。他那左手滑到我面颊,撩开我的一个发鬈,我闭上了眼睛,全身仿佛飘飘然,就觉得我整个人被吸进去,解脱了,完成了我这做姑娘和小姑娘的萌动、常年暗暗的祈求、怨艾、热切的忧伤、隐蔽的好奇,终于归结到这种巨大的幸福感。他对我说:"若赛特,我爱您。"随即又问我是否爱他。我回答是的。

妈妈和皮埃尔用力关门并咳嗽两声,表明他们回来了。我们重又埋头看家庭相册了。大家谈了一会儿汽油配给,随后又转向传得沸沸扬扬的法案。七点半钟,爸爸从法院回来。他还像往常那样,当着贝特朗·达洛姆的面,对我特别体贴、亲热,又显得很开心。我父母极其盼望我成为伯爵夫人,恨不得鼓励贝特朗向我求婚,让他明白找到了条件优渥的对象。他们急切的心情特别明显地流露出来,弄得我往往十分尴尬。皮埃尔的态度倒不尽然苟同,他并不愿意把他妹妹便宜给了"一个大傻子,无才无能,只会当一辈子律师"。不过,他在家里表明他的见解之后,知道我很迷恋,便顺情保持一种善意的中立态度。

只等祖母回来就吃饭了。她走进客厅,连插羽翎的无边小帽都来不及摘掉,就举着手提包和雨伞,高声说道:

"我三十四岁!我三十四岁!"

"您别高兴得太早,"爸爸对她说,"今天下午,我得到了内部消息,法案十有八九通不过。共产党议员当然要投反对票,因为这是政府的提案。而且,社会党和人民共和运动(基督教政党),由于法案没有采纳他们的政策,这些党团远没有达成一致意见。"

吃晚饭的过程中,还久久谈论一年改为二十四个月的这项法案。奶奶似乎兴奋过度,有好几次同爸爸争论起来。无论关于法案还是关于经济形势,贝特朗·达洛姆的看法,都给我父母留下深刻印象。我觉得能理解他的政治见解先进,关切劳动阶级的命运,对此我父亲显得尤为赞赏。再说,我不怎么参与谈话。贝特朗讲的话,于我尤其像听音乐。我很惊奇,他的头脑如此把稳,能表达得这样清晰,这样恰到好处。我完全沉浸在我们的情爱中,痴迷地注视着我的贝特朗,我这神态一定是副傻样儿,当他的目光凝视我的目光时,我就忽悠一下飞升上天,到了甜美之乡。他那皮包骨的鼻子很大,那张 O 形的嘴却很小,下颏儿偏短,年龄虽刚满二十七岁,头发已早早谢顶了。我觉得他长相漂亮。我想到他的身体,不知为什么想象浑身长满浓密的黑毛,尤其是上半身,一想到同这种毛茸茸的肉体接触,就不免心慌意乱,惬怀中还掺进几分恐惧。

晚饭后,贝特朗向我求婚了。奶奶和妈妈流下激动的眼泪。皮埃尔尽力表现得亲热,但是在我看来有几分忧伤。爸爸则讲了几句感言,还吻了吻我的额头,仿佛偷偷擦了擦眼睛,而又确信被所有人瞧见了。我的幸福感倒减了几分。现在,我的家庭在这里充当第三者,我觉得我们的爱情负担加重了。不过,这只是一闪而过的感觉。贝特朗告辞之前,我们到小书房,还有一次独处的机会。他满怀激情,一把搂住我的腰肢,把我紧紧揽到胸前,舌头探进了我嘴里。我从安德烈表姐那里得知,接吻是怎么回事儿,她当姑娘时,生活比我放任多了,可是真做起来,我远未想象出是这样一种火辣辣的滋味。

次日一整天,是我一生中最美好的日子。这种受宠爱的状态,这种灵魂和整个身躯的飞升,这种驾驭生活的甜美温馨的感觉,今后我还会再有吗?上午,我收到贝特朗寄来的鲜花。临近中午,他打来电话,对我说:"我崇拜您。"他称呼我心上人、他甜美的爱、他的宝贝、他的可爱的小未婚妻。他还对我说,他恍若做一场美梦。我呢,在电话线这一端,浑身不由得颤抖。我对他说:"我也有同感,贝特朗。"我很局促,因为女用人可能听见,而且毫无疑问,她们在倾听呢。不过,我还勒紧嗓门儿,对他说:"贝特朗,您是我心上人。"最后,他向我提议,下午约莫五点钟,他来接我,一道去树林散步,如果妈妈允许的话。

那天午饭,气氛格外活跃,唯独我置身局外。父母那种兴奋的状态,似乎毫无来由。皮埃尔注视他们,不免有点儿担心。奶奶更是手舞足蹈,尖声尖气喊叫,那种神经质近乎谵妄。吃饭期间,她还去给一位女友打电话:那女友的女婿是议员。我们听见她嚷道:"喂!千万投票通过二十四个月法案!这是唯一的机会,能够重振法国人的士气!……"她回到餐室,那副眼神就是个疯婆。根据她刚刚收到的消息,投票通过二十四个月法案的可能性越来越小。这条消息对她仿佛是一场灾难,我却无所谓,跟更换部长相差无几。这一天暗藏的威胁,我怎么甚至连隐隐约约都没有感觉到呢?我的恋情本来应该警示我。的确,任何人都不明白这个即将发生的事件真正的意义。奶奶那么热切地盼望二十四个月的法案通过,却没有期待任何实在的好处。

贝特朗五点钟来接我。我换上了镶白皮毛边的套装裙,让贝特朗倾倒了。我们沿着圣克卢林荫路走去,过了小湖,便钻进了矮树林。天气特别好,接近夏天了,不过,树木、枝叶还保持一片嫩绿色。他对我讲的话,既美好又体贴,用最温柔的名字称呼我。他的声音略微低沉,仿佛覆盖了一层激动,时有令人心慌意乱的声调。我们离小湖越远,散步的人也越稀少了。我有了信心,也愿意向他表达从昨天起心中巨大的幸福感。每当我没词儿的时候,他就凑近我脸蛋儿亲一口。我们离开一条幽径,走在树荫下,最后停到最密集的树丛里。在那里,他久久拥抱亲吻我。随后,他就给我解释,在他眼里爱情意味什么:首要的是心灵结合,当然肉体也要结合。他的手探进我的衣服里,挨个儿抚摩我的乳房,还想要看一看。他再次拥抱吻我。当时他若愿意,我的身子就给他了,但是他没有提出要求。

吃晚饭时,跟我担心的恰恰相反,谁也没有跟我提起我和贝特朗去散步的事。爸爸有事回不来,打电话告诉不要等他了。谈话还是围绕着二十四个月法案。议会下午就开始辩论了。一名共产党议员发言,揭露他观察到的经济形势,认为法案是转移目标的一种伎俩,不可能有什么效果,只会安慰一些卖俏的老太婆。奶奶怒斥共产党人。晚饭快要结束的时候,一连打了好几个电话,她心急火燎,气急败坏,失去了常态,真让妈妈和皮埃尔担心。

"嗳,奶奶,你干吗发这么大脾气呀?"皮埃尔对她说,"如果政府颁布法令,一年二十四个月,你就有权宣布你三十四岁。那又怎么样?其实,什么都不会改变。"

"不管怎么说,什么样儿就什么年龄。"妈妈也帮腔。

"不对,"奶奶反驳道,"定什么年龄就什么样儿。"

饭后,我回到自己卧室,上床坐了好长时间,读保罗·杰拉尔迪①的诗。多美啊!我脱了衣服,对着镜子看自己的身体,一种坚信,心中窃喜,我冲着身体微笑。

第二天早晨,我睡意惺忪,就仿佛听见家里一阵骚动。我刚刚半睁开眼睛,父母就走进我的卧室。我立刻认出了爸爸。他尽管头发黑了,胡子黑了,穿着他那身正装不怎么搭配,总体来说,他那形象变化不大,并不显得比昨天年轻多少。可是,妈妈却变了个样儿,在这个二十二岁的年轻女子身上,我轻易认不出她来:她向我伸出双臂,那张脸有红似白,那么鲜艳。奶奶也踏着舞步进来了,

---

① 保罗·杰拉尔迪(1885—1983),原名保罗·勒费弗尔。法国诗人和剧作家。出版许多诗集,善写私密情感,主题偏于甜蜜。诗集《你和我》(1913),是二十世纪最成功的诗作,销售量高达一百五十万册。

带着年轻美丽的笑容,她对我说道:"我的宝贝,瞧瞧你三十四岁的小祖母。"正是她最令我惊诧了。高挑的个头儿,苗条的身材,动作灵活,那么绰约多姿,头一眼看去,她那五官面相,她那腰身四肢,丝毫也联系不上这位老妇人,原先她那么打扮,涂脂抹粉,一心还想显得俏丽些,反倒有点儿可笑了。他们三人未待我反应过来,就拥到我的床头,纷纷拥抱我,叽里呱啦吵得我耳朵快聋了。妈妈叫我美丽的小乖乖,奶奶叫我小小孙女。而我呢,就感到,也看见我的双手在他们手中特别小,真相突然出现在我的眼前。我惊叫一声,泪如雨下。他们闹得更欢实了,对我又是拥抱,又是爱抚,咯咯笑着,极力引逗我跟他们一起欢欣鼓舞。妈妈说:"我的小乖乖如果又哭又嚷,我就叫来大灰狼!"爸爸也说:"你该多高兴啊!做一个真正的小姑娘多美啊!"他们这样兴高采烈,我厌恶极了,听他们讲这种傻话也气得要命,真想把他们赶走,从我的床边驱散了。然而,我不过是个九岁的小姑娘,面对这些大人,光抹眼泪保护不了自己。末了,皮埃尔来了,皮埃尔,一个十二岁的小男孩,跟他原先的样子相比,我倒很容易认出来了。他脸上的表情忧伤而严肃。他走到近前,将妈妈拉到后面,以童声,但是坚定的口气说道:

"你们让若赛特安静点儿,别这样烦她。她跟我一样,没心思开玩笑。你们该干什么干什么去。"

"皮埃尔,"我母亲说道,"我亲爱的小娃子……"

"嗳!不!千万别叫亲爱的小娃子。你们走开。"

三个大人面带宽容的微笑离开了。皮埃尔坐到我床边,我们俩都哭了。

"你认为贝特朗·达洛姆,还会爱我吗?"

"不知道,但愿吧,他应该十三岁吧?"

"真的,我没有想到这茬儿。十三岁,而我九岁,差别不大吧,嗯?"

皮埃尔注视着我,那副不安的深情的神态,有点让我害怕。

"归根结底,他为什么就不爱你了呢?有些姑娘的情况,比你还要惨。"

皮埃尔向我透露,他爱上一个三十四岁的女人,现在应当是十七岁。前一天,他们还一起去看电影,在黑暗中亲吻了呢。

"现在,没戏了。一个十二岁的小男孩,引不起那女人的兴趣了。况且,全都变了。她的丈夫,原先年老,胡子花白,患风湿病,现在就年轻了,也许还挺英俊,她肯定还是对她这个丈夫感兴趣。"

"不管怎样,你还应该试一试。"

"让人当面嗤之以鼻?不,我不愿意再见到她,说得再明确些,我不愿意让她再见到我。我不应当忘记,她是一个大人,而我是个孩子。我这样,是人和畜生的中间状态,别人一向不会严肃对待,谁都可以让你闭嘴,可以骂你,扇你耳光,你甚至无权有不是别人往你脑袋里灌的思想。幸福的年龄!爸爸就这样讲。爸爸这个老傻瓜,老蠢货,满足于他事业的成功,顶着他那大律师的名头儿和声誉。他年轻了三十岁也无济于事,我可以肯定地告诉你,他没有变。也许你认为,这个意外事件让他欣喜的是,他找回青春了吧?他甚至连想都没有想。他全部的喜悦,就是心里那份得意,想自己二十九岁,就当上大律师,一个成功人士,获得荣誉团勋章。而最终使他心满意足的是,又看到我回到童年,重又可以摆布我了。刚才,他拥抱我,注视着我说道:'亲爱的孩子,你又回到天真玩耍,做蓝色梦的年龄了。'他盯着我的样子,就像吃人魔鬼准备美餐了,这个坏蛋!竟敢对我讲这种话!他对我说话的当儿,我看见他眼里射出一种得意的凶狠光芒。他本人也明白我看出来了。他似乎有点儿尴尬和不快。可以肯定不过一周时间,他准会找碴儿扇我两个耳光。"

"你夸大了,这样你会增加自己的痛苦。我确信爸爸很爱你。"

"这没错儿,爸妈很喜欢我们。这并不能阻止他们成为虐待狂。"

"你气愤起来就有失公允,说什么虐待狂!"

"你觉得我不公允?若赛特!你不记事儿,而我呢,我没有忘记童年的岁月,仿佛熬过几个世纪的等待,绝望,冲动总被扼杀。善良的父母,他们处心积虑,打着鬼主意,监视着,在我们面前半遮半掩,揭示一个禁忌的世界,我们就必须装作什么也没听到,什么也没有看见。还有看书。还有谈话,我们就被认定看不懂听不明白。还有招待客人的晚上,我们就关在卧室里。这一切,你都回想一下。回想一下维兰维尔那片开花的小草坪。即使远离父母,也还是圈在这种可怜巴巴的童年里。"

我记得维兰维尔,记得我这小姑娘重重的心思,在草坪上本来应该满心欢喜,我却趴在花丛里饮泣,真像一个影子在寻找自己的形体。我感到一阵一阵揪心,不过,另一件往事,我同贝特朗·达洛姆在林中散步,在记忆中浮现,消除刚才唤起的苦恼,我微微一笑。哥哥瞧着我,不免奇怪,也许还心生怜悯。

"从头再度过一遍童年,"我说道,"真是太难人了。不过,毕竟不会像当初那样了。爸妈也不会忘记,你呢,曾经二十四岁,而我呢,也到过十八岁。同样,妈妈不可能阻止我跟未婚夫一道出门。就算她还要监视我们一点儿,那她也得给我起码的行动自由,要知道,我也不那么傻,该利用就要利用。我不会请求任何人允许,就可以跟贝特朗做爱。你同意我这话吗,皮埃尔?"

这时有人敲门。是玛格丽特,老用人,她侍候完祖母,从皮埃尔出生时起,就在我们家里做活儿。她年轻了三十岁,也不见得好看到哪儿去。她对我们虽然有感情,可是,再做一辈子用人,这种前景也让她伤心。

"人操劳了一生之后,就不怕死了,想到死就像一件应得的东西。可是，做过的事情再做一遍，这算什么事儿呢？你们也别对我说，既然受人统治，就会发生这种事情！"

她像从前那样，将我抱起来，不禁怨恨我的年龄和形体。

"我可怜的宝贝，你原先多漂亮！高个头儿，长腿，胸脯也丰满，是个美人儿，现在可倒好……噢！现在，成了可怜的小丫头蛋子！这就是法规害了一个美丽的少女，害了我这费劲巴拉熬过来的人！回到九岁，就好像有多大意思似的，心里什么都没有数，不晓得自己怎么样，也不晓得了解什么，就像到了爱情的门口！对了，你那未婚夫怎么样？"

玛格丽特抱我走，经过大衣镜时，我打个寒战，又痛哭流涕。我不知道为什么，我尽管身形变小，还想象自己身上应残留点儿我昨天少女的形象。荡然无存了，我实实在在成为九岁的小姑娘，而且照年龄长得还偏小，身子偏瘦。

洗漱之前，我要给贝特朗打电话，他不在家。妈妈已经出门了，她并没有顾虑我该穿什么。玛格丽特到门房家中，已经给皮埃尔找到衣服穿，她幸好在大衣柜的樟脑丸中间，发现一条我小时候穿的衣裙。在客厅里，我意外撞见一个跟我同龄的女孩，一下子没有认出来。她是安娜，妈妈去年雇来的小用人。我们俩又抱头痛哭了一通。她穿的一件衣裙是匆忙改小的，缝的针脚粗粗拉拉。她刚才去见她的情人，附近修车厂的一名修理工，那人昨天三十六岁，今天早晨十八岁。一见她缩小成这种新的身形，他不禁狂笑不止。由于安娜要吻他，他却闪身躲开，说他可不是色狼，要给她二十法郎去买糖果吃。我乍一听安娜这种隐情，也心慌起来，可是又一想，贝特朗的年龄倒让我稍许放心。

中午，爸爸带回一位七旬老人吃饭，是他以前受聘当过辩护律师的客户。一个路过巴黎的比利时人，因其非法国居民的外国人身份，他就没有受惠于二十四个月法令。面对这个悔青了肠子的可怜老人，家里几个大人喜不自胜，吵吵嚷嚷，彼此相庆重获青春的兴奋劲儿,达到残忍而失礼的程度。而且,奶奶对人家还挑逗似的卖弄风情,只是为了寻开心。皮埃尔也注意到了,爸爸对奶奶似乎产生了极大的兴趣,他一副贼亮的目光时而投向那个袒露的胸肩,他们谈论最多的事,自然而然就是二十四个月法令所造成的特殊国情,报纸很快就要大肆报道,最终让我们看腻而恶心了:不过十岁就当了母亲,小男孩有了子女,陆军和海军有数十万士兵变成了孩子,许多十一二岁的军官,八旬老人焕发青春,仿佛刚从坟墓里冒出来的政客,糟蹋了十年,如此这般,不一而足。

从开始吃饭到结束,皮埃尔和我,可以说我们没有开口讲话。当然,我们没有饶舌的情绪,但这也不是我们保留态度的唯一原因。我们成为孩子,就重又沉浸在童年波折的往事里。我们在大人面前,通过自己的形体、年龄、发声的音质,又找回凡事犹豫不决的自卑感,而父母就巧妙维系子女身上的这种弱点。又恢复了以往的习惯:家里有客人,没人问起来,我们就缄默无语。父母那方面,觉得这样恢复秩序也很正常。

在饭桌上,爸爸提到二十四个月法令产生的一个后果,这是哥哥与我都没有想到的,还恰恰关系到我们。要知道,从今往后,每二十四个月算一年,那么,我们到成年相差的岁数,每长一岁等于从前两年了。最后吃甜点的时候,爸爸发火了,反对奶奶说的要去当电影演员。

下午,我跟妈妈一道出门,心里还惦念贝特朗,电话没有跟他联系上,我没有什么心思逛大街。然而,香榭丽舍大街在眼前呈现的情景,还是深深震动了我。人流特别密集,从两侧人行道都挤到马路上了。大人当中,三十岁以下的人占大多数,他们兴高采烈,吵吵嚷嚷,粗俗不堪,相互打招呼,敞声大笑,还相约幽会,相互摸摸掐掐,拍拍屁股,斗嘴开下流的玩笑。在这些极度兴奋、笑得合不拢嘴、闹闹哄哄的男人和女人中间,还溜达着许多孩子,他们三五人一伙,或者排成长列,所有人都神情沮丧,惶惶不安,犹如困兽一般。听不到他们高声说话,无不精神内敛,萦怀着一念,我也深有同感。他们似乎受不了成年人宣泄的喜悦,胆怯的目光不时抬起来望望大人,就好像他们恐怖地发现沉重的人性。

妈妈根本不注意那些孩子:他们全算上,大多穿着临时拼凑的奇装异服,真像穷人家的子女。母亲血液冲上面颊,眼神热烈,她听到过路的男人向她投来调情的笑话,不禁笑弯了腰,我感觉到她牵着我的那只手已经急不可待地抖动了。

我们拜访了妈妈的两位女友,每次见面都是大呼小叫,又是贺喜,又是欢笑,这种音乐会真令人气恼。布吕奈太太亮出新的乳房和臀部给妈妈看,妈妈也向她显摆自己焕然一新的肌体。到了勒西厄尔家,我就跟家里的两个女孩说话,现在一个八岁,一个十岁。说起来不信也得信。姐姐已经结婚,有了一个孩子,处于相当优裕的境况。她同十四岁的丈夫住在她家里。但是父母不准女婿和妻子同房,借口她才十岁。大人说这让人看不过去。妹妹则瞒着爸妈,爱上一个中学生,对方也爱她。两个恋人上午又见了面,彼此仍然热恋。我们交换了体己话,就相互看一看胸脯和腹部。我们三个女孩的身板儿都像小男孩那样,不过,姐姐的小腹下方,隐隐可见初生的绒毛,这大大引起我的惆怅。

我们回到家中,将近七点了,几乎跟爸爸前后脚进屋。爸爸告诉妈妈,在法院遇见贝特朗了,约他第二天来吃午饭。这话尽管不是对我讲的,甚至连看也没看我,我还是问他,觉得贝特朗怎么样。

"就是个孩子,"爸爸回答我,"我看也多讲不出他什么来了。"

我受此屈辱,心里难过,强忍住没有流泪。由于新局面,职业堪忧,爸爸情绪很恶劣。下午这段时间,前一天似乎还只有等死的几位名律师,在法院重新露面,他们的名气、他们老到的活力、他们雄辩的奔放,会阻挡住许多心怀大志的晚辈。皮埃尔回来晚了,他也一样,情绪相当坏。

"你去哪儿啦?"爸爸以伤人的口气问他。

"我去随便走走。怎么,不行吗?"

"你跟我说话,不要用这种语气,没教养的小子。这是第二遍,我问你去哪儿闲逛了。"

"我出去走走,经过哪些街道,在哪些公共小便池停留,还得一一告诉你吗?"

这句回答真将爸爸惹翻了,他抓住我哥哥肩膀摇晃,扇了耳光才放开。

"如果你忘了对你父亲应有的尊敬,我就会让你记住,小流氓。"

我哥哥脸色煞白,但是,他那张小脸很镇定,眼神冷峻。至于我,我身体抖得厉害,不得不坐下。

"从今天早晨起,"皮埃尔说道,"我就料到你要揍我了。我知道你一整天都想这事儿,你也打算好不会收手。不过,明天,我就去见一位律师。"

"去见律师!哪个律师?"

"反正不是你的朋友。"

爸爸在他的同行里,能数出好几个死敌,皮埃尔的话看来击中了爸爸的要害,我认为他怕了。恰巧这时,祖母打来电话,是爸爸去接的。

"我要去找巴尔班,"皮埃尔悄声对我说,"巴尔班会把他拖进泥坑。"

爸爸到隔壁房间,在电话里搏斗,我们听见火气十足的声音:

"好吧,您在外面吃晚饭,但是,今天晚上,您总得回家吧?……什么?您这不是疯了吗!……您连认识都不认识的一个男人!……年轻女人,不错,那又怎么样?您照样还是当了妈妈,当了奶奶……总而言之,仁慈的上帝,您不是随便什么人的孀妇!您丈夫曾是参议员……不要说您不在乎。也许他听见您的话了……"

一听见电话铃响,妈妈就跑出厨房,一把抓起听筒。她极力装出反感的样子,但还是情不由己微笑了,这位二十二岁女子的脸上喜不自胜,完全无忧无虑的样子,我父亲的坏情绪就转而向她发泄了。

"看样子,你还不明白事态的严重性。老实说,你似乎觉得,她生了孩子,也是理所当然的。你心里甚至连想都不想一想,孩子会怎么看。等他们奶奶生下个娃娃的那一天,你就高兴啦!"

我们刚上桌吃饭,非常富有的舅爷,从维兰维尔忽然来了。他是个三十九岁的英俊男子,似乎忘记了瘫痪在床上已经三年了。爸爸等待他的遗产,心里急切地盼望,但很有分寸,他不是没有想到,这位老人也受益于二十四个月的法令,然而目睹这种事实,他就感到极不舒服了。非常富有的大舅爷问起奶奶,他的妹妹,爸爸嘿嘿冷笑着回答:

"她可没有浪费时间。她打来电话(说到这里,他压低声音,瞧了瞧皮埃尔和我,好像为了确信我们听不懂),说她今天夜晚不回来了。好开端啊,对不对?"

"亲爱的艾莉莎,我真替她高兴,"非常富有的大舅爷说道,"她一点儿工夫都不耽误,这么做就对了。我恢复青春和旺盛的活力,上帝晓得我高兴不高兴,不过,在二十四个月法令所产生的所有后果中,最令人满意的一种,在我看来,就是给众多的老年妇女的苦恼送去安慰。可怜的人啊,她们多么值得怜悯!这正是今天早晨,德·莫夫尔男爵夫人,与我妹妹同龄的邻居向我解释的:'受多大苦啊!'她对我说,'我们这些老女人,我们就被认定,再也没有任何欲望了,其实正相反……'"

大舅爷说到这里,戛然中断,只因我父母用脚轻轻踢几下,要他注意有孩子在场。哥哥和我一吃完饭,也不等指令,立刻就走开了。第二天皮埃尔告诉我,昨晚他已经睡下了,妈妈去他卧室,要求他不要去见律师,他很不情愿,还是退让了。

次日,午饭前半小时,贝特朗·达洛姆到我们家来。我就是从他身边走过二十趟,也不可能认出他来。他是个羸弱的男孩,个头儿比我哥哥还矮,估计年龄只有十一岁,不像十三岁。他那张小脸儿面色苍白,已经显出鼻子大了,还有了黑眼圈儿,目光有点儿狡诈。他穿一条长裤,领带上镶一颗珍珠。他吻了我母亲的手,还得体地恭维她优雅和年轻,嗓音很奇怪,像小女孩似的又尖又细。显而易见,他力求摆出男人的姿态,这一点我不能责备他。我又何尝不如此,也极力要表现出点儿女人样儿。我们单独到小书房里,我一下子搂住他的脖子,吻了他的嘴。开头,他随我摆布,毫无主动性,随后,他动作坚决,躲避缠绵的情感。

"贝特朗,"我悄声问道,"你还爱我吗?"

"我不会忘记我们彼此曾多么倾心。"

我不禁愣住了,思索这句回答是什么意思。他接着说道:

"昨天下午,在法院,我同你父亲交谈过,他解除了我你的婚约。他考虑你太小,不宜做我的未婚妻,最好关注符合你这年龄的事情。而且,他邀我吃饭,照我的理解别无缘由,只为正式解除我们的婚约。"

"可是你呢,贝特朗,你不同意我们的婚约解除吧?"

"我不能反对你父亲的意志。"

"那么,你本人的意志呢,贝特朗?我们相爱,并不需要我们的父母。"

"听我说,我们单独在一起,也许只有几分钟了。我得赶紧告诉你,我面临的处境。这对我的前程非常重要。"

我抑制住惶恐和急切的心情。贝特朗小声向我解释了他对我的期待。由于他年龄小,他感到自己的职业生涯受到威胁,比任何时候都需要我父亲的支持,而父亲恰恰流露出对他信不过的态度,怕他利用婚约同我保持友谊关系,并以情谊为借口,跟我玩起禁止的游戏。贝特朗期待我让爸爸放心,不必挂虑我们彼此的态度,我就装作厌恶爱情,这也符合一个小姑娘的本能反应。他阐述的过程中,没讲一句动情的,哪怕是亲热的话,甚至连语气也不给人以希望的借口。然而,我不顾明显的事实,还一味争取。

"贝特朗,你的心没有变吧?你不拥抱亲我了,我还爱你,贝特朗。昨天,我给你打了三次电话,你都不在家。这一天我过得真惨。你不能不爱我,我会多么不幸啊!"

这时,他一副不耐烦的样子,目光移开不看我。我喉咙发紧,泪水刺痛了我的眼睛。

"贝特朗,为什么你就不爱我了呢?我九岁,你也只有十三岁。"

"九岁和十三岁之间,有天壤之别。"

"为什么?你比我也大不了多少,看样子你不过十一岁。"

我当即明白,自己讲了蠢话。贝特朗变了脸。我看到他双眼射出恼怒的凶光。

"有件事上你一无所知,你到十八岁时也不明白,因为,我们之间坦率地说,你还一直呆头呆脑。成就一个男人,根本不取决于个头儿,不像你以为的那样,而是取决于生理上的某些素质,这情况要等以后,你开了窍儿会看懂的。不过,现在你该明白,为什么我始终是二十七岁。"

"你真让我诧异。不管怎样,奥黛特·勒西厄尔的丈夫,十五岁,没有一点儿孩子样儿。然而,他还一如既往爱他妻子。"

"有可能。可我不一样,我感兴趣的是女人。真正的女人。"

这一下,我也恼火了。我嘿嘿笑起来,就好像他还能追求一个女人,这种念头在我看来很可笑似的。

"请原谅。我是笑一个念头:看见你让一个女人挽着胳臂,不如说是牵着手,你仰头向人家送秋波。正是马戏场上的一个真实场面。"

贝特朗什么话也没说,他那张小脸因盛怒而抽搐。我已经后悔失言，仿佛背叛了我们这种年龄的所有人。我抱着和解的想法，正靠近他，他却按捺不住，铆足劲扇了我个嘴巴子。我也回敬他一个耳光。我们不声不响厮打起来，谁都不想让妈妈听见。打完了架，他从口袋里掏出小梳子拢好头发，却不肯借我一用。

"你头发太脏了。"

"贝特朗，你成心气我，就因为刚才惹恼了你。"

"惹恼了我？没那事儿。不过，我不知道还有什么比这更令人恼火的事，就是自以为采取了各种措施包藏起真相。刚才我错了。跟孩子打交道，直来直去，总是最好的办法。"

贝特朗微笑起来，他从新烟盒取出一支香烟，点燃之后，接着说道：

"我的小若赛特，看样子你以为，我背叛了我们的爱情。喏！没有。我曾迷恋上一个十八岁的美丽姑娘，人长得漂亮，那臀部，还有那大腿，还有那胸脯，我都特别喜爱。现在你九岁，引不起我的欲望来了。这是实情，不以我的意志为转移。你身上对我毫无吸引力，绝对没有一点儿吸引力。没有乳房，说穿了，你没有乳房吧？"

本来我狠下心不流泪，可是，他一提起我的乳房，我就感到自身被剥得精光，不禁泪如雨下。

"是的，要乳房没乳房。要臀部也没臀部。一双麻秆儿腿、一个不起眼的小屁股蛋子。你要怎么样呢？不可能要求一个人爱上这个呀！"

我双手捂住脸，以便掩饰我悲伤的怪相。贝特朗·达洛姆住了口，无疑在玩味我垮掉的景象。还是我抽抽搭搭，打破了沉默：

"贝特朗，前天傍晚，在树林里，你对我说，对你而言，爱情，首要的是灵魂的结合。"

"哦？我不记得了。灵魂的结合……"

贝特朗话讲了半句就中断了。他突然面失血色，黑眼圈儿扩大开来。一开始我没有想到,可能是香烟引起他不适的感觉。他全身僵直,抵制这种突发的反应,一连猛吸了几大口,勉颜一笑,显得很洒脱。

"灵魂的结合,是的……鉴于你受的教育、你的天真,有些事我还真得告诉你。况且,当时我也准备娶你了。如果可能的话,一个男人总会花言巧语,说服他妻子相信,爱情就是一种灵魂的结合。"

他的脸色愈加苍白,抽了半截的香烟,不得不放进烟灰缸里。

皮埃尔走进小书房,仅仅瞥我一眼就看出来,这场晤谈给我带来多大失望。他拥抱了我,接着转向贝特朗:

"怎么着?先生选定了女士。先生站到大人一边喽?"

贝特朗那状态,这话没怎么听见。突然,他似乎喘不上来气,慌乱的眼神跟发疯了似的。他的手紧紧抓住椅背,直愣愣注视我们,一句话都说不出来。他终于哇的一声,呕吐在地毯上,弄脏了他的外衣和领带。事起突然,皮埃尔没料到,有点儿担心,拿眼神询问我。我给他指了指,半截香烟在烟灰缸里还冒着烟。皮埃尔笑起来,他抓住贝特朗的肩膀,把他推出书房。

"真够意思,去洗洗,浑蛋!"

面对这种不堪的结局,我既不气愤,也不怨恨了,心里只剩下伤悲和恐惧了:现在孤立无援,身陷贝特朗·达洛姆弃我而去的这座童年监狱。我们会面之后的一周时间,我生活在感觉迟钝的状态中,这也许救了我。我几乎不怎么吃饭了,也不出门,对什么都没兴趣,成天待在自己的房间里,头脑空虚,多半模糊意识到自身的不幸,这也足以畏惧再受打击,就会唤起我这暂缓的痛苦。我父母各忙各的,而且忙得不可开交,都无暇注意我身上发生的变化。爸爸满腹心事,犯愁他职业上的麻烦,以及他所谓的奶奶的不轨行为。妈妈有了外遇,就是我们同一层楼的邻居,二十五岁的上校。我得知这一消息满不在乎,是玛格丽特的怨声泄露出来的:她在厅里的角落,以为独自一人,就大发怨愤。

奶奶有好几天没着家,一天傍晚,由一个四十来岁的男人陪伴回来,介绍说是她的未婚夫。那人从前是记者,行敲诈之能事,拿外国给的津贴,过了一辈子舒适的日子,还积蓄了相当大一笔财富,确保晚年衣食无忧。因此,他是个体面的人,没有任何理由不欢迎人家。爸爸见奶奶等待的遗产没了盼头,眼看她又跌入另一个人的怀抱,心里当然嫉妒得很,然而又迫不得已,只好笑脸相迎,怎奈他的声调和眼神却出卖了他真实的情感。即使在我看来,尽管这一家庭变故并未将我拉出呆滞的状态,也显而易见奶奶欢快的情绪,尤其她对未婚夫百般体贴的表现,简直让爸爸气炸了肺。碰巧这天晚上,皮埃尔也回家吃饭了。通常,只有吃午饭时才见到他,因为每天下午和上半夜,他都在希望俱乐部里度过。那是一家经营特别好的俱乐部,特别活跃,是巴黎儿童组织多种聚会的场所。在他们的委员会的领导下,儿童聚会讨论并起草请愿书一类的文件。爸爸以不满的眼光看待皮埃尔的活动,当了那种委员会的委员,尤其没有得到他的准许,每天半夜才回家。不过,爸爸也怕冲突起来会惹麻烦,也就睁只眼闭只眼,根本没过问这事。这天晚上,他一门心思顾虑奶奶及其未婚夫:二人叽叽咕咕,让他的耐心经受艰难的考验,他也就顾不上儿子了。刚吃到奶酪这道菜,皮埃尔就起身离座,道歉外面有人叫他,有事情失陪了。从晚饭一开始,父亲憋在心里的恼恨,一下子找到借口发作了。

"你呀,你给我坐下。一个十二岁的孩子,头一件要做的事,就是早早睡觉。"

"你的话当然对了,只因你是我父亲,可是,有人等我,我走了。"我哥哥回嘴说道。

他那童稚的声音很自信,包含逗乐和出人意料的意味,真把奶奶逗笑了,还让她的未婚夫喜形于色。爸爸怒不可遏,满脸涨得紫红,他嚷道:

"我禁止你出去,小子,我的话听明白了吗？坐下！"

"晚安。"皮埃尔顺口说了一声。

他把座椅挪回餐桌,不慌不忙走了。爸爸霍地站起身。

"小浑蛋！非得让我教训你一顿,才能打消你耍小孩子的脾气！"

爸爸扬着手冲上去,已经咯咯笑出揍人的乐趣,可他戛然止步。皮埃尔从兜里掏出一把手枪,就像电影上那样,持枪贴在胯上,平静地威胁父亲。

"你动一动,我就开枪。现在,去坐下,快去！够了！别唱老调啦！过后你再愤慨也不晚。还有其他人,也都闭上嘴！没有配得上的妈咪了,也没有漂亮的奶奶了。什么母亲、祖母、当乌龟的父亲,全都是一路货。你们都人模狗样,全是假模假式的畜生！你们只顾着自己的欲望,装作看不见在这家庭的怀抱里,在你们为自己的欲望打主意的这所圣堂里,还有人受痛苦的折磨。你们谁都知道若赛特很不幸,遭遇双倍的不幸,她早有死的那份儿心了,然而,你们连想都不想,一分钟的心思都不肯费。你们亲爱的孩子,不关心则罢,一关心就是促使他们进一步估量他们的孤苦无助,促使他们更敏锐地感受他们的困苦,你们真是没人味的畜生！肃静！不然我就朝人堆里开枪了……若赛特,去穿上外套。我带你去俱乐部,不要理睬爸妈那张嘴。"

此前,皮埃尔已经多次鼓动我,下午陪他去俱乐部,但是,我没有意绪外出。那天晚上也一样,按照我的习惯,一吃完饭,我就想躲回自己房间去；然而,这次他相约出去,我再回避,势必显得我附和家里无声的谴责。于是,我装出麻木不仁的状态,去穿上外套,挽着哥哥的手臂离开餐室,免不了听见我们身后升起的私议声。

我们走在街上,什么话也没有说。夜晚相当宜人,近乎温和,只不过我觉得浑身乏力,情绪很坏。我们前前后后,还有几伙儿童,都在热烈地讨论,而且与我相向而行。走在这样年少尖厉的喧闹声中间,真以为是在课间休息的操场上。男孩的穿戴,大多都很怪异,成人的长裤截短,穿在身上裤脚太肥,晃里晃荡,酷似苏格兰裙。他们上装修改的效果更差,有些只是剪掉一截袖子,穿在身上就像宽袖长外套。另一些人的衣装,则是随心所欲剪裁的,往往带有狂欢节彩装的特色,仿佛要戏弄他们返回的童年。女孩子们就细心多了,也更加巧妙地利用她们的衣裙,不过总体看来,男孩女孩全算上,那种打扮就是一群小叫花子。俱乐部坐落在一个市场大厅里,入口处人流拥挤。委员会就设在大厅尽头的舞台上。我们进去的时候,一个十二岁的人,操着尖细的嗓门儿,正在讲坛上演说。皮埃尔把我撂在人群中间,去台子上会合他那些委员同仁。我一开始有点儿认生,觉得比来俱乐部的路上还疲惫,好在我周围所有这些忧虑的孩子表现出的热情,很快就感染了我。我摆脱麻木的状态,跟大家一起激动,我的声音参与进去,同旁边的人交换看法。在身后紧挨着我的一个男人十一岁,他妻子九岁,带着六个月的一个小女娃,二人轮流抱着,他们小胳膊觉得孩子很重。丈夫在街区食品杂货店当伙计,眼看要丢了工作,因为他一个孩子的气力干不了那种活儿。我主动抱了一会儿婴儿,母亲就对我讲了他们的处境。想想他们生活境况的焦虑,我因失恋就消沉,陷入这种麻木状态,实在羞愧难当,几乎觉得自己很可笑,而且回忆贝特朗·达洛姆出于虚荣,背叛了他同龄人的事业,这让我心里更加难受了。

讲坛上的那些演说者,详细讲述新事态在不同的行业中,给青年带来的危险的形势:劳动者变得不能胜任他们的工作,或者收入要降低;老年人现在则正当壮年,要求工作的权利,工作岗位给他们就损害青年的利益;十一二岁的军人面临大批裁员,很多人注定要加入失业大军。委员会编写地址和向青年发出的号召,拟定向政府提交的请愿书的文本。皮埃尔参加了这些工作,他站到讲坛上要求发言:

"只讲几句话。我们要向政府提交请愿书。然而,我们不再是选民了,而议会只会满足选民的诉求,也就是我们的敌人,那些大人的诉求。我请你们现在就考虑这个问题,今天夜晚就考虑,趁还来得及的时候赶紧考虑。讲完了。"

皮埃尔在一片寂静中回到座位。全场人都在沉思,考虑他这几句话,在大家看来意思还不够明确。片刻之后,大厅各个角落都响起了议论声,每人都征求身边人的想法。杂货店伙计问我如何理解皮埃尔的话,我挺尴尬,回答不上来,幸好在我右边的人,一名十四五岁的警察,还戴着一顶显得太大的警帽,回答了他:

"这就是说,绝不能期待政府的善意,必须依靠我们自己。"

他讲最后这半句话时,用手掌拍了拍他的手枪套。我真想拥抱他。这时,台上的一名委员询问,大厅里有谁还要提出别的诉求。我身旁的那名警察耸了耸肩。突然间,我踮起脚尖,竭尽全力冲台子喊道:

"请愿管什么用?只要求一件事,就是废除二十四个月法令,恢复正常年龄。"

一阵欢呼声赞成我的提议。主席通知全场,将会认真研究我的提议,然后宣布散会。

我要去找在台上等我的皮埃尔。人群朝出口流去,我逆着人流,每步都看见一些女孩和男孩,拿着自己的照片叹息:"这就是我原来的样子。"

我和皮埃尔走出大厅,已经十一点半了。参加这场集会,我过度兴奋,还处于陶醉的状态,话也从来没有这么多过。我忽然心生一念,想要一直走到伏尔泰河滨大街,到贝特朗·达洛姆的住处。

"干吗去呀?"皮埃尔说道,"路那么远,又这么晚了。也许根本找不见人。何况,你跟他没什么话可说了。"

"没什么话可说了?你就瞧着吧。"

我招呼了一辆路过的出租车。司机有三十多岁了,他用怀疑的目光看我们。

"你们有钱吗？亮出来看看！"

他一路上不住嘴，唠唠叨叨，向我们表露坏情绪：

"这么晚了，这么大点儿孩子还满街跑！若是我家的，早把你们揍扁了！给一块面包，上床睡觉去！如果这么干，两个耳光扇上去，就让你们老实了。"

"您别卖乖啦，"皮埃尔终于搭腔，"用不了一星期，您还得变回去，变回原先那样的老东西。不过，您也不会难看到哪儿去了。"

据皮埃尔说，近两三天，成年人开始仇视青年了，是内疚和俱乐部引起他们的恐惧而生的仇恨。也许还有回应我们的成分，即回应他们的行为和态度激起我们的仇恨。下车的时候，皮埃尔核实了里程表，才付了车费。

"至于小费嘛，您就揩自己的油吧。"

我们走进贝特朗住的楼里，身后还追来出租车司机骂"小流氓"的声音。我感到心情很好。贝特朗·达洛姆还没有睡觉。我敲门时，他开门之前还问了一声：

"谁呀？"

"是我，若赛特，"我回答，"是你的未婚妻。"

他嘟嘟囔囔开门，一看见我哥哥，似乎有点儿不安。我们走进一间小客厅，收音机里正播着新闻。他就让我们站着，那样子又冷淡又厌烦，还轮番看我们二人，只等待解释，何以如此突兀，不速来访。还是我打破了沉默：

"怎么样，那次呕吐之后，好些了吧？"

这一问让他不知如何应付。他那张小瘦脸上，僵板的神色转为惊愕的表情。声音调低的收音机播放最后的新闻。我心中窃喜，动摇了贝特朗的自信，但是还不满足，我开始痛快地泄愤，骂他个狗血喷头。我斥骂他没教养，叛徒，自负，是不知好歹的蠢驴，还甩给他一些恶言恶语,从来就不是我的词汇,粗鲁得令人难以置信,如今我甚至都不敢回想,当时只求一吐为快。有收音机声音为背景,我那些脏话的响动,就像摔破腐烂的水果。这期间,我的手紧紧握着皮埃尔的手枪,是我在出租车上顺手牵羊摸过来的。在我的痛骂下,贝特朗眨着眼睛,嘴唇直抖动。我掏出手枪,顶住他的腹部,对他说:

"现在,亮给我们看看你这生理的真相。先生声称,他裤腰带里保持了他的二十七岁。我们倒要见识见识。喂,快点儿!脱光了!"

他照办了,甚至没有顶一句嘴。他脱掉外衣,解开领带,脱下长裤,最后脱衬衣。所谓真相,只不过跟他体量相当。皮埃尔和我,我们不禁哈哈大笑,还故意装作笑弯了腰,笑出了眼泪,就好像看到最滑稽的东西。我们乐不可支,还交换了一些评语,我在这里最好一句也不要提起了。看看这副瘦小的躯体,瘦得包骨的皮肤几乎透明,本来应该引起我们一种手足之情的怜悯;可是,贝特朗偏偏抛弃了我们,不是我们的人了。我们再度囚禁在童年,不免气急败坏,在这种作恶中找到一种报复、一种暂时的解脱。

"现在,转过身去,要瞧瞧你的屁股。"

贝特朗服从了,他转过身去时,一阵饮泣带动了尖突的双肩,这给我们增添了一种明显的乐趣。我把手枪还给皮埃尔,还向他示意。他当即就明白,过去拧一下收音机的钮,调大广播员的声音,好能遮掩住受害者的喊叫声。然后,他抓住贝特朗的脚脖子,往后一拉,与此同时,我照他屁股踹了一脚,这个倒霉蛋一下子就扑倒在地,我们就开始拳打脚踢。他就像只小狗,在击打下只发出细微的呻吟,我们则报以咯咯大笑。突然,皮埃尔停下手,示意我注意听。国家广播电台宣布:"最新消息,我们获悉,巴黎警察局长从保健角度考虑,禁止儿童俱乐部和公共道路上,十五岁以内的儿童七人以上的聚会。"

贝特朗乘这一间歇，已经穿上了裤子。他也听见了这条消息，阴险的目光溜向我们，分明表示他从中找到了欣慰。

皮埃尔皱着眉头，仿佛忘记了我们，咀嚼着这一消息。他打了好几个电话，随后高声对我说：

"我要去见几个朋友，不能带你去。你最好在这里等我。约莫凌晨四点，我就回来。钥匙我带走。"

他让贝特朗交出钥匙，随即走了出去，回身锁上房门，拧了两圈儿。我到窗口望见他出了楼。一时间，我还能目送他走在伏尔泰河滨路上，接着过王宫桥。闹腾这一晚上，我忽然感到疲惫，前些日子却毫无准备。贝特朗和我，一句话都没有交流。我问也不问他一声，就躺在了客厅的小沙发上，他关了灯就回卧室了。我很困倦，却没有睡意。我的头脑还一直兴奋，回想当晚发生的事件、俱乐部的喧腾、演讲者的声音、我的发言，相互撞击，一片痛苦的混乱。躺下一小时了，还没有入睡，忽然听见房门吱咯的轻微响动，唤起我的警觉。贝特朗以为我睡着了，悄悄溜进来，拿着一支手电筒照亮，到电话机前开始拨号。在手电筒的光束中，我看见他瘦骨嶙峋的右手在电话机表盘上晃动，猜想他是给我父母挂电话，说明我在他家过夜的情况，无疑要推卸他的责任，更可能是希望我父亲早些去，把他儿子叫回家，给予相应的惩罚。我是在暗地里，利用年幼体轻，起身没有弄响沙发的弹簧。我听见电话里刺刺啦啦的噪声中遥远的铃声，贝特朗问道："喂！是雅斯曼……"他要讲出的号码却停留在喉咙里，因为我从身后上去，勒住了他的脖子。随即，在黑暗中，我想要夺过话筒，我们激烈地争抢起来，话筒磕到壁炉角上，一下子撞坏了。等贝特朗开了灯一看，话筒在地毯上断成两截，还有硬质胶的碎片。他看着损坏的电话，心里堵得慌，那神情又难过又悲伤，而我呢，终于跟他闹够了，心里也不是滋味，非常愧疚。直至爱情复萌，这是真的，爱情勒紧了我的声带和周身。我想到他那生理上的小小可怜的真相，想到对他来说苦不堪言，对我也同样不是乐事。于是,我扑上去,搂住他的脖子,对他说道:"贝特朗,亲爱的,这回我真够狠的。"

然而,他却推开我,一副厌恶的样子,还嘿嘿冷笑,对我说道:"丑陋的坏女孩!"他随即回房间睡觉去了。我重又倒在沙发上,疲惫不堪,悲咽起来,伤心爱情,伤心身形缩小,缅怀有过的青春。

我一觉醒来,已是大白天,太阳照在塞纳河上,照耀着河桥与土伊勒里王宫公园。我睡得很死,没做一个梦,甚至没有被尿憋醒。时钟指针指到九点半。我寻找我哥哥,只见到贝特朗独自在房间里写信。九点半了,皮埃尔还未回来。两个人就锁在这套房子里。我探看这套房子:两间屋、门厅、厕所、厨房。我吃了一截不新鲜的面包、三片香肠。我洗了一把脸,用擦手巾的一角擦了擦,再用十指拢了拢头发,又回到客厅。我听见课间休息的喧闹声,如同昨晚在俱乐部那样,但是听来更远,更模糊。我走到窗前张望,这才明白,也正是我盼望的。在塞纳河对岸,沿着卢浮宫和土伊勒里王宫公园的河滨路,在和谐广场上,聚集了大批儿童,还不断从香榭丽舍大街和王宫大街拥去。桥梁口已经被警察封锁,都是成年人警察,里三层外三层,挽起胳臂封路。我确信,皮埃尔就在那些游行示威者中间。我探身张望左岸的河滨路。楼下就是伏尔泰河滨路,再极目望去,没有儿童的踪影,人行道沿线布置了警察和保安队,都持枪站岗。

我待在窗口,观望了一个多小时,也没有发生任何真正值得注意的情况。聚在每座桥桥头的儿童,不时涌动起来,那是跟警察接触,产生摩擦,但是骚动的现象持续时间很短促。我极度不安,焦急等待,情况又不明,真希望爆发大规模运动,同时又盼着什么事情都不要发生。我本来打定主意不理睬贝特朗,可是又坚持不住,必须要跟个人说说话。他没有离开房间,但是不写信了,看起拉辛①的作品,装作很感兴趣。

"这事儿,你怎么看?"

"什么事儿?"他回答,也没有抬头看我一眼。

"外面的。"

"我毫无兴趣。"

我耸了耸肩,又回到窗口,可是没有坚持多久。一小时之内,我有三次回到贝特朗身边,试图引他说话,只引出他哼哈应付一声。我终于没了耐心。

"怎么着,想一想在你居住的楼前要发生武斗,也许会流血,甚至死了人,你觉得无所谓吗?别人准备为一项事业,也同样是你的事业去牺牲,你都觉得无所谓吗?"

"我正在阅读《贝蕾妮丝》②,我有权不让人打扰。"

我返回窗前。继而,我又回来。

"我说,贝特朗?"

"什么?"

"你是个笨蛋。"

我给了他一句,就去厨房,已到中午,我饿了。午饭就吃了沙丁鱼罐头和果酱,我又回到卧室的窗口,贝特朗就抽身,也去吃东西了。在我的视野里,没有发生任何值得一提的情况。在右岸的河滨路与和谐广场上,依然是骚动的场面。将近十二点半,我突然听见一片枪声。我竖起耳朵倾听,睁大眼睛观望。枪声连成一片,越来越密集,仿佛从老城西岱岛,或者更远的地方传来的。贝特朗满嘴嚼着食物,也来到我所在的窗口。下面一层的各家互相询问。一个三十岁出头的男人从他家阳台探出身去,提供他从电话里听到的消息。我仿佛听明白,示威的人群攻击了警察局。我也探出

---

① 拉辛(1639—1699),法国十七世纪古典主义悲剧大师。
② 拉辛的悲剧。

身去,问那提供消息的人,想得到更加确实的情况。

"这关你屁事儿,小丫头蛋子,你掺和什么?"

我回敬他,也尽量爆粗口,咒他明天就七十岁了。他火冒三丈,气得直顿足,大吼大叫,说他若是警察局长,就用机关枪扫射,把这帮吵吵闹闹的孩子全打到天上去。我骂他是老蠢驴,是腐烂的尸体。贝特朗·达洛姆气不忿,命令我住口,我就称他为高贵的老翁。这工夫,和谐广场上那些吵吵闹闹的孩子涌动起来,要冲破封锁线,高呼:"打倒二十四月法令!"警察抡起警棍,逼退冲击的人群,原地留下受伤者,也许还死了人。我们的人又冲击了十来次。在西岱岛那边,枪声持续不断。在王宫桥、卡鲁塞尔桥,我们的人也力图冲破封锁。我一时不知如何是好,就冲楼下的邻居嚷道:"你们全完蛋啦!会让人用刀捅死!"

下午二时许,和谐桥的封锁线冲开了。双方混战了五分多钟,我已经分辨不清了,但是看见一群男孩抬着两名警察,悠起来越过护栏,投进河里去了。密集的人群拥挤在桥上,简直要把桥压塌了。我高声喝彩,往那个三十多岁的老家伙头上吐唾沫。突然,往桥上纵射的机枪火力,阻遏了我们的人。男孩们开始后撤,机枪便停止射击。骑警队冲击示威人群。群众顶不住了,纷纷退却。全完了。骑警队一过了桥,以扇形展开队列,一直纵马冲撞,转瞬间,就清空了广场的三分之一区域。楼下的那个老家伙兴奋得发了狂,他的半截身子探出窗口,拼命叫嚣:"把他们全杀光!给我全部清除这帮害人精!"我呜呜哭起来。贝特朗还嘿嘿嘲笑,操着他那刺耳的小嗓儿:

"事先这就确定无疑。谢天谢地,这些小流氓根本不会得逞!"

我再也没有气力对他说多讨厌了。我人一下子垮了。然而,真是戏剧性变化:一支黄军装部队从王宫大街跑步起来。那是矮人团,年龄在十一二岁之间,但是全副武装。群众当即给他们让出地方,他们散布成狙击手,用冲锋枪射击骑警队。骑警队很快落入下风,被打散,继而被消灭了。其中有一小股,从矮人团一介入就陷入孤立。他们愿意投降,我们的人把他们杀了。干得好。对成年人不能手软。矮人团开到桥上,却迎面遭到机枪扫射,他们也不硬冲,就沿河滨路布阵,狙击河对岸的政府军,军警也回击。又开来几支矮人团支援,形成对峙局面。双方隔岸射击,结果只是各有伤亡,这边打死几个成年人,那边射杀几个儿童。直到午后晚半晌,才出现新情况:西岱岛方向传来炮声。敌对双方都要提出同样的问题:那些炮手多大年龄!炮击时间很短促,不过十分钟。炮声刚停,又有多辆坦克从利沃利街开到和谐广场。这回,大局已定。政府投降了。明天,我又十八岁了,男人又将追寻我这飘忽的目光,似乎不落到任何实物上,而我,心里却美滋滋的,确信他们的意图无一能逃过我,我也会感到他们的目光压在我的胸脯上,测量我的臀宽,附着我的双腿、我的短裙、我的周身。

那边,在河滨路上,在桥上,我那些焦虑不安的小伙伴,都在欢呼解放的时刻临近了。贝特朗在窗口挨着我,他那张脸因有了盼头也明朗了。他的喜悦在我看来很不适宜,我就成心给他泼冷水。

"你别高兴啦!你是成年人的帮凶,这是人所共知的,我可以向你肯定,肃清委员会不会轻饶的。"

他的脸色黯淡下去。由于恐惧,他的眼珠不断翻转。

"我不是帮凶!"他反驳道,"我也像好多人那样,突然十三岁了,不得不适应精神上很难忍受、物质上又极其危险的一种境况。当然了,我没有想到以强力的手段,还能恢复正常的秩序,不过,没有想到的可不是我一个人。"

"你不要企图洗白自己了。你当了帮凶。你站到了大人那一边。否认也没有用。你穿着长裤,还卖弄你的生理现实超过你的年龄,你想跟成年女人睡觉……别否认,你跟我说过!你对我说,唯独真正的女人才能引起你的欲望,你还指责过我没有乳房。这种种罪行,你到肃清法庭上去申辩吧。"

贝特朗胆战心惊。他要为自己辩护,甚至不惜暗示我今天怨恨他的这些话,根本没有表达他对我的真实情感,他说违心话是为了我好。

我打断谈话,一摔门出去,躲到客厅。

已经是傍晚时分。塞纳河上天光熹微,暮色开始入侵。不见皮埃尔再露面,我很担心,也许他死了,也许躺在医院病床上快咽气了。我躺在沙发上,自责没有早些想到哥哥去冒多少危险。猛然间,我感到双腿剧痛,急忙脱掉鞋子。我在寄宿学校穿的小衣裙咯咯作响,全身开始撕裂了。我十八岁了。

贝特朗在卧室里,已经穿上成人的衬衣和长裤,见我进去惊慌起来。我小时候穿的外衣,只能裹在腰上,遮住腹部和大腿根儿,身子的其余部位完全裸露。

"贝特朗,我是你所爱的一个真正女人了。瞧我这乳房,瞧我的肚子,瞧我的大腿。我引起你的性欲了吧?"

我凑到近前,几乎触碰到他了。他怕看我,扭过头去,垂下眼睛。我扬起手,扇了他一个耳光。他抓住我的胳臂,随即又抓住我的乳房,紧紧搂住我,就像在小书房头一次动情的那天傍晚。但是还不知道他该拿我怎么办。我并不挣扎,全身也不绷紧,由他搂着,只是抬头注视他的眼睛。他开始气短,叹息道:"若赛特,您是我唯一的爱。"我报以最温柔的微笑,再轻轻地脱离他的搂抱。他由着我离开,眼泪汪汪,呼吸短促。于是,我扇了他第二个耳光,便逃开了。我巧妙地用他早晨写信的桌子把他和我隔开。他追逐我,吼道:

"轻佻的女人,也让你吃点儿苦头!"

他眼睛贼亮,像是发怒,我认为是欲望的光芒。我不否认,在他二十七岁身上发现魅力。我警告他:"贝特朗·达洛姆先生,不要加重您的案情。明天我就告发您是帮凶。还要我起诉您企图强奸并诱骗少女吗？"我想他是充耳不闻。我们围着桌子转了好几圈，掀翻了书摞和小摆设。他终于采用唯一明智的办法，往前推桌子，把我挤在墙角。该发生的事情就要发生了。我没有什么可自责的。我的脸颊好似火烧，不是跑动得发热。我往墙壁退却，凝视着他的眼睛，正在忘却把我们拆开的一切。他抓住了我的胳臂，我也不反抗，不料，他突然放开了我。他听见套间开门的声响。我跑到门厅，嚷道：

"皮埃尔！他要强奸我！"

皮埃尔还是小男孩那身衣着，只改成了一个兜裆罩。他拥抱亲了我一下之后，就在贝特朗辩解他意图纯洁的时候，皮埃尔从他兜裆罩的折套里掏出手枪，语气温和地问我：

"怎么样？我就地解决他了吧？"

"我们走吧？"

我们下楼，朝波旁宫方向走去。沿河滨路徜徉的一伙伙青年男女，穿得与我们同样简陋，有一些甚至完全裸体。我们也迎面碰见从头到脚穿戴十分整齐的人，朝我们投来仇视的目光，于是我想到奶奶，想到她那恐怕有八十岁的未婚夫。这工夫，皮埃尔向我描述他这一天都干了什么，而我听着听着，却已心不在焉了。他提出要我陪他去波旁宫办些事儿，我明确对他说我很累，要回家去。

在圣日耳曼大街拐角的人群中，我们分了手。我又回到伏尔泰河滨路，去敲贝特朗的房门，听见他走到门厅的脚步声。

"谁呀？"

我贴近房门，低声下气地回答：

"我呀，是若赛特。就我一个人。给我开门，贝特朗。"

若 斯

  五年中若斯虽然来过了三次,可是他到这小镇城郊的居民区,还是认不出姐姐住的房舍。他甚至忘记了有个明显的标志:房子正面一楼与二楼之间,砌了一道苹果绿的瓷砖。他下了出租车,走到铁栅门前,面对这幢洁净而宁静的小楼,油然而生一种从未有过的心绪,类似一种孤独感。司机阴沉着脸,从车上搬下来三只军用铁皮旅行箱,里面装着若斯的全部家当,而箱子外面的白色大写字母,则标明他的姓名与军士军衔。刚出车站那会儿,司机看到这个须发花白、瘦小的男人走过来,见他头戴贝雷帽,翻领上镶着黄丝带,就嗅出这是个职业军人,心头当即就涌上来对军国主义愤恨的情绪。再看到这些旅行箱,就越发坐实了他这种反感。
  若斯想要推开铁栅门,这才发现院门上了锁。这时,司机正把第三只箱子搬到阿里斯蒂德-布里昂林荫路的人行道上,若斯吃了闭门羹,转过身,皱起眉头,仿佛怪司机似的,语气生硬地说道:
  "家里没人?这是什么意思?"
  "这不关我的事儿。"司机傲慢地回敬一句。
  "我该付您多少钱?"
  里程车钱七法郎,再加上三法郎搬行李费。若斯付了钱,只给了十苏(含0.5法郎)小费。司机怒目而视,不屑地撇着嘴,一句话未讲收起钱,他上了车,朝院门唾了一口,这才开车走了。若斯看一眼手表:将近五点钟了。天空铅灰色,云层压得很低,潮湿的冷风报来冬信。林荫路几乎空荡无人,路两侧排列的小楼,颇为别致却死气沉沉,唯独靠近城区的那一段,面对面竖立着公寓大楼,穿过城区再延伸到另一端的城边,便是暂时搭建的穷人居住的棚屋了。若斯伫立在旅行箱前,只听见树木间呼啸的风声,而风偶尔暂停的瞬间,还听见锯木的声响,从一家靠近铁路道口的木厂传来。他这个人,在长期的军旅生涯中,行踪不定,走遍法国、德国、北非和近东,面对任何景色从未动过情,此刻却强烈感受到这外省小镇城郊的凄凉,想想自己听人劝说到此地度过余生,一来就隐约觉察出一种威胁。他不免不安地注意到这种新现象:自己这么容易受到外界的影响,只因他这个经过千锤百炼、坚强的硬汉,他这个在自己眼里,由职业军人所代表的真正的人,似乎看出要受到世俗生活邪恶的侵害与腐蚀了。他又转身面向住宅,这才发现铁栅门的砌石柱上镶着门铃按钮儿,便走上前随意按一按。几乎紧接着,住宅里就传来开门的响动,随后在房侧面水泥小道又响起脚步声。是他姐姐瓦莱莉出来了,她身穿家居黑色长衣裙,又高又瘦,那冷酷的面相,并未因分梳两鬓的白发而稍缓和。她那声音清脆而冰冷,听来很响亮:

"怎么回事儿,你已经来啦?你本来应该明天傍晚才到啊。"

"我在门口等了有一刻钟了。你在家怎么还锁上院门呢?"

"我当然有自己的理由。你又是为什么,提前动身也不跟我打声招呼?这是多简单的事儿啊。"

"你若是愿意开门,那就快点儿开。我的行李还撂在人行道上呢。"

瓦莱莉打开了院门,看见三只旅行箱,便问道:

"就这些行李?"

若斯将箱子搬上小台阶,靠着房子正门,他姐姐则回屋里给他开门。天色向晚,屋里已经昏暗了。若斯找不到电灯开关,要瓦莱莉打开灯,姐姐却说天儿还太早,看得见东西。若斯绝非挥霍无度的人,恰恰相反;他这个军士,军旅生活长达三十六年,也确实不可能养成持家度日点滴节省的意识。

"我这是搬箱子上楼,总不至于让我摔倒在楼梯上,磕掉大牙呀!他妈的,什么鬼地方!"

"好,好,开灯就开灯,"瓦莱莉说着,打开了电灯,"不过,你何必讲这种脏话,惊动左邻右舍呢。你来这里,可不像在军营了,这话你得记住。"

若斯在房间,一只一只打开箱子。头两只箱子装着衣物,有一套便服、三套军装,他虔诚而又小心翼翼地摊在床上,动作十分温柔,十分谨慎,有时就像在爱抚。瓦莱莉在场,看着她弟弟整理,她的注意力更多用在兄弟本身,而非那些衣物。她靠着房门,离床铺和镶镜子的衣柜同样远,热切目光跟随着若斯往来于床铺和衣柜之间,看着他往衣柜里摆好服饰用品。第三只箱子主要装着纪念品,大多是在叙利亚和北非集市上买的,有墨水瓶、烟灰缸、劣质的皮革制品、小盆子、铜花瓶、银线绣花拖鞋、匕首、手枪、粗俗的画片。若斯硬逼着姐姐去楼下,给他拿来一把锤子和几根钉子。他穿军士正装的画像、福熙①元帅的彩色画像,以及他和一些下级军官一起拍的几张照片;全都挂到墙上。最后,看看床头上方原先摆了一尊年久发黄的基督石膏像空出来的地方,他就挂上一个镜框,框里黑丝绒衬布上,别着他荣获的一枚军功奖章、两枚战争十字勋章:一枚是1914年至1918年世界大战的十字勋章,另一枚是国外战役的十字勋章。

"我的照片,你一张也没有挂出来。"瓦莱莉指出。

"那又何必呢?一年到头,我天天都能见到你。再说了,我全丢了,你那些照片。"

"劳驾,你给我找回来。我给你寄过三回相片。一回是1914

---

① 福熙(1851—1926),法国元帅,"一战"后期,他统领联军,赢得战争的最后胜利。

年,第二回是 1927 年,第三回就是去年。我可不能容忍,我的相片在警卫队里传来传去。"

若斯正面看她那张脸,随即就移开视线,耸了耸肩膀。瓦莱莉满脸通红。她从弟弟的目光里,又看到所有男人移开的目光,看清她这老处女的一辈子屡屡复萌的幻想,总碰到这样一成不变的回答。就在若斯整理他那些纪念品和小玩意儿的时候,瓦莱莉朝衣柜一扇门上的镜子瞥了一眼,望见自己这张脸瘦骨嶙峋,随着年龄渐老,头发变白,让人难以辨识性别了,削弱了丑陋总显示的冲击的意味,但还是保留了令人生厌的男性化特点。

要吃饭的时候,姐弟俩发生了一场激烈的口角。瓦莱莉还一如往常,餐桌摆在厨房,而若斯却要到餐室用晚餐。他这种要求倒不是市民虚荣心在作祟,而是一贯厌恶厨房的气味,尤其水槽、垃圾桶的气味。瓦莱莉也不是不知道这一点,可是她断然拒绝弟弟的要求。二人各不相让,于是吵吵嚷嚷,争论起来,各自摆出对这个家庭的贡献。瓦莱莉强调,她独自拥有这所住宅,是她讨好一位姑妈长达三十来年,才连同几张公债证券一起继承来的。此外,这个家也是她操持的,她还有音乐才能,会弹钢琴,结交了一些体面的人。若斯也据理力争,家里有他这个男子汉,她就不会因独自生活那样担惊受怕;他还寄给姐姐生活费用,从而让她过上安逸的生活;他还特意表明,瞧不起她的音乐才华和那些社交关系。看看姐姐丝毫也不退让,若斯就干脆决定去餐馆吃饭,第二天乘火车离开。瓦莱莉这才好歹将饭桌摆到餐室里。

次日还不到七点,若斯睡醒就立刻起床,还按老习惯,动作麻利地洗漱,就好像时间紧迫,他必须在点名时赶到营地操练场似的。下楼之前,他到窗口望一眼,只见街两侧人行道上,商店职员和小学生都急步匆匆,赶往城区。他走到第二扇窗户,目光越过围墙,则发现邻家屋旁的花园,那边似乎一点儿动静都没有。若斯走到楼下,却找不见人,前后两道房门,那一道也打不开,他正想跳窗户出去,恰巧这工夫,瓦莱莉身穿睡衣来到厨房。

"我倒想弄清楚,怎么才能从这破房子里出去,"他说道,"哪儿都找遍了,也不见钥匙。"

"你也许可以向我道声早安吧。"

"早安。你得给我一把钥匙。"

"你用不着钥匙。"

这一大早起来,若斯就开始怀念军营,处于空落落的失常状态,情绪本来特别糟糕,一听姐姐不顾明显的事实,一口回绝,登时气得脸色煞白。瓦莱莉还算敏感,随即猜出这种气急败坏的内情,不等弟弟大发雷霆,赶紧把钥匙给了他。在若斯喝咖啡的时候,瓦莱莉站在厨房窗口,指着屋后的一片菜地让他看。

"你每天可以花点儿时间,侍弄侍弄菜园。"

"不。"若斯回答。

"你会闲得无聊的。你打算怎么打发自己的日子呢?"

"安享我的退休生活。"他凄然地回答。

吃完早饭,若斯就出门了,他急匆匆的样子,有点儿像个大忙人,瓦莱莉觉得诧异,忍不住问他去哪里,得到的却是一种含混的回答,这就更刺激了她的好奇心。若斯沿着阿里斯蒂德-布里昂林荫路,一直走到城区的入口,他便踏上通衢大道。然而,他既不观赏街景市容,也不注意街头繁忙的景象,以及来来往往逛早市的家庭主妇。他心事重重,步履匆匆,仿佛怕误了约会似的。出了城区,他面对两条林荫路,不免犹豫,还是拐上了梯也尔路,但是并不确信走对了路,脚步自然就放慢了许多,甚至有好几次想折回去了。他已不抱任何希望,却猛然间,发现到了军营的铁栅门前。这里原是骑兵营区,现在改为部队的民用办事机构。操场空荡荡、光秃秃的,地面很平整,可是,在这名军士老练的目光看来,地面还是略微有些起伏,令人心中悸动,而营房淡蓝色高大的窗户、练马场青绿色的玻璃棚顶,更是激起他的心怦怦直跳。面对这虽已废弃,但仍不失为可以感受完美生活的场所,自己却身穿破旧的便服,实在是掉价儿。他有些感触,就不敢驻足在人行道上瞻仰军营,便沿着林荫路再往前走一段,然后折回来,走进骑兵旧营地对门的一家咖啡馆。老板娘给他上了一杯白葡萄酒,主动搭讪,不待顾客询问,甚至没有表现出兴趣的情况下,她就抱怨起来,说骑兵团一撤离,就严重损害了她的生意。她指责社会党掌权的市政府毫无作为,没有留住这支部队。

"那些人不明白,一座没有驻军的城市,就像一个毫无盼头的可怜寡妇。"

她又要开始回顾她这咖啡馆从前的盛况,若斯却抬头,向她投去严厉的目光,迫使她闭了嘴,返回到柜台后面。若斯坐在靠窗的位置,可以从容安闲地饱览整座兵营。营房环绕,围住操场,他对操场更感兴趣。唯独一名职业军士才能理解,兵营的一座操场有多壮美,呈现无穷的变化。军营操场的空间有一种微妙的物质,堪比军队纪律的一种范围。他凝望观赏了三刻钟,还总能发现操场新的一面,既熟悉又扣人心弦。而他的心弦每次拨动,都能在他前尘往事中,得到延续的回声,或者一种明确的佐证。

将近十一点钟了,有两个男子,一名中士和一个平民,从最远的一幢营房出来走向铁栅门。那个平民举着伞,酷似高举着一把马刀,显然原先也是个军人。走近些就能看出,他那制服的剪裁,打领带一丝不苟的方式,以及戴一顶黑毡帽平添几分天真的神态,都不可能让人看错。若斯稍觉欣慰了一些,而刚才望见那人践踏兵营的操场,就像目睹有人玷污圣地一般心里难受。然而,待这二人走进咖啡馆时,若斯却无意结识他们,也不想同他们建立关系。他在军队生活中,也一直同别人保持距离,独来独往,没有交朋友。他无论到哪支部队里,总是一丝不苟,强调秩序和纪律,极端严厉,从不通融,受到士兵们的憎恨,同僚们也都尽量疏远他,而上级军官则几乎不加掩饰,鄙视这个模范的军士,认为他十分蠢笨,毫无人情味。他本身,也不喜欢任何人。

若斯回到家中,发现姐姐的情绪处于异常状态,一直难以掩饰,尽管极力装出平静的样子,以免怒形于色。原来,瓦莱莉趁弟弟出门,上午搜查了他的房间,搜出一盒避孕套,而若斯为了顾全面子,本来将盒子藏在一摞内衣的后面。她期望发现的东西,恰恰是这类物件。想到弟弟还同一些女人保持这种令人憎恶的关系,她心里五味杂陈,又愤怒,又厌恶,又害怕,又赞赏,还有强烈的好奇。在午餐桌上,若斯旁若无人,只顾吃饭,而姐姐不时偷眼瞧他,心想这个男人真是恬不知耻。心里明明在回味那种淫秽的勾当,还摆出一副泰然自若的神态,不免越想越恼火,认定他那样若无其事是存心挑衅,于是忍无可忍,突然发问,吓了他一跳:

"上午你去哪儿啦?"

若斯一下子就慌神儿了,近乎有罪似的样子,说他进城在街上随便走走,然而言辞闪烁,就想回避,只字不提他去兵营的朝圣,说话不免吞吞吐吐,唯恐泄露什么不可告人的秘密。瓦莱莉欠身离座,身子探到桌前,气呼呼地抛给他一句:

"你去看一个女人!"

"没有,"若斯非常平静地回答,"我没有去看什么女人。"

若斯松了一口气,看来姐姐猜疑错了。由于姐姐还一口咬定,若斯便说道:

"这又关你什么事儿呢?"

"关我什么事儿?我走到哪儿,城里人都认识,我不愿意听人说,我是一个讨厌的人的姐姐。"

若斯顶了一句,戗得瓦莱莉目瞪口呆:

"你想什么呢,"他说道,"不会以为我就少得了女人吧?"

若斯每周有三个上午,到兵营对门那家咖啡馆度过,这成了他的一种习惯。他还受一种胆怯心理的制约,不能每天都去一趟。况且,每次见到这座像他一样,丧失当初使命的兵营,他总有点儿痛心,而这种欠缺军人气概、有失缠绵的动情,也引起他几分疑虑。不去观望兵营的日子,上午时光,他也同样到外面消磨掉了,反正他无事可干,又能惹他姐姐不安而得到满足感。他进城或去乡间游荡,漠然对待周围的人和景物,拖着这份儿无聊,平静而规规矩矩地到处闲逛。漫无目的,也不会发生意外情况,他在外边久久转悠之后,乐得回到家中,重又见到瓦莱莉那张敌意的面孔,那种警觉的恼恨、那种盘问的眼神。二人之间的根本误解,由此而产生的冲突和争吵会随时爆发,使得彼此都处于持续的紧张状态,而这种又难受又振奋的状态,却是他们每人都感到有所需要的。每当若斯出语伤人,或者违反共同生活的习惯,惹恼了瓦莱莉时;每当他感到姐姐闪电雷鸣的目光逼视他时,他就重温了在军队中的乐趣:从前看到挨了他训斥和挖苦嘲讽的士兵,因愤恨而失态的一张张脸,他产生的就是这种快感。不过,他还是觉出,姐姐对他的猜疑和进逼的姿态,涉及伤了自尊心的女性的一种隐私,这引起他的畏惧和憎恶。而且,他这种感觉十分强烈,有时在二人吵得不可开交的当儿,他就突然退让,甘愿让姐姐占了上风。

　　午后的时光实在漫长,如果不设法激怒瓦莱莉或者引起她的猜疑,稍许得到点儿满足感,打发一下无聊,那么他会受不了的。他时常借口有紧要的事情要干,却不说明是什么,自己就锁在房间里。其实,他只是坐在安乐椅中看看报,或者什么事情也不做。可是有一天,他确信姐姐守在门外窃听,便离开座椅,用小刀柄有节奏地敲打桌子,这种小把戏需要高度集中注意力,一刻钟之后,他又换成梳子,用齿儿刮壁炉台角的大理石,发出节奏相当的声响。这两种有规律的声音交替出现,瓦莱莉无法解释,又好奇又恼火,在门外干着急。这次得手,若斯更是乐此不疲,进一步改进音响效果,每天下午都有新发现,很快就达到了复杂的声响。例如,他右手拍打着桌子,左手同时摇晃着一网兜赛璐珞小球。这些从商场买来的小球,中空里都有一颗金属球,滚动时撞击出低沉的声音。

他在这方面,用上了从前在军营中变着法儿折磨士兵所发挥的创造才能。瓦莱莉神经达到了极限,火气憋在心里难以发泄,她终于明白,必须起而抗争了。于是,她也佯称有事情,下午一段时间关起了房门。不过,她确信弟弟不会来到门口偷听,必须弄出相当大的响动才行,隔着两层壁板也能让他听见。在一段时间,她还没有找到任何真正满意的办法,直到有一天,她心生一念,将一个砂轮安装在自己房间,她舍不得弄坏好物件,就打磨废铜烂铁和不能用的锅,发出不同的声响,听来相当惊人。若斯第一次听到如此响动,还真有些气馁了,随后他又振作起来,确信自己的活儿高明多了,瓦莱莉这么干太粗糙笨重了,因此,他仍继续这种细腻的组合音响。有时,砂轮声停止了,若斯欣然地听到门外地板轻微的咯吱声,暴露瓦莱莉来到门口。

黄昏时分,若斯走出画室,锁好房门,拎着一大包东西走了,其实包里装的不过是些废纸。他离开这条路,走出二百来米远,将纸包丢进一片小树林。阿里斯蒂德—布里昂林荫路的尽头离城最远,靠近铁道线了,路两旁有些木板房,以及用废旧材料临时搭建的简陋小屋。若斯经过时,往往能碰到一个褐发少女。那是西班牙难民的女儿,瘦瘦的身材,有一双狼一般的眼睛,她大胆地冲他微笑,甚至还试图同他搭话。他不止一次受到强烈的诱惑,但总是控制住了自己,唯恐有失体面,同一个衣衫褴褛的穷姑娘苟且,会损害他从前军人的名声。反之,他却并不禁绝自己去逛窑子。每星期五吃过晚饭,他就去勃朗-博坎街,把这每周一次的消遣,视为他保健的一种责任;此外,那里的环境和气氛,与他军营生活的记忆密不可分。

二月末的一个星期天,约莫他到这小城居住有四个月了,夜里就下起雪来。临近中午的时候,若斯坐在餐室的火炉旁看报。十一点半钟,像每个星期天那样,他听见铁栅门开关的声响,是姐姐做完弥撒回来了。待他从报纸上抬起头来,姐姐已经从窗前走过

去了。他透过窗帘,只见雪花纷飞,组成厚厚的雪幕,遮住了邻家的房舍。瓦莱莉从厨房的门走进来,伫立在他面前,说道:

"你眼睛看着我!"

若斯注视她。她站得溜直,扬起下颏儿,在她那顶绣有一只白鸟的帽子下面,两只眼睛炯炯发光。

"我知道了,每星期五晚上你去哪儿鬼混,你这头猪!刚才做完弥撒出来,是杰西科太太告诉我的。可以肯定,此刻,全城人都晓得了。"

"那又怎么样?我没有损害任何人!"

若斯如此平静应对,无疑火上浇油,瓦莱莉完全丧失了冷静的态度,她放开嗓门儿骂起来,唾骂他是浪荡哥儿、好色鬼、淫荡之徒,就要一吐为快,抛出这些肮脏的字眼儿。若斯也恼火了,认为不该受此辱骂,他站起身来,但是并没有暴跳如雷,仅仅冲着瓦莱莉唱起一首淫秽的歌曲,头一段是这样的唱词:"头一个婊子我搂在怀,正是在营区的大门外……"他的歌喉像军号一般响亮,而且节奏短促,如同挥鞭跃马,使得这支歌像凯旋曲似的欢快。瓦莱莉还穿着出门料子的大衣,气得身子直发抖,神经质地浅浅一笑,哆哆嗦嗦地逃往厨房。若斯却追上去,唱出第二段歌词:"我这头猪猡多可憎,骑着长枕头瞎折腾……"瓦莱莉好似一只困兽,已经退避到屋子的墙角,见若斯步步紧逼,她双手痉挛,按住肚腹高声嚷道:"不!不!"若斯一下子惊呆了,随即就感到很尴尬,便转身回餐室,心里惴惴不安起来,别是这一闹,不觉中搅动了姐姐什么不光彩的心底事。

又到了星期五,为了表明在姐姐面前他没有低头,晚饭后,他还一如既往,去勃朗-博坎街了,但这次几乎有些违心,未能从头脑中排除星期天上午发生的那一幕。第二天,瓦莱莉丝毫也不提及,只以缄默对他来表示她的谴责。此后,每星期五晚上,他外出变得不规律了。他每次逛窑子,总要想到姐姐,感到浑身不自在,仿佛姐姐向来就没有远离他,甚至觉得她就在妓院的各个房间转悠,因而他一旦到那里,就有了障碍,不能尽欢了。到了四月中旬,他决意不再光顾妓院了。

大约就在这段时间,一天上午,他坐在小咖啡馆的窗口,观赏骑兵军营的操场,却发生了一个意外事件,表面看来并不怎么严重,可给他带来了严重的后果。有几个附近工地干活的泥瓦匠,在咖啡馆柜台前一边喝酒,一边吵吵嚷嚷,同老板娘调笑。若斯嫌他们喧哗,妨碍他观赏,就扭头瞪他们一眼,要他们肃静些。就在这当儿,其中一个泥瓦匠,三十来岁的汉子,离开这堆人,穿过餐厅,走到若斯跟前。他不慌不忙,就像牲口贩子相一头牲口那样,先细细打量一会儿若斯,接着,他冷笑道:

"哦!原来是你呀,若斯军士,你这个浑蛋玩意儿,在埃皮纳尔驻防那一年,你把我折腾得好惨。看来,他们也打发你退休啦?"

"不准你对我这样称呼'你'!"

"你不准我?凭什么?就凭你这大牛舌头不准我?要知道,想关我禁闭,没门儿啦。你这个不要脸的东西,现在,我高兴唾你就能唾你的脸,这是你我之间的事儿,你也是罪有应得。你休想再罚我去做苦工了,比不得从前了,还记得我的两个战友,拉夫兰和米诺,让你害得至今还在奥莱隆或者突尼斯南部。拉夫兰和米诺,你还记得他们吧,嗯,豺狼?说出来,你还记得,我要你说出来!"

其他泥瓦匠也围拢过来,当即同情自己的伙伴,敌视这个退伍的军士。若斯已经站起来应对,后悔身上没有别着手枪,暗自决定次日再来,就撂倒这个挑衅的家伙。老板娘及时过来劝阻,要那个出言不逊的人尊重她的顾客。那人怒火似乎平息下来,这意外事件本可以到此为止,却又来了两个人,是骑兵军营的下级军官。他们询问为何争吵,泥瓦匠感到怨恨的火气重又燃起来,便摆摆头,给他们指示他的仇人,同时灵光一现,找到了最恰当的语言,当着

两个军士的面羞辱若斯,他说道:

"喏,我从前的军士长,现在他退伍没事儿干了,就跑到这儿来偷看军营,重温他的旧梦。"

若斯瞥见两名军人尴尬的目光,当即满脸通红,就觉得自己一丝不挂,暴露在光天化日之下。此后,他再也没有踏入这家小咖啡馆的门,再也没有转悠到这座军营附近。这个意外事件让他失魂落魄了。他还是头一次感到,他回归平民生活,就丧失了他军衔所赋予的特权,也失去了军队的佑护,自己变得多么渺小,随时会受到外界的伤害。三十多年来,他在那等级森严的世界中,无论碰到什么情况,总能找到救援;而现在那个世界关闭了,退休将他抛到另一个世界,一个怪异而混乱的世界,他似乎毫无抓手了。

若斯瞻仰军营与逛窑子,还沉湎于往昔,一断了这两件事,他也就毫无出门的意愿了。他外出散步的时间日益缩短,也不似原先那么频繁而有规律了。无论进城还是去乡间,所到之处,无不觉得他于人于己都是个陌生者,于是急于回去,当时不知不觉竟然奔跑起来。回到家中,也只有在家里,他才恢复自身,重新把握自己了。在一种又怨恨又安全的氛围中,享受封闭状态生活的安逸。数月之后,他不安地看到,自己就这样在姐姐家里扎下根了,明明知道姐姐私下的意愿,就是控制并奴役他。他也早有离去的愿望,但是仅仅停留在口头上,他再威胁要离开,连瓦莱莉都不以为然了。她感到她这猎物正在成熟,便巧妙地使用花招儿,瓦解若斯的精神,一方面设法为他安排极为舒服的物质生活,另一方面又加剧冲突,为共同的生活增添点儿刺激。她看到这一时刻来临了:她兄弟断绝了与外界的联系,手脚完全被一套习惯捆住了,只能住在她这里,再也没有能力去别处独立生活了,而她就可以随意摆布他,吓唬要把他赶走,同时又显得亲热,避免发生一点点争吵。就连讲什么话,用什么语调哄他,瓦莱莉都考虑好了,就好像听到自己和颜悦色地对他说:"我的好弟弟,也许怪我这难以相处的性格,我始终未能向你表达我的真情实意,心里不免想,为你好也为我好,你是不是最好单独过去。"她处心积虑,就是要让他从早到晚侍弄园子。

若斯逐渐养成晚起的习惯,并非变懒了,而是因为可以推迟外出的时间。五月初一天早晨,将近八点钟,他打开百叶窗,望见隔墙邻家花园充满阳光,有个孩子正冲他微笑。那个男孩有两岁,名叫伊丰,他见过多次,却没有留意。多年之前,瓦莱莉就同这家人反目了,只因孩子的父亲,三十五岁的保险公司职员,持社会党的政见,她就鄙视这全家人。那孩子站在一条小径的中央,信赖地微笑注视着若斯,这让他很感动,也随之微笑起来。他离开片刻,再回到窗口时,那孩子就笑起来,还挥动着两只小手臂。若斯每次离开,随后又出现在窗口时,孩子总以同样的快乐、同样的笑声迎接他。若斯兴致很高,几乎不间断地这样逗弄孩子玩,一直到该下楼用早餐了。在餐桌上,提起早已去世的一位祖父,姐弟二人又爆发了激烈的争吵。瓦莱莉硬说目睹,祖父一直蓄留垂下来的长胡子,而若斯则记得很清楚,祖父两撇胡卷曲着,往上翘接近了眼睛。这件小事足以引爆一场争执,相互指责说话昧着良心,数落对方虚伪、自私、嫉妒,七种罪孽①大部分都列出来了。若斯满腔怒火,憋闷一上午,就没心思再想那小男孩了。

下午,他上楼回房间,准备像每天那样,故技重演,搞出他那音响效果。不过,他走到那个窗口还是先停下来,望见那小男孩背向他,走在花园小径上,脚下有滚动的石子,步子很不稳。他那像狗崽儿一样蹒跚的步态,若斯觉得很好玩,看着有意思,就丢下了对姐姐的怨气。他见孩子打着趔趄,不免屏住了呼吸,还做了个动作,仿佛要上前扶住。孩子终于稳住了身子,过了一小会儿,他转过身来,又看到若斯站在窗口,就喜笑颜开,手舞足蹈表示他的欢

---

① 《圣经》列举七种主要罪孽:吝、怒、贪、馋、淫、骄、懒。

乐。这一老一小相视微笑,就这样过了一刻钟。若斯便开始自责,不该在这种无意义的事儿上浪费时间,于是,他取出总带在身上的钥匙,打开抽屉,拿出那一网兜赛璐珞小球。他对着桌子坐下,用小刀柄在桌面上敲了三下,左手同时抖动小球哗啦哗啦响上十五秒钟,然后再敲三下。可是这个下午,他干起这种事来,不似往常那样有兴致,也不那么专心了。有好几次,他丢下小刀和小球,跑到窗口,望一望邻家的花园。恰巧他在窗口时,瓦莱莉房间里响起砂轮磨废铁的声音。而且,她花样翻新,制造出多种奇特的响声,听来倒有几分音乐性了。不过,若斯观望孩子玩耍,并不离开窗口,他忽然有了一闪念:他和姐姐每天下午的习惯行为,都同样毫无意义。

她兄弟的态度,乃至性格的这种变化,要到半个月之后,瓦莱莉才确实看出来了。先前,她就已经注意到,有些时候,弟弟那种轻松的神态是她未见过的,也显得不那么好斗了,不怎么在意二人之间发生的争吵,并没有像往常那样必定大发雷霆。不过精神紧张度的这种降低现象,足以被他的抑郁寡欢和突然发怒抵消了,没有引起瓦莱莉多加注意。然而现在,她猛然看明白了,弟弟逐渐走向某种恬静的状态,那是一种内在的喜悦,能令人联想到在一定程度上,奇迹般焕发了青春。当然,尽管如此,他那张脸始终是一副严肃的面具,他只要说话,语气依然那么生硬,无异于发号施令,但是毕竟暴跳如雷的时候越来越少了,而应对姐姐巧妙的挑衅,他也往往不予理会,甚至有时表达善意,讲些和解的话。有时看来无缘无故,他露出一抹微笑,使得他那张冷酷而固执的面孔相应开朗一些。就连他那双眼睛,冷冰冰的浅灰色小眼睛,现在似乎也柔和了,蒙上一层迷离遐想的神色。瓦莱莉不禁又恼又怒,受嫉妒和好奇心的折磨,她感到弟弟逐渐摆脱她了,于是倍加关注这种蜕变的进程,而且毫不怀疑,他新认识了一个女人,一种强烈的爱情闯入他的生活。

若斯生活在他卧室的窗口，这正是闯入他生活一种大爱。他和小男孩子建立起来的交流，几乎成为常事了：孩子似乎需要见到他。而从早到晚，这名军士总看不厌孩子的嬉戏，赞赏他的各种姿态、他的牙牙学语，总是惊叹和激动。有时，他为了看清楚些，就拿起望远镜，但是先把两扇窗掩上一点儿，以免让孩子的父母瞧见，这样，他就可以饱览那张小脸、那种种表情、那无比可爱的童稚和娇态，他也觉得他是这一切的守护者。他熟悉了孩子的生活习惯，知道他睡在哪个房间，起床，睡觉和吃饭的时间。赶上雨天，孩子无法到花园里玩，若斯就守候在窗帘后面，等孩子走到门前台阶上，或者敞着的一扇窗口，他也能看上几眼。他调整了外出的时间，趁着孩子饭后午睡时才出门。他散步的这段时间，心里着魔一般，仍然喜滋滋的，只待这种魔力随着临近见面的时刻而减轻了。他模仿伊丰刚学会说的话，还故意发错音，随即独自笑出声来，洋溢对孩子的赞赏和疼爱。一天他到城外散步，走在他前面一个农妇带着一个三岁的小女孩。那小女孩趁母亲一时不注意，跑到马路上去了，正好要夹在迎面对开来的两辆车中间。若斯冲上去，一把抱开孩子，交给她母亲，还同那农妇说了几句话。由于对方泛泛谈到孩子，若斯不等人家问起，就不假思索地表示：

"我的孩子比您女儿还小，刚满两岁，是个男孩，名叫伊丰。"

说完他就脸红了，自己后悔这样讲，因为他憎恨随便说谎。不过，他转念一想，倒觉得自己冒充孩子的父亲也不为过，毕竟他对孩子有深厚的感情，他也欣然接受了这种想法。

瓦莱莉眼睁睁看着弟弟这种变化，却又束手无策：他那种幸福感太明显了，还有对她的宽容态度，让她的怒气无处发泄，搞什么花样儿骚扰他都失去了效用。她乱了方寸，毫无希望平息她那控制的欲望了，感到如此处境，真像一个公开受丈夫嘲弄的妻子，所差的就是她没有可拿得出手的正当权利，多大的怒气也只能往肚子里咽。一天晚上，若斯下楼到餐室，他哼着歌曲，几乎容光焕发，是他姐姐从未见过的样子。瓦莱莉从弟弟轻轻的哼唱声，听出炫耀喜悦和爱情的一种放肆态度，就有迎面遭受一击的感觉。

"你干吗唱歌啊？是为一个女人唱的吧，嗯？总是女人搅和进来！总要唱淫秽的歌曲！总干那种苟且的事！"

"苟且的事"，她连说好几遍，直到发不出声来为止。若斯只是善意地责备两句，以一奶同胞的口吻向她指出，她的气话根本站不住脚，因为那种下流事，他连想都不想。

"我向你保证，我头脑里装着别的事，而不是那种蠢事。至于女人……"

他嘿然一笑，表明他有更紧要的事要关切。然而，瓦莱莉却错误领会这一笑，弟弟宽容的态度反而让她失去冷静，她凑到弟弟的跟前，几乎脸触碰到脸，叫嚷他满口谎言，是个伪君子。若斯真以为她会咬他，或者扇他耳光了，不料她却突然泪如雨下，一把搂住他的脖子，在抽泣中间，断断续续地叫他"亲爱的弟弟"。她泪流满面，进入谵妄状态，用力紧紧抱住若斯，脸还紧贴到他脸上，整个身子贴到他身上，腹部还不住地蠕动，双手揪住他的后背。这种接触，若斯感到非常厌恶，他用鞋跟用力踏了一下她的脚趾，抽出自己的右臂，一拳击中她的下颏儿。瓦莱莉仿佛毫无感觉，仍旧紧紧抱住他，他只好用拳头猛击，还用膝盖顶她，直到把她推倒在地，血流满面。

瓦莱莉这种亢奋的状态，让弟弟瞧见了，她是不能原谅的。况且，这种十分难堪的场面，一想起来两个人都很窘，必然影响共同的生活。吃饭的时候，他俩几乎一言不发，甚至回避对方的目光。这个事件对于若斯，不管怎样影响有限，还不至于损害他如今生活中主要的关切。现在，他只为邻家那个孩子而活着，唯一的消遣，就是同那孩子相视而笑，静静观察他的一举一动。他在饭桌上，整个心思完全扑在伊丰身上，因而始终陶醉在喜悦中，所幸这样默默用餐，他就可以继续自己深情的遐想了。

两年过去了。在这期间,姐弟二人虽然一起生活,却形同陌路,至少表面看来如此,因为实际上,如果说若斯的缄默,仅仅表明他的冷淡态度,那么瓦莱莉则不然,她心怀怨恨,渴望报复,在这种相对无言的用餐中,她的仇恨越来越深,报复的心理也越发强烈了。按说,她本可以扫地出门,赶走若斯,她也不乏这种冲动。然而,且不说共同生活,若斯在物质上给她带来的好处,她还心存希望,有朝一日借助一种新的事态,她可以操控弟弟,把他置于羞辱的境地。说得确切些,她期待若斯同那个独占他的女人断绝关系,按照她的揣测,这种情况迟早会出现。她真想认识认识那个女人,把她想象成一个令人神魂颠倒的美女,兼有电影明星、妓女和妖里妖气的东方女子致命的魅力。可是,若斯守口如瓶,丝毫也不透露他迷恋的对象,瓦莱莉又无计可施,早日促成她渴望的那种决裂,她不得已而求其次,直接给她弟弟添堵,故意给他的衣服和领带弄上油点儿,用浮石磨损他的上衣,还有意用烧红的熨斗熨他的衬衣,熨黄了领子和袖口。有时,她甚至花上整天的工夫,磨损他一条条短裤,磨破的地方再补上颜色极不协调的布片,看上去很刺眼。本来衣冠一直很整齐的若斯,果然在穿戴上,逐渐发生了明显的变化。当然,瓦莱莉自有算计,缓慢地实施,不引起若斯的注意,让他穿上油腻的、磨破了的衣服,穿上没洗干净的内衣,还穿上由她在砂轮上打磨走样的皮鞋,不知不觉中丢掉了干净整洁的嗜好。到末了,若斯竟然三四天才刮一次胡子,早晨洗漱也特别马虎,抹一把脸就算了,穿的那身衣服还散发难闻的气味,看上去难说不是一副邋遢相。瓦莱莉经过努力,满意地看到弟弟开始堕落,这是她报复的初步成果。然而同时,她感到又惊讶又不安,弟弟这副样子,怎么还能始终得到一位美人的欢心呢?

这期间,若斯并不在意姐姐怎么自寻烦恼,也不做任何加重她痛苦的事,至少不会存心招惹。他意识到自己新的营生的性质,甚至研判了他从前制造噪声的行为多么无聊。不过,他依然保留住进姐姐家头个月养成的习惯,即向她隐瞒自己最重要的事情和行为。因此,他力图不给她留下一点蛛丝马迹,绝不让她猜出他对邻家孩子的感情,况且,这样美好的际遇,他也认为姐姐不配参与进来,害怕她一旦看破了他的秘密,就很可能从中作梗,破坏这种友谊。若斯变了一个人,进入一个神奇的世界,看着小男孩一天天长大,就觉得自己同时也在成长,他真正的生命,就好像从他发现爱心的甜美那一天才开始的。他那么聚精会神地观察,是孩子的父母所做不到的:他步步跟踪孩子成长的过程,及其智力的发育,准确地记得孩子所经历的每个阶段。他买了一架照相机,只要天气适宜,每天都给孩子拍照好几次,底片拿到省城去冲洗,唯恐被孩子的父母或者瓦莱莉偶然发现,知道了他对伊丰感兴趣。几乎每周,他都能收到一封厚厚的挂号信,是照相馆寄来的,信封上印有寄件人的店号和地址。若斯吩咐过邮差,信只能交到他本人手里,甚至不能让任何人看见。瓦莱莉费尽心机,想把信骗到手,可是屡屡失败。每周送来的邮件,搅扰着这个老姑娘夜不能寐,是从哪里寄来的,她甚至都无从得知。若斯外出的时间越来越短,瓦莱莉趁他不在家,有好几次想撬开他旅行箱的锁,期望从箱子里翻出那些挂号信,但是始终未能得逞。

　　洗出来的照片,大部分效果都不佳,不是距离太远,就是角度太偏。然而在若斯看来,没有一张是毫无意义的,哪怕是拍得不清楚,或者拍坏了的相片,因为无一不绑定一个记忆,铭刻在他的脑海里。若斯按照时间顺序,将这些照片贴在相簿上,还加了注释,包括拍照日期、说明,以及那天相关的逸事。例如:"六月二十五日,他在花园里跑着玩,忽然跌倒,路边石擦破了他那小膝盖,他哭起来,女仆赶来,我就冲她喊:'上碘酒。'她明白了,孩子又回到花园时,就不哭了,走路也不瘸,起先我还真担心。"下雨天和冬日,他全靠翻看相簿度过,因为孩子出不了屋,他就只能隐约望见小小的身影。有几张照片拍得还算不错,他就拿出去放大了。晚上,有时他锁上房门,关上所有百叶窗,举办一场小小的晚会。有一天,他把床铺移到屋子中间,躲在门外窃听的瓦莱莉听到响动,还忍不住嚷起来:"你到底在干什么呢?"若斯则回答:"管好你自己的事儿吧。"若斯将床铺移到屋中央,为了方便沿墙壁四面走动。他摘下挂在墙上的福熙元帅画像,还取下军队生涯的其他纪念品,最终大部分都搁置在一个旅行箱里,到处都换上伊丰的照片和各种尺码的放大照。夜间很晚了,他还在房间里走动,停在一组组照片前,轻声地赞叹,喜不自胜,玩味抢拍下来的孩子的一个姿态,或者一种表情,有时他不禁高声笑起来。而瓦莱莉在楼梯平台,竖起耳朵偷听,无法破解这种欢笑的奥秘,不免气急败坏。

若斯的这种幸福感,本来没有一丝乌云,不久便伴随来些许痛苦。孩子一天天长大,他对若斯的态度多了几分矜持,仿佛意识到他们年龄的差异,确认对方是个大人了。他们的友谊似乎没有受到威胁,不过,伊丰的笑脸收敛了一些,兴趣更多地转向自身,转向自己想出的游戏。知道若斯总守在那儿,他就满意了,不再像从前那样,张着小嘴呆望,等待若斯出现在窗口。一旦有别家孩子到他们家花园,和他一起玩耍,他的矜持态度就越发明显了。他在有同龄小伙伴的日子,就不冲若斯微笑了,也不怎么看他,只是偷偷地瞥一眼,一副不耐烦的神情,就好像这样一种奇怪的友谊,如果给小伙伴们瞧见了,就会有损他的脸面似的。若斯见此情景,心里很难受,可他又不识相,笨拙地频频抛去笑脸,殊不知这会让伊丰更加不自在。平心而论,孩子能有这么多小朋友,若斯本应该为他高兴才是,然而有些时候,他却嫉妒恨起来,真想罚那些小伙伴蹲上四天禁闭。

十月的一天早晨,若斯第一次看见伊丰上学了,他万分激动,心都要跳到嗓子眼儿,不由得泪流满面。伊丰上学,在孩子的生活中是件大事,在若斯的生活中,意义也同样不可低估。从此,但凡伊丰上学的日子,若斯也习惯早晨七点钟就出门,进城闲逛,唯一的目的就是到放学的时候,在回家的路上能碰见伊丰。上午的这种相遇,若斯心中忐忑地等待着,只因孩子的态度一直难以预见,这就成为他没完没了反复回味的事。久而久之,他终于看出来,只有在独自一人的情况下,伊丰才肯多给他一个笑脸;反之,如有一个或者几个同学走在一起,他就只是轻轻掀一掀帽子,神态冷淡,几近冷酷,有时还佯装没有看见他。若斯对童年的看法太过简单,也太过天真了,绝想不到在同学面前,伊丰为他俩的友谊感到丢脸。还有一个情况,他同样没有猜测出来,就是伊丰抵触他的,不仅仅是他的年纪,还有他那身又脏又破的穿戴,一副穷鬼样,须知这个五岁的孩子,生长在一个富裕的家庭,自然而然蔑视并憎恶穷苦的外表。由此可见,瓦莱莉极力毁损并弄脏弟弟的衣服,就是要让他丧失可爱的仪表,她这种盘算最终表明是对路的。自从邻家的孩子上学之后,瓦莱莉经常能观察到,若斯的情绪不那么稳定了,有时显得心事重重。她非常审慎,也还是乐得期望,那个女人厌弃他了,就要结束对他的统治,而她的统治即将开始了。然而,她也无奈地看到,若斯还是有些好日子。最能说明问题,也最令她不安的是,若斯仍然按时收到挂号信。

若斯一时疏忽大意,失落一个空信封,到了瓦莱莉手中,上面有照相师的姓名和地址。过了几天,她借口接到邀请,便乘火车去了省城,下车径直找那家照相馆,索取若斯洗的照片。她事先准备好了说辞,照相师毫不犯难,就把照片交给她了。瓦莱莉走在街上,取出照片一看,惊愕到了极点,也愤怒到了极点,因为她头一个反应,就是她弟弟同那女人生了个儿子,却始终保密。照片是俯视拍摄的效果,相当模糊,看不清孩子的长相,乍一看甚至辨别不出男孩女孩。瓦莱莉走进一座公园,坐下来从容地审视,从一张照片上,终于认出邻居的住宅。远景的房屋很明亮,背景的树木就昏暗了,这就等于给小男孩的脸贴上了标签。她这一发现能引出好几种假设,首先想到的就是若斯同保险员的老婆有染,但是哪种假设

都难以成立,她不免大惑不解。吃晚饭的时候,她弟弟走进餐室,她就随手把信封递给他,仿佛是件不重要的东西,还说了一句:

"我在省城,碰到了照相师欧德里奥,他对我说有照片,要我捎回来交给你。"

若斯深感意外,心神不安,好像干了坏事,登时满脸通红,认为有必要解释一下,他是喜爱邻居的孩子,便傻乎乎地笑着说:

"你都想象不出,这小家伙有多可爱,有多讨人喜欢。名副其实一个小天使。"

他一见姐姐撇嘴微笑的样子,当即明白了他不但供出了秘密,同时也羞辱了自己的秘密。

现在瓦莱莉真相了然,弟弟热恋的性质,同她原先的想象大相径庭,她既心满意足,又大失所望。若斯在她眼里,顿时掉价了,原来把他想得神乎其神,在一个受她诅咒的美人怀抱中作乐。她从这种多愁善感中,看出弟弟进入老年期的愚钝迹象,认为到了该收拾他的时候了。她去省城的次日,就设法同邻居恢复来往,尽管为此要付出代价。她去见孩子的父亲,要在他所代表的保险公司买火灾保险。那位保险员颇为冷淡地接待了她,可是,当她提出要给她兄弟办人寿险时,对方很快一改冷淡态度,转为热情了。瓦莱莉又登门拜访过几次,施展出她平时少有的灵活手腕,赢得了邻居全家人的好感。

四月底的一个星期四下午,若斯正伫立在他卧室的窗口,忽见他姐姐从邻居家屋里出来,走进花园,身边还陪伴着保险员的妻子和伊丰。瓦莱莉拉着伊丰的手,走了几步之后,就一把将孩子抱起来,有说有笑,向他指了指若斯露出上半身的窗户。伊丰的母亲也抬起头,望向所指的地方。若斯慌忙往后闪避,仿佛怕溅上泥水似的。他因心慌意乱,两脚发软,一屁股坐到床上。瓦莱莉跑到邻居家花园,还同伊丰那么亲热,在他看来无异于一种猥亵行为;而且,最为严重的是,他和伊丰的亲密关系遭到践踏,其后果他也预感到了:这种肆意践踏,全是精心策划的。若斯和伊丰从未说过话,二人之间仅限于无言的感情交流,他们的友谊具有一种隐秘的意味,对孩子来说,也许正是这隐秘的意味,构成了友谊真正的价值与脆弱的魅力。若斯久久呆坐在床上,反复咀嚼着内心的苦痛,不敢再到窗口露面,唯恐在伊丰的眼神里,看出对他的责备、蔑视,甚或已经漠然了。六时许,他听见瓦莱莉打开铁栅门,绕小楼转了转,再上楼回房间换下衣裙。若斯听见她走上楼梯平台,便打开房门,冲她嚷道:

"刚才,你跑到邻居家花园干什么去啦?"

"我不明白,你干吗发这么大火,"她以轻快的责备口气回答,"我同邻居经常打交道,办理我这住宅保险的事。他们人缘不错,他们的小伊丰是个可爱的孩子。家教很好,尤其对人非常亲热。"

若斯面失血色,瓦莱莉顿了顿,动情的样子,还补上一句:

"他非常喜爱我,这个可爱的小宝贝。"

"你说谎!谁也不可能爱你!一个人也没有!"

若斯方寸已乱,口无遮拦,随即讲出他认为明显的事实,语气这么肯定,却没有意识到对他姐姐造成多大伤害。瓦莱莉的脸色也陡变,她那张面孔,特别是她那骨头支棱的大鼻子,白得犹如床单,连那铁灰色的小眼睛也泛起白色。恶毒的咒骂涌到嗓子眼儿,她还是隐忍未发,似乎对她兄弟只好忍让一点儿。她那意志力还产生奇效,她居然微笑起来,用温和的声调说道:

"这件事说起来还挺有意思,他一下子就接受了我,那么信赖地同我亲热,总想亲我,总想坐到我腿上。他父母刚才还对我说,我不在那儿的时候,他总闹着要他的'瓦莱莉小姑'。"

"僵尸。"若斯咕哝道,"噢,僵尸!"

他额头冒汗,双手发抖,十分担心自己了,他嘴里嘟囔着,面对姐姐连连碎步后退,瓦莱莉就跟进了他的房间。她虽然极力撑着,但是表面的沉静撑不了多久,果然声调变了,仇恨和要伤害的快

意,催促她急速吐出口:

"今天下午,我心里真替你难过,孩子对我说,他讨厌你,觉得你浑身脏兮兮的,还一脸凶相,他要你最好离开窗口。"

她说着,就从若斯面前绕过去,偏偏要去窗口,望一眼邻家的花园,见孩子正在那儿玩耍,就用甜甜的声音叫他,还久久地向他招手。

"我还从未见过这样可爱的孩子!"她说着,身子转向若斯。

她随即就惊叫一声:若斯拿着手枪,站在床脚和衣柜之间。他并不是怒气冲冲的样子,只是平静地注视她,这倒让她稍许放了心。她走上前去,想要阻止起祸心,不料若斯一抬手就开了枪,连射四颗子弹,击中她的大腿,枪声和瓦莱莉的鬼哭狼嚎惊扰了邻居。在他们赶来之前,若斯坐到床上,看着瘫在窗前的受伤者,心里高兴地想道:这个事件之后,她就没法出门,没脸见人了。

在警察局,若斯声称他想杀害姐姐,夺取她的钱。他在想法儿捉弄瓦莱莉,让人知道她弟弟是个凶手和窃贼,连累她洗脱不清了。若斯被押走后,局长对警察队长说:

"他开什么玩笑。真相,就是他气疯了,因为那个老姑娘太刁蛮,折磨他超越了他能忍受的限度。他这案情类似所有那些老实人犯罪:他们忍无可忍,最终杀死了自己的老婆。"

若斯在牢房里,满意地想着他要过上苦役的日子,仿佛自己重生在一个协调的世界中了,这个世界等级森严,令行禁止,限定死了他的思想意识,保护他不受情感的冲击了。

朱诺林荫路

蒙马特尔区朱诺林荫路上一栋大楼里,有一个美丽的姑娘,名叫阿黛拉依德,她只爱大胡子的男人,尤其喜欢摩西式、苏格拉底式、海神式、激进派的那种大胡子,蓄留者用双手抚弄,十指则和谐地颤动。本街区那些具有哲学头脑的人不禁纳罕,这姑娘中了什么邪,居然如此倾心于往往是成年一种修饰的那种飘髯。一些人认为她是个轻率的姑娘,不过,对把握不住而暧昧的两性这种反应,也是健康的。另一些人则声称,阿黛拉依德天真地承认全体女性的偏好,因为,据他们说,在女人看来,男人的魅力主要在于某种兽性中,她们在挂着头屑、多少有点儿乱蓬蓬的一把胡子中,似乎看出兽性的征象,他们还回顾了朗德鲁①和蓝胡子的罪行。最后,还有一些人,几乎全是年轻人,揭露这种倾向是一种令人愤慨的堕落。

阿黛拉依德同层楼的邻居,勒托尔夫妇:男的四十九岁,秃顶,坐在办公室副主任的位置上;女的四十五岁,干巴巴的,每周有一天招待会。一天早晨,约莫八九点钟,勒托尔准备去上班。

"咦,"妻子问他,"今天早晨,你怎么没刮胡子呢?"

勒托尔目光躲闪,假笑了一下,强装亲热地回答:

"不错,我没有刮胡子。近来,不可思议,我这皮肤,莫名其

---

① 朗德鲁案件,是 1921 年法国的一件刑事大案:在亨利·德西雷·朗德鲁(1869—1922)的别墅发现焚毁尸体的遗迹,他被指控杀害十名妇女和一个男童。他只承认骗取受害者的财物,没有杀人。最终他被判死刑而处决。

妙,特别敏感。不知道是什么缘故,但事实如此。况且,我也渴望……"

勒托尔犹豫了。他妻子撇着嘴,目光冷冷地逼视他,冷淡地问道:"你渴望什么?"

"我么?也没什么。我是想,我……哎呀!见鬼,怎么,已经到点啦!我该迟到了。"

在楼梯平台。勒托尔迎面遇见出门的阿黛拉依德,他掀了掀帽子致敬,并且闪身让路。阿黛拉依德从他面前经过下楼时,他注视人家,同时用手背来回搓了搓下颏儿的胡楂儿。勒托尔去开自己的轿车,而阿黛拉依德则沿朱诺林荫路上坡走去。她走到拐角,碰见画家让·保罗,画家拉住她,友好地扯闲篇。

"别动!你耳朵上有一撮毛,非常扎眼。嗳,没这回事儿,我这么说,是为了打趣。巧遇,我几乎见不到你了。一定得来看我。我恰好在寻觅小脸蛋儿,有种感觉,准能画出杰作。你到画室来,聊一聊,我给你画一幅头像。"

阿黛拉依德答应去看他,甚至不过中午也许就到了。她要去勒皮克坡道街购物。让·保罗目送她走远,他不由自主地抬手摸了摸刮过胡子的面颊。一位年轻女子从不远的坡下过道走出来,一边冲向他,一边连声激愤地责备。她的朋友闻声便知道,是他画室中的一个舞蹈演员。前一天,他们三人还在波姆家用过晚餐。林荫路上响起咆哮声,保罗为他的清白极力辩解。

"还不是这个山丘的流言蜚语。"他说道。

"流言蜚语?还有,有人在冬冬家看见你们了。"

"我?我恰恰没有到冬冬家。"

"说谎!玛格丽特看见你了。"

"跟你说,没那事儿,首先,我可不管监视你的这个浪荡哥。"

勒维冈从对面人行道上经过,被招呼过来做证。他语气温和,还用手安抚,拍拍抱怨女子的胳臂和屁股,力图平息这场斗嘴。当

时,他本人就在波姆家。情况恰恰相反,什么事情都没有发生。而让·保罗一副胸怀坦荡的目光,痛苦地叹道:

"说来也真够滑稽的,每逢闺房里有人悲恸欲绝,我总是罪魁祸首!"

阿黛拉依德到勒皮克街,买了一个甜瓜、十五苏的虾、一张馅饼。有好几次机会,她跟一些女友闲聊几句。这个消息逐渐传开了:里凯,朱诺林荫路的小乐手;在米斯顿乐队吹单簧管,总之,玛丽奈拉的男友,他在让·保罗遇见了一名舞蹈女演员,等等。阿黛拉依德回到家中,还在想这件事。吃午饭之前,她认为有必要出去打听一下情况。她到了朱诺咖啡馆露天座,没有见到一个能向她提供情况的人。在林荫路拐角,达拉涅斯身穿家居便袍,趿拉着拖鞋,踏着碎步半跑着,打个手势表示他很忙。他总是那么忙忙叨叨。无奈,阿黛拉依德打算寻根求源,因此,她近乎履行诺言,去见让·保罗了。

且说保罗那里,还真有点儿热闹。不过,画室还是老样子,从地板到天棚,依旧堆满了画布、画框、书籍、装满的纸箱、掏空的纸箱、铁桶铁罐、板结了的调色板、油瓶、抹布,而钢琴和另一些家具,久久消失在这些东西下面,连让·保罗本主都想不到还存在过这些物件。堆积如山,中间裂开一条细谷,羊肠小道,幽深而陡峭,一路陷阱重重,支棱出来画笔、刷子、椅子腿,而且摞在一起的物件总是摇摇欲坠,随时可能滑坡堵塞谷道。细谷通到画室尽头,留出一处长方形的空间,但是逐年缩小,受到堆积之物的蚕食。这便是小客厅,即名副其实的画室,可以接待客人、配备画架、调色板、正在创作的画布,以及沾满颜料的废纸团,这些物品相互叠压,丢放得十分凌乱。

这天上午,临近中午时分,在细谷的入口,让·保罗正吹小号,合奏者是一个吹英国管的二十六岁青年。画室的另一端,勒内·福舒瓦和安德烈·维尔伯夫在小客厅,时而踱着小步,时而坐在烟斗烟油色的沙发上,有一搭无一搭地聊天。福舒瓦正酝酿一部四幕剧,将库伯兰家族①事迹搬上舞台;维尔伯夫则筹办诺曼底苹果树观赏展览会。还有一个三十来岁的年轻人,神态相貌相当文静,蓄留的胡子光鲜漂亮,又长又柔软,酷似糖人耶稣的脑袋,他坐在皮椅上:好大的一张皮椅,犹如癞蛤蟆皮,不胜岁月的重压,已经裂纹斑斑,也显出几分淫秽,活似一个临产阵痛的泼妇。福舒瓦和维尔伯夫不认识他,二人交谈中,时而礼貌地看他一眼,他就答以微笑,而那笑意宛若蜂蜜,扩散到他光鲜亮丽的胡须上。让·保罗不时将小号从嘴里拔出来,吼叫的声音盖过英国管:

"当心油漆!别弄脏了您的短外套!那又要是我自找,让您家人怪罪啦!"

福舒瓦和维尔伯夫馋涎湿了嘴唇,回忆起他们去年在科德贝克吃的那顿午饭,可是由于管号的吹奏声,那个美须公一句也没有听见他们的交谈,只是一味甜美地微笑。就在这当儿,菲尔迪南·塞利纳②走进小客厅。他穿一件软塌塌的风衣、一条磨破已不成样子的裤子,开摩托戴的手套搭在脖子上,手里拿着一只汽油瓶,原本重骑兵般的宽肩,不堪冥思苦索的压力,已经略微下垂了。他一进来就说道:

"男人们好!你们看过了吗,报纸,各家报纸抛给我们一件奇闻,花言巧语,大肆渲染一种黑奶酪式的怪事,是大众小脑袋瓜生出来的邪魔外道,说什么不出半年,是啊,浑蛋玩意儿,不出半年,勒布朗的便桶就要大口大口喝鲜血,大啃大嚼原汁原味的肉,好家伙,不仅我的内脏,连我的腿脚都保不住,在(智利的)瓦尔帕莱索的洛文斯坦,您捧腹大笑就笑个够吧,浊物上升,没了人的活路,也没了法兰西的胃口,最后咕噜一声,最后臭不可闻咕噜一声,就全

---

① 十七至十八世纪法国音乐世家。
② 菲尔迪南·塞利纳(1894—1961),法国小说家。

完了,什么也谈不上了。眼下呢,您就吹响军号,向野蛮人冲锋吧,您再把我的遗骨打成包,在埋的地方栽一棵柳树。"

塞利纳喘了口气。这时,美须公站起身,深鞠一躬,乃至折断胡须,他慢声细语:

"塞利纳先生,幸会幸会。我十分喜爱您的创作。我敬佩,爱不释手。有活力,拿捏精妙,粗野强悍。啊!妄评妄评,还请您原谅。理查·厄特罗普。敝人理查·厄特罗普。"

"幸会,尽管很惭愧,"塞利纳怪声怪调、彬彬有礼地说道,"您这么贫血还工作吗?"

福舒瓦和维尔伯夫,每个人心地都非常善良,有点儿同情这个可怜的年轻人。美须公咽了一口唾沫,但是已经来不及回答了。管号合奏停止了。保罗在细谷另一端喊话:

"注意啦,男人们!拉紧你们的领带,通报你们,美妞儿到。"

福舒瓦正了正浓眉中间的单片眼镜。塞利纳和维尔伯夫的脸上则显露一点儿阳光。但是,他们一见来者是阿黛拉依德,表情当即变得严肃了。见面友好客气一阵之后,他们三颗脑袋就不约而同,齐刷刷转向美须公,目光凶狠,注视他的胡子。阿黛拉依德坐到宽大的安乐椅上。让·保罗乱翻一通纸板盒,搅起灰尘,接着又吼起来:

"是谁把我的纸张偷走啦?"

大家都忙乎起来。维尔伯夫在吸尘器里,发现了三十来页纸。福舒瓦在烟叶袋里找到一支钢笔。保罗这才坐到沙发上画起来。吹英国管的人坐在他左边,名叫博基雅尔,是个结实的小伙子,乡下人的身形,下颌发达。他原是公证师文书,同公证处闹翻了,就到附近一家汽车修理厂打工,要在吹奏乐器中找门路。此刻,博基雅尔眼神热烈,凝视着阿黛拉依德。而阿黛拉依德眼睛发亮,脸色泛红,心思全在理查·厄特罗普身上。理查则双手捋着胡须,十指微微颤动着,迷惑住了可怜的姑娘。还有他那目光,迷惘忧伤,眼睛一片恍惚梦幻,阿黛拉依德已经神不守舍了。

"我认识你可不是一天半天了,"让·保罗说道,"但是,我从未仔细端详过你。你有一种圣人遗骸盒里郁积的忧伤神态,甚至可以说,有一种抑郁和心酸的神态。"

博基雅尔的神思也回到这种见解上,突然发现阿黛拉依德目光的走向,不由得发出咕咕哝哝的怨声。

"淫逸的圆眼睛,在花季女子的身上,总还是说得过去,"塞利纳指出,"她们眼睛的圆弧形,令人由孩子的脸蛋儿联想到圆圆的屁股,有这样两者之间的神秘性。这其中,淫荡的眼神有其巢穴,得其居所。然而,在男人身上,即使像博基雅尔这样的年轻人身上,淫荡的光芒,也是不堪入目,缺乏协调性:眼睛唱独角戏。这也就是为什么,我跟保罗,或者福舒瓦出去,总觉得丢脸。这些浑蛋玩意儿……"

保罗和福舒瓦立即臭骂他,让他别忘了,他这个大浑球儿,写的书全是淫秽下流的玩意儿。塞利纳还讲述一件奇事,发生在他在城郊的居所那里:一次剖腹产,外科医生是个青年,理发师徒工,眼睛还有点儿近视,他缝线连肛门都缝死了,结果患者抱怨大便不通……维尔伯夫笑得双肩直摇晃,福舒瓦笑掉了单片眼镜,保罗速描也画不成了。然而,阿黛拉依德和她的美须公,沉浸在痴迷的情态中,都没有笑,甚至没有听见这个笑话;吹英国管的青年也同样心荡神迷。突然,阿黛拉依德站起身,高声宣称她想起来了,她出门时厨房里还点着煤气灶未关。美须公毫无顾忌,也尾随而去。

博基雅尔隔着画室的玻璃窗,监视着林荫路,恰恰看到了他最担心的情景。理查·厄特罗普抚弄着胡子,宛若拉小提琴,阿黛拉依德走在他身边,脚步踉踉跄跄,已经情迷心窍了。博基雅尔两眼冒火,他的喉结上下乱窜。他的伙伴们全看出来,这种情欲多么惨烈,多么摧残人。

"你为什么不留起胡子呢?"让·保罗问道。

博基雅尔摇了摇头。他的自尊心太强,不会蓄留胡子的。他问清楚了,那个美须公是个诗人,名叫理查·厄特罗普。

"我知道了,"他不屑地低声说道,"他的东西我看过一本,题为《琐事的球茎》。小婊子的笔法。拙劣作品,故弄玄虚。廉价的恶魔式抒情诗。哼!理查·厄特罗普,狗东西,原来是他呀?烂透啦!"

博基雅尔咬牙切齿,两眼冒火,他的脑浆在脑壳里微微发出激荡声。他抓起一支铅笔,转身面向满是题字的墙壁。来客确有这种习惯,将他们的住址或者电话号码写在墙上,以便保证保罗不会搞混。他一连写下几个词:

"垂涎、霉烂、惨白、小笔盒、涂抹。"

吹英国管的青年,生来写下他第一行诗句,同时发现他能成为诗人的天赋,于是他高举着铅笔冲出画室。福舒瓦见他两眼放射火炬般天才的光芒,敬重地目送他跑出去。

"在你这里,这情况更常见,"塞利纳对让·保罗说道,"我丝毫也不反对留胡子,然而,你若是开始接待洒香水的诗人,用樱桃小尾巴小便的人,那是要往何处去?那是伴随法兰西学院的穿堂风。你的理查·厄特罗普,我了解这个货色,他属于古典的,超古典的,极端学院派的诗人:小儿的闻闻嗅嗅,娘儿们的唯美主义者,忸忸怩怩,黏黏糊糊,同性恋者的做派,写写不加标点符号的小诗,沾上点儿韵律,点缀点儿哲理,亲爱的,他多迷人啊,还挺深刻的,浑蛋玩意儿,他是如何把词语削尖了,花说柳说,让你们信相反的东西,他又如何装神弄鬼成为共党,又像老爷爷那样的无政府主义者,歌唱毫无来由的绝望,爱谁谁守护下一周。天下汹汹,在我这如1900年气闷的心中冲突,我满口称是,又委婉地说不,而我的屁股在我的潜意识里。保罗,你是个大俗人,有怪癖。假如你真的敬重我们的才华,你就不要试图在你的屋檐下,让我们同半死不活的诗人一起思考。"

保罗要抗争,像头野猪晃动着身子,想要抓个喘息机会发作,怎奈菲尔迪南一句连一句堵住他的嘴。最后总结道:

"慈悲的上帝啊!真的,你弄来这种贫血者,要跟我啰唆什么呀?你这诗人,我可不了解,从来没见过你的诗人。我甚至不知道他也在这儿,这个留长胡子的家伙。不过,我注意到一种情况:看样子,你对他完全知根知底。看来你扮演了哑角,也许是你秘密约他来的。行了,现在,我清楚了唱的是什么调子了。你这些贫血患者,你同他们串通一气,相约到我的画室来,随后你还发难,跟我大吼大叫。"

菲尔迪南对他的态度很恶劣。双方打起嘴仗,争吵声一直传到林荫路上。福舒瓦和维尔伯夫也受到怀疑,他们倒也不难洗清这种指控。长胡子这个不速之客便成为不解的谜团。保罗满腹怨恨,瞧了一眼他画的草图,拿起一幅白画布放到画架上。他往后退了两步,握紧了一支饱吸粉色颜料的画笔,久久酌量要点彩的空间。猛然,他冲向画布,仿佛击剑,用笔劈刺,直刺,反刺,每一笔都溅出鲜肉。他那三个伙伴还悻悻然,却眼看着绽放出来阿黛拉依德那张面孔。

"好笔法,"维尔伯夫仿佛遗憾似的,喃喃说道,"眼睛出来了。"

保罗没有说什么,不过,他对赞誉还是很敏感,只因画家极不愿意承认另一位画家的长处,除非那位画家比他们年长四十岁。这样,大家心平气和了一点儿,又可以谈论胡须了。

阿黛拉依德站在厨房,吃她做好的虾。她沿下坡路回家那会儿,同理查·厄特罗普一直走到朱诺林荫路下端。理查·厄特罗普没有表白态度,哪怕是含混的,或者以暗示的方式。他不时将手放在她的臀部上,或者用胡子拂拂她的肩头,以便确认她事实上是属于他的。他说话漫不经心,颇似自言自语。

"塞利纳,评价太高了。他是个讨厌的人,而且我也觉察出来,不怎么聪明,民众主义者,性情狭隘,已经顶到他的天棚了。"

阿黛拉依德才不在乎菲尔迪南和他的天棚呢。她聆听着略微婉转的小音乐,她的心已经沉浸在光鲜柔软的胡子中了。临分手时,他邀请她当天晚上吃饭,约她到蒙马特尔一家酒吧见面。她正准备回家,吹英国管的青年飞跑穿过林荫路。他猛刹住脚步,抓住她的双手,说道:

"阿黛拉依德,我一见钟情,我真心诚意地爱你,要爱一辈子。"

"你这是怎么啦?"

"你的那个大胡子,那是假币,你对他说滚蛋。"

"你疯了。"

"你爬到我的背上,跟你说,我会驮着你升天,我有天堂钥匙。"

"心领了,但这是不可能的。"

"我不留胡子,总有一天你会爱上我,不过,那就白白浪费光阴了。白白浪费光阴。"

阿黛拉依德边吃虾边想,想到她那诗人厄特罗普,美滋滋心都融化了,偶尔也想到吹英国管的青年。这个吹管的,还挺逗!没有胡子,但是有激情,冲动起来像野兽,眼神火辣辣的。他确实很感人。可是怎么,没有胡子。再一想想,她就仿佛踏上美妙的路径,却通向死胡同。

邻居家正吃午饭,勒托尔和妻子面对面,吃着白汁小牛肉。

"你不知道,"勒托尔说道,"今天上午,总督察莫伯莱,你知道莫伯莱,我跟你说过,他巡查各办公室。莫伯莱一露面,你想想看,当时我大吃一惊,没人不惊讶的,莫伯莱,他留起了胡子。一把大胡子。一把胡子就像这样。"

"那又怎么样?"

"怎么样,没什么……不过,确实异乎寻常地改变了一个男人的形象。给一个男人增添了一种严肃性,显得仪表堂堂,特别威严……"

"对了,"勒托尔太太说道,"这不,我都给你准备了刮胡子的东西。上班之前,你有充裕的时间。去吧,你一进洗手间,就会看到全齐备了,我给你倒热水。"

勒托尔心中气恼,还不得不照办。第二天和随后几天,他还试图偷奸耍滑,可是每次,他妻子都冷冷地命令一声,使他收回心思,不情愿也得乖乖刮胡子。他心里难受得很,夜里梦境充满一簇簇大胡子,还美滋滋梦见他长出光闪闪的大胡须,非常迷人,突然醒来,摸摸脸颊,却刮得光秃秃的。他有好几次机会,撞见阿黛拉依德陪伴那个大胡子。诗人厄特罗普也确实同她几乎形影不离。他们公开相爱,让·保罗见此情景十分鄙夷。

"这对狗男女,还招摇过市。还是在我的画室里萌发了私情!"

阿黛拉依德非常迷恋,可是心中还存留一个犹豫的角落,还有一片迷雾,一处朦胧地带。有时她就想到那个吹英国管的青年,油然而生的一种同情,掺杂着一点儿友爱,或者母爱,或者别种爱意。而且,那个英国管手变得很怪异。他在蒙马特尔大街小巷游荡,张着大嘴,眼睛仰望天空。他自言自语,嘴里一边咕哝,还一边数着手指头。

大家开始认为,他神经不健全了。有一天让·保罗与达拉涅斯夫妇共进午餐,他也是这样对他们讲的:

"博基雅尔啊,实在不幸,爱情真的如雷击顶。一个人迷上一位姑娘,眼看着她去追求一个好色之徒,当然要受到沉重打击,不过他呀,我倒是认为,他可坚强得多。"

勒托尔下颏儿痒得厉害,简直难以忍受了。嫉妒现在极度激发他留胡子的渴望,但是,他总撞上勒托尔太太毫不妥协的冷冰冰态度。他坐在办公室,一天不知有多少回,计划打破这层玻璃窗,心平气和地向妻子表明,他决心留起胡子,然而一回到家,他的舌头就打结了。二十五年的婚后生活,已经让他迫不得已,尊重家庭的秩序。他面对妻子,就觉得他的胡须并不属于他个人,而是共有的财产,他不能单独支配。在饭桌上,他经常偷眼瞧瞧他妻子,眼神还闪动着奇异的光芒。他再也不提留胡子的事了,勒托尔太太可能认为他丢掉这个念头了。可是突然,他热衷起看戏和吃橙子了。每出新剧演出他必看,每天要吃一斤橙子。

他妻子也讲策略,并不违拗,只有到必要的时候才遏制他一下。一天傍晚下着雨,勒托尔决定二人去观看《科利伯里妈妈》的演出。

"这是我们从前一起去观看的第一部剧,你还记得吗?"他柔声细语说道,同时以善意迎人的目光看着他妻子。

"我记得,就好像是昨天的事儿,"妻子应声,"我们是乘出租马车去看演出的。"

"亲爱的,今天晚上,我们就乘地铁去。"

在幽深的拉马克地铁站,夫妇二人站在车道沟边上等候列车。勒托尔剥了一个橙子,心不在焉,橙皮随手丢在潮湿的地面上。列车驶来,他拍了拍妻子的肩膀,说道:

"快点儿,到前边上车。"

勒托尔太太猛地跑去追丈夫,一脚踏到橙皮上,身子一摇晃,没有稳住,惊叫一声,跌进车道沟里。列车司机来不及刹车。事故的一个目击者说,勒托尔先生一时蒙了头,完全惊呆了,无力去救向他挥臂的不幸女人。葬礼那天早晨,这个鳏夫的一个小舅子过来对他说:

"过两小时就埋葬了,快去刮胡子,你这胡子两天没刮了。"

"别管了,"勒托尔沮丧地回答,"什么都无所谓了。"

"好了,好了,振作一点儿,刮刮胡子,为了别人,为了邻居,你也得动动手。"

"做不了,我实在是做不了。"

只好由他去。他那样子很可怜。

让·保罗奋力地绘制阿黛拉依德的肖像画。他重新画了十一次,才开始找到满意的感觉。博基雅尔一连几小时泡在画室,观看他绘画。一天,他观赏这幅肖像画,同时喃喃低语,还数着手指头,保罗问他:

"你这是吹单簧管怎么的?"

"我作诗呢。"

"你就差这个了。你这脑瓜儿已经闲着没事,现在你也贫血了。"

"错了!我作的诗,可不是理查·厄特罗普那种套路。"

英国管手背诵了他作的一首诗。保罗本来料定根本听不懂,然而,这首诗特别容易理解。

"看来,还真不是我以为的那种滥调,"保罗承认,"不管怎样,我也得知会菲尔迪南一声。"

保罗立刻出去,站在门口,用手指打了个口哨。马路对面的一扇窗口,就出现了塞利纳的脑袋。五分钟之后,他就来到画室。不过,一听叫他什么事儿,他便一脸严肃,摆出医生的架势,摸了摸博基雅尔的脉象,这才拍了拍他的脸蛋儿,说道:

"大概没什么事儿,那也得多加注意。大便正常吗?夜里呢,你睡觉怎么样,夜里?"

"情况不一样。有些夜晚,我一觉睡到大天亮。还有些夜晚,我闭着双眼,但那是为了写诗。"

"我明白是怎么回事儿:脑质绦虫引起腺体间的反应。我的治疗法是这样:每餐饭之后,作三十行亚历山大体诗。你体内的绦虫就会消化不良。现在,亮一亮你的小曲调吧。"

第二天,保罗在朱诺咖啡馆,同阿黛拉依德交谈,虚情假意地向她打听美须公的消息。

"我很高兴能再见到他,"他说道,"你那小白脸,我倒是挺喜欢的,觉得他性情温和,人很出众。塞利纳就说他有才华,他还总跟我们讲厄特罗普有智慧。今天上午他还对我说起来着。他对我说,理查·厄特罗普,让人马上就能觉出来,这家伙肚子里有货。"

"的确如此,"阿黛拉依德赞同,"提起智慧,那是没的说。他对我讲的话,我连一半也听不懂。"

"还得谈教育,还得谈感悟。他讲得一套一套的,温情脉脉!"

"要知道,不完全是那样。请注意,我没有什么可责备他的,不过,我毕竟觉得……"

"好了,好了,别叹息。此外,你的肖像画,我正在收尾,给你选择浅绿色背景。你一定得去看看。对了,星期天上午,临近中午时分,你带上你那迷恋者去我们那儿,大家见到他太高兴啦!"

到了星期天,接近中午了,画室里挤满了人,一直排到过道的尽头了。熟客当中有达拉涅斯、维尔伯夫、勒维冈、拉尔普·苏波尔、福舒瓦、路易·弗朗西斯、马克斯·雷沃尔、布尔达、舍尔万、让·佩罗、博基雅尔,还有一些不常来的客人,挤满了小客厅,其中有左岸常见的总拿雨伞的人、脑袋形状特别怪的人。大家不免有点诧异,注意到高凳上坐着一位白胡子先生,手上拿着自己的帽子,他是农业部长。维尔伯夫同部长有点特殊关系,始终怀疑是他借助影响引进来的。马克·阿尔朗,从莫兰河畔圣西尔被拐出来,撂到保罗画室,纯粹是一种偶然,他环顾画室,流露出来的动情多于怀恨。记得二十五年前,他住在这里,度过了艰难的日子。他跟达拉涅斯谈起1914年战前的时期,谈起离散的朋友。保罗让客人挤成一堆,一个一个紧挨着,他亮起嗓门儿,盖过谈话的喧嚣声:

"你们不要坐到炉筒子上,当心别碰着部长,他可不大结实。"

英国管手经常看表,一副不安的样子。塞利纳预言夏季一过,灾难就会降临,开始恶臭的战争、饥馑,巨大的疮疤破裂,往这世界流脓,并且请部长做证:

"……啊!我的奶牛,多滑稽的大虱子,我们要溜走,将情节曲折的电影导向一个完美的结局,怎么会蓄留起来呢,我的奶牛,如果没有不怕折腾的癖好……"

"好怪的人,这位塞利纳先生!他为什么总称呼我'我的奶牛'呢?"

阿黛拉依德和理查·厄特罗普来了,受到一片友好的嘈杂声的欢迎。塞利纳介绍了美须公,作为法国最伟大的诗人推荐给农业部长。全场各处都发出赞同和恭维的声音。理查·厄特罗普头脑开始发热了,他的胡须也颤动起来。阿黛拉依德在这男人圈子里,感到几分窘迫,情不自主地寻找英国管手的目光,博基雅尔那崇拜的目光便把她围住了。有人高声要求美须公赏脸,朗诵他作的一首诗。他还装模作样推却。阿黛拉依德也示意他谢绝。然而,他的诗句正流溢到胡须中,就经不过菲尔迪南的最后一击了。

"既然您这样敦促,却之不恭,不如从命,我就给诸位念一首我最新作的诗,标题为:

全职的船夫

顶针骰子　偶然赌博
正适合于我们重新栽植天赋王牌
当祭祀厅坍塌下来
将俄狄浦斯的斯芬克斯的精华覆盖
真理先行啊七个世界最长的一个
在骰子上发情我反意图脱节
普遍概念你们聚集到我的神经丛
激奋激奋你们成群势众
在反复再现的弯弯曲曲的顶尖
我从容思考推测你们的容颜
你们用金银丝制作黄金的岁月

> 是在我这芦苇之身混沌一次爆裂
> 抛出来的瞬间　星云沉睡在
> 骰子当中由烟斗喷出的角形纸袋
> 角帆穿越我着附在异教徒金刚钻胡须上
> 到桑姑娘前扩散在映现星光受鄙视的池塘。①"

让·保罗的客人几乎全睡着了,或许他们串通一气,成心采取这种态度。

不管怎样,农业部长的鼾声,却是无可否认的坦率。他恍若进入他那场梦魇中,受到一名议员非典型的质问,声音低沉而耐心,那胡子像一条食人藤,围着部长的文件包转来转去。理查·厄特罗普怀着挫伤感,看着这一张张呆滞、睡眼惺忪的面孔,而阿黛拉依德脸涨得通红,严厉地瞪着他,开始怪怨他把她牵连进去的这场羞辱。

塞利纳让这种难堪的冷场持续半晌,才悠悠评道:

"别看这玩意儿,却有一种绝妙的深度。乍一听来,好像没头没脑,一窍不通,没什么价值,但是,不要这么自以为是。我呢,算个无可比拟的行家,我就隐约看出这其中一大堆暗示,有的影射令人思考,我也说不清还有什么断崖,令人头晕目眩,还有什么狡诈的、惊魂的、后神秘学说可怕的东西。不过,这帮蠢货,他们不懂得美。瞧瞧呼噜呼噜的样子。这些人,都没教养,不进盐酱。你们别动啊,我的奶牛们,诗歌,我要往你们脑瓜蛋子里灌一灌。博基雅尔,该你了,这些无赖,你用诗狠狠冲击他们一下。"

这些没教养的和农业部长还继续打瞌睡。博基雅尔站起来,操起他的英国管。他容光焕发,溢于神色的光芒,特别照耀了阿黛拉依德的心房。他对着英国管吹了三声,短促而响亮。昏睡者全部惊醒了,睁开眼睛,接着竖起耳朵。每人都预感到,他准备好了

---

① 这种戏作诗本不可译,勉强译出,只为揣度作者所要给读者的印象。

妙不可言的精彩诗篇。博基雅尔深吸了一口气,浑厚的声音说道:

启　程

> 我的飞马是佩尔什种,
> 肢体健壮又特别荷重,
> 看马的全身肚腹奇宽,
> 臀部犹如教堂的后殿。

仅仅四行诗,就在现场的人中间引起一阵轻微的震荡。

"啊!我的奶牛。"农业部长不由得自言自语。

每人都从受压抑的胸中,发出深沉的感叹。阿黛拉依德热泪盈眶,开始沉醉在这种美妙的诗意中,仿佛一阵大风扫荡她的心灵,猛然刮走如悲催的一把胡子般耷拉着挂满灰尘的旧蛛网。厄特罗普面孔沮丧,他那胡子也恰恰变得暗淡无光而丑陋了。博基雅尔神采飞扬,接着朗诵:

> 看马的全身肚腹奇宽,
> 臀部犹如教堂的后殿。
> 徐行小跑乃至于奔驰,
> 总嗒嗒敲响它的铁蹄,
> 只要掰手指细心计数,
> 每次行程就准确无误。
> 踏着石路的四只铁掌,
> 让每句诗的结尾绽放,
> 火花乱溅的韵脚光芒。
> 飞马也不会把我欺骗,
> 赋予诗句和谐的闪电,
> 能让词语凸显于黑暗。
> 韵脚正是嫉妒的回音,

从另外一端将我呼唤。
没有脚镫嚼子和缰绳,
我的马原地腾跳旋转,
到了要去饮水的时分,
沿着朱诺林荫路下行,
伴随铁蹄轻快的歌声,
我就像骑士马尔他团,
不离坐骑径入小酒馆,
"朱诺""梦想"还是"便宜坊",
踏遍咖啡馆各家门店。
我的马丝毫不用驾驭,
它吃的饲料也很随意,
丰硕的句式就是美食,
这家伙渴了也很简单,
就站在街头望望蓝天。
它也喜爱裸体的姑娘,
装出保罗或瓦拉东模样,
然而我坚定地对它说:
在你的后臀只能稳坐,
极温柔的阿黛拉依德。

保罗的画室一片热烈欢呼。美须公这下子压垮了,满脸肿胀,人完全颓丧下去,了无生气了。大家相互庆贺,握手,激动得流出眼泪。农业部长紧紧搂住塞利纳,假领中的脖颈发出哭腔,对他说:

"他这首法兰多拉①式歌谣,是怎么作出来的,啊!你说说呀!"

---

① 法国普罗旺斯地区民间舞。

让·保罗则相反，在感动中，却像文学聚会的一位伯爵夫人那样，开始说道：

"还真挺美妙的。这个年轻人太有才了，多有激情，多有力量，还真令人赞叹！"

博基雅尔的欣赏者都想同他握手，然而，他被阿黛拉依德给征用了。她不准别人碰，紧紧搂住他，还同他接吻，那种火热的激情能把人融化了。突然，大家听见马的一声欢快的嘶鸣。

"正是它，正是飞马！"博基雅尔嚷道。

他拉起阿黛拉依德的手，拖着她冲进细谷。果然，佩尔什种飞马在画室门外等候。这对情人飞身跳上马背。

勒托尔先生正在朱诺林荫路上散步。他现在蓄留起非常漂亮的大胡子，衬托着他那乐观的笑容。他近来还买了一把新雨伞，轻快地抡着转悠。他看见阿黛拉依德骑在马背上一蹿一跳，由一个刚刮过胡子不久的年轻人搂着，他感到一阵心灰意冷，就觉得他这把胡子是一种可笑的装饰，一种可怜的无用之物。佩尔什种飞马展开双翼，飞离地面，在烘饼磨坊上空飞翔片刻之后，两个情人便消隐在一片云端。这是勒托尔先生绝对无法忍受的，他绝望地号叫一声，将雨伞尖刺进自己的心脏。

让·保罗及其朋友拥到画室窗前，观赏这种奇迹的场景。菲尔迪南·塞利纳则站在小客厅中央，冒火的眼睛盯着胡子诗人。猛然，他扑向这个倒霉的家伙，一把扯掉他的胡子。随后，塞利纳又残忍地揪下他的脑袋，接着连续卸掉他的两条手臂、两条腿，再三下五除二，将躯干撕烂。同伙们见此情景，纷纷上手，协助这种正义的行动。完了事儿，大家又交谈起来，一边吃着这个超级学院派诗人的一块肉。

好　画

　　在蒙马特尔区圣文森特街,有一间画室,画家名叫拉弗乐尔,他满怀爱、激情和忠诚作画,到了三十五岁,他的绘画有成,显得十分丰富,十分微妙,十分新鲜,也十分坐实,成为一种名副其实的食粮,不仅仅对精神,对身体也完全如此。他面对自己的一幅绘画,只要聚精会神看上三十分钟,譬如说,这就像吃顿饭,有馅饼、炸鸡、炸土豆条、干酪、奶油巧克力和水果。菜谱也随着画作的题材、布局和着色而变化,但总是非常精美,非常丰盛,甚至酒水也一应俱全。如果说拉弗乐尔是头一个受益者,他却久久无视他的绘画这种特殊的功用。他几乎不吃也不喝了,然而却注意到他身体发胖了,于是想象自己生病了,就关在画室里生活一段时间。在蒙马特尔的街头,几乎见不到他的影子,就连他喜欢去喝饮料的咖啡馆,对他也没有吸引力了。有一天他出门采购颜料,碰见了埃尔迈斯,他在拉波埃蒂街的画商,正巧这位画商上山来办事。

　　"您出什么事儿啦?"埃尔迈斯不安地问道,"真的,您的气色好极了。"

　　"别提了,我认为我正患上脂肪质性贫血症。真让人难以相信,我体重增加了,身体发胖了,然而,我几乎不吃东西了。我试图强迫自己也是徒然,毫无办法,食物难以下咽,您若是愿意就相信我这话,不过,我的肉票足够用了。不必多说了。"

　　埃尔迈斯这才放心,并祝愿拉弗乐尔恢复食欲。

　　他起初担心,画家别是继承了一份遗产,画作就想要卖贵些。

"说说看,您可很久什么也没给我了,少说也有四个月了。喏,您一定给我预备了什么吧?"

"我干了不少活儿,"拉弗乐尔回答说,"我甚至相当愿意自己做的活儿。我可不是自找挨踢,真的认为有两三件东西很成功。吉夏尔,《黄昏》杂志那位批评家,昨天来看我,他大为赞赏。"

"那再好不过了。吉夏尔也常常看走眼,不过有几次,他的眼力还挺准。"

"安特拉也赞不绝口。"

"他太年轻了。再练几年,他肯定是块料。话又说回来,这年头儿,对绘画简直糟透了。全面萧条。什么都卖不出去,当然,顶尖儿的除外。况且,一般的作品,我也不销售。"

"圣奥诺雷大街的一位画商,也是这么对我说,"拉弗乐尔听着不是味儿,回敬道,"我还不愿意相信他的话,他断定您的画廊就要倒闭了,这不听您亲口的说法……"

"谁这么缺德,跟您满口胡说?别是维尔特姆那头猪。对,就是他,肯定是他。我会给他点儿颜色看看。您想啊,我的画廊,就要倒闭啦!我那铺子,还从来没有像现在这么牢固。维尔特姆可以总这么斗。他企图把您吸引到他那儿去,把您强行拉进他那化石博物馆里……"

"我这不是跟您说不是他嘛!"

"生意这块儿,我恰恰非常满意。当然了,销售量比不上占领时期。不过,占领时期,那是黄金时代,也许永远也不会再出现了。不管怎样,老弟,请放心,对您的作品,我总会设法打开销路。对了,我们去瞧瞧您的作品吧。"

埃尔迈斯陪同拉弗乐尔,一直走到圣文森特街,进入他的画室。画商先停在画家正绘制的一幅作品前,画的是一束银莲花。

"这幅画远还没有完成呢,"拉弗乐尔把话说在前头,"譬如说这里,我要加的东西还没有构思出来呢。还有这里,我已经决定靠顶的部分重做,觉得光线太美了。我倒是认为,这幅画出来不一般。我感觉到了,可以说手拿把掐。"

"不一般,"埃尔迈斯喃喃说道,"绝对不一般,您大有长进。"

拉弗乐尔从画架上拿开银莲花的画幅,换上一幅女人肖像。画商审视了许久,并不掩饰他那欣赏的神态。第三幅则表现一盏鸽窝灯,埃尔迈斯一阵冲动,不禁嚷道,毫无疑问,拉弗乐尔超常发挥了。可是,等画家向他展示近几个月来的创作时,埃尔迈斯感到一股股热气上脸了。他的面颊逐渐涨红,两只耳朵更是红得厉害,在一阵舒服感中,他全身都麻木滞重了。他先是解领结,又解开背心的纽扣,随后干脆松开几扣腰带。

"我很高兴,看了您这套玩意儿,"他打着呵欠说道,"没错儿,您还在往前闯。我真想为您做点儿什么。这样吧,我拿您六幅画,可以吗?"

"这要看情况了,如果您给的价公道的话。"

"我付给您八千法郎。我冒极大风险,但是认了。我决定要干一把。"

"免谈。这么着,如果您那儿还剩下我一幅画,我准备给您一万五千买回来。"

埃尔迈斯蔼然一笑。他本来抱着一种乐观和善意的态度。猛然间,他改变了主意,又恢复了严肃的神态。

"画家全都一个味儿,"他叹道,"给两句好话,他们脑袋就晕乎了。他们如果运气好,或者经过不懈努力,在他们的绘画方式中,引进一点点效果,仿佛一种创新的苗头,他们就不知道天高地厚了,以为全巴黎人都会蜂拥而至,竞相出价上百万买他们的画。跟他们说也白说,真正喜爱绘画的人,已经不买了,如今的顾客,就只有杂货店老板了,他们根本不买签名的账,跟他们白费唾沫。他们只认童话。哼!战争会给你们造成很大损害。想想从前,一些有前途的画家,甚至已经公认为大师的人,半辈子默默无闻,给口面包吃就卖画,变化多大啊!总之,正如您说的,别提了。况且,天色也晚了。我心里甚至合计,走一趟加布里埃尔街是否还来得及。本来打算去向普瓦里埃问声好。有人对我说,近来他做的东西实在令人惊讶。"

一提这普瓦里埃的名字,拉弗乐尔眼睛就亮起来,嘴也撇向一边。埃尔迈斯哪能不知道,两位画家因竞争而分手,多少年来宿怨越来越深,直到仇视的地步。拉弗乐尔称普瓦里埃为"枯树",自己也收到"萝卜花"的绰号。两个人偶尔照面,总要讲些尖刻的话,有时对骂起来,甚至还动起拳脚。

"那个普瓦里埃,也是个怪人。想想看,有一天,我认识了他女友,璐莱特·邦班,真是个美女。"

"要这么说也行,她那臀部扁平。"

"哦?我倒没有注意。我不大了解普瓦里埃的画,是她对我谈起来的。普瓦里埃的画,您怎么看呢?"

"我认为毫无价值。他利用时下的某种趣味,画给那些阳痿患者观赏。普瓦里埃这类人,据传闻很了不得,他们有可以卖弄的天赋,但是从来就拿不出任何东西来,毫无疑问,就因为他们没有手段实现他们的想法,一辈子就只能画画多少带点儿刺激性的小雅致。要知道,我的评论也毫无参考价值,"拉弗乐尔坦率地补充一句,"我鄙视普瓦里埃,我跟他总是拔刀相对。"

画商似乎在思考拉弗乐尔的评价。拉弗乐尔不安的眼神注视着他,担心别让普瓦里埃把自己挤出埃尔迈斯画廊,那样他就更加招摇了。

"再说一遍,我不喜欢普瓦里埃,我对他的绘画看法可能不公正。我尤其无意阻止他去您那里,如果他得到您赏识的话。"

"听我说,老弟,我首先感兴趣的是您的绘画。如果您稍微再讲点儿情理的话,我向您保证您不会后悔。我有一位建筑师的订单,他给一处私宅装修:那主儿是黑市的一个老大,刚刚改头换面从政了。仅仅在这一工程中,我就给您安置两三幅画。不过,少说,我得付给建筑师一万法郎,这也是理所当然的。此外,还要加上我的总成本、画框工本费、我的利润,您就算一算吧。我买您的画,如果给价太高,就不得不标超高售价,那就完全无人问津了。"

"那好吧,埃尔迈斯,您再次拿我一把,老狐狸。得了,就算一万两千吧。"

埃尔迈斯还想讨价还价,可是,开头看画时体会的那种舒适感,在商谈这工夫又增强了,现在麻痹了他的意志。况且,他达到的结果已经非常满意了。他让画家将六幅画放到一边,明天派人来,自己腋下夹上一幅带走。拉弗乐尔提议给他包一包,他谢绝了。

"不必了。我到山丘广场,就能见到波尼埃,他开车带我去他家吃晚饭。顺便讲一句,我一点儿也不饿了,这还真让人有点儿吃惊:刚才我感到像条饿狼似的。看来,您的病传染给我了。"

"唔!我么,是另一码事儿。我总像刚离开餐桌的感觉。也不是多么不畅快。就是有一种幻象:世界为我们运转,一切都往好里发展。喂,您别走哇,还没有给我签支票呢。"

"哦,真的,给您签支票的事儿,我倒是丢在脑后了。"

埃尔迈斯腋下夹着一幅画,沿柳树街上坡,觉得路很陡。这一天的傍晚仿佛过夏天,其实才四月,画商就感到衬衣粘连皮肤了。花园已经枝叶繁茂,高墙隔断坡道的顶端,这种景观引起他缅怀起乡间度假、长时间午睡的情景。前天晚上,同样的遗憾感觉还记忆犹新,那是离开一桌宴会之际,祝贺低概念绘画学校校长任职二十五周年。他出了汗,气喘吁吁,终于爬上了山顶,会见了普瓦里埃。普瓦里埃由璐莱特·邦班陪同,从诺尔万街过来。双方握了手,彼此友好问候之后,埃尔迈斯并不掩饰他刚离开拉弗乐尔的画室。普瓦里埃嘿嘿冷笑,他那对黄眼珠的表情,同他的仇敌刚才的眼神几乎一样。

"可以看看吗？"璐莱特问道，同时指了指画商腋下夹的画作。

埃尔迈斯展开画幅，只见黄与粉红的一片和谐色调，一个小姑娘坐在花坛中间。

"很美，对不对？既饱满又密实。看样子是强加给人，但是又显得非常自由。您说呢？"

"我要非常坦率地对您说，我根本就不喜欢，"普瓦里埃宣称，"这很沉重，太用力，也太用心了。全部意图一目了然，如同鼻子，总之，在技巧上非常封闭。构图不是相当平淡吗？真让人以为他作画时，左手拿着黄金律课本。您瞧这色彩。搭配十分精准，但是又极其容易，全在意料之中。这幅画也许能做成一幅很好的邮局日历，而且，拉弗乐尔的路子，一定是朝这个方向。"

"你太夸张了。"璐莱特反驳道，她担心惹画商不悦。

"毫不夸张，这不折不扣是我的想法。而且我也承认，像这样一幅画，太着重技巧，可惜的是又太明显，可是，除此，我就看不出别的什么了。拉弗乐尔永远也走不出他的技巧。毫无诗意，毫无奇思异想，丝毫没有高尚的内涵。他是个熟练的好工匠，现在乃至将来，总是趴在地上作画。没错儿，认清了这个人，就知道这个画家有多大价值。"

"您不公正，普瓦里埃。"

"不公正？我这么对您说吧，拉弗乐尔准能成为院士。"

"不，也别这么说。不，普瓦里埃，您没这个权利。他的绘画中，有一种深度，有一种震颤，不知道有什么成分，同生活的养分密不可分。实实在在抓住您的肺腑。您瞧瞧这只手、这种肉体、这种光线。真让人惊叹！"

"您离谱了，埃尔迈斯。"

"有可能。不管怎样，我确信自己的感觉。得了，谈谈您的画好吗？"

普瓦里埃的目光没有离开对头的这幅画，他谈起自己的画，眼皮甚至也不抬一抬。近来一段时间,他卖力工作,还进行一番探索,觉得收获极为丰富。他说起做的这些活儿特别兴奋,激情四射,埃尔迈斯受到强烈感染,表示渴望看看他的成果。

"等哪天到我的画室来,"普瓦里埃提议,"我真的认为您会大吃一惊。并不是说我大功告成,完全实现了我的意图,也不是说我准能成功,但是我打开了一扇窗户,清理出一道顺坡。您瞧好吧,老哥,您会看到真正的绘画走向哪里。"

双方约定了会面时间,埃尔迈斯走到山丘广场。璐莱特和普瓦里埃又遛了一会儿街,二人原打算吃饭,约莫晚上八点钟,来到克兰古尔街,走进一家餐馆。普瓦里埃点了菜,等菜上来看了一眼,明确说:

"我发觉肚子不饿了,真的一点儿也不饿了。"

"怪事儿,"璐莱特说道,"我也不饿了,我觉得一口也吃不下去了。"

第二天早晨,在圣拉扎尔火车站的候车室里,一个三十来岁的男子,衣衫褴褛,身上散发臭味,在售票窗口附近徘徊,希望能捡到旅客钱包失落的纸币。他尤其盯着那些行李多,或者带孩子的旅客,他们从衣兜里或者袋子里掏钱总是很费劲。然而,累赘最多的人、手脚最笨拙的人、行色最匆忙的人,好歹都把事情办妥,没有出一点儿差错,让这个人大失所望。没人丢钱,这个孤单的人周围人群流动,没有提供一个接触点。他越来越感到,连带他本身的情况,哪怕一点小小的意外都不可能发生了。不久,他就排除了不安的神色,坦然注视旅客的举动,他这样执意观赏,只为了忘掉他的辘辘饥肠:饥饿痛苦的周期,紧紧箍住他的头,压迫他的眼皮,而这种失魂落魄的感觉,酷似装在他躯体形状的空套子里飘荡,外界的喧嚣声穿过这虚空传来,听着就像彼界安息之声。最后,他对这种监视完全丧失了兴趣,几乎在不知不觉中,不由自主地放弃了。

这个人穿过罗马庭院,在十字路口的行人之中游弋,也不选择,就走进眼前的一条街。他在圣拉扎尔车站失利中大大耗损了。一时间,他意识到了这种消耗,不再像前些日子那样,还体会着一直被厄运追逐的苦涩感。前一天,他吃完最后一块面包那天,他似乎还多次承认造化弄人的用意,从而表明还在关注。现在则不然,他感到周围唯有一种死去的天意、一片冷漠的海洋,再也没有任何东西能让人动心的了。他疲惫了,两腿发软,身子微微颤抖,便停了片刻,毫无兴趣地瞧了瞧街头的忙碌。

这个人穿过另一个十字路口,险些被碾在车轮底下,他望了望一条热闹街道的远景。等他再走上半小时或者一小时,时间不重要了,他又会到一个十字路口,还要走进一条街,还会到一个十字路口。前景没有任何意义了,只有没完没了的现在,一种疼痛的延续。他突然意识到,这种时间的停滞就是死亡的开始,于是他惊慌失措了。这个人筋疲力尽,饥饿难忍,又与世隔绝,陷入绝望了,还疯狂地迷恋生活。他开始逃离死亡,以他双腿能迈动步的最快速度。他疲惫到极点,才不得不放慢脚步,他往后瞥一眼,看看他跟死亡拉开多远,目光却碰到一家商店的五颜六色的橱窗,便停了下来。这种黄与粉红的和谐色调,他乍一看恍恍惚惚,却很快消除了他这濒死的念头,并且吸引他走近橱窗。他因头痛导致视力模糊,画面的色彩飘舞跳动,四散分开。不过,就在开头这会儿,未待他聚拢印象,抓住形状和轮廓,他已经体会到一种难以置信的惬意,又幸福又舒服的感觉。生命在他耗尽的体内,觉得又复活了,他的血液流动加速,一股微微的暖气传遍周身的肌体。他被孤立起来的空套子也逐渐消失了。街上的喧嚣声传到他的耳畔,更加清晰,没有阻碍了,就好像堵住的耳朵突然拔去耳塞。他的饥饿感大大缓解,但还是相当难受,足以让他评价这种感觉,确立因果关系。这幅画的果腹功能,在他看来非常明显。他目光热烈,咧嘴粗野地笑起来,身子因贪婪的冲动而颤抖,目不转睛,盯着看画上的花坛中间,蜷缩着一个黄衣裙的小姑娘。他的双腿逐渐硬挺起来,饥饿也那么急迫了,思想随之更为自由,也更为灵活了。他思考一下,就感到自己的发现令人吃惊,终于自己也不由得担心起来,唯恐成为一种幻象的受害者。他离开橱窗片刻,这种试验当即就可以得出结论:他产生的感觉,无疑就可能像中断一顿饭那样。刚才十分强烈的那种惬意感,伴随着一种需要的满足,很快就消失了,仅仅剩下单纯的需要,肚子还饿得慌。反试验也证实了他的发现。这个饥饿的人返回那幅画前,就感到身体组织又恢复了一股暖流和欣悦。这样一来,他就只想进食果腹,不再心生疑虑了。他这样恢复体力的过程中,一张悻悻的脸,从隔开橱窗和店铺的栗色丝绒窗帘探出好几次,可是他甚至没有留意。他终于吃饱了,而且担心长时间饥饿,一次吃得太饱对自己身体有害,就走到最近的街心花园坐一坐。现在他觉得,生活是一种容易的冒险,充满了令人欣慰的确定因素。他自责否认了艺术,尤其绘画的重要性。

"我跟所有人一样,认为绘画毫无用处。行人从展示的画作前走过,脚步停也不停。他们没有时间弄明白。甚至有人还哈哈大笑,或者耸耸肩膀。我本人,按说不是个傻瓜,记得我像许多人那样,曾经冷嘲热讽过。现在,我总算理解了绘画,从前那类举动再也不会发生了。"

这个人挨个儿想,所有在巴黎开店铺的画商,不禁心醉神迷,含笑睡着了。他醒来时,头一个念头就是做了一个荒唐的美梦。的确,他感觉肚子很饿。"唉!"他叹了口气,"哪儿有这么便宜的事儿。"然而,他在广场上走了几步,当即明白自己脚步敏捷,精力充沛了。他的动作轻松灵活,肌肉结实,从前一天起,脑袋和胃难以忍受的疼痛,已经全然消失了。况且,他回忆起来的情况真真切切,前后联系得实在太紧密了,容不得一丝一毫的怀疑。现在是下午四点钟。他睡了这么久,肚子饿了没什么奇怪的。他那么久没吃东西,仅仅一顿饭,即使很丰盛,也不可能长时间缓和极度的饥饿。他打算这一天结束之前,至少还得用两餐。"我们去讨点儿吃的吧。"他兴奋地自言自语。

　　这个人哼唱着歌曲离开街心公园,信步走去。这是繁华的街区,少不了画商。果然,他走了不久,就发现一家画店,橱窗很大,陈列了六幅肖像画和风景画。几个行人停下脚步,瞧上一眼就走了,他见此情景,不免颇为高傲地微微一笑。他则伫立在署名博纳尔的一幅风景画前,满怀信心地等待,要感受一番营养的气味透进他的身体。由于期待的效果没有产生,他便离开风景画,嘴里咕哝一句:"这是幅拙劣的作品。"哪知一幅女人肖像画同样没有令他满意,随后试了橱窗里的每幅画也毫无功效,他才开始不安了,又去寻找另一家画店。画店不难找见,他又遭遇新的失败,就不由得心慌意乱了。他猛然产生个念头:他那是偶然碰到一部神奇的作品,那作者是世间唯一的画家,能将自然的属性注入自己的创作中。可惜他没有注意那位艺术家的签名,也不知道那个画商的姓名,画店是在哪条街上。这片街区他不熟悉,当时临近中午,他处于饥饿状态,根本没有精神头儿观察周围的环境。他惴惴不安,用了一个多钟头,踏遍了附近的几条街道。到了拉波埃蒂街,他似乎想起已经见过的一些印象,经过怀疑和希望数次反复,正要折返回去,忽然眼前一亮:街道对面,在栗色丝绒窗帘的衬托下,出现了那个身穿黄衣裙的小姑娘。他像疯子一般,慌忙横过马路,撞开了一位女子,还擦着一辆车的保险杠,像盲人一般奔跑。奇迹重又出现了。如同第一次那样,美好的气味透进他体内,使他平静下来,恢复了活力。然而,他又忧虑地想道,也许这是他观画的最后一餐了,因为这幅画随时都可能被一个爱好者买走。此念一生,心里难受极了,不由得走进店铺,却没有准主意干什么。埃尔迈斯画廊是一座长厅,安放一张写字台、一张长沙发和四把座椅。一名女职员在门口接待客人,有礼貌地问他办什么事。

　　"我要见埃尔迈斯先生。"

　　"先生怎么称呼?"

"穆德吕,艾蒂安·穆德吕。不过,我的名字对他说明不了什么。"

女职员走进与画廊相连、由门帘隔开的一间小屋。穆德吕扫一眼墙壁,便激动起来,数着有六幅画,署名全是拉弗乐尔。他听到那名女职员跟埃尔迈斯先生说话,但是声音很低,听不清楚。

"是位艾蒂安·穆德吕先生要见您。他的穿戴相当不好。他进店之前,在人行道上逗留许久,看橱窗里拉弗乐尔的那幅画。"

埃尔迈斯分开一点儿门帘,不让对方瞧见,望一眼来访者。

"我认出他了,"埃尔迈斯说道,"今天上午,他就在橱窗前站了半个多小时。瞧瞧他肚子里装进了什么。"

埃尔迈斯来到跟前时,穆德吕正饱餐一幅静物画。他见店主打量他的目光,才想起他衣着的状况,而他走进一家如此豪华的商店,觉得尤其难以找到正当的理由。

"我非常欣赏在橱窗展示的、署名拉弗乐尔的一幅画,"他说着脸就红了,"我进店来问您的售价。"

"五万法郎。"埃尔迈斯回答。

"很可惜,这个价钱对我太贵了。我也有点儿想到了,不过,我要问您另一件事。由于我非常赞赏这位拉弗乐尔先生,而我又太穷,买不起他的画,我就渴望见见他本人,哪怕是一两分钟。您能理解,这会满足我的心愿,您肯把他的地址告诉我吗?"

"不可能,先生。艺术家的地址不可以告诉任何人。这是我们的一条行规。不过,假如您想要给他写信,可以把信交给我,我向您保证转交给拉弗乐尔先生。"

穆德吕结结巴巴,回答一句话,既违心又尴尬。他很不满意自己的表现,担心错过一些难遇的机会,徒然想找个迂回的办法重新抓住。他甚至没有找出个由头来,就闯进了店铺。他走到了门口,突然又向自己困境的恐慌情绪让步了。他猛地转身,目光怪异,径直走向埃尔迈斯。

"难道您很理解拉弗乐尔的绘画吗?"他说道,口气咄咄逼人,"我要说,您非常理解他吗?"

"我在敝店接待他,用不着任何人指教。"埃尔迈斯高傲地指出。

"当然了,您认为这挺美,很成功,可是,您没有往深里考虑,本质的东西从您眼皮底下溜过去了。因为,要发现这种绘画的奥秘,就不能一日三餐,肚子里总是满满的。这么说吧,必须非常饥饿,就像我今天早晨那样。是的,先生,饥饿。"

"您要说什么?"

"我要说,拉弗乐尔的绘画,就是给人营养的食物。您要理解我的意思。这不是说说而已。等您饿得胃痉挛,您只要注视拉弗乐尔的一幅画,就会有上了餐桌的感觉。半小时之后,您就吃饱了,不觉得饿了。这话让您吃惊,对不对?要知道,我是做过实验的。"

埃尔迈斯并不怀疑,他是面对一个疯子,不免有点儿恐惧,认为谨慎些好,不要惹怒疯汉。

"的确,"他说道,"我丝毫没有做类似的观察,非常感谢您给我指出了这一点。我也要亲身体会体会。"

"提个建议,"穆德吕说道,"您今晚不吃饭就睡觉,明天也不吃早饭。"

"好主意,我一定按照您的办法做。"

"您就瞧好吧,效果惊人。您对我讲讲自己的感受,明天我来拜访您。"

他做出这种许诺便出去了,在离开这地方之前,又在黄衣裙小姑娘的画上找补点儿食物。这工夫,埃尔迈斯也不免思考,这个来访者真怪,满口胡言乱语,他这才发觉,自前一天起,他就一点儿胃口都没有了。早晨醒来之后,他久久观赏放在卧室壁炉台上的黄衣裙小姑娘的画,没有吃饭就下楼到店铺了。上午,跑腿的伙计取来购买拉弗乐尔的六幅画。他在女秘书的协助下,将六幅画布展在画廊的墙壁上。到了中午,他还像往常那样,上楼吃午饭,令他妻子诧异的是,他甚至连最先上的冷盘都没有动一动。今天晚上,他也同样不觉得饿。然而,他丝毫也没有产生不适之感,反而觉得格外精力充沛,看来他从绘画中获取了营养,或者他感染上了拉弗乐尔症。况且,这两种解释完全可以合二为一。埃尔迈斯欣然接受这种巧合,但还是未能排除一种荒诞的怀疑。女秘书来请示信件如何处理。

"您的气色不太好,"老板对她说,"身体不适吗?"

"哪里,非常好,埃尔迈斯先生。"

"您胃口好吗?"

"好哇,我的饭量一直很大。今天例外。特别是中午,我一口也没有咽下去。今天晚上,我也不想吃饭了。这情况几乎令人担心。"

"又是一种巧合,"埃尔迈斯心中暗想,他开始焦虑起来,"难道刚才那个人,碰巧说中了吗?不可能,这实在愚蠢。如果真是这么回事儿,就会有人知道了。拉弗乐尔本人也能发觉,他肯定会要价高些。真的,在绘画界,这个事件可非同小可。拥有一大批拉弗乐尔画的人,绝不会发一句怨言,他能发一笔巨财。我的处境也还不赖。事情果真如此,而拉弗乐尔又毫未觉察,我必须从速下手,买下他的全部作品。巧妙策划,通过合同让他把作品保留给我。显然这很难办到。噢!怎么,我也疯了。老实说,我这不也跟着讲起各种蠢话来啦。"

埃尔迈斯正这样胡思乱想,一辆轿车停到店门前,他小舅子利奥奈尔·布尔古安走进画店。

"啊!老兄,"他说道,"这一天闹的!十一点动身,原以为一点钟到这里,经过郎布耶时,我的车抛锚了。耽误了三个多小时,就折腾发动机了。更绝的是,从凡尔赛驶出来,我也真行,把车胎弄爆了。我也泄气了,搞得疲惫不堪。你想想,从早晨七点钟起,我就什么也没有吃,从来没这么饿过。再耗一耗,我非得饿晕了不可。"

"吃饭之前,你必须先做个实验。"埃尔迈斯朗声说道。

"嗳!别的,老兄,还是先让我吃饭吧。"

利奥奈尔·布尔古安怎么争也没用,姐夫拉着他到画廊里间,停留五分多钟,压低声音商量事。埃尔迈斯终于出来了,后面跟着连连耸肩的利奥奈尔。二人停到拉弗乐尔的一幅画前,画面上有几位女子站在窗前。埃尔迈斯有几分不安,观察着饥肠辘辘者的脸,而对方的目光凝注着画面的中心,但仍然是一副不乐意的神态。实验开头的时刻,真让人心神不定。

"闻所未闻,"利奥奈尔嘟囔着,"令人难以相信,诧为奇事。"

埃尔迈斯目不转睛,盯着看他。一刻钟之后,实验完全可以得出结论了。利奥奈尔多停留十来分钟,吃得还挺开心,然后才转身离开画幅,明确说道:

"我就到此为止吧。"

埃尔迈斯激动万分。傍晚余下的时间,二人就合计这种惊人的发现,估量他们从中能赚多大利润。女秘书下班离开画店时,注意到下午那个穷酸样的来访者,还伫立在展示拉弗乐尔画作的橱窗前。她几欲返回店里告知老板,随即想想多一事不如少一事,便作罢了,因为她有点怨恨老板与他小舅子长谈,还不断向她投来起疑的目光,就好像他们怀疑她竖耳偷听他们私议似的。

艾蒂安·穆德吕是赶在画廊关门之前,来吃最后一餐。等金属帘门遮住了黄衣裙的女孩,他就离开驻足的位置,走上行人密集的大街。今天晚上,他才有了人群中的感觉,走在中间非常自在了。他这身破旧的衣服,甚至对他也毫不妨碍。他心中暗道:"这正是早晨我没吃饭时的想法,人是凭肚子,才开始感到与别人同在。"肚子相一致的这个念头,又令他想起同患难的伙伴,同住在巴士底附近达扬迪埃街阁楼的室友。整整一天,他都没有想到室友。而对方,巴拉乌瓦纳,也不会怎么念起他的伙伴。早晨,工人各走各的路,去踅摸点儿吃的,自己的肚子都顾不过来,哪儿能关心同伴的运气。巴拉乌瓦纳除了愁填饱肚子,还要躲避警方的追捕。在占领时期,他没有职业,一位朋友就招他去给一个政客当保镖,而那个政客臭名昭著,牵连他本人也下了逮捕令。他爱夸大他扮演过的角色的重要性,不管有没有道理,就以为自己要掉脑袋了。

将近晚上九点钟,穆德吕走进阁楼,看见伙伴躺在铁床上:屋里的全部家具,除了这张铁床,就只有一把掏空了垫料的路易十四式座椅的架子了。巴拉乌瓦纳蜡黄的脸,肌肉紧绷着,眼睛望着天棚,房门打开时,他的目光也呆滞不动。

"你回来很久了吗?"穆德吕问道。

从他那喘息的声调中,能听出一种异常的充实,巴拉乌瓦纳深感意外,他转过头来,打量他的同伴。

"你吃饭了,"他酸溜溜地说,"瞧你这副嘴脸,像个吃过饭的人。"

"哦!是啊,事情都很怪。你想象一下,我没吃饭又等于吃了饭。"

"怪你个头哇,你都不说给我带回块面包来。你使劲塞,让我干饿着。"

"我来给你解释。今天早晨……"

"住嘴!"巴拉乌瓦纳打断他的话,用臂肘支起身子,"下流坯,讨厌鬼。你吃东西要把肚皮爆开了,这从你这伪君子的脸上就能看出来。臭狗粪,在我这里,在我的房间,给你个落脚处,你以为是天经地义的事,可你却不肯动一动小手指头救我的命。你是成心催命,好独占我这间屋。你很想把我出卖给抵抗组织。如果找得到他们,你早就密切配合那些记者和便衣了。"

穆德吕没法儿让他平静下来。巴拉乌瓦纳坐在铁床上,疲惫的身子气得直发抖,两眼充血,声音嘶哑咒骂着:

"婊子养的,你就利用我蹚了欧洲这片浑水。我知道你是个烂货。那天,你说最后几苏钱刚刚花掉了,是不是这样!原来,你把一张二十法郎的票子藏在衣服衬里面,让我看见了。"

"一点儿没错。你也一样啊,你对我说一苏钱也没了。你也同样,藏起了一张票子。你藏在那儿的钱,也许还剩下一张呢。"

巴拉乌瓦纳申辩,这两天他什么都没有了,那种气急败坏的样子、坦诚的声调是不可能骗人的。他还抱怨自己运气不好,法国人无情无义,咒骂假朋友、告密者和政府,接着,他又提起未来的判决和死刑,最后精疲力竭,沉默下来了。穆德吕这才趁势讲述他的奇遇。在圣拉扎尔火车站转悠,经过一个十字路又一个十字路口,到了画店。看见那幅黄衣裙小女孩的画,最后有了灵验。

"你逗我哪。"巴拉乌瓦纳有气无力地说道。

穆德吕解释了一个钟头,才说服对方相信了。于是这时候,巴拉乌瓦纳打消怀疑情绪,唤起了狂热的希望和万分的激动。他比比画画,在阁楼里踱步,断断续续讲些不着调的话,忽而笑出眼泪,忽而急不可待,恨不得跨越夜晚,就像跳过寻常的一道沟,催促时间快走。他这种躁动似乎接近谵妄的状态,穆德吕要结束这种场面,迫使他上床躺下,还熄了灯。巴拉乌瓦纳很晚才睡着,睡得极不安稳,一夜总梦见那个黄衣裙小姑娘:那是一场累人的噩梦的起点和终点。小女孩就关在九层楼上的一间屋里,楼梯塌毁了,竖起所有的梯子,无不短两三米。再不然,他就梦见自己越狱,逃进迷宫一般的街道上,仔细寻找他不可能想象出来的什么东西,闯入改装成博物馆的一家地下大餐厅,发现他寻找的目标,正是黄衣裙的小姑娘的那个模样儿,忽然,从一个壁橱里出来抵抗组织的三个头头,当着他的面,就把小姑娘吞噬了。他还梦见到达那家画店的门前,却猛然惊醒,发现是在做梦。到了早晨醒来,确确实实一夜未睡好,但是他对拉弗乐尔绘画的信念毫不动摇。不过,他这身体太虚弱了,穆德吕心里犯起嘀咕,他能否有气力,一直走到拉波埃蒂街。运气眷顾了他们。二人下楼梯到第五层,瞧见门前草垫上放着一根面包棍儿和一瓶牛奶。巴拉乌瓦纳喝下瓶中奶,他们来到街上吃起棍子面包,穆德吕将大半截给了他的同伴。

他们赶到埃尔迈斯画廊,橱窗里不见了拉弗乐尔那幅画,换上了一幅风景画,签名的画家,引不起两个朋友一点儿兴趣。他们也要碰碰运气,能否从画中吸收点儿什么,但是这一片雪地里,只有几棵苹果树,黑色弯曲的树枝伸向弥漫雾气的天空,根本没有可食用的东西。巴拉乌瓦纳大失所望,没有心气指责了:他在失望中,把这视为昨夜噩梦的延续,认为得到了警示,无望见到那个黄衣裙女孩了。

"画得还是不错,"他在这幅画前叹道,"要表现的全表现出来了。"

"这等于零,"穆德吕十分恼怒,"我不管这叫作绘画,跟我来。"

穆德吕感到,埃尔迈斯从橱窗撤掉黄衣裙小姑娘那幅画,就是想要伤害他的一招儿。他怒不可遏,让巴拉乌瓦纳跟着闯进画店。女秘书独自一人照看店铺,她见昨天的来访者进来,还跟着一个样子很凶的汉子,内心一阵恐惧,决意不拿自己的性命冒险保护老板的利益。

"昨天陈列在橱窗里拉弗乐尔的那幅画,放到哪儿啦?"穆德吕粗暴地问道。

"埃尔迈斯先生把画卖了。"女秘书语气不大肯定地回答。

穆德吕扫了一眼墙壁,看到拉弗乐尔其余的画同样不见了。

"全卖啦?六幅画?"

女秘书点了点头,她恐惧万分,无法开口解释,为她的谎言增添点儿可信度,心下决定来访者一旦流露出怀疑她的话,就从隐藏

处拿出那些画。穆德吕没有怀疑,但是他看出来,他引起这年轻女子多大恐惧,就把手按在他的外衣口袋上,说道:

"把拉弗乐尔的地址给我。"

女秘书认为这么便宜就能脱身,便毫无顾忌,痛快地把画家的地址给他,还亲手给他写在一张纸上。

"可以到源泉那里饱餐了,"穆德吕出了店门说道,"登上蒙马特尔,你觉得身体力气够吗?"

"那有什么用?"巴拉乌瓦纳指出,"黄衣裙的小女孩,就算完了,永远也见不到了。"

"那又怎么样?重要的是,进入拉弗乐尔的画室。管他画的是一个小女孩,还是一支烛台,对我们全是一样的效果。"

可是,巴拉乌瓦纳情绪低落到冰点,完完全全气馁了。他甚至沉溺到自己的不幸中。

"就让我倒下去吧,"他说道,"我这个人已经完蛋了,我给接近我的人带来晦气,我就是晦气的化身。我献身给欧洲那会儿,还没有政治的头脑。当时给我提供两份工作:或者当保镖,或者当美术品送货员。我表兄埃奈斯特是芳丹店老板,他可以用我当送货员。芳丹店的员工都属于抵抗组织。埃奈斯特顺应潮流,如果我不干傻事,我也一样,能顺应潮流。然而,我却选择当保镖,因为我觉得,当保镖名声响一些,工作又不累。如今,埃奈斯特在布列塔尼当上了专区区长,而我呢,完全陷入穷困境地,连个铜子都没有,肚子里空空的,没有食品卡,也没有香烟票,身后只有追捕的便衣。假如当初,我选择当送货员,不能说,今天我也能当上专区区长。埃奈斯特不同,他受过教育。不管怎样,我准能在三色国旗下,当一名正式警察,收入高,吃得好,身上别着共和国牌钢笔,抽着美国香烟。然而,我生来就是个受罪的命。我那表兄完全清楚。但是,解放之后那几个月,他让人向我传话说,他若是在路上碰见我,就会亲自把我交给抵抗组织。要知道,在他那地位,这是完全可以理解的。不过,我觉得我若在他那位置上,绝不会这么狠。当然,当上专区区长,同样不知道我们头上会发生什么。像我这样一个人、一个穷鬼,可以说是个流浪汉,面对不了公众,满身跳蚤,能碍着一个专区区长什么事儿呢？像我这样,有一段政治历史,人就算完蛋了。你要稍微明白一点儿。我给老板当保镖那会儿,看到我眼前走过的人,有些甚至是部长。"

说起来没完,巴拉乌瓦纳怀着一种沉郁的乐趣,细数自己卑微低下的方方面面。穆德吕听他这些没完没了的哀叹,耳朵都磨出了茧子,特别当心不去打断,因为,他们是走在路上。巴拉乌瓦纳自顾讲自己的事,忘掉了他费力登上蒙马特尔山路,正是他决定放弃的举动。或许他有意自设一个陷阱。

"让我跌下去吧。一个不祥之人,残渣余孽,垃圾,我就是这样的人了,艾蒂安。过去那段经历将我抛进深渊。让我跌下去吧。"

"好了,到地方了。再有五分钟,你就上餐桌了。"

"等着瞧吧,他人不在。他就是在家,也肯定给我们吃闭门羹。"

拉弗乐尔在家,他们听见画室门里有说话声音。他亲自来开门,以谨慎的态度接待他们。

"我有非常重要的事情要对您讲。"穆德吕挤进门缝儿,朗声说道。

他扫了一眼画室,惊讶地看到埃尔迈斯,对方也同样认出他来,登时红了脸,愤怒地呵斥道：

"是您,您来这儿干什么？马上滚开,不要再见到您,明白吗？"

画商如此放肆,拉弗乐尔觉得实在恶劣,非常讨厌,于是对来访者说：

"先生们,请进。"

埃尔迈斯满脸涨红。穆德吕一进画室,就严厉地瞪他一眼,拉着巴拉乌瓦纳的胳膊,将他置于一副画架前,画架上正晾着一幅油彩还未干的新作。

"待在这儿,学学认清好画。"

"先生,"拉弗乐尔热情地问道,"也许您想单独同我谈谈吧。"

"哦!不,没这个必要。这就是为什么我来登门拜访:也许您还不了解关系到您画作的某些情况。拉弗乐尔先生,您的绘画极有营养,您知道吗?"

"有营养?此话怎讲?"

"我亲爱的朋友,"埃尔迈斯插言道,"您不要听这个人胡诌八扯。"

"嗳,埃尔迈斯,请不要这样。"拉弗乐尔冷淡地说道。

"看来您还不了解,"穆德吕接着说道,"埃尔迈斯先生口风很紧,没有告诉您。拉弗乐尔先生,您有食欲吗?"

"老实说,没有。近几个月来,可以说我不吃饭了。而且,我吃那么一点点儿,也是勉强下咽。"

"如果情况相反,那倒会让我吃惊了。拉弗乐尔先生,您毫无觉察,只因您生活在自己的画室里,我很自豪地告诉您,如果说您没有食欲了,这是因为您的绘画富有营养。您的一幅画,您观赏二十分钟,就酷似一顿美餐。"

穆德吕也不管埃尔迈斯插话打断,怎么嘿嘿讪笑,讲述了昨天他在拉波埃蒂街发生的情况,他如何不由自主,把他的发现告诉了这个画商。

"您能估量得出,他善于利用这种情况。刚才那会儿,我带我的伙伴去用一顿画餐,到他画店橱窗前一看,那幅黄衣裙小女孩的画不见了,已经卖掉了。其余几幅拉弗乐尔的画也售出了。他了解那些画表达出什么,一定卖了好价钱。我确信他今天早晨就赶来,是要购买您其他的画吧?"

拉弗乐尔不胜惊讶,还不能轻信,想想埃尔迈斯异常的举动,提出包下他的全部作品,给出的条件特别优惠,还执意要他当即签约。现在他觉察出,如此行为,既反常又出人意料,必定有不为人知的缘故。

"这真荒唐,"画商还要抗辩,"您的作品,我一幅也没有售出,都收藏起来,不想迫于压力,现在就出手。这只能证明我信得过您的才能、您的绘画,正如我刚才对您讲的。请相信我,亲爱的朋友,签了我们的合同吧,不要被长舌妇编的故事给耽误了。我们还要办别的事呢。"

埃尔迈斯还试图把拉弗乐尔拉向放着合同的桌子。巴拉乌瓦纳离开画架,走向画家,满脸流下感激的热泪,双手握住画家的手,结结巴巴地表示感谢,抽泣着语不成句。

"您是世上最伟大的画家,"他说道,"我快要饿死了,是您的绘画救了我,让我恢复了生活的乐趣。我吃饭了。"

拉弗乐尔很激动,还祝愿巴拉乌瓦纳的幸福不仅仅一种幻想的结果。

"我为您高兴,"他对巴拉乌瓦纳说,"您不要拘束,尽量吃饱了。"

这工夫,埃尔迈斯拧开他的自来水笔帽,极力要把笔塞进画家的手中。拉弗乐尔坚决躲开了。

"不要坚持了,我要从容地考虑您这合同的方案。过两三天,我们再看吧。"

"您找不到另一个画商,会给您比我这还优厚的条件。"

"您不要任人摆布,"穆德吕高声说道,"像您这样的绘画,他知道给多大价也不算高。他一清二楚,因为他已经从画中汲取了营养。您问问他昨天吃了什么。您仔细瞧瞧他的眼睛,就能看出他会怎么回答您。"

"怎么样?"拉弗乐尔转向埃尔迈斯,目光紧盯住他,问道。

画商心中暗想,他正走在错误的路上。画家要推迟签约的时间,就意味他要亲自从容地验证穆德吕的说法。他一旦有了主见,肯定不会原谅埃尔迈斯企图利用他的无知谋利。事情也许还来得及,不如重拟新条款,趁机夺回主动权。

"这事在我看来太荒唐了,因此我竭尽全力抵制这种明显的事,这也就是为什么我对您只字未提。但是话又说回来,事实摆在眼前。想要迁就情理上的怀疑,那就什么也得不到了。我思想上经过几番斗争之后,得出了这样结论:我们的首要责任,就是认同事实。无可置疑,您的绘画拥有供给人体营养的奇异功能。我亲自做了实验。我妻子和我内弟利奥奈尔,也都分头实验过了,他们的结论同我的结论完全一致。您的绘画以其力道、强度、油彩的质量、综合的效能,就变成生命创造的基本奥秘的一种浓缩物。您的天赋将绘画升华为一条真正的纽带,连接起了惰性物质与生命。这种绘画就是美,就是力量,就是食粮。"

拉弗乐尔再也不能怀疑了。他一时心醉神迷,在他百感交集的混乱中挣扎。埃尔迈斯在眼前晃,脸上堆着笑显得过分殷勤,这使他清醒过来,从他纷乱的念头中先浮上来的,是这种揪心的揭示所呈现的庸俗,但却是现实的一面。

"怎么?!"拉弗乐尔嚷道,"您知道了,您还有胆量前来,虚伪地向我提议签订这样一份合同,还装样子给了我优惠。而我这个傻瓜,就轻信了,十二分满意,准备签合同了。我要让出五年的全部创作。伪君子!"

"瞧您说的,拉弗乐尔,要公正些嘛。我出两万包您的绘画。够意思了。您考虑考虑,爱好者买画,主要凭艺术家的名气来挑选。对于绘画爱好者,食粮从来就是一种附带的因素。"

"哼!一点儿不错,您就是个伪君子,一个大骗子,不过,您这种虚张声势,尽可以收起来了。"

"听我说,拉弗乐尔,我愿意做得漂亮些,给您最高价,就定为三万。"

"没门儿！您不过是个流氓，您先给我滚开。在这画室里我不想见到您了。"

"十万！"

"出去！"

拉弗乐尔震怒，给画商指着门口。穆德吕刚才到巴拉乌瓦纳身边用餐，这时走过来，他作势挽起袖子，开心地提议：

"如果您需要帮把手，拉弗乐尔先生，我会非常乐意。"

"二十万！"埃尔迈斯走向门口，又抛来一句。

"二十万不成，一亿也不成！给我出去！"

埃尔迈斯十分气恼，跨出画室的门槛，心下懊恼自己错过了一宗最大的生意。拉弗乐尔在他身后啪地把门关上，他指了指巴拉乌瓦纳还入神面对的画架，对穆德吕说道：

"我尤其不愿打断您用餐。看着你们这样进食，我本人也无比高兴。"

"拉弗乐尔先生，您对我们太好了，尽管埃尔迈斯要把我们轰走，您还是接待了我们。"

"你们来访，把我拉出一种非常糟糕的处境，你们到得正是时候。如果你们哪怕晚来了五分钟，我就会签了埃尔迈斯的这份合同了，我的手脚就被捆住了五年。多亏了你们，我才避免干了一件头号的大蠢事，才没有掉进这个骗子给我设下的陷阱。我会永远感谢你们。"

"您开玩笑，拉弗乐尔先生。"穆德吕提出异议，温和的声调中流露出一种虚伪的怀疑，"巴拉乌瓦纳和我，我们能帮上您一个忙，就太高兴了。昨天晚半晌，我走进埃尔迈斯画店，对他谈起这件事，发现他并不知晓，我当即就想到您了。我心里合计，可以肯定，拉弗乐尔先生也一无所知，我马上就向画商问您的地址。然而，他可不那么傻，拒不告诉我地址。我也就没有坚持。不过今天早晨,我选择他不在的时候进画店,迫使女秘书给了我地址。我一拿到你的住址,就对我的伙伴说:'我们火速赶到拉弗乐尔先生那里,一分钟也不能耽误。我感到他有危险。'您明白,我猜到了埃尔迈斯会上您这儿来,让您听从他的安排。因此,您说能不赶紧吗?于是,空着肚子也走得飞快。要不惜一切代价及时赶到,好让您避免大麻烦。"

说得这么好听,画家也不会信以为真,但他还是情愿谅解。况且,巴拉乌瓦纳那么感激涕零,也能正正经经恢复意图的真相。

"你不要跟拉弗乐尔先生瞎白话。我们决定上山到您这儿来,根本谈不上给您的脚上拔根刺儿。我们就是饿得不行,情绪低落到了零点,商量在您这里,也许有办法打发肚子。事情的始末根由就是这样。"

这种极度的坦白产生极佳效果。不过,穆德吕那番话也不是没有作用,总归传递了利他主义、亲如手足、慷慨仗义的情感。拉弗乐尔走到画室一个角落,拿起近日完成的一幅画,是阳光照耀柳树街的一种写意,交给了巴拉乌瓦纳。这样一件礼物,大大超乎两个伙伴的心愿,甚至超过了他们的全部希望。

"是你们发现了我的绘画的功能。你们拥有这种真知灼见的一件证物,也是理所当然的。"

穆德吕以他们的组合发言人自诩,用字斟句酌的话语表示感谢,还颇有品位,隐去了饮食的兴趣,只讲他们珍视这幅蒙马特尔的风景画,只讲观赏如此美的一件作品,会给他们带来多大乐趣和感动。至于巴拉乌瓦纳,他激动不已,又笨嘴笨舌,千言万语化作真诚的呼喊:

"我一想到总能吃饱饭了,就简直不知道自己到了什么福地。多亏了您,拉弗乐尔先生,生活才重又对我微笑。您把我从张开大口的穷困深渊拉了上来。这么着,拉弗乐尔先生,我对您有丝毫隐瞒,就会怪罪自己了。您也看出来了,我这个人受追捕,身后背负着一段政治的经历。您想象一下,那是1943年……"

感激的冲动、吃过晚饭高涨的情绪,鼓励他话多起来,他要讲述他那段坎坷经历了。

"别让拉弗乐尔先生站累了,"穆德吕打断他的话,"他还要办事呢,哪儿有工夫听你讲。"

的确,拉弗乐尔并不挽留,送他们走了。他需要单独待一会儿。等那两个伙伴离开了画室,他便双手捧起一幅画,久久观赏,细细端详,试图看出奇迹的门道儿。一个身穿绿衬衣、黑丝绒长裤的男子,坐在一堆橙子的脚下,正拉着手风琴。画家重又找到他努力构思的途径,引导他的各种缘由,乃至他凭直觉的笔触动作。他回想起了他采取的所有措施,他的种种犹豫、种种愧疚,他也能解释色调的关系、有意不协调的处理、一种平衡的选择,分析、拆解再重构。然而,犹如生活本身,只能让人了解表现出来的方方面面,这幅手风琴手图的实质部分,却逃脱了他的全部探究。一时间,他凝视自己的右手:这只手了解这种生命的秘密,一只长长的手,肌肉发达,手掌里凸起的部位十分明显。一切都经过这只手。画家的意图,也包括他的犹豫和反复,全是由这只手引导,聚拢并改变,最终达到不可捉摸而奇妙的综合。然而,并非唯独他的手这样掌握一种连他本人都不知晓的奥秘。他整个一部分躯体,在不知不觉中,一定协同这只手工作,将其意图杂糅进他的意图里,在他的绘画作品上编织,除非在这种隐秘的劳作中,别无他念,仅仅是一种说话和思考的方式。拉弗乐尔思虑过分,不由得惶恐起来。无论如何,这种创造的神秘性,就寓于他自身,他难免要自问,他变成了什么人。他好几次照镜子。可是,比起拉手风琴的人,比起这只右手来,他这张有点臃肿的脸,虽然长一双明亮的眼睛,也还是不会更多,反而更难表露出实质的东西来。

"不要绞尽脑汁了,"拉弗乐尔终于得出结论,"我们就关注还能把握住的,就概括为:我的绘画富有营养。从这方面看,我的绘画就够出色的了,且不管还有别的什么优点。总有那么一天,我的绘画确实出名了,不仅在巴黎和法国,而且在国外也有了声望。要不要祝愿这一天很快来临呢?"

自从致力于绘画,拉弗乐尔就渴望名声,但是很有节制,不是为了满足骄傲的心理,而是要证明自己的价值,排除怀疑而确立自信心。他讨厌看到一群赞赏者围着自己转,讨厌成为报纸定期报道的对象。至于金钱,他一向没有多大奢求。如此特殊的一位天才,一旦披露给公众,那么肯定会赢来鼓噪的荣名,绘画的价钱也会飞涨。他眼前已经出现那种场景:自己被记者、宴会的组织者、诱惑力无法抵御的女子,以及真迹的猎头围追堵截,与此同时,他在银行的账户存款惊人地膨胀,而两三名女秘书忙碌处理五大洲寄来的信函。因此,他丝毫也不盼望那光辉的日子尽早到来,反而倾向于推得远远的,越晚越好。猛然,他想到普瓦里埃,那个永远的对头。他的荣名和财富的轰动效应,在普瓦里埃看来,完全是另一番景象。拉弗乐尔怀着尖刻的乐趣,想象普瓦里埃会气急败坏,愤恨地说不出话来,患上黄疸症,满脸仇恨和嫉妒。普瓦里埃会病倒。普瓦里埃会满腹苦水死去。他会中了自己的毒而毙命。拉弗乐尔多么急切地看到普瓦里埃被压垮的样子,就决定不遗余力,马上就成为明星。他几乎马上就深感惭愧,自己竟然让如此庸俗的想法占了上风,实在辜负了自己的命运和绘画。他放弃了羞辱普瓦里埃的念头,还是坚持先前的决定。

随后,他又研究起食粮的问题。他从早到晚地工作,眼睛注视着自己的画作,就有过于肥胖,死于肥胖症和心脏病的危险。也许他的肌体组织过量吸收了绘画的营养,不过,没有什么比这更难坐实的了。他认为应谨慎一点儿,每周至少节食两天。在节食的日子里,他不画油画,就搞搞素描、雕刻,画画水粉画或水彩画;而且,在他的画室里,他的全部油画都翻转过去,面向墙壁。不过,在实行新的饮食规定之前,他还要亲身体验一下他的绘画功能。头一场试验,他这一整天不看他任何一幅作品,晚上去餐馆用餐。第二场试验,次日一整天,他到大自然中去,一顿饭也不吃,回来饥饿了就用画餐。

他不折不扣执行计划的第一部分。他将画作一幅幅翻转冲墙之后,一直到晚上,只是看书和画素描。到了八点钟,他走进本街区一家餐馆用晚餐,发觉他恢复了丧失数月的胃口。两位朋友过来,坐到他旁边,有画家萨卢安,附近的一个煤炭商佩吕。他们一起喝了好几瓶红酒,都变得非常快活。到了晚上十一点,吉拉夫姑娘加入他们一伙:她长得相当漂亮,身材偏瘦。她正在寻找她祖父,已经喝醉了,解开胸衣纽扣,露出胸脯,那凸起部位并不比小伙子强多少。她问萨卢安怎么看,却忘了上一年,她在人家那里住过一个月。佩吕想要显显他的生殖器,被餐馆老板一再劝阻,他也就只好作罢,但是很遗憾。

"人都丧失了玩耍的趣味,"他叹道,"全怪这场该死的战争。我想要亮出一挺机关枪,让大家赞赏一番。如果您有这个本事,就明白了。"

他打算离开餐馆,到别处去。其他人也都同意,可是,结账之前,还得泡一阵子,喝掉三瓶酒。

比起这些同伴来,拉弗乐尔喝得量少些,可是话特别多。四个朋友挽着手臂,走在山丘的街上,他跟萨卢安谈起绘画,说到他的观念,对方觉得十分怪异,不免惊讶不已。

"要画一幅女人的漂亮的肖像画,你就准备一片火腿肉、一块格鲁耶尔(瑞士)硬干酪和半打鸡蛋,要特意将蛋清单独打了。你还要在锅里放一块优质黄油,用文火煨上,等全摊开了之后,你再用眼神浇一点儿蒜汁。"

其实他是清醒的,醉意只是用来掩饰,借以东拉西扯,乐得唯独自己才明白。

"我还是应该把这家伙亮给您瞧瞧。"佩吕一再说,声调已经黏黏糊糊了。

吉拉夫姑娘叫她爷爷，说她急死了也找不到：

"爷爷！是你小孙女茜尔葳找你哪，你出来呀，老傻瓜。你回来又要烂醉如泥了。你还会像前天那样，在楼梯上呕吐。邻居们又会怪我给你做出了坏榜样。"

他们走进诺尔万街的一家夜总会，几乎与另一伙人脚跟脚进去，那伙人里就有普瓦里埃和璐莱特。夜总会里差不多客满，由于两伙人之间都你我相称，就安排在同一张餐桌。事情也巧了，拉弗乐尔坐到软垫长凳上，夹在吉拉夫姑娘和璐莱特之间，普瓦里埃几乎正坐在他对面。普瓦里埃很恼火，在他这对头的对面仅有一把椅子，认为自己落到一种屈辱的处境。开头一段时间，他的坏情绪丝毫没有流露出来，反而佯装十分开心。不过，他酒也喝得够量了，自觉话多起来。大家又喝下去不少酒，还起身跳跳舞。全桌人都吵吵嚷嚷，非常兴奋。佩吕已经酩酊大醉，说话都很吃力。他总有什么东西要亮亮，想不起先前要亮出什么了，就不时从小口袋里掏出怀表，举到邻座的眼皮底下。吉拉夫姑娘跟对面一个小伙子搭讪，就好像人家是她的祖父，对他讲些体己的事儿，无不具有甜美、温存和尊敬的色彩。那青年很局促，害怕露怯，回答些笨拙的奉承话，她听都不要听。在说话的嘈杂声中，普瓦里埃开始向他的对头发难了，放出了毒箭。拉弗乐尔面带微笑，平静地看着，他意识到自己压倒性的优势。普瓦里埃气急败坏，他借着酒劲儿，双手扶着餐桌半站起身，眼睛直视着拉弗乐尔的眼睛，开始吼道：

"我这一辈子，最可怜那些蠢笨的人，他们绘画就像举杠铃，不过，就此打住了。那些粗俗的人，现在我鄙视他们，要唾他们那副嘴脸。为日历作画的那些画家，让他们翻滚在激动中和用胳臂绘画中。我呢，我工作在精神中，本质中，工作在挥发出来的精华中。我呢，有神灵光顾。今天早晨，我在画室里，正绘制一幅画，忽然听见扇动翅膀的声响，我抬起头，请注意听：有些天使盘旋在我的画架的上空。"

拉弗乐尔哈哈大笑,声音极为响亮,夜总会的各种声音和乐队的音乐,都戛然而止。跳摇摆舞的人全停下来,一齐转向他,变得专注了。拉弗乐尔一口干下杯中酒,站立起来,声如雷鸣(震撼了所有在场者,越过墙壁,越过门窗,同时弹跳到诺尔万街和圣吕斯蒂克街,往西一直传到滚球场,往东顺风抵达金滴附近),他这样说道:

"好消息。天使,携带着粉红色药丸,去拜访爱钻牛角尖者,拜访那些枯树、那些烹调蜈蚣的蹩脚厨师。天使万岁!我也同样,有人光顾,但不是天使。哎!请你们所有人,喝香槟的酒客、跳摇摆舞的酒客,你们竖起耳朵。将来你们也会记得我要对你们讲的话。今天早晨,两个男人走进我的画室,他们还能站立,身子却弯曲了,两个身无分文的人,饿得走路一溜歪斜,脸色惨白。他们一进屋就对我说:我饿。我一分钟也不耽误,马上安置他们坐下,面对拉弗乐尔签名的一幅油画,很快,这两个流浪汉就感觉好一些了。过了二十分钟,他们就不饿了。我的绘画让他们吃饱了肚子。"

"我并不奇怪,"普瓦里埃嘲讽道,"流浪汉,就是到垃圾箱里充饥。"

"那么,天使呢,别是围着臭狗屎飞的苍蝇吧?"

这个问题让周围的人开心,引起一阵大笑。普瓦里埃脸色煞白,说他的对头是星期天画家。

两个死对头跳上桌子,扭打在一起,而这时,在乐队演奏的柔美探戈舞曲中,他俩在酒杯酒瓶之间翻滚。冰香槟酒的水桶打翻了,两个人全身湿透,手和脸都出了血,还照样拼命厮打。吉拉夫姑娘要发扬义气精神,便扑向璐莱特·邦班,扇她耳光,抓她的脸,从上到下撕破她的衣裙。佩吕莫名其妙,看不懂这种暴力场面,他提着表链,任由怀表摆动,还不时抛出媚眼儿。突来一脚,将怀表从他手上踢飞,一个抛物线击到酒瓶上,怀表撞坏了。朋友们费了好大力气,先拉开两个女人,再拉开两个男人。拉弗乐尔还咯咯笑了,他满意地看到,自己仅伤了一只眼睛,而普瓦里埃一对乌眼青,嘴唇还破了,耳朵开了一道大口子。普瓦里埃也不觉得吃亏,庆幸几下重拳击中胃部,让对手很长日子不得好过。两个敌手各自庆祝胜利,分别要了一瓶酒。

约莫早晨八点钟,拉弗乐尔在吉拉夫姑娘家醒来。他横躺在床上,夹在佩吕和祖父之间。吉拉夫姑娘则睡在另一间屋。拉弗乐尔回到家里,冲了个澡,就带上一本素描册,前往默东树林散步,逗留一整天。傍晚,他回到家已筋疲力尽,但是胃口大开,用了一顿绘画美餐,这才上床休息。入睡之前,他还想昨夜发生的事,非常自责,没有守住秘密。幸好没人认真看待他讲的话,在场的画家回想起来,也只当作一种发飙的想象。

至于他这绘画的秘密,如果了解埃尔迈斯制定的行动路线,拉弗乐尔就不会这么安心了。画商拥有七幅拉弗乐尔的画,他急不可待,要使之变成他的生财之道。这些画作的营养功能一旦公之于众,售价就会不断地直线上升,过去的每一天都会意味一笔财富,时间真的就是金钱了。埃尔迈斯计划大宴宾客,发出的请柬定于下周的第一天。在那之前,他由内弟利奥奈尔协助,在竞争对手,甚至从私人收藏那里,抢购能找到的所有拉弗乐尔的作品。他以这种手段,获取另外八幅"营养时期"的画作,以及二十来幅前期作品,虽然不是营养画,也必有相当高的价值。

星期一晚上,八点半钟,埃尔迈斯邀请的客人都聚在画廊里。有一位著名画家、一位律师公会会长、两位报社社长、四位艺术批评家、国家广播电台台长;女士方面:一位电影演员、最时髦的伯爵夫人的一个组合,还有几位男宾的妻子。到了九点一刻,所有人都开始饿了。差一刻十点钟了,看看女主人还没有开饭的意思,人堆里就升起各种私议声。埃尔迈斯请客人耐心等一会儿,保证他们会吃上一顿从未用过的晚餐。到了十点一刻,才终于通报夫人可以用餐了。餐室的门大敞四开,客人都跟饿狼似的,可是发现为他们摆好的餐桌,一张张脸都拉长了。餐桌上没有一只餐盘,也没有一只酒杯,什么必备的餐具都没有,但是在每一座位摆餐具的地方,放了一朵鲜花和一张客人的名片。反之,却摆上了一大批绘画,每两位客人共拿一幅,正对着席位。客人各就各位,都冷冰冰地沉默着。唯独家里的一位熟客,《笔杆》杂志的艺术批评家,还有勇气发一声怨言:

"这就是冷盘,还要让我们胃口大开。但愿烤肉不是布拉克①的。"

"亲爱的朋友们,我觉出来你们有点儿不安,但是尽管放心。"埃尔迈斯说道。他用几句话向客人说明,为什么把他们聚在摆满绘画的这张餐桌周围。这番话非但没让人放下心来,反而增加了他们的惶恐与恶劣的情绪。有些人认为这是一场恶作剧,另一些人则认定是这家主人的疯狂之举。由于女主人亲热地请他们开始用餐,他们出于礼貌,只好装模作样,每人都注视面前的画幅。过去还不到五分钟,餐桌周围就升起了惊诧的低语声,很快又释放出兴高采烈的情绪。埃尔迈斯心情这才放松下来,笑逐颜开,一副得意的样子。宾客们酒足饭饱之后,就纷纷问他有关拉弗乐尔的情况。报社的两位社长还做了记录,急切渴望多了解这位画家。埃尔迈斯不用恳求便回答,在描述中还美化了拉弗乐尔的形象,披露他的私生活,为他臆造了一套艺术理论,无中生有,编织出许多事来,还少不了公布他的住址。《自由日》报社社长按捺不住,很快就溜走了。《小法国人》报社社长也脚跟脚离去了。四位艺术批评家从属于别家报纸,他们犹豫是否也效仿那两位社长。"何必呢,"其中一人说道,"我们的文章,会让人丢进废纸篓里,有人还

---

① 布拉克(1882—1963),法国立体派绘画创始人。

会把我们视为疯子。"

"文章还得写,"另一个人说道,"我清楚,我的稿子通不过。但是,如果今天晚上,我不拿出东西来,明天就会有人指责我没有动笔。"

最终,他们还是决定告辞,而广播电台台长也要去为第二天准备一期节目。其余客人则一直待到很晚,谈论拉弗乐尔及其为绘画开辟的新前景。几位伯爵夫人一心只想邀请他去她们的沙龙。

第二天早晨,拉弗乐尔七点钟起床,他洗漱完毕,还未穿好衣裳,就听见有人敲画室的门。二十来名记者侵入楼道平台,个个都异常兴奋,还有记者爬楼梯上来。离房门最近的那名记者脱下帽子,客气地问道:

"一定是拉弗乐尔先生吧?我是《永恒的法兰西》特派记者……"

"先生不在,"拉弗乐尔回答,"先生出门旅行去了。"

一阵不满咒骂的喧嚣声回应这种使人失望的答复。《永恒的法兰西》特派记者戴上帽子,还询问拉弗乐尔是否出行很久,前往何处("前往美国,去一两个月吧"),又问他是否去卖画("先生没有说"),他是否参加了抵抗组织,是否是同巴西一个联盟的成员,他爱吸法国烟还是美国烟,他是否喜爱音乐、舞蹈,是否爱喝咖啡。

"您还是行行好,让我们进画室看看,我和我这些同事,摄影记者进去拍几张像。"

"不可以,先生禁止我放任何人进他的画室。"

《永恒的法兰西》特派记者从钱包里取一张一百法郎的票子,递给忠实的仆人,遭到坚决拒绝。

"我不是吃这口饭的。先生对我非常好,非常慷慨,我对他怎么也不能干出这种事来。"

"至少,您拿出他一张画来,让我们开开眼。您这么做,主人反而不会责备您。"

拉弗乐尔狠不下心来,拒绝满足记者们这一要求。《自由日》和《小法国人》两份报纸一出版,大部分记者都受到警示,什么东西也不吃去看那著名的画。拉弗乐尔回身找出他那幅《拉手风琴的男人》,允许他们观赏了许久,以缓和他们极度的饥饿感。他们十分满意,亲身体验了一种奇迹,而刚看这种奇迹的消息时,他们还半信半疑。

"我能问一问吗,你们为什么来看先生?"拉弗乐尔单纯好奇地问道,"我希望先生没出什么大麻烦事吧?"

"怎么,您还不知道?您没有看《自由日》报,也没有看《小法国人》报吗?"

一名记者递给他一份《自由日》报,另一名记者递给他一份《小法国人》报,还以客气的责备口气对他说:

"谢谢您给我们看了画,不过,我的小老哥,您还是可以多说几句嘛。"

"先生从来不对我说他所做的事。如果想多了解些情况,你们就去拜访画家普瓦里埃。他是先生最要好的朋友。他们相识相知有十五年了。普瓦里埃先生住在加布里埃尔街97号。千万不要告诉他是我打发你们去的,他很可能要怪罪我啊。"

记者们又纷纷抽身,嘴里虔诚地念叨着普瓦里埃的名字。拉弗乐尔不免有点忧伤,回身坐到画室里,翻看《自由日》报,只见头版头条,赫然一行大写字母的标题:《比原子弹威力还大》。下面三栏并排,还下接第2页。"画家拉弗乐尔的姓名,昨天还不为公众所知,明天就会挂在所有人的嘴边,不仅仅在我们国内,而且在全世界,他都将彰显我们永葆青春的法兰西永不衰败的强盛:法兰西民族的智慧、发明创造的天赋、活力、力量、人的意识,赢得了各国人民的赞美和羡慕……昨天晚上,为艺术大力操劳的阿里斯蒂德·埃尔迈斯先生,在家里招待诸多朋友,我荣幸名列其中。热情的埃尔迈斯太太……能不让人以为,我们所有人是受了一种幻觉的愚弄吗？不然,令人难以置信的事,万万不像真实的事,不可想象的事,恰恰是一种明显的事实。……我们思考一下,在法兰西强盛的顶峰爆出的绘画的这种成果,究竟有多深的意义、多大的影响……拉弗乐尔的作品就向我们肯定了这一点:艺术不再仅仅体现精神与物质的这种相切(源于数学的概念:切点、切线)的关系,不再仅仅是生存的这种暗喻的表述,这是世世代代的艺术家早已习惯的思维方式。从今以后,艺术就是一种融入,思想融入惰性事物中,是一种直接传动的接触,转化为一种鲜活的创造力。艺术不再满足于表达了。艺术转化……因为,艺术为人类思想增光,其重要性,将比得上法兰西强盛的一个出色工人。"

《小法国人》报则以《普罗米修斯的报复》为题,这样写道:

"我们是穷人,我们负债累累,我们的货币濒临崩溃。我们国家的一部分成为废墟。我们的机器老旧了。我们的河流干涸了。我们的政府摇摇欲坠。到处管理混乱,腐败现象泛滥。生活的物资供应越来越糟糕,我们的青年都很沮丧,我们的孩子患了佝偻病。然而,我们从未像今天这样强大。全世界羡慕的目光都转向我们,因为,在思想领域……混乱和无能就注定我们永远挨饿吗?当然了。然而,一位高尚的天才,热情地探索艺术和自然的秘密……拉弗乐尔(法语谐音'花'),您就是(请原谅我这动情的文字游戏)我们的希望之花,你将一种光辉再生的震颤特征固定在了画布上……快乐啊!光荣啊!伟大啊!这些永远也不会从一个已经展望奇异的明天的法兰西注销!"

拉弗乐尔读了这些文章,心里不是滋味儿。他注意到作为画评,却极少谈及他的绘画,他甚至惋惜,连加努毕(普瓦里埃的一个表兄弟)抨击他去年的画展,找出的那些巧妙的、过于雕琢的理由都没有。

这工夫,记者们又赶到普瓦里埃住所。璐莱特·邦班把他们让进画室,请他们稍等片刻,主人就来。画室里摆放不少油画,记者们交换想法,对普瓦里埃并不全有利。这些作品,大部分是涡形图案和涡卷形图案,通过清晰的、流动的色斑,走向流畅的轮廓。有几名记者就说:这家伙不得了,有一种可怕的疯狂劲儿,有一种冲击力,有深藏不露的疯狂情感。另一些人则认为,这是甜蜜的精致,是轻薄的女性、病态的矫揉造作,是恶作剧、吹牛皮。普瓦里埃一进来,就引起一阵强烈好奇的骚动。作为那天夜里打斗的留念,他两只眼睛还肿着,两个大大的青紫的眼圈儿,耳朵附近有一道包扎,下嘴唇也包扎了,妨碍说话,微笑像做鬼脸。

"诸位光临令我惊喜,抱歉让你们等候了。"

"我们正好趁机观赏了您的作品,"永恒的法兰西说道,"您的绘画之美与大胆是无与伦比的。"

普瓦里埃尽量微笑出来,还略一躬身表示感谢。

"你们太客气了。老实说,我的画乍一看,可能出人意料。我的画中有某种定见,明确说定见,令人迷惑。然而我的画作,并不像许多人以为的那样,是一种抽象画。我的绘画反而是极端现实主义的。我的绘画也并不满足于摒弃一些唾手可得的表象,代之以另一些同样唾手可得的表象。我的绘画旨在深入现实的心脏部位,经过分析与综合,抓住现实事物本质的核心奥秘,将这种奥秘与我本人的相交点固定在画布上。"

"非常有趣,非常新颖。完全独特的理念,听了令人振奋。"

"何等时代啊!"一名来访者感叹,"对了,今天早晨的《自由日》报和《小法国人》报,您看了吗?"

"没有,还没看呢。"普瓦里埃回答,激动得满脸通红。

他刚看了几行,脸色就变了。变得脸煞白,额头上冒出汗珠子,越往下看越气愤,终于失去了常态。记者们期待他那五官流露出愉快的笑意,想要在那张鬼样的脸上,看到激动而吃惊的表情。普瓦里埃忘记了有记者们在场。

"这不可能!"他吼起来,摔掉报纸,"这种蠢话,这样虚张声势,究竟搞什么名堂?"

"这不是虚张声势,我们亲自体验了。拉弗乐尔的绘画确实称得上一种食粮。"

"我才不管呢!即使果真如此,我也把拉弗乐尔视为零,一个毫无才华的画家,一个自负而狭隘的拙劣画家。我比任何人都了解他。他就只能画画萝卜。算他运气好,能找到一些愚蠢的人挨宰,但是我绝不加入这些人的行列。"

这种出乎意料的反应,引起在场的人反对的议论声。普瓦里埃意识到自己说话走火了,就试图控制一下情绪。

"显而易见,有一种发现,给拉弗乐尔的创造才能增光添彩了。他那秘诀,如果应用到别的领域更为实效,用在绘画上,很可能只是为了寻开心。"

"依您之见,"一个人问道,"艺术的灵感,在这种奇迹的显现中,没有起任何作用啦?"

"您怎么能让艺术灵感和食粮之间,存在一种联系呢?这根本就不可能。反之,我始终认为,拉弗乐尔应该到食品行业大显身手。"

普瓦里埃怎么隐忍也是徒劳,他难以掩饰心中的怨恨和恼怒。记者们也不再坚持。他们向他投去几点尖刻的看法之后,便告辞了,并且称他为"亲爱的大师"。

下午的早半晌,拉弗乐尔派一个男孩去给他买晚报。最大的版面保留给当天发生的大事件。他从而得知,埃尔迈斯画廊一开门,就拥去大批人。橱窗里重又展示黄衣裙小女孩的那幅画。蜂拥而至的人太多,必须维持秩序,疏导排队。这消息很快四散传开,各处饥饿的人纷纷赶来,还不算那些好奇的普通大众。最后一刻的新闻:拉波埃蒂街和附近的街道堵得水泄不通。报上还报道一个陌生者在左岸一家画廊发现一小幅拉弗乐尔的画,以八万五千法郎的价格买了去。一家极左的报纸还哀叹,创作出这样好的一种绘画,本可以安慰忍饥挨饿的人群,却变成金钱势力的猎物。文章的作者还指出,仅在埃尔迈斯一家画店,拥有拉弗乐尔画作的数量,每天足以让数千营养不良的人吃饱饭,恢复体力和健康。报道拉弗乐尔去美国旅行的消息,完全持保留态度。总之,有人怀疑仆人遵照吩咐,维护他主人的安宁,但是没人想到他就是主人本身。

引起拉弗乐尔最强烈兴趣的报道,还是描述记者们到画室采访普瓦里埃的场景。《自由日》报给出如下的说法:"有人对我们说:你们去看看画家普瓦里埃吧,没有再要好的朋友了。我们赶到他的画室,最要好的朋友让我们等了十来分钟才露面,无疑是留给我们时间欣赏他本人的绘画。唉!我们很快就耗尽观赏的兴趣。终于来了一位先生,他的脸胖头肿。这就是最要好的朋友。他不容我们置喙,开口就兴致勃勃,大谈他本人的绘画,解释为什么他是个大画家。我的绘画。我的绘画。我的绘画谈论不休。我还是设法让他明白我们采访的目的。毫无疑问,一大早记者们登门采访,让他以为他成了当天的名人。他大失所望,一时气急败坏,向我们抖搂出来他对画家拉弗乐尔的真正情感。天才和伟大可能引起一个才具平平的人嫉妒和怨恨,在一连串辱骂和恶狠诋毁中,统统都爆发出来了。依他之见,拉弗乐尔就等于零,毫无才华,一事无成。最要好的朋友不过是个假友人。"

拉弗乐尔读完这篇文章,难免感到几分内疚,忽然听到有人敲门。未待他说什么,一个矮个儿老太婆就推门进入画室,气哼哼地问道:

"您准是拉弗乐尔先生,对吧?那好,别人传说您的绘画是真的吗?好了,我饿。"

画家就安置她坐下,面对《拉手风琴的男人》那幅画。

"这不费您一点儿事,"老太婆指出,"我年轻那时候,想要吃饭就得干活儿。现在看来,乱画点儿什么就行了。我还肯定,这能给您带来收入。您这儿家具齐全,您看样子,不像个很不幸的人。我呢,年轻那时候,干一小时活儿,挣五苏钱,一天要干十二个钟头,有时还要长。如今,我拿养老金,刚够我啃干面包、喝自来水的。肉票、黄油票,那是发给有条件的人的。对于我们这些老人,什么东西都太贵了。生活,不愿意要我们了。甚至在门厅,别人都觉得我们是多余的。整整劳碌一辈子,想想看,从十三岁起,我就在车间干活了,一辈子劳碌下来,就到头了,累了,干不动了,看到老年就像一种报酬。心里就想,在暖屋子里,迈着小碎步,跟一只老猫做伴,如果到另一边去,老猫的日子都不好过。自己要轻手轻脚,说话要柔声细语,坐在一张舒服椅子上打打毛线(什么也不干,就不免惭愧),俯向窗户,瞧瞧在天竺葵花之间结束流逝的生活。想归想,还得回到现实。房间里没生火,没有软和的面包给猫,连自己都没得吃。天竺葵花一百法郎一盆。您说说,还真是的,您这活儿,能饱肚子。我觉得怪怪的,有点儿像喝醉了。您的运气好,还年轻。一辈子都能吃饱饭。"

"您就放心吧。从现在起,您再也不会挨饿了。我这就给您所需要的。"

拉弗乐尔走到画室尽头,从钉子上摘下极小一幅画,画上有一个苹果和一杯红葡萄酒。老太婆抿着嘴唇,目光锐利,用眼角余光盯着画家。她从画家手里一把夺过这幅画。

"可真不大呀,"她干巴巴说了一句,"不管怎么,也挺好。谢谢。我该就此打住,不再吃您这份儿了。"

就在老太婆再次品尝《拉手风琴的男人》的工夫,又有人敲门了。拉弗乐尔去开了门,面对一个瘦弱的年轻女子,穿戴很寒酸,手拉着一个小男孩,有七八岁,脸蛋儿苍白,神情呆滞。这女子目光胆怯,一副恳求的样子,不知道如何说明自己的来意。拉弗乐尔把他们带进画室,带到一幅画前。小男孩惊呆的傻样儿,扭头四处张望,就是不看面前的画。终于,画上的一个细节抓住了孩子的眼球,无须解释他就明白了,一秒钟也不虚掷了。老太婆吃饱喝足,颇为敌视新来的人,那样子尖刻,不怀好意。那位母亲看着孩子进食,不敢趁机自己蹭饭吃,为谨慎起见,让拉弗乐尔相信她没有滥用善心,还抬眼睛望向画室的玻璃屋顶。

"这也给您用的。"拉弗乐尔对她说。

她勉颜一笑,感谢画家,上身往前倾去,仿佛要扑向画幅,开始吃饭,比她的孩子还要狼吞虎咽。拉弗乐尔久久注视二人细弱的身影,肩膀犹如酒瓶颈,颈背凹陷而惨白。他去取另一幅画,是两天前完成的一小幅花卉习作。老太婆跟在他身边,小声对他说:

"您的货物,不要浪费在这些人身上。这种人一点儿意思都没有,全是些穷鬼,懒惰的人。连我都要轰他们滚开。"

"我差一点儿想把您要的那幅画给他们,"拉弗乐尔回敬道,"您这么大年纪,不需要吃这么多了。"

老太婆吓坏了,把她的画紧紧搂在衣裙上,迈起小碎步冲向门口,嘟嘟囔囔消失了。母子二人吃饱了饭,以往的日子也饿不着了,便同样离开了画室。拉弗乐尔锁上了房门,决意谁来也不再开门了。他心中暗暗想道:

"那样就没完没了,我连一分钟绘画的时间都没有了,也很快连一幅画也剩不下了。"

他刚要接着绘画,就听见楼梯口纷至沓来的脚步声。拳头砸得房门直震颤,而且,几个人的声音叫喊起来:

"给我们开门,大懒蛋。就知道你没有去纽约。快开门,别让我们收拾你。"

拉弗乐尔哭着开了门,花团锦簇一窝蜂拥入画室。蒙马特尔高地的伙伴们前来祝贺。他们上午聚在一起,决定中午不吃饭,下午四点整,全到他这儿来要求用餐。他们带来鲜花和几瓶香槟酒。几乎所有人都换上了他们最体面的服装,拉弗乐尔又感动,又有点儿难受。开头一阵子,他们面对他,虽然尽量随便一些,但还是很拘谨,就好像这个老朋友突然变得疏远了,而原先他们相互帮忙,恼火骂架,还推心置腹,那是家常便饭。他们逐渐放下心来,看得出他一点儿也没有变,很快消除了距离感。聚会变得特别欢快,特别热烈,吉拉夫姑娘未饮先醉,亮出了她那男孩的胸脯。拉弗乐尔早有安排,他的画作全部翻转面壁了。

"请原谅,"他说道,"我要办件事,就在这个街区,一刻钟就回来,马上就让大家吃饭。在这之前,我要求你们不要看我的画,否则,你们会没了胃口。"

他快步登上柳树街,又下到背面坡道上,一直走到加布里埃尔街,上前去敲97号画室的门。普瓦里埃亲自来开门,一见是他的对头,身子不由得激灵一下。他的眼睛还充血,套着黄紫色眼圈儿。

"你来干吗?"

"我来向你道歉,"拉弗乐尔回答,"今天早晨,是我打发记者们来找你,对他们说你是我最要好的朋友。"

"滚开!"

"好啦,我来你这儿,你总不能把我赶出门。今天早晨我那么干很后悔。我打算给报纸寄去一份照会,澄清这件事。如果你愿意,我们就一起发照会。你接受吗?"

普瓦里埃不回答,眼睛盯着他的皮鞋头。

"这工夫,伙伴们全在我那儿呢。我感到他们遗憾少了你。"

"我并不阻止你们欢愉,"普瓦里埃说道,"但是我呢,这不是我走运的日子。"

他始终垂着头,那神态显得很不幸。

"你去看看大家要给报纸写的照会,一下子就全翻过来了。我要说对你的态度恶劣透了,对你总是恶语相加。我也认真考虑,两个人为什么就闹翻了呢?我想到,我的画室还在洗濯船上的境况。等一下,我认为出了事儿,是玛奈特的缘故。一个矮小的金发姑娘,她在我那儿落脚,她说话带点儿口音,特别爱喝金鸡纳酒。总之,就是玛奈特的事儿,当时我仿佛发觉你向她献殷勤。"

"我记不大清楚了。"普瓦里埃说道,脸微微红了。

"坏蛋,算了,"拉弗乐尔亲热地说道,"我不在乎你把她弄到手了。"

普瓦里埃抬起头,勉颜一笑,闪身让拉弗乐尔进屋。

"玛奈特,今天提起来,真不算个事儿,"拉弗乐尔说道,"玛奈特,一个月前我又见到过。你想想看,她嫁给圣奥诺雷大街的一个珠宝商人。她满口就是她的汽车、她的几个仆人和她的招待会。"

拉弗乐尔走到了画室中间,看着普瓦里埃的画作,目光有一种火辣辣的感觉,他的嘴也微微抽动起来。他控制住了自己的情绪,咽了一口唾沫,朗声说道:

"我在想,为什么说你那么多坏话。其实,你的绘画,我挑不出一点儿毛病。"

一时间,普瓦里埃眼神恍惚,那神态似乎在收拢自己的意志。

"跟我一样,"他终于说道,"对于你的绘画,我说过的话,全都言不由衷。"

这样值得称赞的肯定之后,二人都有些尴尬,沉默下来了。璐莱特·邦班走进画室,看到拉弗乐尔,不由得惊呆了。

"你好,"拉弗乐尔亲了她一下,说道,"我们要走,就等你了。"

他们三人挽着手臂,走向圣文森特街,璐莱特夹在两个宿敌之间。普瓦里埃心里依然愁苦,琢磨是否拿着自己的尊严冒险,但是伙伴们欢欣鼓舞,祝贺两位画家和解,这场欢聚一直延续到午夜时分。

随后一些日子,新闻刊物继续大版面报道拉弗乐尔的绘画。公众的好奇心难以餍足,大部分报纸一发行,就销售一空。针对这一专题,有一家报纸就指出,自法国解放以来,任何一个政治事件,也远不如拉弗乐尔的绘画,在法国民众中间引起如此大的兴趣。

拉弗乐尔多亏了巧妙周旋和狡猾手段,又在一周期间,成功摆脱了记者的纠缠。他被清洁女工出卖了,给人逮个正着,只好投诚,在画室里接待了记者。他在拍照又拍照的镜头前,表现得并不出彩,也不知道如何回答向他提出的大部分问题。

"您如何工作?您怎么看绘画?您的作品对绘画会产生什么影响?"诸如此类问题有上百个。

就在拉弗乐尔穷于应付的时候,一个美国的年轻女记者顺手牵羊,拿了他一把牙刷和领子的纽扣,作为纪念品带回新大陆。外国的新闻机构,起初还持怀疑的态度,随后也跟进,大肆报道富有营养的绘画。《芝加哥邮报》出巨资,派一组学者到巴黎,研究拉弗乐尔的绘画,确定其营养功能的物理—化学成分的属性。学者组检查了好几幅画,取样进行了各种分析,得出结论,跟任何别的绘画作品成分一样,丝毫没有新发现。老实说,比起那些学者来,艺术批评家也没有什么突破。他们研究拉弗乐尔艺术的强烈意识并不亚于科学,然而,他们写出来的文章,也可以适用于许多画家,而那些画作并无营养功能。这个事件出乎他们的意料,他们以其习惯和舒适的自动化能力,就不足以发挥出他们的智慧了,这应该是任何批评的目的。再者,他们也并非全是拉弗乐尔的追随者。他们之中有几位,对他甚至用词严厉,佯装把他的绘画视为一种有趣的现象,还比作集市卖艺演出的那种吸引力,但是跟绘画既然毫无关系,对他也就没有什么可赞美的了。尖锐的批评,譬如《我的写字台》周刊这样写道:

"我只喜爱,只赞扬伟大,凭借这一点,我才无愧于我这一代人:这一代人在制高点掌握伟大的含义,而且恰恰推动法兰西走上伟大之路。因此,我要问,拉弗乐尔先生的绘画中,何处体现出伟大呢?我们保留回过头来进一步探讨的权利,眼下就算这种绘画包含某种意义的伟大,我所理解的伟大,也仅仅属于我们伟大的故乡,法兰西的法国人的。假定如此,说得再确切些,以这种假设为前提,我们还能接受将一部作品的伟大称为伟大吗? 而这一作品的伟大,仅仅借助于并不伟大的一种特点吧? 当然不是,因为,一个塞尚①的伟大,一个雷诺阿②的伟大,如果与腌酸菜烧土豆猪肉(无伟大可言)密不可分,那么这种伟大本身也就缺失了伟大,不管怎样,缺失了真正的伟大,假如我们所谓的伟大,就是制约伟大的那种伟大。这就表明……"

《束薪》杂志的批评家,布瓦特利埃也有自己的一套见解:

"不能拒不承认拉弗乐尔的绘画有某种效能,我们也不掩饰对我们来说,这种效能是伟大的唯一真实之路。可惜的是,有些路通不到任何地方,或者突然中断,或者七拐八拐又回到出发点。我十分担心,尽管有一种不可否认的效能,拉弗乐尔也陷入这种状况:永远也达不到任何结果。这是因为,这位艺术家的绘画不是一种介入的绘画。据说他不是有一个堂兄弟,在维希政府一名部长手下当办公室主任吗? 我绝非想暗示什么,然而,事实终归是事实。如果拉弗乐尔曾受过这种亲属关系的连累,那就很可能表现在他的绘画中。"

《我与世界》杂志的批评家,存在主义者德尔库瓦,用这样的言辞发泄他的恶劣情绪:

"作为存在者,存在者的任何表现,一方面就不能在孤独感和事实性(存在主义哲学用语)之间,另一方面也不能在扬弃和缄性(体质)—焦虑之间,再那么单纯地、概略地、可视性地提出错综复杂关系的问题了。同样,造型艺术作品也不可能以这种方式提出这样的问题,或者将其视为一种尚未定题(哲学用语)的可能性,或者将其理解为已经存在的事实。存在,不存在,事实还是即将成真,意识的相交线,即某种事物与虚化的我超验世界的意识(从中

---

① 塞尚(1839—1906),法国印象派画家。
② 雷诺阿(1841—1919),法国印象派画家。

恰好降临相交的轮廓——伟大）。我清楚地看出，拉弗乐尔先生的绘画企图如何处理一个如此简单的问题，他亲自向某种美学的追随者提供了什么论据。他声称艺术绝非相交的边界，也绝非在一种偶发的情况下，重获通感统觉的一种现象的全体，既然他本人的绘画汲取的源泉，并不是我们所说的超验性。不过，拉弗乐尔先生操纵的绳子实在太粗了。我首先要回答他，作为一种客观的思想，他那绘画的特殊性，只是要归类的一种现象，而眼下，他的画作富有营养的属性，跟一个土豆或一片火腿相差无几。"

从头几天开始，拉弗乐尔就决意不再看大肆报道他的报纸，感觉就爽多了。看报只能侵蚀他的创作，而现在，他觉得自己的工作状态，从来没有如此勤奋。他那令人忘乎所以的名望，几乎丝毫也没有改变他的生活方式。他留意不扩展交往的圈子，从早晨工作到夜晚（除了每周两日节食，他强制自己遵守规定），差不多足不出户。有时，几个朋友到画室逗留片刻，看他作画，打听点儿什么事。他们无不对他说，在他的绘画引起的喧嚣的荣名旋涡中心，见他还如此平静，心理还如此平衡，他们都非常惊奇。

"其实，"拉弗乐尔回答，"我什么事儿都没有发生。"

他这么讲很真诚，但也难免不自欺欺人。他时常注视自己的画作，心里那种不安的沉重感，几乎总要转化为愧疚。他想到他这些画幅中蕴蓄着大量生命活力，却不能让任何人获益。这种创造增益精力的作品的天赋，在他看来包含着义务，他也越来越感到，赋予他这种能力所应承担的责任。他走在街上，遇一个营养不良孱弱的孩子，这类念头又一阵一阵冲击他。有一天，他心生一念，去见附近的一所小学校长，交给校长一幅油画，以便供应学生的饮食。每周他都这样做，拿两三幅画送给街区的学校。画室里只剩下四幅画了，因缺钱花不得不卖一幅。一个画商出资六百万法郎买下来，为了按期付款，画商提议换成倒填日期汇票，每次费用一万五千法郎。这种建议，拉弗乐尔当然接受了。

埃尔迈斯十二分满意:这样大张旗鼓的广告,不花他一苏钱,又能坐收荣名和渔利。他的画店里人总是走不空。黄衣裙小姑娘那幅画摆在橱窗里,出尽了风头,继续吸引大批人在人行道上驻足观赏;此外,拉弗乐尔另一幅油画陈列在画廊里,牢牢固定在小展台上。但是,那些有身份的人、巴黎黑市的各界名流,则请进埃尔迈斯的内室,几个房间陈列出他收藏的拉弗乐尔的作品。埃尔迈斯太太并不上茶,而是请客人品尝肖像画或风景画。大家对画商赞不绝口,他也摆出一副发现人才的得意神态。报纸称他为我们时代的沃拉尔①,说他参加了抵抗组织,由于他并不否认,有人就颁发给他一枚类似的奖章。这期间,拉弗乐尔的绘画一炮打响,盛况空前,售价眼看着飙升,每周涨一百万,谣传他最好的画最终要价值上亿,震动了美国交易所,法郎在交易市场重又稳住阵脚。法国内阁总理每天唱两遍国歌,歌唱法国的强盛。他促使国会热烈投票通过议案,由国家购买两幅油画,放到卢浮宫博物馆展出。参观者很快蜂拥而至。保安人员从未见过这么多人,甚至连百分之一都没见过,一时不知所措了。参观的群众前呼后拥,所有展厅都挤满了人,大家在原地踏步,等待轮到自己到近前观赏拉弗乐尔的两幅画。这些人,甚至对《拉约孔德》②都不屑一顾。他们排队心急,很容易动火,彼此踩了脚,相互辱骂,推搡起来,爆发了斗殴场面。有一天,有些人就借助伦勃朗、拉菲尔、弗拉戈纳尔、大卫的名画之势,打斗了一番。

富有营养的画作,即盛期的作品,并没有独吞新闻炒作的收益。人称职业期的前期的绘画,也已经抬到了昂贵的售价,低于七十万法郎是买不到的。而且还发现,前期作品并非完全不具备营

---

① 昂布鲁瓦兹·沃拉尔(1868—1939),画商和版画出版商。1895年,他为塞尚举办了画展,还对高更、博纳尔、毕加索等画作极感兴趣。1937年,他出版了自己的《回忆录》。
② 《蒙娜丽莎》的绰号。

养的特质：一小时能发散出一小杯牛奶的价值。这毕竟是有意思的事儿。逐渐又揭示出来，还存在一段过渡时期期间的画作能挥发出一桌粗茶淡饭，已经有了基本的养分。这类发现随时让拉弗乐尔事件反弹，新闻报纸也不失时机，又一轮大炒作。巴黎和各大城市的民众，也都显得激动不已，对富有营养的绘画似乎并不陌生了。

住在巴士底街区阁楼上的穆德吕和巴拉乌瓦纳，他们总感到一种特殊的激动。靠拉弗乐尔的礼物生活的头几周，倒也没有怎么乐不可支。每天，他们都对着柳树街景，用三餐饭，然后睡觉，心安理得地等来第二天。他们很快恢复了体力。脸蛋儿鲜红，好像胖娃娃了。

"可以吹嘘是幸福的人了，"巴拉乌瓦纳说，"我这处境，拿个部长的职位我都不换，让我去当国王也不干。当然了，他们有汽车，应有尽有，可是，能享多长时间福呢，他们根本没个谱儿。而我们呢，这叫一个可靠，一辈子都安心。"

除了解决了吃饭问题，他们的生活状况并没有什么改观。他们住房穷苦，穿衣穷苦，没有爱情，也没有钱花。不久，他们就养成习惯，饱食终日，不再觉得生活美妙了。日复一日，单调得要命，盼不到个尽头了。他们细想起来，非但得不到安慰，反而想到一些生活情景，足以让他们厌恶现在的命运。

"人活在世上，不应该像一头要喂肥的猪，"巴拉乌瓦纳说道，"我宁愿少吃一些，过上一般人的生活。"

"当然了，"穆德吕也叹道，"不过，饿肚子也不好玩儿。应该干的，就是工作。不愁吃的了，挣的钱可以用到别的事儿上。可以去喝咖啡，去看看电影，还可以买像样的衣服穿。再说了，一干起活儿来，时间过得也快了。"

"没错儿，可是我呢，我就不能出去工作。有我这样一段政治经历，就一点儿辙也没有了。不过，你是可以工作。"

"我什么也不会干。"穆德吕也振振有词。

他们似乎注定了的生活方式,越来越难以忍受了。柳树街景图歪斜着挂在阁楼墙上,开始让他们厌恶了。为了打破时日的单调,他俩就上街走走,但是身无分文,连买份报纸的钱都没有。他们穿过城区,却跟生活毫无接触,这种出行也得不到丝毫安慰。一天傍晚,他们回自己住处,在共和国广场,穆德吕拾了一份行人刚刚丢到人行道上的报纸。他们特别惊讶,看到新闻报道如此重视拉弗乐尔的绘画。

"你听听这个,"穆德吕说道,"'国家刚刚购得拉弗乐尔的两幅画:一幅雪景,一幅室内乐演奏场面,分别出资一千一百万和一千四百万。这两幅绘画技法令人赞叹,据说将在卢浮宫博物馆展出。'"

两个伙伴对视,无须开口说话就明白,他们想到了一处。第二天早晨,他们早早离开了阁楼,带上柳树街景图,出手的当儿,他们感到一阵揪心。穆德吕这个人,出于天性和生活经验,信不过心理反应,他只觉得有点儿别扭,近乎内疚。他们经过林荫大道,目睹一个短暂的激烈场面。一位看样子像中级餐馆的老板,揪着一个员工的衣服,将他扔出门外,还骂他是流氓、窃贼。餐馆伙计受到猛然的推力,差点儿跌倒在人行道上,不过,他还是站稳了,转过身去,抛回一句:"算了,三等餐馆,过不了两个月,看你非得黄摊儿不可。"那老板没有找到回敬的话,但是他脸上的表情,却由激怒转为忧虑的神态了。这个争执的场面,惹得巴拉乌瓦纳发笑,但引起穆德吕深思。

画店周边已经挤满了人。那一张张脸,贪婪的目光都投向那黄衣裙小姑娘,而这两个伙伴权当没有瞧见。店铺里也人满为患。埃尔迈斯在里间。他既怀恨又好奇,起初犹豫,随后同意接待两个来访者,希望能羞辱他们。

"这是拉弗乐尔给我们的一幅画。"穆德吕说道,亮出了柳树街景图。

"你们想卖吗？我愿意实话告诉你们,卖不上多大价钱。这甚至算不上一幅画,是一张普通的习作。"

"绘画还是习作,您找不到更有营养的了。您若是打算买,可以试一试。您给多少？"

"唔！我么,"埃尔迈斯声称,"我不是买家。当前,拉弗乐尔的画价钱降得厉害。运气好一点,你们也许能拿到八万法郎。一幅画最重要的,是它的艺术价值,这幅习作根本谈不上艺术价值了。"

巴拉乌瓦纳面如土色,做了个绝望的动作,然而,穆德吕没有流露一丝惊慌失措的神色。

"既然您不是买家,那就免谈了。其实,我并不担心。这样一件作品,不管以这种还是另一种方式,总能找到一个合适的位置。"

"听我说,"埃尔迈斯说道,"既然你们需要钱,我还是能帮你们摆脱窘境。我出八万,收下这件习作。"

"此外,您不是想要我把背带裤也搭给您吧？"穆德吕问道。

他鄙夷地嘿嘿一笑,随即掉头,拉着巴拉乌瓦纳就走向门口。埃尔迈斯慌了神儿,他从安乐椅上站起身,抛出一句:

"好吧,我可以出到五十万！"

巴拉乌瓦纳从头到脚都颤抖了,他收住脚步想要返回去,但是,穆德吕坚决把他拉回来,推着他走在前头。埃尔迈斯追上来,在画廊的人群中间赶上他们,低声说道:"一百万。"穆德吕连头也不回。他们走到拉波埃蒂街上的时候,巴拉乌瓦纳对他这伙伴就刮目相看了。他赞赏同伴拒绝了一百万,感到自己也长大了。

"我真希望我那表兄埃奈斯特在场,看着我们讨价还价。别看他是专区区长,我认为他也会有点儿羡慕的。"

"对我来说,一百万,根本就不存在,"穆德吕朗声说道,"几百万吧,过不了一年,我要每人至少一千万。你瞧好吧。"

他们又沿着林荫大道往回走,进了那家三等餐馆,刚才那会儿,被赶走的那个伙计预言要黄摊儿。老板心事重重,阴沉着脸,爱搭不理地接待他们,但是,他当即就对穆德吕的提议有了兴趣。当场就谈妥了。收益的三分之一归餐馆老板,余下的由绘画的两个主人平分。次日餐馆休业,要内部整顿。数日后,打出"好画"餐馆的招牌,准备接待客人了。门前挂着菜谱牌,上面用粗体大字写着:"柳树街光照效果,杰出画家拉弗乐尔的名作。"餐厅内部,餐桌全部消失,代之以二百张座椅,摆在一条狭窄过道的两侧。顾客就像进电影院那样入座,观看拉弗乐尔的绘画。画幅挂在里端墙壁上,由一排灯光映出效果,而厨房里摆放的一台电唱机,从送餐窗口播放出摇摆舞和探戈的乐曲。通常,顾客观赏二十分钟,就吃饱喝足了,坐在那里无事可干,也就离席而去。唯独少数人胃口特别大,要待上四十分钟或者三刻钟。每位餐费四十五法郎。穆德吕和餐馆老板分发入餐券。巴拉乌瓦纳不宜露面,就留在厨房,照管电唱机。头一天开张,生意就非常红火。在街区散发了数千份广告单,"好画"餐馆引起了公众的注意。从上午十点钟经营到午夜,餐馆总是座无虚席。每日营业额平均二十万法郎。穆德吕和巴拉乌瓦纳都换上了漂亮的套装。戴上大金戒指,还蓄起好莱坞式的小胡子,搭配得非常得体。

这家绘画餐馆的创立,进一步振奋了人们的精神。巴黎人食不果腹,盼望看到改善食物供应,但是屡屡失望,他们的想象就总萦绕着拉弗乐尔的画作:画中蕴蓄着取之不尽的营养。这位画家的名字,随时都会拉入他们的谈话中。报社得知他的绘画赠送给蒙马特尔好几所学校,就派记者当场采访取得的成果。公众就这样了解到,这些受益学校的孩子们,每天增加两顿画餐,一个个身体都特别棒。

"在这几所街区办的学校里,"《自由日》报写道,"洋溢着活力和欢快。男教师营养良好,女教师胸脯丰满,精力旺盛。那些男生和女生又怎么说呢?他们粉红的脸蛋儿上,闪耀着生活的快乐和幸福。他们肌肉结实,健壮,发育充分,似乎藐视忧伤和病痛。"

这样的文章产生了深远的影响。体弱多病、患佝偻病或肺结核的孩子家长,从巴黎各个地点聚拢来,登上蒙马特尔高地,察看"拉弗乐尔画境"学校放学的情景。他们眼含泪水,观赏这种实实在在快乐健康的童年,心中充满羡慕和遗憾。巴黎民众中间,苦恼和怨气逐渐成风。在不少街区,有些人自动排成队列,齐声高呼:"拉弗乐尔!拉弗乐尔!"这种呼喊毫无骚乱的意向,而那些游行者本人也没有赋予其任何明确的含义。他们无意呼吁这位画家当政,这样呼唤他仿佛祈求一种天意,并未细想要他以什么方式干预进来。政府机构极为不安。内阁会议连续召开了四天,决定向巴黎及郊区的全体消费者发放果酱卷。

《永恒的法兰西》是首家报纸提出拉弗乐尔国有化的。其他一些新闻刊物转载了这种观念,从而引起了几场短暂的论战,因为找不到十分坚定的论战对手。由于这一主张并不妨碍重大的利益,右派人士也不难容忍这样的国有化。内阁会议起草一份详细计划,交由议会讨论。这期间,圣文森特街的画室里,拉弗乐尔继续平静地作画。听朋友们说正准备国有化的消息,他也置之一笑。一周之后,国有化方案在议会以高票通过。组成了一个委员会,任命了二十四名成员研究拉弗乐尔,他们来到圣文森特街。这位画家以为又拥来一大群记者,便不给好脸子了。实现国有化研究委员会的主任明白无误地陈述了此访的目的,介绍了他的合作伙伴。

"我真不想发火,"拉弗乐尔说道,"别人也休拿这种玩笑打扰我,我有礼貌地请诸位立刻离开这里。"

"这是愚蠢的行为,"主任反驳道,"我们是到国家的一个企业，我们是依据法律来到这里。"

这下子，拉弗乐尔可发火了，声称他要跑到比利时去。

"不可能，"主任指出，"那要有护照，您也明白，国家也不随意让它的生产工具流出边境。况且，从即时起，有一队消防人员和一个机动保安队，负责您的安全。一旦发生火情或者偷盗企图，您可以招之即来。他们常年驻守在院子和楼层平台上。"

"总而言之，"拉弗乐尔怒道，"我成了囚犯。"

"绝非如此。在规定的工作时间之外，您可以随意走动。您的安全甚至有所保障，无论到何处，总有消防员和机动保安护卫。现在，我们开始工作吧。首先查一查您的账本。"

"我的账本？您跟我开什么玩笑，这里从来就没有账本。"

"怎么！您没有账本？这可真是怪事。太怪了。好吧，我们以后再说吧。眼下，我要求您向我提供起码的情况，一方面关于工作人员；另一方面关于机器的运转和效率的问题。"

"可以呀，"拉弗乐尔应答，"工作人员，就是我。至于机器么，没有别的，我只有这个火炉。"

"态度越来越端正了，"主任转身对合作者们说道，"的确，国家干预进来真及时。"

"不错，"委员会副主任赞同，"看得出来，要全面整顿。"

"总之，"一名成员说道，"我们要从零起步。"

关于企业的糟糕状况，委员会确定了看法之后，便全部撤离了。半个月期间，委员会就起草报告，说明调查的情况，得出的结论，一个月后由食品供应部签署同意。起初，拉弗乐尔还以为，国有化不会给他的日常生活带来任何变化。他继续自由自在地创作，只是去咖啡馆，或者去拜访朋友，就总有护卫：四名消防员和四名机动保安队员，紧跟在他的身后。他只好安之若素，还画了他本人沿柳树街上坡，走在他的护卫队的前头的画作。然而，这段平静期没有持续多久。食品供应部开始在圣文森特街四周，征用十来栋楼房,以便安置 P.D.L.①的机构。其中有艺术管理处、运输处、会计室、广告室、技术处、物资部、人事部。这一行政机构包括一位总经理、一位副总经理、一位秘书长、十一位部门经理以及副经理,还有各办公室主任以及副主任,下面共有两千七百八十名职员。拉弗乐尔画室通过电话,能连接到 P.D.L. 的各个部门,一名年轻的女电话员就安排在拉弗乐尔的身边。一支由十六人和一个工头组成的抢修队,入住相邻的几个套间,原住户已被清除。一天,一辆四门轿车和两辆五吨的新卡车,停在了圣文森特街。四个佩戴勋章的人从小轿车里出来,从每辆卡车上各下来两个壮汉,个个膀大腰圆。他们到画室来取拉弗乐尔的一幅画,即称为《拉手风琴的男人》那幅作品。画家在印刷的二十多项条文的下方签了名,壮汉便将绘画抬走,装在一辆卡车上,画框装到另一辆卡车上,两件物品运到克兰古尔街的艺术管理处,再经过其他各部门,最后放入收藏库,等待具体的指令。

　　拉弗乐尔国有化,巴黎民众期许很大,等待了整整一年,便大失所望。街头重又见到游行队伍,高呼"拉弗乐尔!"不再是第一批游行那种祈求的声调了,而是发泄怒火与愤慨。于是政府颁令,Y 票属于面包卡,在下个月有权用一次画餐。"拉弗乐尔生产与分配"机构立刻开足了马力。戈蒙电影院被征用,展示《拉手风琴的男人》的画幅,为巴黎人解饿。可惜的是,不是所有的票都有效。一个月期间,仅有四十万消费者得以入场用一次画餐。而且进餐者中,许多人持的是假票。这种效果微乎其微,不足以惊动黑市的那些老大。"拉弗乐尔生产与分配"机构的高级官员被人收买,数千万餐券分发给了各个级别的公务员。有一天,忽然发现拉弗乐尔的十七幅画从收藏库消失,换成了粗劣的复制品,这可是这位画家一年的生产量。这一丑闻是捂不住盖子的。首都多处发生

---

① 意思是拉弗乐尔生产与分配。

了严重的暴乱。在蒙马特尔,位于克兰古尔街的拉弗乐尔生产与分配管理处大楼,被暴乱分子抢占,多名与绘画失窃事件无关的职员遭杀害。在公众舆论的压力下,议会又投票通过了拉弗乐尔去国有化的议案。拉弗乐尔从而摆脱了他的武装护卫,同样也摆脱了行政和电话的管制。与此同时,他还有一件满意的事。政府考虑平息舆论的压力,担心危及自身的存在,就采取一项有力的措施,决定征用拉弗乐尔全部有食用价值而没有投入消费的作品。埃尔迈斯头一个受到这项措施的打击,他收藏的拉弗乐尔盛期和过渡期作品,一下子全没收,只付给他买入价和四成的收益。一天之内,他就损失了数亿法郎,他五内俱焚,不免大病一场。其他一些画商也同样,不得不以同样条件,将他们收藏的拉弗乐尔的画让给国家。一般来说,普通收藏者运气好些,他们大多数征用部门不知道。穆德吕和巴拉乌瓦纳没费多大周折,保住了他们的《柳树街光照图》:这幅画给这个街区民众的助益是无可否认的。然而,警察调查这幅画的来源,便发现巴拉乌瓦纳的身份,将他逮捕。数月后,他被判处二十年苦役的刑罚。在他落难中,穆德吕还忠诚地帮助了他,也就是说,一年期间,常给他寄包裹,夜晚梦中去探监。而后,生活使一个人忘掉另一个人。

政府这次征用了三十来幅画,而民众没有得到预期的好处。各省的议员为各自地区争取画餐的配额,拉弗乐尔的作品分给各大城市。巴黎仅剩下六幅了,计算下来,也就能向半数市民每月提供一次画餐。而这个时期,面包供应量减少,肉类更加稀缺,储存的罐头发霉了,葡萄酒也运不到。

拉弗乐尔从行政枷锁解放出来,工作的热情高涨。他又开始向蒙马特尔街区办的学校赠送作品,他的名字在这个区域特别得民心。他和普瓦里埃继续保持友好关系,二人几乎不再鄙视对方的绘画,也愿意一起上街,时而单独两个人,时而伴随一些朋友。有一天,吉拉夫姑娘的祖父突然去世,大家就把他安葬在圣文森特小公墓,山丘的所有朋友都来送殡。吉拉夫姑娘悲恸欲绝,大家不敢丢下她一个人不管。于是,从下午四点钟开始浇祭,他们决定进行一次朝圣之旅,要走遍祖父喝过酒的所有地方。这一通宵,一帮人就游荡在山丘街头上,出一家咖啡馆再进另一家咖啡馆。

"爷爷,你在哪儿啊?"吉拉夫姑娘呼叫,"爷爷,答应我一声啊!"

伙伴们没有醉成吉拉夫姑娘那样子,对不负责的爷爷非常气愤,也跟着她齐声高喊:

"你又灌醉啦!快出来,你这个老酒囊!"

大家略停一停,竖起耳朵听,但是祖父没应声。他们又往前行,再走进一家咖啡馆、一家夜总会。到早晨六七点钟的时候。吉拉夫姑娘及其朋友们,就睡在山丘广场一家咖啡馆的长凳上,快到晌午时才醒来。大家一致认为祖父没有死,又接连寻找了两天两夜。在这种虔诚的酗酒整个过程中,拉弗乐尔话特别多,还往往吸引人注意听。朋友们回到家,对他的话还深有感触。可是他讲那么多话,他们一句也没有记住,不过能想得起来,他那些话很有说服力,既微妙,又感人,又精彩。就在接下来的一周里,帮助吉拉夫姑娘哀悼的一伙人,有蒙马特尔四名画家创作出首批有营养的作品。历史学家们不免争论,拉弗乐尔那番雄辩的言论,在这一事件中是否起了决定作用。吉拉夫姑娘的朋友们都确信这一点。可是,又有新的情况发生:事过不久,在蒙马特尔和别的地方,与拉弗乐尔毫无关系的画家中,一些富有营养的才华新人崭露了头角,这种绽放总要引起某种怀疑。谨慎的人就说,这是空穴来风,他们不听解释,更愿意目睹。不到一年时间,五十多位画家,即使没有这种雄心壮志,他们也都进入了旺盛期。富有营养的绘画很快就满足了需求,逼得黑市垮下去。画作回归正常价格,在全法国,想吃小肥鸡就买得到了。如同有人后来称呼的,这场效能艺术的伟大运动,并没有局限于绘画领域。世间也出现了效能雕刻家。他们的雕像能增加人的活力、优雅,用手或目光抚摩雕像形体的人,肚腹的肥膘儿会减下去。效能音乐能激励人工作的热情,还能促使大功率的机器运转起来,无须添加燃料驱动。同样,可以料想得到,纯文学也不会落伍。一些诗人发表的一些诗作热度极高,轻而易举就解决了带厨房和浴室的五室套房取暖问题。另一些作品,法国人读了,就重又热爱自由和真理。还有些作家、诗人和小说家的作品所产生的效能,甚至让人睡上安稳好觉了。全国人民解脱了最愁苦的黑暗日子,浴火重生,大家工作、游玩,歌唱,回归永恒的青春。

效能艺术的新人,没有使人遗忘拉弗乐尔的名字:他到处受到尊敬,堪比过去几个世纪最伟大的人物。无论在法国还是外国艺术家们的心目中,圣文森特街的这位画家,就是楷模和年轻师长的形象,率先悟出效能的惠泽。他坦然地庆幸有了竞争对手,而且真诚地高兴,普瓦里埃也成为富有营养的画家。老实说,普瓦里埃的绘画始终未能构成特别丰实的餐饭。他的画幅只是餐后的可口点心:小蛋糕、甜食和牛奶蛋糊。伙伴们少不了要庆贺他升华到效能品级。也正是在这种欢聚的场合,吉拉夫姑娘迷恋上埃勒泰尔·卢埃贝——饮水槽街的效能大诗人,半个月后就嫁给他。埃勒泰尔年已六旬,思想少见的高超,个人生活极其检点。既然要过勤快的家庭主妇的生活,吉拉夫姑娘就郑重其事,舍弃了伙伴们、外出和酗酒。再也不会在夜晚灯光下亮出自己男孩般的胸脯了。不巧的是,埃勒泰尔写出的诗效能了得,结果他的套房热得像蒸笼。即使敞开窗户,夫妇二人的脖颈也感到火烧火燎。诗人开始喝酒,于是人们又看到吉拉夫姑娘游荡,出咖啡馆又进咖啡馆,一杯接着一杯,与伙伴挽着胳臂,一起轧蒙马特尔的马路,向黑夜呼唤:"埃勒泰尔!你在哪儿呀,老傻瓜?"黑夜又聋又哑,街道通到咖啡馆,在柜台的曙光中马路再现,埃勒泰尔呕吐在楼梯上,埃勒泰尔写热辣辣的诗,伙伴们画出美妙的景物,而拉弗乐尔的画总那么美轮美奂。

就此开始了这种乐园的生活,现在看来理所当然,我们还真有点晕乎了,眼看要忘却那段苦涩的日子,那是黑市,无政府状态,腐败,一切凭票证,陷入疲惫和沮丧的时期,幸而过去了,其实离我们并不太远。

穿行巴黎

杀掉之后，又劈成数块，肢体重新拼接起来，躺在地下室的角落，用满是红褐色斑痕的粗麻布盖住。让利埃，一个头发花白、矮个头儿男人，侧面的身影显得尖细，腹部扎着下厨的围裙耷拉到脚面，一双旧鞋在水泥地上拖着脚步。他那眼睛流露出狂躁的神色，有时突然停步，一股血气升到面颊，不安的眼神凝视门闩。为了平复等待的焦躁情绪，他拿起泡在搪瓷盆里的粗麻布拖把，第三次再拖一块还潮湿的水泥地面，以便擦净他屠杀时可能留下的最后血迹。他听到脚步声，就直起腰，想要用围裙擦擦双手，可是，他浑身抖得很厉害，围裙都从手中失落了。

房门打开，放进来马尔丹，让利埃等待的两个人之一。来者每只手都提一只箱子，他又矮又壮，膀阔腰圆，约莫四十五岁，穿一件栗色紧身外套，已经很旧了，但是特别合身，紧贴着臀部的线条，也凸显出肩胛的壮实。他系一条窄领带，领带上别着一个挺大的银马饰件，而他那大圆脑袋上，扣着一顶令人惊讶的黑色卷檐儿帽子，已经磨得油亮了。整体来看还算整洁，他那形体倒像漫画上典型的探长。就连浓浓的黑胡也不缺少，修剪到嘴角。他亲热地挤了一下眼睛，问候让利埃一声"晚安，老板"，而对方并没有搭理。走在马尔丹身后的那个陌生人，是个高个头儿的棒小伙子，有三十岁，一头卷曲的金发，长一对猪样的小眼睛，他也同样提着两只箱子。此人衣着显得不修边幅，没有穿外套，只穿着一身变了形的运动服，脏兮兮的，里面一件铁锈色的粗毛线衫，卷领一直遮住他的下颏儿。

"今晚,莱汤伯没有空儿,"马尔丹解释,以回答老板疑问的眼神,"我就叫我的伙伴格朗吉尔替代。他很诚实。活儿交给他,您可以放心睡大觉。他呀,还不知道累,格朗吉尔。"

老板仍有疑虑,审视这个头发卷曲者的脸,觉得他那狡猾的小眼睛不像个善类。

"这种活儿他干过,"马尔丹强调,"我们甚至还一起干过呢。"

"既然您了解他,"让利埃咕哝道,"那我就没什么可说的了。我们就不要耽误时间了。你们也来晚了。"

让利埃带着两位来客,走向地下室的那个角落,只见白色粗麻布盖着一个不成形的物体。一掀开这块殓单,电灯光下,一头猪便现身了。这头猪大卸十二块,又仔细拼凑起来,恢复猪的模样儿,只是开膛破肚,五脏六腑掏空了。老板闪开身,让两个伙伴从容确认猪体是完整的。

"这是位先生。"马尔丹判断,"多大分量?"

"屠宰之后这样,二百一十五斤。比前天那头稍重点儿,也就多出二十斤吧。一旦分装在四只箱子里,就认不出整猪了。"

"祝您健康。显而易见,并不用您出力气了。"

"算了吧!像您这样的壮汉!喏,给我个箱子。"

马尔丹跨上一步,但是并不急于打开手提箱。

"今晚,要送到哪儿去?"

"蒙马特尔,克兰库尔街。从午夜开始,肉铺老板就在店铺里等着你们。动手吧。"

马尔丹一直不慌不忙,他停在稍后一点儿,一动不动。格朗吉尔一副无动于衷的平静态度,注视着这两个男人,不过,在他卷毛公羊的面孔上,那对猪样的小眼睛始终洋溢着笑意。让利埃又变得焦躁了。

"咱们抓紧啊,孩子们,"他说话的声音本来要表现亲热,听来却刺耳了,"想想看,时间越来越晚了。午夜要赶到那里,这可不是寻开心的事儿。"

"慢着,老板。先得把事情商量妥了。您出多少?"

老板挑起眉毛,显露吃惊的痛苦表情。

"听我说,马尔丹,已经定了的事就定死了。在这方面,大家都讲信誉。"

"在信誉的问题上,我敢反驳任何指责我的人,"马尔丹朗声说道,"另一方面,我也没有本钱白给您送礼。您清楚,我和莱汤伯为您干活儿。送货到神庙街或者夏罗纳,我们每人三百法郎。不是白拿钱。要拎五十公斤重的东西,在街道上赶路,很费鞋底,尤其担心撞见警察,这些全算上,挣的也不过三百法郎,我认为给得不算多。"

让利埃尽量沉住气,和善地处理,然而,比起马尔丹讲的话来,那个羊脑袋的人默默无语地注视着,还略带嘲讽的神色更让他感到不自在。

"看待事情要通情达理,"老板说道,"三百法郎,一下子就挣到手,您还有什么可说的。"

"我并不是跟您争论既成的事实。就算价钱合情合理。就算是吧。再送一趟,我也不争什么。定了的事就定死了。我只讲一句话。"

"什么话?"

"您说说看,送货到神庙街,再送货到蒙马特尔,这是两趟的距离,您不觉得吗?"

"那好吧,"老板同意,"给你们再加五十法郎,咱们抓紧干吧。"

他又伸手要抓住箱子。这回,马尔丹干脆将手提箱撂在身后的水泥地上,口气冷淡地说:

"我没有向您讨小费,要求的是给辛苦和风险公正的酬劳。

要把您这头猪送到克兰库尔街,每人六百法郎,否则的话,晚安。"

"我明白是怎么回事了,您是要趁机敲竹杠。"

马尔丹将伊甸园牌帽子往脑后一推,露出宽宽的粉红色秃顶。他的声音因由衷的愤怒而震颤。

"从济贫院大街到克兰库尔街,运送一头猪有多难,就跟猎人一样,闯进黑夜,穿行全巴黎,抄近路也得走八公里,最后到蒙马特尔还得爬坡,而且到处都有警察、便衣、德国鬼子,这样挣六百法郎,您称这是趁机敲竹杠?"

"我给你们四百法郎。"

"出这个价,您找流浪汉吧。我们,可都是爷们儿。"

"我若是早知道这样,"老板口气酸溜溜地说道,"那就雇用骑自行车的人了,今天早晨,还有人向我提议来着。可是我想,你们得养家糊口。现在,我算得到了好报。"

"一点儿也不会耽误啊,"马尔丹反驳,"您要叫两个骑自行车的人运货,我马上就去给您找来,他们半个钟头准到这儿。"

让利埃不答复这一建议。近来两个月,自行车运货成为警察特别监视的对象。可能碰到的麻烦,抵消了这种快速送货的优势。实际上,比起徒步送货来,自行车送货被抓住的概率也更高。让利埃非常了解,这种行业要靠运气,他知道一个自行车送货者只能指望福星高照,而像马尔丹这样靠步行的人,途中眼观六路,耳听八方,能随机应变,利用夜色,预防危险,确切把握住成功的机会。

"四百五十行吗?"老板提议。

马尔丹摇头,他确信自己的权利,决意分文不让。老板这边对这场讨价还价的结果,也不抱幻想了,尽管他还步步为营,固执的态度也仅仅基于他那吝啬者的面子。这头屠宰好的猪,别在自己手上多滞留二十四小时,这种担心越来越强烈,终于化为恐慌了。看来胜券在握了,羊头的人这才发声,打破一直不吭声的沉默状态。他那眯着的眼缝中,闪烁着嘲讽而放肆的目光,持续盯住老板

的目光,以不是味儿的冷笑口气问道:

"您说,让利埃先生,这里,正是四十五号吧?"

这声怪问令老板不寒而栗,面失血色。他同马尔丹讨价还价到后来,就把这个意外带来的人置于脑后了。他因恐惧而倍加注意,重又审视这个人,看到那眯缝的小眼睛射出大胆而明亮的目光,想从格朗吉尔的表情上辨明他的意图。此人的着装,倒让他稍稍放心,至少能推测其身份。这身破旧带脏点的运动服、卷领的粗羊毛衫,不是一名警察的打扮。

"您为什么问我这话?"

"不为什么,反正我知道。让利埃先生,波利沃街四十五号。"

单单讲这句话的声调,就包含着一种无耻放肆的威胁。老板心慌意乱,扭头看马尔丹,送去一种责问的目光,仿佛要他说明白他这同伴的怪异态度。马尔丹颇为尴尬,有被人抓住把柄的感觉,因为他自认为他带来的人的行为,应由他向地下储藏室的主人负责。况且,开始他撒了谎,肯定说他和格朗吉尔一起干过活儿。其实,只是当天下午,在巴士底林荫大道的一家小咖啡馆里,他们俩才初次相遇。

在低垂的天幕下,北风在通向塞纳的运河上空呼啸,白昼仿佛冻死了。咖啡馆里很暖和,马尔丹在昏暗中,背靠柜台,望着窗外寒冷的黄昏,因北风而扭曲的匆匆身影。运河对岸莫尔朗林荫大道的建筑物门脸,在朦胧的暮色中,无不黯然失色了。暮晚的天光非但没有融化物体,反而强化了线条和轮廓。格朗吉尔同样靠在柜台上,聚精会神地观望黄昏的这种弥留之光。在这忧伤的时刻,也许大家都有同感,其他顾客全都肃静下来,唯独一位内河老船员例外,他老迈的躯体已经干瘪,坐在咖啡馆最幽暗的角落里,一动不动,双手平放在餐桌上,身板挺直,飘浮在水手短工作服里。他自言自语,声音又尖又细,几乎传不远,叨叨咕咕像晚祷一样轻柔。

他的一只纤细的白手腕上,有一处文身的痕迹,已经由岁月半抹掉了。

"生活正像这样,"他指着窗外暗下来的景物,"生活这个婊子,你一看她,浑身都发冷,甚至冷到骨头里。"

这句话并没有明确讲给谁,格朗吉尔却点了点头,但是没有移开目光,他凝望这一团暮色,似乎要找出比生活的形象更确切的东西。老板开了灯,拉上消极防卫的蓝窗帘。两个男人缓慢地转身,面对柜台,他们的目光相遇。彼此陌生,可是马尔丹觉得刚才长时间凝望,给他们之间搭起友好的桥梁,尽管旁边这个人对他并没有表示出特别的兴趣。坐在角落的那位内河老船员显然被打亮的灯光所惊扰,中止了自言自语,皱起了眉头,注视着他那双在桌上微颤的双手。他终于转向柜台,声调不耐烦地叫道:"小丫头!"叫了第三声,老板娘才从钱柜里掏出一张纸头,上面写着三个词,她费力地拼读:"佛摩萨……台湾……福州……您明白了吗?……佛摩萨……"

老人点了点头,表示他听清了,随后又开始自言自语。

老板娘向一名顾客解释:

"要知道,他在那自述,照他说,出征到过中国。可是,麻烦就出在他记不住那些地名,结果就全混了。不过,这样的名称,有什么办法呢?真让人摸不准,他究竟到过哪里。有一天下午,我重复了十来遍,也勉强能读出来。就连我丈夫,也是同样情况。"

反复回忆过去的那个老船员,似乎引起格朗吉尔的兴趣。

"老人并不像人以为的那样可怜,"马尔丹指出,"他们总在回想过去的时光,沉浸在记忆中,就像酿制葡萄酒,越陈越香。可是年轻时候,人往往忧心忡忡。不是吗?"

旁边这个人只是哼了一声。马尔丹几乎被这种无动于衷的态度挫伤了。他又审视这个人笨重的形体,一身旧运动服。脏兮兮的,还穿一件卷领的粗羊毛衫,于是他判断自己在跟一个粗鲁的人打交道，没受过教育，很可能是个打工的，绝非社会精英。不过，马尔丹意识到，反感情绪很可能看人不公正。他隐隐有点儿内疚，便顺随当下的心绪，倾诉一下衷情，于是又说道：

"这位老者，他二十岁留在记忆中的，也只有到中国去打仗。我呢，参加过一九一四年爆发的战争，应当相信，我还没有到能觉得那场战争美好的年纪。"

格朗吉尔没有理睬前一种思考，也同样没有关注这种见解。马尔丹放弃搭话了，开始回想他二十岁参加的战争。一如既往，他记忆中最鲜明的，最能引起他深长思之的形象，就是殖民地步兵军团的一名年轻士兵，皮带上别着一把大刀，攀登着达达尼尔海峡一道高高的岩壁。军舰的炮击扫荡着岩顶布列的土耳其狙击兵，可是，士兵马尔丹·欧仁所能见到的战役，只有在他前面攀缘的中士的双脚，以及身边被土耳其士兵射来的子弹打飞的碎石土屑。突然，他目光所触及的双脚仿佛飞起来。爬上峭壁边缘的中士猛一跃身，在腾起中瞬间停顿，似乎力图控制住，随后便仰身跌入虚空。在中士腾出的位置上，出现一个灰色的高大身影，马尔丹·欧仁，一八九四年生于巴黎昂维埃日街，将他的刀一直插到手柄。

每年都有那么一两次，他在一些朋友或者女人面前，讲述他一刀捅到底的经历，未尝没有提高点儿威望的盘算。他那副没有睡好觉的神态，却让他那厚道人的大圆脑袋抵消了，他甚至声称那种举动，恰恰验证了握紧一把刀的效能，因此，他总是随身携带一把结实的木柄小刀，并不说明这件武器除了当作小折刀，从来就没有别种用途。其实，他独自一人的时候，一想起他那次遇险，总不免有点儿伤怀，有时甚至懊恼，当初的危急境况，他何不丧命，也免得下这样狠手。然而这天晚上，他重温那杀人的瞬间，还分明有几分得意。攀登峭壁的景象，中士和那名土耳其士兵的形象，又横穿过一张女人的面孔和一场吵架的回忆，争吵的情绪还未平静下来，心里还很痛苦，仿佛激起他狂躁的一种渴望。他不知不觉，目光扫视周围,寻找一个男子的身影,以便确认自己的记忆。

"佛摩萨……台湾……福州……"老板娘还在拼读。

一位女子,穿着一条肥大的黑裙,头包着一块方围巾,走进咖啡馆,过去拉起老船员的胳臂。

"走吧,爸爸,该吃晚饭了。六点半了,热水袋也放进您的床铺里了。"

这对父女走后,咖啡馆的常客对老船工的生活,对他去中国打仗的事,交换了一些看法。有两个男人争论起来:中国人的习惯,是否吃掉死者的眼睛。另一些人则从老船员的年纪推算,他去中国打仗的时期。在他的自言自语中,经常出现库尔贝海军上将的名字,大家议论时又提到了,而一直沉默的马尔丹忽然开口,他倚仗自己在达达尼尔海峡战斗过的经验,以咄咄逼人的声调,宣称所有海军上将都是傻瓜。他那激烈的口吻令人吃惊,也引发思考。在场的人以为听出,这话针对海军上将仍在起作用的时政。

"你为什么这样讲?你是指谁?"一个声音问道。

"我是指海军上将,怎么的,我推测,这里没有哪个是海军上将吧。"

"明白了。"那声音说道。

这时,柜台另一端,有个人狂怒了,这个黑眼睛的人冲过来,要当面跟马尔丹理论。马尔丹不知道那人是怎么理解的,也不可能知道。一名顾客想要拉住这个狂怒的人,而狂怒者却挣脱,他急于冲到蔑视海军上将的人面前,来不及绕开挡道的格朗吉尔。撞得相当重。格朗吉尔结结实实,一把将那人揪住,另一只大手同时抓起他的下巴,又突然放开,顺势一推,用力并不猛。狂怒者踉跄着连退几步,被一伙息事宁人的顾客接住,那人就开始吼叫:

"我明白啦!暗探总是二人同行!我明白啦!"

马尔丹高声辩解,他不是警察,还掏出证件打开,发誓因为辱骂警察还坐过牢。顾客们却眼望别处,都默不作声。只有那个狂怒者咕噜两声,算是应答了马尔丹的恳求。最令他恼火的是咖啡店老板夫妇,他们又是赔笑,又是打各种手势,极力劝解马尔丹平静下来,对他和他那同伴表现出的殷勤和恭敬,正是应酬警探的通常做法。这工夫,格朗吉尔对他成为被怀疑的对象,似乎丝毫也不介意,他那对猪样的小眼睛沉稳的目光扫视全场,闪动着讥笑的光芒。如此镇定的神态,终于起了作用,带动马尔丹冷静下来。

"是啊,"马尔丹说道,"最好一笑置之。咱们走,老弟,回巴黎警察总局。"

他为自己和他视为朋友的人,付了两份酒钱,尽管他未能引出那友人一句话来。格朗吉尔任由他付了费,跟随他走了。

夜色一片漆黑,风很急。二人同行,一直走到巴士底广场,一路上马尔丹几乎独自支撑着交谈。怪诞的一天,对他来说,一开始就怪得很。早晨,用早餐的时候,玛丽埃特那神情就不对头了。到了中午……

格朗吉尔听他诉说,时而用鼻子哼一声,却没有讲出来。马尔丹终于怀疑他听得心不在焉,就想改变话题。

"这种烦恼,也不只是我一个人才有。大概您也同样有吧?"

"没有。"

"你好运气。这或许是因为你对女人也不太感兴趣。"

"大概是吧。"

"人首要的,还是吃饭,尤其现在这世道。人处境不佳,勉强能填饱肚子的时候,也就得少沾女人。至于肚子还填不饱的人,那么情爱终究得屈居肚子的后面。在谋生的问题上,我呢,倒也没有什么可抱怨的,总能混得挺好。或许正因为如此,在情爱的事情上,我比别人面临的风险更大。你呢,你干什么行当?"

"我是油漆匠。"格朗吉尔迟疑一下,回答道。

"这一行当,想必时下不大兴旺。你的日子,总还说得过去吧?"

"还凑合。"

"听我说,如果你愿意,我可以给你出个点子。我得先告诉你:有点风险,但是挣得多……赶巧了,今天晚上……"

格朗吉尔将两只空箱放到桌案正中,双手插在兜里,赏玩让利埃惊慌的神态。他那张公羊面孔上,一对眯缝的小眼的笑意,散发出一种放肆的快感,甚至他那卷曲的金发微微颤动,似乎就漾起嘲笑的波纹。马尔丹现在衡量自身感到的轻松,而惭愧又让他脸红了。

"你呀,劳驾,闭上你那嘴巴,"他对格朗吉尔说,"这里,只有我说话的分儿。"

公羊脸也不驳斥,但是看他那冷漠的样子和小猪眼里的笑意,仿佛这禁令与他无关,马尔丹一转身,打开箱子,同时怒冲冲对老板说:

"说定了,四百五十法郎。"

"让利埃先生,波利沃街四十五号,"公羊平静地说,"要付给我一千法郎。"

让利埃不禁目瞪口呆。马尔丹本人也大惊失色,头脑有点儿不够用了。他这副手的行为中,有什么东西超越了他。头一次干预,在马尔丹看来,就是一个笨拙的人不讲分寸,以粗鲁的方式,企图用自己掌握的手段进行恫吓,以便压下那场争论。现在,干脆就进行无耻的讹诈,直截了当,明目张胆,连表面的借口都不用了。马尔丹从中甚至看出别种东西,怪异的、近乎非人性的东西。他好不容易收拢了思想,强硬起来,决意迎击格朗吉尔的猛攻。

"对不起,"他声音坚定地说道,"您不要管他胡说什么。您就给我两份四百五十法郎,我单独跟他解决。"

老板还犹豫,低声同马尔丹商议。他全盘考虑,思忖是否最好用钱打发走这个讹诈者,送货推迟到明天夜晚,他觉得上千法郎的损失、猪肉滞留在储藏室的麻烦,比起这头公羊争胜所显示的风险,现在就不算什么了。

"您按照我说的办,"马尔丹打断老板的话,"全包在我身上。"

这话他高声说出来,声调怒不可遏。公羊甚至没有一点儿好奇心,转身问他事态的发展。他缓慢地巡视储藏室,察看沿着墙壁摆放的物品,好像在盘点,还从容地摸摸拍拍。主要囤积了相当数量的食品,有干菜、白糖、火腿、香肠、罐装肉酱,还有各种葡萄酒。格朗吉尔打开一口木箱,抓起一包面粉,扬到瓶装酒的格子上,任由箱盖掉到地上,发出很大声响。再往前走,他又瞄上一只大纸口袋,用食指捅破,破洞便流出小扁豆,噼里啪啦落地的声音惊动了老板。老板猛一转身,跑去抢救小扁豆。

"让利埃,波利沃街四十五号,"格朗吉尔一板一眼地说,"现在,要两千法郎。"

马尔丹简直不相信自己的耳朵。他觉得这头公羊肯定是更加陌生的一类人。让利埃面颊烧得火红,腮帮子咬得紧紧的,伫立在储藏室中央。小扁豆继续溅到水泥地上。

"好的,"老板说道,"就此打住。"

他认了,花钱买平安,从兜里掏出鼓鼓的钱包,抽两张面值一千法郎的钞票递过去。公羊收进兜里,又趁让利埃心烦意乱没拿紧的当儿,多拈来一张。三张钞票收入囊中,他准备继续绕着储藏室盘存。让利埃很快就确信一种要求的虚荣,吞咽下他的愤怒,钱包赶紧收到可靠的地方。这工夫,格朗吉尔走到一摞按公斤分装的白糖包前面,马尔丹赶过去,抓住他的胳膊,嚷道:

"这钱你还回去!你立刻还给人家!"

"算了,"让利埃说道,"我不愿意闹出事来。"

"您啊,还是管好您的肉吧,别打扰我。这件事,关系到我。"

"这是我的家,"老板提高嗓门儿反驳道,"我不愿意在我的储藏室里打架。您给我惹来这么多事,我付出挺高的代价,至少求得平安无事。"

他说话突然带有权威的口气,这是他一直特别缺少的。马尔丹思考这种情况,心里很不是滋味儿,随即放开格朗吉尔的胳臂,转向矮个头儿的老板。

"您就这样,认定他对而我错了。"

"我并不想知道谁对谁错。我跟您说了,我就是要平安无事。"

公羊丢下盘存,转过身来,欢快的眼神注视两个对峙的男人。在他那目光下,马尔丹强烈感到了屈辱:他要保护的人,对抗强盗既不敢动一动,也不敢发一声,却从背后捅他一刀。

"您那三千法郎,我才不在乎呢,惹我恼火的不是这个。我就是不能允许他对我来这么一手。"

"您已经把我搞得焦头烂额了,应该折腾够了。我只求相安无事。您就消停点儿吧。"

"好吧,您是老板,对不对?我们就装箱子吧。"

两个人反身走向那头猪,让利埃边走边低声说:

"我心里还盘算,这事儿是不是最好往后摆一摆。"

"跟您说了,全包在我身上。"

马尔丹的那张脸,一副义不容辞的坚毅神态。老板像掷骰子似的,做了个短促的手势,叹了口气同意了。他们开始将猪肉块分装箱子,注意拎一拎,点点头再换手试一试,务求重量分配均匀。肉装好之后,再用揉皱的报纸盖上。对这准备工作,公羊不感兴趣,他停在食品橱前面,橱下吊着一条火腿和一根香肠。他拿小刀,一下子割断细吊绳,将香肠揣进外套的纳兜里,接着又割下厚厚一大片火腿,走开坐到一口箱子上吃起来。马尔丹干着活儿,眼角余光也没有放过他那怪异的助手,一举一动对他都是一种羞辱和一种挑衅。

箱子装好了,格朗吉尔不等招呼,就过去拎起他那两只箱子。

这种善意给老板一种好印象,让他觉得是送货成功的一个吉兆。临离开地下储藏室的当儿,老板往公羊兜里塞了一包香烟,他瞧见马尔丹脸气红了,又要发作,就急忙补充了一句:

"是给你们两个的,路上抽。"

"夜里抽烟,"马尔丹冷笑道,"真是让人把我们逮住的好办法。"

让利埃手拿储藏室钥匙,在两个拎箱子人的前面走向房门。格朗吉尔没有跟上去,他撂下一只箱子,声明一句:

"我还要两千法郎。"

这下子,让利埃有了背信弃义的感觉。他一直相信道德,当然讲道德,也不排除便宜行事。他同所有人一样,凭经验就知道,人爱讲道德,就是要将道德纳入他们的不良行为中,为他们卑劣的言行找到正当的依据。他在所有肮脏的勾当中,尤其在他自己的肮脏勾当中,总能分辨出一份善意,或者一种能让人对良心的未来放心的意图。总之,让利埃有一种实用的,但又是乐观的善恶观。因此,格朗吉尔的这种巨大双重性,像颗螺丝一般无休止上紧,这种难以探测的不忠不义,在让利埃看来,就是一种超自然现象,形而上学的一面。他心中的怒火逐渐萌发出来。

"没门儿,"他结巴着说,"没门儿!"

马尔丹尽管生活不够规律,但是诚信的观念远比让利埃严格,他情愿相信必要性和绝对性,对于公羊的背信弃义,几乎感到同样惊讶。不过,看到给老板这样一场教训,他并不义愤了,乐得袖手旁观。

"没门儿,"让利埃坚持,"不能这样。"

一听这话,公羊开始大吼大叫,嗓音非常洪亮,有点儿铜管乐高亢的效果。

"我要两千法郎,妈的!让利埃!两千法郎!让利埃!"

"我不想冒昧,"马尔丹趁持续的冷场,说道,"如果您需要个人,好让他把漂亮话吞回去的话……"

"让利埃!"格朗吉尔又吼道。

让利埃一只手示意他住口,另一只手掏出钱包。格朗吉尔将两千法郎装进兜里,这才拎起他撂下的箱子,走向门口。他要跨出门槛时,重又站住,又开始提要求:

"我还要……"

然而,这句话在嗓子眼儿留半句,被一阵狂笑憋住了,他笑得双肩乱颤,上身弯向箱子。

寒夜一片漆黑,高空一团团乌云,在北风中奔驰。马尔丹说,天气很冷,有零下四摄氏度,但是肯定会晴起来。刺骨的寒风在波利沃街上呼啸,拎箱子的手指头已经冻僵了。两个人衣领竖起来,低头朝前走,尽量躲避点儿寒风。

"下去走大马路,"马尔丹说道,"路宽绰些,更有回旋的余地。走小街巷,总要小心避免绊到台阶或者沙堆,而走大街,这样的障碍就少得多。但是也得当心,要一直走在左侧,能迎面看到汽车和别的车辆。否则的话,走在另一侧,汽车从身后飞驰而来,就会从你后背轧过去了。"

他并没忘掉对公羊的满腔怒火,暂且压下来。先干正事,要把猪肉送到蒙马特尔。足足要走两小时,脑袋得灵便,有一双猫眼,还要竖起耳朵。活儿干完了再算账。眼下,他决意保持冷静,集中思想,以全副精力,最终把事儿办成,而格朗吉尔不可预测的行为,也许不会让这次行动顺当进行。"过一会儿吧,"他心下暗道,"男子汉对男子汉了断,但是在那之前,你先得赶完这段路。到最后,如果我不让你上担架,我就更名改姓了。"

一踏上济贫院大街,四周没有遮挡,一阵寒冷的狂风从北面扫荡过来,呛得他们一时屏住了呼吸。马尔丹不得不放下一只箱子,抬手按住在他头上抖动的帽檐儿。格朗吉尔骂骂咧咧,发泄坏情绪,但是风刮得太猛,必须扯着嗓门儿喊才听得见。黑夜里,稀疏的路灯幽蓝的光亮照不远,两个男人感到光秃秃的大道特别凄清,而呼号的风声又使之拓宽了。举步十分艰难,他们就觉得行进特别缓慢。

马尔丹还是顶住诱惑,没有经奥斯特利茨桥过塞纳河,那样很快就能走进相对遮风的街道。过桥附近有里昂车站和奥斯特利茨车站,路线不大安全,经常潜伏着警察,随时会有骑自行车的警察巡逻,还不算德国巡逻队和宪兵,他们不会拿好眼看深夜拎的箱子的行人。于是,马尔丹决定沿河滨路一直走到圣路易岛。约莫一公里的路,要顶着寒风挨冻。他们背向火车站,踏上圣贝尔纳尔河滨路,贴着植物园的边缘行进。大风在树木间呼啸,摇撼枯树枝吱咯山响。随便交谈都太费劲,马尔丹正好闲下来,认真思考地下储藏室发生的事。连他自己都诧异,比起公羊的态度来,老板的态度更引起他的怨恨。在这种情绪的支配下,他觉得更能看清格朗吉尔的行为了。从好几方面来看,他的合伙人将他置于屈辱的境地,确实损害并折辱了他。不过,在格朗吉尔的头脑里,也许要恢复一种公正的平衡,免得黑市的一个投机商获取暴利,而冒极大风险的两个送货人的工钱遭到克扣。窃取一个窃贼的财物,可以视为一种正义的行为,在一个毫无利害关系的旁观者看来,地下储藏室的事件,也不乏某种幽默意味,道德也从中得到一种补偿。然而,这仅仅是格朗吉尔的见解。马尔丹则不然,他认为地下非法交易,获取众所周知的暴利,绝非不道德和丢丑的事。窃夺和非法交易,在他眼里是两码事。他承认两者唯一的共同点,就是都处于法律的打击之下。不过,格朗吉尔还可能另有看法,认为他是向穷人的一个剥削者征收一笔公正的捐税。其实,讨生活各有各的招数,碰到得手的时机,如果不利用自身对他人的优势,那就是个笨蛋了。然而,倒霉的人不得已才接受,向狡诈和贼大胆交纳辛苦费和饭费,他们才不会考虑受害者先就是不义之徒。可是这一点,马尔丹却一清二楚。他呢,一个正派人,找不出比他更正派的人了,能在黑市上发财,马尔丹倒是求之不得,然而,他这块料,只配做个小职员,脑子很灵的普通人,秘密送货人或者第四手的捎客,要爬多少层楼梯,将按公斤出售的货物送到住户,穷酸的市民。至于他本人,他心想,不公正寓于他这颗过分明智的大脑袋里,寓于他这颗过分拘束的心中,因而他不敢,也没有足够热情去渴望。确确实实,他过分明智了。格朗吉尔呢,按说没有马尔丹的聪慧,一个笨拙的年轻人,不懂规矩,就跟一块铁疙瘩一样,没法儿对话,可见他是另一路人。明智,对他算个狗屁。不公正,他在受害者身上看不到,但是在剥削他的人身上看到了。不公正,甚至有可能,他连想都没有想。也有可能他是对的。

他们沿着葡萄酒市场的铁栅栏行走时,马尔丹觉得,在大气中捕捉到变化。从河面刮来的风,不显得那么猛烈了,但似乎更寒冷,更硬了。他们的右脸颊就好像被风口咬噬,感到火烧火燎,他们拎箱子提把的手也冻僵了。

二人一踏上圣路易岛,就不约而同拐进旁边的街巷,避风歇歇脚。刚才经受了那阵狂风的冲击;现在穿过街巷的冷风,他们就觉得如沐夏日的暖风了。此处避风,相对寂静,耳朵倒有一种惊异而惶惑的感觉。他们探索着走了几步,便躲进一道通车大门的三角地,撂下沉重的箱子,就仿佛进入一处藏身之所了。

"你为什么干这种行当?"格朗吉尔问道。

"我就是这样活着。都各自谋生吧。"

"你这小营生,可没多大意思。拎着死沉的箱子,总这样艰难跋涉,这么折腾。就是为一个抖抖瑟瑟的小奸商干事。你总可以找到更好的路子。像你这样精明的人……"

此人说话声调很平静,也很超脱。马尔丹在他的声气中,似乎又见到他那对小小的猪眼深处的隐秘、讥笑的目光。

"你有更好的路子向我提议吗?"

"你就应该为自己干。如今这年头,想卖什么就卖什么。"

"那本钱呢?也许你会提供给我吧?"

"假设,你勒索让利埃那头猪,而且同样勒索其他顾客……"

"打住。"

"如果你有顾虑,将来你成了百万富翁,就还给他们好了。"

"跟你说,打住。"

交谈有了危险的趋势。马尔丹感到必须立刻继续赶路,他心想,歇息就是后退,总要衡量自己的辛苦和劳累,随即就开始动起脑筋;但是人在干重活的时候,就一心顾着活儿了。突然间,他本打算送完货再提的问题,一下子脱口而出了:

"咱们私下里,你说说,在地下储藏室那会儿,你是怎么啦?"

"我闹得不错吧,嗯?不费吹灰之力,五千票子就揣进兜儿了。"

"你拿钱的方式,值得商榷。如果你单独跟让利埃打交道,那就是你的事儿了。可是,有我在场,又是我带你去的。"

公羊没有应声,唯恐理解错了最后这句话的意思。马尔丹解释说:

"你千万不要以为,我讨要我那份儿。恰恰相反……"

这一份儿,他本希望格朗吉尔主动给他,倒不是说他有一点点准备接受的意思,只因这样一种举动关联动机:他刚才赋予格朗吉尔的敲诈一种近乎正当的动机。格朗吉尔甚至连一句应酬的话都没有,现在已是顺水人情,他都不肯虚让一下。马尔丹好没面子,感到自己第二次被戏弄了。他真想瞧瞧公羊此刻是一副什么嘴脸,想象他那似笑非笑的讥讽神态,心中简直怒不可遏。

"我说恰恰相反,"他以一种克制的威胁口吻强调,"我呢,干事儿只讲诚实公正。走吧。"

经马利亚桥过塞纳河,马尔丹还颇为担心。北风肯定不那么凶猛了,却变得更加刺骨了。头顶上的乌云,刚才那会儿还看不见,现在银色的轮廓分明了。市政厅方向,一角还狭小的镶银边的天空,出现几颗星星。恐怕过不了多时,云中就会露出月亮,送货的任务更难了。月光下,形影十分清晰,显得比黑夜还要神秘,也更能让人惊怪。穿越十字街头尤其危险。在那种月光明亮的空场,行人诡秘的身影,犹如聚光灯下光圈里的舞蹈演员,特别惹眼,多么心不在焉的观察者,也会不由自主地投去目光。

他们在圣热尔维街区的街巷中走了五分钟,格朗吉尔忽然撂下箱子,说道:

"用一分钟,谈谈好吗?"

"说吧,我听着,"马尔丹说道,也放下重负,"不过要快些。咱们出门,可不是为了每个街角都得停一停。"

"我是想问问你:一公斤猪肉,在黑市上能卖多少钱?"

"你别管。"

"我不了解价钱,"格朗吉尔接着说,他那坚定的声音,有时能让马尔丹以为觉察出一种冷嘲的声调,"我不了解行情,不过我估摸,怎么也能达到一百五十法郎。"

"跟你说了,你别管。"

"就在他们把我们当成警察的那家咖啡馆,我确信每公斤一百五十法郎,让利埃这头猪很容易就能出手。平分每人一万五。一万五很容易就到手。那家咖啡馆离着也不远。何必费劲儿走那么长路呢……"

这种诱惑拂了一下马尔丹的心坎儿,但是已经成为一种懊悔了。他凭着对公羊的恼恨,就足以防范这种诱惑了。

"已经耽误了太多时间了,"格朗吉尔坚持,"咱们走吧。"

"我觉得你太年轻,"马尔丹反驳道,"像你这样一身穿戴,加上你这副已经显得不老实的嘴脸,我觉得你太年轻,难以让人相信你能批发猪肉。就像你这样衣衫褴褛,生活没着落的人,别人一见就知道打的什么鬼主意。你卖的猪肉,显而易见,别人马上就会说:这是偷窃来的,要不准是变质的肉。"

他头戴卷檐儿帽,身穿紧身外套,心生一个得意的念头:

"我呢,倒可以这么打算,不过,你要听清一件事。这种活儿,如果我想干,我就不会找你了,老弟。就是现在,我有了这种兴致,首先也要把你排除。"

"对不起,我在这儿,就入伙了。"

"这一切,只不过是假设,"马尔丹指出,"还有,假如你想要跟我玩花样,我对你也就不客气了。"

"我在你的脑袋里,也许只会个三拳两脚吧?"

"我先就用怪招儿蒙骗你了。哪怕你真想显显身手,老弟!"

谈话暂时到此为止。公羊甚至都没有报以一声冷笑,便跟在同伴的身后。马尔丹可能以为压住了格朗吉尔的气焰。然而,他还是提防着,很难确信这个胆大的年轻人一威胁就会收敛了。云层一直遮住月亮,但是夜色明亮了。这条街道和横向街巷的前方,都融入了背景中,一片朦胧。两个人彼此能看清身影,一前一后同步而行。突然,马尔丹感到节奏好像中断了,回头一望,只见合伙人横过街道,走向门框环绕着蓝色霓虹灯的一家咖啡馆。

"我去喝一杯。"公羊声调平静地说了一句。

他已经打开店门,拎箱子进去了。马尔丹来不及阻止,连思考的时间都没有。他停下一秒钟,听听城市的寂静,也跟着格朗吉尔进门。他们双手都拎着箱子,行动不便,费了好半天劲儿,才大大地掀开遮掩店里灯光的黑帘子。他们闯开通道的当儿,身后透出的一片片光亮,一直跳跃到街道中央。咖啡馆老板不安起来,责怪进门这么折腾,又这么缓慢,觉得情况反常。他一看见拎这么多箱子,终于产生抵触情绪。

"该关门了,时间到了,"老板咕哝道,"带着这样招眼的行头,你们登门可真会挑时候啊。"

他怀疑的目光,审视一眼几只箱子。

"你们不是来我这儿躲避的吧,要把跟踪的警察引来,不是吗?要知道,对我来说,这一套……"

"给我们热葡萄酒。"格朗吉尔打断老板的话。

"没有了。"

"给我们热葡萄酒。"

公羊没有提高嗓门儿,却加强了命令的口气。咖啡馆老板见这名顾客如此自信,气色又不好,不由得凛然一惊,或许这不速之客身上带着家伙呢,于是,他朝他妻子斜溜了一眼。老板娘坐在钱柜和一只涮杯子的木桶之间,正打着毛线袜子,她眨了一下眼回应丈夫,老板便从一道矮门出去,进入一间小屋。马尔丹心里一直在嘀咕,不同意格朗吉尔恫吓的方式。一张木桌围坐着几个玩纸牌的人,他们刚刚打完一局,就打量两个拎箱子的人,同时窃窃私语。四个玩牌的都是年轻人,商店雇员和小职员。他们显然是对箱子本身产生了兴趣,似乎在揣测里面装的东西,半饥饿的眼睛里射出不善的光芒。这家咖啡馆相当狭小,天棚很低让人联想到一出失慎的现实主义剧作演出的布景:四壁灰泥肿胀起来,地板布满了污垢。在小铁炉旁边,一个黄眼珠精瘦的男人,身穿硬领(上过浆的)衬衣和黑色单排扣的西服,在一张纸上写着什么,还用手臂护住,头也不抬,狐疑的目光时而扫视周围。他似乎在扮演一个角色:一个必不可少的叛徒,或者等待时来运转的一个花言巧语而冷酷无情的警察。马尔丹又回想起童年时期的戏剧性经历,以及在美丽城剧场的种种演出。他不由得想到,公羊这个角色不简单,颇为神秘莫测:真是一种奇异的形象,既封闭又透明。他那对小小的猪眼里,一直闪烁着笑意,扩散到整张脸上,仿佛要掩饰一种秘密。死者的脸上有时也呈现这种讥笑的光,好像从瞑目中逸出来的;然而,格朗吉尔的这张面具,又洋溢着一种异乎寻常的直率。马尔丹心里不自在,难以解释,或者无法调和这种反差。他还借助储藏室里那种情景的回忆,力图想象在这公羊的额头里面,沸腾着受社会排斥者的怨恨和饥饿的混乱深渊。(可是又不见其人了。马尔丹感到格朗吉尔身上,另有独特的东西,超出他的判断了。)而格朗吉尔那边,则大大咧咧地看着他,毫无敌视的神色,明显怀着某种好奇心,似乎既注视他的衣服和卷檐儿帽,也注视他的五官相貌,那灵活的目光在哪处也不停留,可以说无所忌惮。

"你们喝快点儿,"老板端来热葡萄酒,说道,"这回,我要关门了,快到十一点了。"

玩贝洛特纸牌的人都起身了,缓步鱼贯经过柜台,他们的目光从两个喝酒的人移向四只箱子,还低声交谈涉及箱子的话,讥讽的口气酸溜溜的。其中一人大着胆子,用鞋尖儿触触一只箱子,还抓住把手,试试有多重。

"放开爪子,"格朗吉尔说道,"这些玩意儿,不是给穷鬼预备的。"

那人放下箱子,自寻其辱,脸红了。其他人都站住,但并无明确的意图。

"你们还等什么呀?"格朗吉尔又说道,"你们肚子饿了。你们吃的是锯末子灌的香肠。喝的是自来水,抽的是草叶子。这里面装的,够你们大吃大喝三个星期了。你们四个人,年轻力壮。你们还等什么,怎么不把箱子抢走?你们明明知道,我们不会告到法庭。"

那四个人默默地站在原地,主要不是恼火而是尴尬,目光溜向门口。

"都给我滚蛋,一帮穷鬼,"格朗吉尔接着说道,"去朝黑市汪汪叫吧。"

他敞声大笑,露出了满口牙齿,马尔丹这才发现他两侧嘴角露出镶金的假牙,总共有五六颗。他觉得这情况尤其值得注意,只因在他看来,镶金牙是一种装饰,而非图生活之便。马尔丹尽管牙齿非常健全,但是他很久之前就梦想拔掉几颗,用金牙取代。他乐得想象,镶几颗大金牙,再戴上卷檐儿黑礼帽,整个人儿就显得既富贵又优雅了,且不说女人在接吻中,喜欢品出安逸的滋味儿。看到格朗吉尔的口中闪耀着他的梦想,马尔丹忽然感到一阵忧伤,恰如一个破落贵族的痛苦,看到他家族的首饰,成为一个不配的食品店老板娘的饰物,戴在胸前,把玩在手上。

打纸牌的人撤了,出门时才往身后抛去一堆污言秽语。在炉子旁边写东西的那个人也消失不见了。站在柜台后面的老板则抛来不耐烦的眼色,老板娘也将毛线活儿收进钱柜里。马尔丹倒是没有拖延,几口就喝下热葡萄酒,付了酒钱。然而,公羊却一点儿也不着急走。他刚喝一口酒,就从兜里掏出让利埃塞给他的那包香烟,取出一支来。马尔丹关注他的一举一动,怀着一种居心叵测的焦虑,期望他的帮手向他提供仇视的一个附加时机。他没有白白等待。这包香烟是他们共有的,而格朗吉尔又揣回兜里了,看不出半点儿不好意思来。而且,也不是疏忽了,他那对眯缝的小眼睛还好奇地观察他的同伴。马尔丹心想,事关他的尊严,不能不考虑。对方点烟的时候,马尔丹头脑还是相当清醒,注意到一个细节,此前他没有察觉。外衣袖子又脏又旧,露出的衬衣袖口却洁净得惊人,细软的布料制品。

这时,一个十来岁的小姑娘进咖啡馆,她脑袋包着头巾,身上只披了一件披风,径直走到柜台里面。她跟老板娘低语的时候,肩上的披风滑落,暴露出犹太人的标志黄六角星,缝在她那粗毛线衣的左边。马尔丹看见那标记,不免想到这个街区一次犹太人大逮捕,深恐警察扩大行动,引来法国和德国探员。咖啡馆老板追随他的视线,猜出他的担心,就请他放心好了,小姑娘就住在这楼内,是来给她父母办点儿事。他就这样打消了顾客的不安,感到自己有资格说话随便一点儿了,便指着箱子问道:

"那是香烟吗?"

"不是,"格朗吉尔应声答道,"那是肉、刚宰的新鲜猪肉,还便宜得很。每公斤一百五十法郎,我就卖给你。"

"您别听他的,"马尔丹对表现出兴趣的老板说道,"他随便乱说。这些猪肉已经有主儿了。"

"您不要怕,我完全明白,这不是认真的。首先,我呢,不了解情况,我不会就这样进货。价钱,并不是关键。在一桩生意中,必须确认,一切都明明白白。我若是愿意,会有不少机会的,不过,我这方面,不得不十分谨慎。要知道,想老老实实做生意,我就损失些钱,但是,我宁愿如此,良心过得去。"

"除此之外,"格朗吉尔振振有词,声调很严厉,"你这咖啡馆接待犹太人。一个公共场所。夜晚十一点钟。即使这不丢人,你也活该被人告发,好让你学乖点儿。咦,我还真有这个念头。"

小姑娘又披好了披风,疾步走向门口。咖啡馆老板夫妇惴惴不安,避开公羊的目光,待在那里一动不动,神不守舍,犹如士官发火无端挨剋的士兵。

"你们不必在意,"马尔丹说道,"他就是好攻击人。"

公羊喝下最后一口酒,仰着头,目光专注,开心地瞧着咖啡馆老板夫妇的狼狈相。喜悦从他太阳穴附近挖出两条笑纹,延伸到他眯起的眼缝儿。

"这种根本没有良心的人,真让我反感,"他以同样声调继续说,"制定法律不遵守,那还有什么用呢?败类,哼,坏蛋。我呀,全给投进监狱去,毫不留情。投进监狱。流氓,无政府主义者,法国坏人……"

"行啦,"马尔丹截口说道,"照你这样,咱俩也要给投进去。"

"你别瞎掺和。你们两个,年龄多大啦?"

老板、老板娘对这样的问题,保持尊严的沉默,紧紧闭着嘴,目光茫然。

"你们的年龄,妈的!"公羊吼叫,"家庭状况,全部家底儿!快点儿,全抖搂出来!"

235

他已经失态了。突然发怒,在马尔丹看来难以理解,那对小小的猪眼睛里闪烁着火花,鼻孔也鼓胀了。

"去年十一月年满五十一岁,"咖啡馆老板结结巴巴地回答,"吕西安娜,今年四月满四十九岁。一九二七年在库尔贝乌瓦结婚。无子女。在葡萄酒市场当职员,干到一九三七年。没有犯罪记录。军人出身……"

"够了。我知道的已经太多了。瞧这两副愚蠢的嘴脸,倒大霉的模样儿。欣赏欣赏这宝贝,他这张酗酒的面孔,他这一身灰皮软囊囊的肉,腮帮子耷拉下来的蠢相。你说说看,就这德行,还能活长久?有朝一日,你不会换换嘴脸吗?另一位,庸俗可笑的女人,丑陋、臃肿,明胶状的富态,凸显在她这三叠肥厚的下颏儿,她这肥嘟嘟垂到大腹便便的丰乳。平均每人五十岁。愚蠢荒唐的五十年。五十乘五十——两千五。你们两个,来到人间干什么?你们活在世上,不觉得丢人吗?怎么会呢,想想么,他们就在那儿,他们有家有业。他们一对肥佬,他们闯进您的视野里,装进您的头脑里,就在大家呼吸的空气中。他们玷污了一切,甚至玷污了色彩。您瞧太太面颊的红色:捻死在脓肿伤口里的臭虫。我看他这嘴脸上的白色、紫色、黄色、灰色,真忍受不了,简直要呕吐了。刽子手,你们把色彩都还回来!"

"这些色彩,让他去哪儿找啊?是逗我乐呀。"马尔丹说道,果真哈哈大笑。

"我从来没有多吃多占什么,"咖啡馆老板申辩,"从来没有,一苏钱也没有,这方面,我可以发誓。吕西安娜,她也跟我一样。"

"住口,丑八怪,"格朗吉尔喝令,"你呢,马尔丹,我终生都会喜欢你。你这顶卷檐儿礼帽,我特别看重,我可不是骗你,你是我这辈子所认同的爷们儿。你唾他们脸,这对夫妻,你唾他们,跟你说,这是你的权利。瞧瞧,他们还向你挑衅。去呀,像甩牌那样唾这个蠢物,再同样对待打毛线的这个女人。"

马尔丹笑得太厉害了,哪儿还能去唾人。公羊抓起他那空酒杯,一扬手投向一块搁板,正中满满一瓶酒的瓶肚子,击得粉碎。老板夫妇都不敢扭一扭头,看看造成多大损失。这样摔家什,马尔丹并不苟同,但是笑出了眼泪。

"真和善,"格朗吉尔对他说,"这么好动感情,心肠这么好,腼腆得像个少女,但是我抗拒不了你的魅力。你的箱子,我一直给你拎到勒阿弗尔(法国西部港口城市),徒步,匍匐爬行,不管怎么样,不管送到什么地方。走吧,我再也不愿意看见他们了。"

格朗吉尔抓起两只箱子,朝门口走去,还回头向开小咖啡馆的夫妇抛去一句:

"蠢物,我这辈子都不要见你们,从我的记忆中把你们驱逐了。"

断云还在星辰下飞渡,但是天空已经畅通了。街道对面,月光映白的楼房门脸,印上了这边楼顶的剪影。隔一段距离,就会出现一条横街,一条光带切断了黑夜。马尔丹走路很轻快:公羊征服了他。他完全原谅了公羊,如同宽恕了一个没教养的孩子。至于地下储藏室发生的场景,种种背信弃义,那盒香烟,他这人不明的来路,乃至他镶的大金牙,马尔丹全置于脑后了。此外,格朗吉尔就好像猛然打开他的所有窗户,在马尔丹看来,现在不那么神秘莫测了。

"按说,他们一点儿也没有惹着你,"走出几步之后,马尔丹说道,"你会说,他们相貌难看,这我同意。可是,他们有什么办法呢?说到底这有什么大关系呢?美貌,我可以跟你谈一谈。美貌,往往并不意味多什么。想要以貌取人的人……"

"你别费这个脑筋了。"格朗吉尔打断他的话。

口气非常生硬。马尔丹要不要恼火,还游移不定。他再次原谅了调皮的孩子,不过,他的高兴劲头给浇了冷水。况且,他重又感到自己的责任,月光给他增添了忧虑。他不敢要求公羊灭了香烟,而抽烟的光亮可能引起警察的注意。

"哎,你这几颗金牙,镶了很久了吗?"

"我想,有两年了。"

"那就是占领时期啦? 哎,你应该了解这花了你多少钱吧?"

格朗吉尔没有回答。他情绪不佳:档案馆街区的街道纵横交错,被马尔丹带进来,他辨不清方向,就感到迷失了。马尔丹体味到了满足感,总算能牵制他一点儿了,觉得心安一些,无须忌惮他那反复无常的脾气了。对于马尔丹而言,穿行在这马莱区的迷宫,就跟大白天一样轻而易举。五年多以来,他就住在圣同日街,这个街区的大街小巷他无不熟悉。他本想给他的搭伙人讲讲,住在这种地段有多方便和有趣,路过时指给他看看,他曾长时间光顾的咖啡馆,但是他意识到自己日常生活的环境,引不起对方的兴趣。格朗吉尔的大金牙、他在咖啡馆露出的细布衬衣,以及他对咖啡馆老板夫妇讲的那番话,让马尔丹疏离了,只好独守在一种人道的区间,而这种人道,他感受到特性,却不能明确界定。格朗吉尔所谓油漆粉刷工的职业,顶多只是一种敷衍。毫无疑问,这个年轻人没实际干过任何特定的行业,然而同样,他既不是靠妓女生活的权杆儿,也不是职业的敲诈者。他在地下储藏室里得手,那只是个意外。换言之,一个男人,生活有今儿个没明儿个,很可能处于社会的下层,就不会镶金牙,也不会穿细布衬衣。

两个男人赶路,都不说话了。马尔丹耐不住这种孤独感,有点儿后悔他这样怨恨和气恼。回忆玛丽埃特,终于占据了他的头脑,因为邻居关系,他同玛丽埃特交好。他又回顾了格朗吉尔来圣同日街会合他去让利埃那里的路上,他向格朗吉尔讲述了这段感情:"……玛丽埃特对我说,'我有感情,我也认可你这个人,不过,我有我的生活,就是做独立的女人,在我愿意的时间,我高兴的地点,可以,但是,不要想追问我,控制我的男人。'

"'听我说,玛丽埃特,'我就这样回答她,'我不可能将你拴在床脚上。你要注意,换了许多别的男人,就会认为自己挨了两记大耳光。我不是那种人。一个女人,只是一个女人,但是她的意愿,我尊重。只不过,我警告你,你想好了。我给你在这里安排的生活,总归是煎好的牛排、开胃酒和电影。至于感情,都连带一起,随你便,可以再找人。'

"'你想到哪儿去了,'她对我说,'感情热烈的男人,市面上并不缺少,只要我放下架子……'她坐在那儿,在桌子一端,脑袋低向胸衣,眼睛低垂不看人,一副不以为然的神态。于是,我的火儿上来了,我扇了她两个满脸花。

"'畜生!'她转过身去,'我要去告诉我的情人……'"

马尔丹叙述到末了,自然而然就引出这个问题,再次提出来,要弄清楚她能不能回来。

"你相信她还能回来吗?"马尔丹高声脱口问了一句。

"谁呀?"

"玛丽埃特,你知道的,我向你叙述过。"

"这跟我有什么关系。"

"这是很有礼貌地跟你说话。"

"她多大年纪了,你那情妇?"

"五十五岁。"马尔丹随口答道。

"她能回来。"

"你见了,也可能说她四十五岁。身材特别好,对不起,必须亲眼见了。大宽肩。乳房要多丰满有多丰满。还有臀部,赶上三个女人。喏,正如我所说的,一个女人。"

"的确,她不回来就太可惜了。话又说回来,她可不年轻了。我若是你,就趁机一刀两断。你那个胖女人,玛丽埃特,她难免要患上风湿病。那样子,似乎就不那么得劲了。"

"我爱她。这用不着讨论。"

"那你就放心吧,我的胖哥。没问题;你那娇娃,你还会见到的。即使身材更匀称的女子,最为秀色可餐的女子,也不是到生活的每个转折点,总能遇见决意供养她们的男人。而你那位,五十五岁了,她不待你呼唤,一准能回来。"

"要注意,"马尔丹又说,"所谓回归的前提并不充分,要注意,我们在一起生活的时候,玛丽埃特没有考虑钱的问题。不错,我能挣钱养家糊口,可是,一个女人,会有奢华生活的念头,那就不是锅碗瓢盆那么简单了。我也不会装模作样,但是这个女人,她爱我,是有感情的。我也确信,她还爱我。"

"那就再好不过了。你什么都有了,还抱怨什么呢?"

马尔丹感到格朗吉尔没好气,就只好默默咀嚼自己的痛苦和焦虑。他这样回味,就觉得才过一秒钟,忽然分辨出迎面走来的脚步声,可是他侧耳细听,又什么也听不见了。格朗吉尔丢掉了烟头儿。他们走到一个十字路口,行走的黑地儿被一条月光带截断,有五六步宽。他们横过马路,刚踏上对面的人行道,前方相距仅三步远,就从暗影里发出一个男人的声音,带着浓重的南方口音,喝令:

"站住!你们拎那么多箱子,里面装的什么?"

"用这种口气说话之前,"马尔丹指出,"应该先亮出身份。"

那人刚一讲话,马尔丹就从一家店铺百叶窗的灯光里,辨清警察的身影,但是他故意装糊涂,从而争取几秒钟的时间,走出光亮地带,脱离两个伙伴面对警察不利的处境。

"警察,"警察朗声说道,"你们看到了,不要装蒜!"

"既然您说是警察,我就相信。不管怎样,我很高兴遇见您;正想找个人问路,指给我去塞维尼街怎么走。"

"你们方向走反了。"

"不可能!你说说,你听见了吧?塞维尼街,方向走反了。全怪你,我们走这儿来了。"

格朗吉尔本应赶紧配合,责怪马尔丹,二人就可以争执起来,让警察得意地充当调解人的重要角色,从而制造一种随和的气氛。

可是,格朗吉尔一点儿也不得要领,待在那儿一声不吭。

"等一会儿,会给你们指路的,"警察说道,"先跟我去一趟警察局。"

这是个心情阴郁、爱挑毛病的南方人,要在恪尽职守中,给生活寻求些小小补偿。马尔丹感到可能不好对付。

"听我说,警察先生,我可不是跟您瞎吹。事情是这样的。今天早晨,我决定到我在维里埃尔的那块田地兜一圈儿。老实说,到了这种季节,去那儿也没什么活儿要干,但是我老婆非得要我去不可,我不好违拗,尤其下个月底,她就要生孩子了。女人嘛,处于这种状态,您知道是怎么回事儿。您大概结了婚,警察先生……"

"我结婚了,"警察没好气儿地回答,"不过,没孩子。"

"您这样就对了,警察先生。在这种年头,一群孩子,别说可心,还不够闹哄的。我有五个孩子,随口就能对您讲出来。说到底,他们都在眼前了,对不对?总之,十一点的钟声敲响,我赶到维里埃尔。我的仆人跟往常一样,在车站等着我。"

"就是这个人吗?"警察问道。

"正是。也许他没有发明火药那种灵脑瓜,但是他很忠实。您想想,他十五岁上,就到家里当用人了。"

"我看出来了,"警察说道,"一个老实的小伙子,有点儿单纯,嗯?"

他笑起来,表明宽容的理解。马尔丹两只箱子撂到人行道上。公羊双腿弯曲,也放下箱子,他抬起身子时,照警察的腮帮子猛击一拳,而警察未发一声,双膝软下去,扑倒在地上了。格朗吉尔俯下身,摸了一遍警服,抓起还扣在脑壳的警帽,一扬手抛出去十五步远,落到马路中央,那帽舌在月光下闪闪发亮。

"咱们快溜!"马尔丹说道,他站在人行道上的暗地儿,倒不是看清,而是推测出他那助手的举动。

二人重又拎起箱子,没有交谈一句话,大步流星走开,匆匆忙忙,左首碰见一条横街便躲进去。满街月光,他们前后脚溜着墙根,利用房舍前一条暗影带。直到过了第二个拐弯之后,马尔丹才发出不满的声音:

"这下可好了,你下手够狠的。恐怕过不了多久就完了,惹上这档子事儿,你心里明白。咱们快走吧。"

"我不明白你干吗这么焦虑。那警察还得工夫醒来呢。"

"说得轻巧,"马尔丹挖苦道,"他一睁开眼睛,就会吹起哨子。不用五分钟,第三区就会全部出动搜捕。"

"这倒让人奇怪了。他的口哨,就揣在我的兜儿里。"

马尔丹不免心里赞叹公羊的机灵,但是有意不表露出来。他怨恨公羊自作主张出手,本来处境就非常微妙。

"给我来这手,在我住的街区。"他气喘吁吁,怨气先憋在心里,以便节省气力,好能持续疾走,可是总觉得听见身后响起许多警察的脚步声。

"何必这样疑神疑鬼,"格朗吉尔说,"什么也没有听见。"

"自行车骑警,如果在一个十字路口等着我们,你也不会以为,他们要围捕我们!"

"别说个没完。在我看来,事情解决了,化险为夷,情况再好不过了。"

"除了因为你的过错,我在自己的街区有可能暴露了。不过,这一点,你根本不在乎。警察,我从容对付过,不用费劲。也许这样做,不合你的心意。"

"哪里呀,我还不是高兴玩一玩,你想想嘛。"

"你说什么? 看来,你不把我放在眼里啦?"

"跟你说,真的,你变得缠人了。"格朗吉尔叹道。

"哎,你这么说话,这是开始给面子啦。骑在别人的背上玩一玩,玩得漂亮啊。还有,镶的金牙,好漂亮啊。然而,行为准则和尊重人,也同样存在啊。"

"听着,如果你还这么诉苦,我就把你和箱子全撂在这儿。"

"你给我撂在这儿看看。"

"在月光下,你会看见我手插在兜里走了。那个小玛丽埃特把你撂了,现在我就不觉得奇怪了。说好听点儿,她觉得你太烦了。五十五岁的女娇娃,她们所爱的,恰恰是有孩子气的男人。你不是她所需要的那种男人。"

格朗吉尔在暗影里,一只箱子撞到障碍物上。马尔丹刚刚放下箱子,立刻到他面前,吼道:

"把这撂在地上,你给我说清楚。你吹牛,让我吃挂落。警察,如果碰到,他们就会把我带走,可是你呢,也得吃点儿教训。"

变 貌 记

一

行政机构的办事员,在中二楼面对昏暗幽深院子的一间狭小办公室,每次只能接待两名到四名公众。我随便走向一个窗口,居中的那个,问女职员一件事。她没有当即搭理,但是登记好一份报单,又开始另一份。我不耐烦了,重复了我的问话,难免带点怨气,不该怠慢公众的问询。这个女职员身形矮小,头发花白,脸颊消瘦,她仍然不紧不慢,一直到填完单,才声音平淡,并无对立的情绪回答:

"就在这儿办,您的材料备齐了吗?"

我递进去一沓材料,她接了审查,还是慢条斯理,不厌其烦,随后,将我用印花公文纸写的申请书抽出来,单放在一旁。估摸要等很久,我便开始审视我头一次来办事的场所。对公众开放的一侧,空间狭窄,向来容纳不了几个人。此刻,除了我,也只有一位戴勋章的老者,大概是退休的公务员。窗口的另一侧,办公室纵深延展,尽管才两点半钟,就已经辨不清那些距离最远,也光照最暗的办公桌了。在那昏暗的区域,最先打开了台灯,绿色灯罩圆形的光亮投射到办公桌上,照见职员活动的手掌。台灯陆续点亮,很快就逼近窗口。最终,公众区域这边两盏棚顶灯也打亮了,而我注意到灯的度数够小的。那个退休的公务员离我几步远,他倚着银柄手杖,正同那边窗口的女职员随便闲聊。我从而得知他是卡拉卡拉先生。想必他常到这办公室办事,也就有几分得意,从他打量我的那种神态,从他装腔作势放声大笑,显示他是这里的熟人的架势,我就看出了名堂。我几乎艳羡他,跟那名女职员打交道那么潇洒逸如。给我办手续的女职员,正埋头登记,飞快地书写,看来的确顾不上交谈,老实说,她那张脸上,除了完全无动于衷,绝没有流露出别种表情。

这场所和这些人,我看腻了之后,思绪又回到我进来时的忧虑:处理一件悬而未决的事情,试图重新启动;昨天晚上,我妻子耍了一阵脾气;今天早晨,又同老师谈起我儿子啃不动拉丁文的事。女人的喜怒无常、古典文化的课程、金属材料的行市,有时我就觉得,这些思虑在我的头脑里搅和起来,以令人恶心的缓慢速度打旋。我身上似乎有什么东西停摆了,引起我精神的不适,随即又重新启动了。我还想到别的事,忽听窗口里面传出低语声:

那女职员问我:

"您带着照片了吗?"

"当然带着,"我说,"需要两张,对不对?"

我从公文包取出一只小纸袋,装有十二张照片,都是"身份照"的尺幅,拿两张递给办事员。她接过去,看也没看一眼,就放在登记簿上,伸手拿起放在办公桌边上的一瓶胶水,不过,贴上照片之前,她还是瞧了一眼。我深感意外,看到她注视良久,就好像照片上有什么特别的东西引起她的注意。这样一种好奇心,就破除了她办事的那种漠不关心的机械态度,差一点儿让我以为,她考验了我一段时间之后,就准备引子;进行一场与比邻窗口相当的亲切交谈。可是,她抬眼看我,低下去,又抬起来,有点儿气哼哼地对我说:

"您给我的也不是您的照片啊。"

乍一听,我愣住了,一瞬间还怀疑自己是不是拿错了,然而,我从倒置的方向看去,也不难认出那是我的照片。女职员的想法,我倒觉得挺有趣,便认为可以凑趣取乐了。

"照您的考虑,"我说道,"照相师是极力讨好我吗?"

女职员甚至没有一丝笑意。她丢下胶水瓶,抿起嘴来,比较我的相貌和照片。最后,她显然确信事实清楚,就拿起两张照片,作势要还给我,声调严肃地说道:

"换别的照片给我吧。我不能接受与当事人不符的照片。"

我拒绝收回,非常强硬地反驳说,这玩笑开得太久了。

"况且,这些照片全都一模一样,我家里人看过,都非常满意,我不明白为什么,到您这儿就挑刺儿呢?"

照片还举在她手上,一时间她也困惑不解了。我还闪过一个念头:这个女子是否完全理智。转念又一想,莫非某种莫名其妙的心慌意乱,歪曲了她的视觉,正是这种好奇心,暂时遏止了我的怒火。最后,她还是扭过头去,对准昏暗区域的定点叫道:

"布斯纳克先生!对不起,打扰了,请您过来一下好吗?"

听她那恭敬的语气我就明白,她请上司来裁决了。这个意外情况如此转圜,我挺满意,便微笑起来,流露出一种善意的嘲讽。这时,一个还模糊的身影,从办公室里端两个圆形光晕之间,走出淡绿色的昏暗区。布斯纳克先生是个矮胖的人,一双聪慧的眼睛炯炯有神,整个形象非常开朗。如果说我对这件事后续发展稍微心存疑虑的话,他那外表足以让我放宽心。女职员站起身给他让座,他边坐边询问,稍带法国南方口音,热情的声调平添诙谐的成分:

"怎么着,帕萨旺太太,有什么事儿不好处理吗?"

"您来判断一下吧,"帕萨旺太太回答;显然还有几分激动,"先生来申请办理 B.O.B 执照。递来所有材料,但交给我的照片不是他本人的。"

"天哪,不是我本人的,这是太太的一面之词。"我说道,一副满不在乎的态度,却刻意显出傲慢来。

布斯纳克先生客气地摆了摆手,让我少安毋躁,他随即翻阅我的材料。

"瞧瞧:申请书……本人……拉乌尔·塞吕西埃,广告经纪人,生于1900年×月×日,住在巴黎××街……好……出生证明书……简历证明书……品行良好证明书……证明书全合乎手续……全齐备了。现在,咱们看看照片吧,在哪儿呢?"

帕萨旺太太将照片放到他面前。他迅速打量我一眼,目光就移向照片,我看见他微笑起来。旁边窗口的那个女职员和卡拉卡拉先生,也中断了谈话,以好奇的神态注视我们,就期待出点儿稀奇古怪的事情,提振一下他们百无聊赖的心情。布斯纳克的目光没有在照片上久留。

"这其中不过是个误会,"他说道,"塞吕西埃先生就是拿错了照片。他若是肯费神,亲眼审查一下,毫不费力就看出来了。"

这么说,布斯纳克先生认同了帕萨旺太太的看法。尽管在我看来,这件事一目了然,我还是情愿相信是我弄错了。我在窗口外面,看的是倒置的两张身份照,自以为认出来了,但是倒着看的这种情况,我难免会看走眼了。布斯纳克先生和气地微笑,将照片还给我。我看上一眼,就确信无疑了。

"这照片确实是本人的,"我说道,"我甚至认为,还从未照过如此像本人的照片。"

布斯纳克先生严肃起来了,跟我讲话的语气,也毫无俏皮的意味了,不过,依然是好说好商量。

"先生,相信我吧,只要像那么一点点儿,我们也绝不会找您的麻烦。只要可能,我们都尽量方便公众办事。然而,我们即使抱有最美好的愿望,也不能接受这两张照片。这会让您面对尴尬的僵局。两张照片不仅不像您;而且显而易见是另一个人的,相貌和您完全不同。这么说吧,差不多就像我拿帕萨旺太太的照片,硬说是我的一样。"

我无法应付这样荒唐的局面,无论采取什么态度,都势必显得非常愚蠢。我不再气愤了,倒是一种莫名的不安,在我内心深处隐隐萌生。正是在我的内心,在我的体内,出现一种我不解其意的警告,直至在我的头脑中发出这样的疑问:"果真他有道理?这些照片果真不像我了吗?"而这种念头,在我看来实在怪异,却让我乱了方寸,说话随之结巴起来。

"就是刁难,"我说道,"成心刁难我。"

我这么讲的同时,向布斯纳克投去的目光恐怕有些狂乱,刺激着他了。

"好了,"他小声对我说,"您不要固执了。承认自己弄错了,也绝非什么丢脸的事。"

"我向您发誓,这就是我本人的照片,"我很冲动,极力辩驳,"真不可思议,您没有看清楚。您一定没有看清楚。"

"您冷静下来,"这个好心人还是劝我,"我并不怀疑您是诚恳的。不过,人在疲惫或者焦躁的时候,就不顾明摆着的事实,坚持自己头脑中的谬误。我们所有人,都或多或少产生过这类幻觉,从来算不上多么严重的事。只需让事实充分表现出来,汇聚证据就足够了。既然我的见证,帕萨旺太太的见证,您还嫌不够,您愿意我再叫来一些人吗?"

"请您叫吧。"我咕哝一句。

他叫来旁边窗口的两名女职员。拄着银柄手杖的那个男人,也随同女办事员移动过来,凑到我身边,甚至不乏唐突,轻轻往上挤。刚过来的两名女职员各据守布斯纳克先生一个肩头,俯身听他解释几句这件事。我感到她们投来的目光,几乎紧跟着,就听见她们异口同声宣布的判决。无论她们哪一个,在给她们看的照片上都认不出我来。她们都肯定,两张面孔毫无共同点。五官没有一点像的。

"您瞧见了吧。"布斯纳克先生和蔼地对我说。

我无言以对。我仿佛记得,我有好几次手按额头,正如电影镜头和小说中常见的,人物以为是在做梦,无视现实的那种情态。突然,就在我耳畔,一个声音爆响,仿佛高亢的军号。正是卡拉卡拉先生,拄银柄手杖的人,看了放在窗口的照片。

"您这不是嘲弄人嘛,小伙子!您就厚着脸皮,硬说这是您的照片?哼,还算您走运,碰上这样有耐性的人办事。换了我,非得好好照顾照顾您不可。小伙子,我看您这架势,真像个讨厌的花花公子!"

我本能反应,做了个威胁或防卫的动作,迫使那家伙退回他办事的窗口,从那里观察我,嘴里嘟嘟囔囔,不知在说什么昏话。我冲着他的举动,也的确值得他小心。我不由自主朝他迈了一步,正好对着窗口之间划开公众区和办公区的玻璃隔板。玻璃板里面溜过的一道反光,触发我照一照自己形象的念头。但是,里面对着灯光,玻璃板映得透亮,几乎显现不出任何影像。我也不管旁观者会多么大惊小怪,身子弯来扭去,俯下又直起,拉开点儿距离,再靠近前,以便发现一处有利的显像点。我终于捕捉到我的头部相当模糊的轮廓,以及面部的零星特征。从这些支离破碎的线条和轮廓中,我根本认不出自己来。突然,一名职员在玻璃板里面移动位置,遮住了比较远的一处灯光,玻璃板的亮度稍微暗了些。就在这一瞬间,我的面前映出我双眼的影像,须臾即止,但是很清晰,是一双明亮的大眼睛,目光柔和而沉思,截然不同于我这对黑眼睛,又小又凹陷。

玻璃板上那双眼睛消隐了,可我停在原地,一动不动,双手扶着膝部,头脑一片混乱,甚至避免形成什么想法,那就只能让我的头脑更加混乱不堪。待我直起身来的时候,布斯纳克先生和三名女职员都注视我,眼神里充满悲哀和怜悯,而卡拉卡拉那边,则讥笑着摇头晃脑。我回到窗口,要讨回我的材料。

"我们会按照您的愿望办事,不过,我倒觉得不必这么着急,"布斯纳克先生回答说,他那种小心关照的语气让我不自在,"您的材料,完全可以留在我们这里,您改日再来,或者,干脆稍等片刻,我们给您家里,或者给您的办公室打电话,让人送来别的照片。可以吗?您过来坐到这里。"

显然他把我当成了疯子,企图争取时间通知我家人,还兴许报警呢。我心中一怕,就鼓起勇气,摆出平静下来的神态,以近乎平淡的语气回答。

"您太热情了,可是,我还有约会,不能久等。请您原谅,"我还微笑着补充道,"我的态度,在您看来可能显得怪异,这会儿我才开始明白,我遭遇了什么事。是我的一个亲戚给我搞了个恶作剧,他在中午那会儿,把我的照片调包了。我得承认,这场恶作剧的效果超过了他的预期。"

只要略微思考一下,就能觉出这种说辞没有多大意义,但是,我说话的语气,似乎让布斯纳克先生放心了。他把材料还给我,彼此还讲了几句客气话。我正朝门口走去,却感到有人拉住我胳膊,我极力控制住,才没有显露惊惧的反应。不过是卡拉卡拉先生。他赶到了前面打量我。那副怜悯的神情极具侮辱性,他还提出建议,那温和的声音像护理病人:

"这根本不算什么。您一定会通情达理,允许我一直陪伴您回到家里。一定会通情达理,嗯?"

我看出他的目光里闪烁着仇恨,有理由感到吃惊,因为无论什么时候,我的态度都不该招致如此怨毒。我已经见过一些老头子盯着年轻人的眼神里,流露出同样的嫉妒恨。然而,我并不是个年轻人。

"不胜感激,"我说道,"可是,我住在郊区,只怕耽误您回家,要受到您的女管家的训斥。"

我的回答引起布斯纳克先生和女职员的窃笑,也险些惹得卡

拉卡拉先生大发雷霆。他做了个狰狞的鬼脸,而我走到门口时,听见他在我身后咬牙切齿,恨恨说道:

"我会跟您算这笔账!"

二

我出了布斯纳克先生的办公室,便拉开步子,打算徒步走到九月四号街,只因事先有个安排,中途在一客户家停留一下,对方大约三点钟等我见面,商讨一份广告合同。我粗略地考虑如何拿下这桩生意。总而言之,生活似乎又回到正常的轨道。照片的意外事端,即便没有完全置于脑后,我丝毫也没有惊慌失措。如果说我略微感到隐隐不安,那也是似有若无,可以说是下意识的反应。回想这件麻烦事,我自然而然拿不可能做挡箭牌:无论在任何情况下,根本就不可能发生类似的事情。我就这样,躲到现实的防护栏后面,没有多大好奇心去探寻,因为我有十分简便的办法,能验证其思索的价值,我不会想不到这一点。这便是停到一家商店的橱窗前,对着玻璃照一照自己。然而,我恰恰不向商店那侧扭头,偏走在人行道的马路牙子边。我的脑海中不时浮现那两只明亮大眼睛,映在布斯纳克先生办公室玻璃隔板上的形象。猛然间,我心头一紧,不免惶恐起来,但是马上,我就把那种映象归咎于幻觉紊乱的缘故,而且还坦然地想到,应当去看看医生。甚至还发生这种情况,我以讥笑开心的态度看待一时产生的惶恐,已经想象如何对我妻子或者朋友,讲一讲这次意外事件。我就这样对他们说:"我碰到这样一件意外的怪事,怎么也解释不通。"这句话特别有意味,我乐得在心里重复。记得我想象在这样的说法中多次听见过。我心中暗道:无论谁,在自己记忆的深处,都可能发现"一件意外的怪事,怎么也解释不通"。这是再寻常不过的事情了。人在经历的时候,就会心慌意乱,有时还会心惊胆战,而事后讲起来,就不算什么事儿了。事实上,这种怪事从来就不算什么。

时值九月末了,天气很热,阳光灿烂,仿佛返回夏天了。街头飘浮着一种假期的气味,我快意地嗅着。我越来越觉得,碰到的这件倒霉事,恍若上一个季节发生的情况了。我沿巴克街下行时,被一群人挡住。在一辆出租车旁边的人行道上,聚集了许多围观的人:司机和乘客在算计程车费时发生了争执。

"肯定您在巴黎盲人学校学会了识字,"司机指着车上的计费表说道,"表上明明显示十四法郎,您看不见吗?"

乘客是个小老头,一脸络腮胡子,戴一顶淡灰色圆顶礼帽,他操着小女孩的声音争辩道:

"车夫,您是白费这个劲儿。您那个机械的可靠性,我看总不如我这巴黎人的老经验。喏,这是十法郎,我认为这绰绰有余了。"

争执的声调随即升高了,因为司机被"车夫"这一称谓伤害了。在围观者的另一侧,我观察到正对着我,有一位高雅的年轻女子,面容姣好迷人,正动情地望着我,不是偷偷的,而是目不转睛,说得更准确些,她就好像被迷住了。可以说女人没有惯出我这种毛病,以为自己是她们关注的对象,须知我天生一张讨人厌恶的脸。我只能极力地表现自己的存在,才可以期望刺激她们的好奇心。况且,我爱我妻子,把尽父亲和丈夫的职责视为一种非常崇高的理念,我也几乎总能抵制住艳遇的诱惑。总之,偶尔有一次艳遇,我也冒不了多大风险。我甚至还引以自豪,即使到了亲热得难以自持的地步,我也屡屡战胜了自身。这并不意味我对女人无动于衷,正相反,我拒绝了淫乐之后所产生的遗憾,经常会魂牵梦萦,久久占据我的心头和肉体,而且特别强烈,从而体验出只有在战胜自己的软弱之后,我才感到从来没有如此虚弱,如此不堪一击。我在不见了那个陌生美女的身影之后,继续赶往码头时,恰恰就处于这种心乱如麻的状态。她在对视中向我投来的,宛如被捕着的温和动物般的眼神,让我心潮澎湃,以致我怀着切肤之痛,想象可能由此引发的后续情况。照片的风波,我早已抛之脑后。我穿过塞纳河桥,因遗憾而意绪忽忽,步子懒散,闲闲地眺望河流的远景和两岸的秋色。

到了对岸的桥头,我必须等待一长串车辆驶过,才能横穿马路。我身边同样停了一辆公共汽车,瞥见车上前后坐着两位非常漂亮的女乘客,她们隔着玻璃窗正注视我,一个目光恹恹,另一个眼神贪婪。对此我本应惊诧才是,却满心欢喜,我仅仅这样考虑,能得到美人的青睐,表明世间毕竟还有看一眼就能理解我的女子。我保持低调,移开目光,又看见旁边站着从前的伙伴,朱利安・戈蒂埃;同样停在人行道边上。从二十五岁那时候起,我们在投身其他行业之前,就一起到一家公证人事务所共事,相互关系不大紧密,但是我们总喜欢相约玩乐。戈蒂埃的目光迷失在车水马龙之间,也许幻想一行新职业,因为他比我约早一年辞掉公证人事务所的工作,相继踢过足球,当过书商,做过裁缝,当过歌舞餐馆经理,他还投身演艺界,现在当艺人的经纪人。我拍拍他的肩膀,把他从沉思中拉出来,亲热地对他说:

"你好,老兄。一向可好啊?"

戈蒂埃转身看看我,他那张已经映现热情阳光的脸,随即沉下来了,转为诧异的表情。他打量我有一秒钟,然后有礼貌地微笑一下,并觉得有趣,语气冷淡地对我说道:

"您一定认错人了。"

朱利安・戈蒂埃是个严肃的人,不大可能开这种玩笑。显而易见,他没有认出我来。这一下,曾在布斯纳克先生办公室一度控制我的恐惧,重又罩住了我的周身。一种惊慌失措,一场溃不成军,将我的遮遮掩掩席卷而去,没有给我留下半点儿可以抓住的疑虑。我颤抖起来,我脸上的表情也必是变得非常吓人。要不朱利安说话何以和颜悦色了。我凝视着他,却充耳不闻他说的话,我看见在他那双不再认识我的眼睛里,跳动着的这个世界。他把我的惊慌失措误会为神经错乱,便将手搭在我肩上,一种友好的动作,但也传递出某种令人信服的坚定,在我看来非常可怕,因为能让我猜测出来,他意欲将我交给一名警察,或者送到警察局。我猛然一个动作挣脱,压低因恐惧而沙哑的声音对他说:

"不,朱利安。放开我。求你了,朱利安。"

我丢下他惊呆在原地,拔腿冲进车流,不顾司机的叱骂,也不管维持交通的警察的哨声。我一直奔跑,穿过土伊勒里宫花园,跑到金字塔街的连排拱廊下,才收住脚步,停在象牙制品店的门前。店铺橱窗的周边镶了镜子,照镜子之前,我先极力休整一下,即使理不好思想,至少也得平抚我这张脸,我感到因为恐惧,我的整个面部完全失态了。我借助于看个究竟的好奇心,总算恢复了表面的平静。

我在镜子里看到了自己的形象时,不由自主地朝身后瞥了一眼,以便确认眼前所见不是别人的脸。然而,我还是张张嘴,紧紧鼻子,皱皱眉头,陌生的面孔同样张嘴,紧鼻子,皱眉头。站在门口的店主和一名年轻女雇员看我做怪相,又开心又好奇,那种讥笑的神态让我溜之大吉。不过,他们对我的举动可能产生的看法;我甚至觉得至关重要,还认真考虑了要不要返回去,给他们一种尚可接受的解释。破天荒第一次,我体会到某种程度的疯子所产生的恐惧感和屈辱感:他们意识到一种特殊的精神状态,势必得不到合情合理的评估,这就引发他们最强烈的渴望,要被人看作正常人。

这两个人可能见证我神态怪异,我赶紧逃避他们的目光,拐进圣奥诺雷大街,而且当即明白自从今往后,我的全部努力、所有活动,都要力图逃避到一种正常生活的表象之下。一种不可接受的包袱,至死我都得背负着,只能默默地忍受,成为被社会排斥到边缘的一类人,连最简单、最明显的自然法则,都在他们身上神秘地中断了。造化弄人,遴选我为见证者,又充当一种巨大落差的工具,而迫于生计，我又不得不立即归附，成为同谋。我感到这种局部的变异，对我所包含的全部风险，而维护自身的本能也已经迫使我设法补全这种变化。一定得避免生活在两本登记簿上，换言之，不能让我身上体现两个人物的存在，如果两者差异过分明显，很容易就会把我关进疯人院的单间里了。我的声音没有变，还有我的习惯、我的人际关系，以及感知和反应的某些方式，无不是时刻警惕的陷阱。我必须尽可能塑造一种人格，看似与我的新面孔相匹配。

我在圣罗克教堂附近的一家小咖啡馆，坐在后厅思考这些事情。服务生给我端上来咖啡，就让我自便了，我可以从从容容，对着镜子端详：在我这张新面孔上，五官特征，没有一处能让人联想起老面孔。我拿出一张身份照比较，以便更准确地评估我相貌的变化。我得承认这副外表更加年轻，也更有魅力，看我现在这样子，顶多三十来岁，这张脸肌肤细腻，十分秀气，一副高贵相，长得结实而丰满，有丰衣足食、生活优裕之人的特质，通常能引起女人极大的注意。我的眼睛呈淡淡的蓝灰色，闪动着一种迷人温柔的光芒；我原来的一头黑发，现在变成褐色，仿佛更加浓密，也更加柔顺了。我真实的面孔踪影皆无了，甚至没有留下一种表情，这在我的种种惊诧中，不能说是微不足道的一种表情，归根结底，纯粹是呈现在脸上的一种心态的映象。

我跪在软垫长凳上，手里拿着照片，鼻子顶着镜子，有时还擦拭我在镜面上的哈气。我一边估量着这场不幸的深远程度，一边也从中发现了一种相对和缓的办法，就是想想自己的形象非但没有变美，反而出现《仲夏夜之梦》中的那种情况，变成一张滑稽讨厌的肥脸，或者一张驴脸，那更要痛苦不堪了。现在看来，我的旧貌引起我近乎怜悯的同情。仔细瞧瞧照片上这张塌陷的宽脸，斗牛犬般的下巴和鼻子皱皱巴巴，一对黑色的小眼睛深深凹陷；射出贼溜溜的凶光，我还从未如此放肆地端详这些特征。这幅肖像照，不再是我本人了，看着有点儿像一个久违的朋友照片，而且，我的性格、我的生活态度,此刻突然向我显现出并不尽如人意的粗线条。我发现了或者自以为发现了自己行为的种种真相:对公道的这种始终不懈的思虑,往往使我变得庸俗而又不公正;我害怕上当受骗的心理,总转化为一种具有攻击性的自负,一种虚荣的需要,感受到我对周围人具有权威性;某种过分屈就于金钱、权力,屈就于地位不平等是世界动力的理念;还有一种强烈的责任感,以及视为投资,忠诚于感情的诚实感;再就是一种真正的慷慨精神,本可以发挥更大作用,假如不受过多的猜疑冲淡的话。这些弱点和长处,本来刻在我的旧面孔上,现在我还感到在我内心蠕动,但是已经不同以往,其能起综合作用,赋予整体以一种个性的、一致性和凝聚力,有一部分丧失了。这就像我身上的弱点和优点,一下子欠缺了主导成分。我觉得一张面孔,不仅仅是反映我们思想和感情的一面镜子,本身还起反作用,能与这些思想和感情结合起来。例如,众所周知,一个女人的性情,在很大程度上,取决于她们对自己美貌的看法。我们也几乎一直抱着对我们自身的某种意念去生活。就拿我来说,良心上有碍难,在纠结的时候,我的面孔在我看来,就像个严肃的陪审员,而我采取一项决定,只能遵从他的意愿,更确切地说,我必须确信这项决定"适于"他,有点像我给他试戴一顶帽子。至少从前是这种情况下。

我专心致志思考这些相关联的问题,仿佛在这种关头,对我再也没有更重要的事情了。然而,这是装模作样,有意采取循序渐进的办法,逐步进入我的不幸的境地,最痛点留待最后来触及。我尤其回避;怕想到我的妻子儿女我恨不得逃避,自身消失在荒诞的一种宗教的恐惧中,可是我心中也唯独只有完全世俗的恐惧了,担心马上面临的前景,不免心痛欲碎。最终,我坐到长凳上,不再看我这张脸,还要幻想什么事情也没有发生,但我不由自主,向自己发问,提出这样的问题:今天晚上,几小时后,我总得回家,拥抱我妻子、我女儿、我儿子,我该怎么办呢?向我妻子解释我改变容貌了吗？不可能。她除非神经错乱，才可能接受这样的寓言故事。老实说，比起我的变貌，她的轻信倒不会怎么出人意料，不过，我还是打消这种念头。说到底，我深信荒诞的偶然属性。荒诞，在向现实提供了新的起步数据之后，便悄悄地消失了，这种信念，随手拈来，还是我的理性的一种需求，也的确，我的理性刚才无奈，接受了不可接受的念头。

三点一刻，我出了咖啡馆，心里还一点谱也没有。去赴三点钟的约会不算太晚。然而，向一个已经认识我的客户，我用什么办法自我介绍呢？我机械地走向我的办公室所在的九月四号街，一路又产生这样的念头：我的形貌变化剥夺了我创办并且赖以生存的企业。企业因我而存在，这是某些个人和某些企业给予我这个人的信赖。作为广告经纪人，职业生涯的偶然机会，有一天让我同金属材料进口商建立联系，而且我的第一单生意，就绑定了一家锡和铅销售营业部，正是这个渠道最终吸纳了我的大部分业务。这家销售营业部的运作，我伤了很多脑筋，初步结果尽管还算满意，但是在最近的将来，我还有理由抱更大的期望。猛然间，一切都结束了。

已经望见了我的办公室所在的楼房了，可是从今往后，我到那里去干什么呢？我的女秘书会当作陌生人接待我。我走过门口，胆怯地朝里面瞥了一眼，又径直走向交易所。就这样，我这张新面孔犹如一堵盲墙，将我同我的生活隔开。我已经知道这种情况，但是熟悉的现实的考验，明显摆到我面前，更触碰痛觉，更加咄咄逼人，将我置于怒不可遏的状态。我奋起反抗，拒绝抛弃一切不愿意这样活生生被禁锢起来。不存在逃不出去的囹圄，我准备破釜沉舟。必须拼命一搏，哪怕毫无希望。

愤怒似乎一下子激发了我的思想。自不待言，我的处境依然如故。但是我依稀看到某些可能性，得以谨慎地活下来，或许可以维持一段时间，还以我的姓名和公司的名称，又不让人看出我刚刚发生情况的一点破绽。我原路返回,决定闯进我的办公室。

三

老式液压电梯送我上四楼,徐徐爬升,我从容地思考,敲定我刚拟订的冒险计划的一些细节。到了四楼的楼梯平台,我停了一分钟,感到心慌,我竖起耳朵倾听,什么也没听见。我的办公室格局,有一间改成候客室的门厅、两间屋子,以及附属大房间的凹室。大房间是我专用办公室,布置得也最好。我的秘书和打字员在另一间屋,而打字员的桌子放在小窗口下,外面连着门厅,正对着房门。我要进办公室,避不开打字员拉戈尔日太太的眼睛,不过,我至少可以期望避开她的警觉性。我担心的是在门厅撞见一个认识我的客人,或者一名通常从那儿上厕所的女雇员。那样一来,我就只好问一问塞吕西埃先生能否接待我,然后,就得离去。

我开门的时候,从衣兜里掏出手帕,有意带出几枚硬币落地朝前滚去。我还来不及瞧见拉戈尔日太太那张脸,就俯下身,手着地去追逐钱币,同时发出怪怨的声音。拉戈尔日太太只瞥见了我的健壮的身躯,从我的声音、块头儿和衣着认出是我,因为,她关切地轻轻"哎哟"叫了两声。门厅里没人,我一过去,就转身,背朝小窗口,走向我的办公室。我第一招儿得手,受到鼓舞,但也有几分不安,没有听到我的秘书呼应拉戈尔日太太的声音,担心吕西安娜在我的办公室。我外出时,她常因工作需要而过来。

中午,我要出去时,恰好要准备一份材料,需要的文件大都散放在我几个抽屉里。我将帽子压低,以防万一,但这是顶"卷檐儿帽",不大管事。为了保险一点儿,我就展开手帕捂住脸,走进办公室的当儿假装擤鼻子。这种过当的谨慎也遮住我的眼睛,什么也看不见。我低声问了一句:"没什么新情况吧?"没人应声。我是一个人了。我当即走向文件柜,有待处理的文件,我习惯放进柜里。我将两扇柜门半打开,形成一个昏暗的洞口,以便待会儿躲进里面。接着,我坐到办公桌前填一张支票。吕西安娜随时都可能敲门。我着急但又当心,动作简捷。没时间核实我在银行账户的存款,但我知道尚余五万法郎。我填吕西安娜的名字支取四万法郎,只因银行的工作人员都认识她,出纳员毫不犯难就能兑付。我正填写取款人姓名时,就听见有人敲了敲连通两间屋的房门,等敲第二下我才答应,将签好的支票放在桌子上,赶紧跑到文件柜。我夹在两扇柜门之间,让人只能看到我的后背。就这样,我也感到难以完全避开吕西安娜的目光。我们共事五年多时间,去年年底,她做了我的情妇。不过,我们这种关系仅仅持续半个月,因为一想到欺骗了妻子,我就受不了。既害怕被妻子看透了私情,又由衷感到内疚,那两周我仿佛在病态中生活。我中断关系的理由,吕西安娜完全理解,她明白相告,从第一天起她就料到这种结局。不能说我对她这样做感到羞愧。这个身材高挑而漂亮的二十五岁姑娘,看到她的初恋戛然而止,能够心平气和地接受,确实让我心中坦然了。不错,她的报复方式很怪异,让我感到惶恐和屈辱。我们在我的办公桌面对面工作,有时她就平静地放下笔和纸,用两只热乎乎的大手捧住我的脸,火热的目光直透我眼睛的深处,就这样默不作声,她的脸突然涨红,像个男人。我被这气势压垮,喘息急促起来,就等她下命令了,甚至期望她吩咐一声。她心知肚明,然而,我真若是贸然动一下,她就放下我,蔼然一笑,回到她的工作上。我总要体会到一种强烈的失落感,而这种失落感,一旦我独处的时候就会减缓,回到我妻子身边时,甚至还变成一种惬意的理由了。

吕西安娜进来了,我当即开口说话,并且十分关注谈吐的分寸,真怕她那么敏锐,发现破绽。我讲话的习惯,语调深沉而自负,自然不能丢掉,同时在我的声音和话语中,还必须适当流露出某种喜悦的情绪。

"吕西安娜,等会儿我要动身去布加勒斯特。我刚才遇见布加勒斯特银行协会的小梅耶霍尔德,他把我介绍给了金属材料联合会的布朗。布朗和我,我们长谈了,探讨了巴尔干市场现时提供的一些可能性;并且已经打算合作了。"

我编造了一个故事,务必出国一趟;行期要两三周。

"我从布加勒斯特,很可能直接去南斯拉夫。不过,待会儿我再跟您详谈,您赶紧去为我提款,支票我填好了,就放在办公桌上。银行要关门了。"

我大弯腰,翻腾着柜子里的文件材料。我听见化纤地毯上轻微的脚步声,吕西安娜凑到我身边,真担心她想到我要出远门,不免动情,再次考验我的自制力,而且这次,要向我发号令了。我又害怕,又向往。

"您找什么东西呀?"她问道,"让我来吧,免得您耽误工夫。"

"谢谢。我在找一个月前所作的记录,有关布莱—比松在罗马尼亚购买的物资。看来,我那时就预感到今天的生意。我这儿肯定能找到。您快走吧。"

"好的。不过,我时间还充裕。还差二十分钟呢。"

她靠得更近了。我听到了她呼吸的声音。

"求您了,"我说道,"别这么让我担心,银行快关门了。"

"我这就去。"

她出去了。我至少还有十分钟。我坐到桌子上,摘下帽子舒服舒服,因为,我已经汗流浃背了。我随手抹抹脸,摸到鼻子的形状又吃了一惊。我并没有忘记形貌突变了。只是忘掉了怪异,就好像这个令人惊诧的事件对我而言,只需逐渐习惯最常见的事物。我这手触觉的惊怪又提醒我所处的境况,所余的时间很短暂。首要的事儿,我必须面对远没有解决的现时难题,由于想起变貌又一惊一乍,我便气恼地一挥手排除掉。在这危急关头,我似乎还要去想,自己生活在什么荒诞中。现在,我就是要正视现实,现实中最实际、最紧密的方面。

我已经有过多次,这样临时决定出行,也不过三周前,我都来不及回家,就上飞机去了伦敦。这次仓促动身前往布加勒斯特,丝毫也不会引起我这秘书的怀疑。只要还能掩饰住,不让她看见我的面孔,事情就会非常完美。用不了五分钟,她就能从银行回来。我该如何接待她呢?必须跟她讲很长时间,做些指示,叮嘱一些事项。这回,我不能再去翻文件柜。况且,还有告别的时刻。这一切的过程,我总不能背对着人家吧。我已经想到我办公室里侧那间储藏室。那小间没有窗户,仅一米半宽、两米深,黑乎乎没有采光,只能打开电灯,到那里交代事情,至少显得蹊跷。此外,我也没想好如何向吕西安娜解释,我跑到那黑屋里去干什么,那是清洁女工放笤帚和别的清洁用具的地方,里面还堆放着旧电话簿、旧报纸,以及早已了结的有关生意的一摞摞档案。我绞尽脑汁,就想进出一个主意来,可我还是茫无头绪,不禁惊慌起来。我极力抵制戴上帽子、溜之大吉的念头。

我听见楼道的门响了。吕西安娜走进了门厅。我赶紧躲进储藏室,一时心慌意乱,在黑暗中不敢动弹,也不敢关上门。有人敲门。"请进。"这下我完了。

"款提回来了,"吕西安娜说道,"面值一千法郎的三十九张,一百法郎的十张。"

想必她到文件柜门缝儿里找我。我咳嗽一声,又碰掉了一把笤帚,表明我在哪儿。

"咦,您在储藏室?您怎么不开灯呢?"

门虚掩着,我瞥见吕西安娜高挑的身影,她绕过办公桌,朝我走来。我还在冥思苦索,一无所获。豁出去了,反正也暴露了。这样一想,当即就摆脱了阻碍我思想自由展开的紧张心情。

"您提款没有遇到什么碍难吧?佩服佩服。我几乎等着银行打电话来核实呢。您说说,干这傻事儿,我就进这么一回储藏室,电灯还不亮了。不过,我倒无所谓。您知道我在干什么吗?"

"不知道。我还真想问一声。"

"我在换内衣,恐怕我来不及回家了。您瞧,我想得多周全,在这儿总有衣服可换。别浪费时间,我再最后嘱咐您几句。这里面黑,门就半开着。"

我差一点儿还补上一句:"这也算不得不检点",但是我发觉我强调已经够过分的了。正像所有行为失常的人怕惹人注意那样,我感到有必要解释自己的怪异行为,要把事情说得清清楚楚。我应该回想一下,最平常的举动,表面上看来,往往无缘无故,毫无缘故也容易理解,在不知不觉中,每人都轻信别人的理性。可是我呢,不善于利用这种轻信。狗模狗样的诚实,近乎卑躬屈膝,给我立了一条规矩;时刻亮相自己的把戏,而根本就没人向我提出这种要求。我的表兄弟埃克托尔是个学识渊博的年轻人,而且在知识界跟相当有名气的人交往,他就常对我说我有自卑感。果真如此,现在我比任何时候都更身受其苦,因为我意识到自己在靠走私理性生活。这工夫,吕西安娜过来,背靠到门边的墙上,右侧半个身子显露在门缝中。她还随手从办公桌上拿来一支铅笔、一本便条簿,不愿漏掉我讲的一句对她有用的话。我讲到正在进行的主要生意,首先就提起我刚刚未赴的约会。我这样谈工作轻松愉快,完全放得开,无须施展什么花招儿,也丝毫不必勉强自己。不用说,我的表现肯定比平时更加活跃而有灵性。老职工到退休的前夕,在工作岗位上的最后一天,大概也都像我这样异常兴奋。我的思维从未像这样敏捷,头脑也从未像这样清醒过。本来有一个问题,我和吕西安娜反复考虑了半个月都没办法,现在我接连想出两个切实可行的解决方案。她赞赏我陈述之清晰,论据之雄辩,谈吐之灵通自如,是我平时少见的,因为我不由自主,时时处处都留神,自我检点,而这会儿,又找回了自我。若说吕西安娜听得着迷,一点儿也不过分。这其中丝毫也没有我新面孔的作用,想想这一点,我心里格外感到甜美。吕西安娜恐怕想都没有想,下意识地大半身转过来,背靠门框上,现在全身就处于半开房门的空间了。她的身影四分之三,有时是侧面,逆光显现在我眼前,而我隐身在暗处,外面看不见,我就可以无拘无束,一饱眼福了。离得相当近,我呼吸着她那掺杂着香水味和金发白皙肌肤的清新气味,通常让我联想到模特般健美的农妇、瑞典体操女教练。我一伸手就能触碰着她。而且一时按捺不住,我抓住她的胳臂;搂住她的腰,将她拉进暗地里。怪事儿,我这有妇之夫丝毫也不感到内疚,一心想在永远离开这位好姑娘之前,应当给她一个温柔的告别,轻易地原谅自己,将我明智的决定置于脑后了。况且,我的生活突然打乱了之后,我再也不能执意遵循同样的原则了。假如完全成为一个流亡者非我所愿,那么我必须毅然决定采用一种骗子的道德观了。然而,吕西安娜的脸躲开我的脸,动作坚决,挣脱我的拥抱,她极其认真地说道:

"您可别晚了,现在至少四点一刻了。"

我争辩说这无关紧要,此时此刻,生意就算不得什么了。由于她往小屋外挣扎,我就啪的一声关上门,我们一下子陷入黑暗中。

"您要理智一些,"吕西安娜对我说,"已经决定好了的事儿,我们总不能每过半个月就推翻一次。"

她很强硬,力图推开我。我紧紧搂抱,扭住她的胳臂。她跟男人一样强壮,双手终于挣脱出来,很有一套抗拒的办法。办公室里电话铃响起来,我们猛然分开了。

"去接电话,"我低声说,"您就说我不在,然后就回来。"

吕西安娜什么也没有答应,开门出去了。她坐到办公室的一角,挨着四万法郎,拿起话筒。她那健美的身段、青春的容颜,我真是百看不厌。

"是塞吕西埃太太要和您通话。"她转身冲储藏室说道。

她说话的语气中,毫无讥讽的意味,但是我没有留意。

"您回答,说我这就来了。"

吕西安娜传了话,随即悄然离去,但是并不装模作样。我再也见不到她了,因为我要趁她回避之际,一跟勒内通完电话就溜走。

"喂,拉乌尔吗?我同孩子在圣日尔曼,给你打电话是因为已经四点半了,安东南舅舅还要开车带我们去蓬图瓦兹,让我们认识一些老朋友。怕是我们回去就晚了。你看怎么样?"

"那是有点儿远。不管怎样,你不要考虑我。再过三刻钟,我就乘飞机去布加勒斯特了。"

勒内有些激动了,调低嗓门儿叫了一声。我向她解释出行的缘故。

"你有把握,不是去做一桩有危险的生意吗?"

这种担心感动了我。我从中看出生活有条理的妻子,既谨慎又节俭,让我引以自豪。亲爱的勒内,我从来投出去的资金,没有一笔不同她商量过的,因而总有满意的结果。一想到刚才那会儿,我在黑暗中紧紧搂住我的女秘书,羞愧的红晕就升上我的额头。怎么说我也还是个卑劣的家伙。若是不怕惹我妻子伤心,我就会向她全部坦白供认。她的声音就足以唤起我心中对纯洁的渴望,这真是一件非凡的事情。她一开口说话,在我的记忆中可能还沉浮的一切,女子的那些面容、大腿、发型、臀部,如同扔进火炉,立刻烧得蜷曲,萎缩,化为乌有了。亲爱的勒内。我再也不会放任自流,逢场作戏,这不仅令人厌恶,而且每逢这样的时刻,我一回忆起来就感到羞耻,因畏怯而痛心疾首。就在我要失去你的瞬间,我才领悟我的忠诚本分的全部光辉。

勒内问我是否打算外出很久。这取决于我到那里做的这桩新生意进展情况。我一点儿也说不准。我会尽可能缩短时间。而且,我会按时写信(说说很容易)。勒内在抽噎。可怜的小宝贝,我也同样。替我好好亲亲孩子。我的喉咙发紧,忍不住哽咽。在放下之前,我对着话筒吼了一声:"亲爱的!"就顺手揣起吕西安娜放在办公桌上的四万法郎,就好像我在偷窃自己的钱。

四

　　我形如窃贼，小心翼翼，离开了自己的办公室，决定回家一趟，料定保姆会趁我妻子外出之际，丢下房间不管了。我是乘出租车回克兰古尔街的途中，头一次想到勾引勒内。这种企图，我并不怀疑会失败，但是如果交点儿好运，我有可能让她接受一种审慎的友谊。女人对提供机会表现她们贞德的人，往往心存感激。再往后，过两三年，勒内对丈夫的思念，无论如何也不会那么强烈了，也许她会考虑给孩子再找一位父亲。

　　正如我预料的，保姆不在家，我没人打扰，取了换洗的内衣、洗漱用具和一套西装。我出公寓楼门时，注意到楼门贴着"套间出租"的告示，几个大写的字旁边还用粉笔注明"配备家具"。我去了克兰古尔街最大的马尼埃尔咖啡馆，将手提箱、风衣和帽子放在店里。天气还比较暖和，可以不穿长外套、不戴帽子出门。其实，我是多余这么小心，因为我回家还是出来，几乎可以确信门房并没有看见。五点半钟，我去敲门房的门。女门房带我去看了带家具的套间，位于六楼，也就是说在我家的楼上。六点钟，我以罗兰·科尔贝尔的名义住进了我的新居：新的名和姓保留真姓名的头一个字母。房租每月九百法郎，还算公道，我接受了。这是三室的套间，还有厨房和浴室，配备的家具也很舒适，也远比我的家有品位。卧室的窗户临街，我能看见下面五楼的大阳台：就在今天早晨用完餐，我还在那阳台上踱过步，吸了一支烟；现在还看得见放在那儿的大布娃娃，是图瓦奈特曾喜爱的填满锯末的玩偶。我俯身能看到我们卧室地毯的边缘，真巧，上下楼紧挨着。往后，我恐怕要常做这样的梦：我面朝里站在窗台上，倒退着凌空往远走，直到拉开一定距离，看得见五楼房间的内部了，不过，大多情况有百叶窗遮挡，我什么也看不见，于是，我无止境地倒退，一直退到外省，到了我出生的村庄,或者在街上飘荡,等待拉开百叶窗,可是,我累得浑身肿胀,结果成了淋巴结核患者,气喘吁吁,身体无比庞大,整个卡在两排楼房之间,生命也就全然废了。

一时间,我无事可干,傻待不住,就往各个房间乱窜。室内装饰,估计是一位女性设计的,安装了好几面大镜子,布局特别适用,我可以正面、斜侧面和侧面照见全身。现在看我这副形象,似乎比圣奥诺雷大街那家小咖啡馆所见要逊色。五官端正,可以说美貌出众,但是不知道欠缺点儿什么,应是某种美中不足,或者打破平衡的因素,即出人意料的成分,能给这副偏于呆板的面容增添点儿活泛的生气。在完美的形象中,有一种不属于生命的稳定性,阻碍这种形象化为完美。我对着镜子,试着大笑和微笑,正面照侧面照,我的脸笑开颜,像葡萄甜烧酒一般鲜艳,果然不是我由衷的表情。即使考虑到在我脸上能显示出来的几分呆相,可我难以忍受的,还看到自己一种怏怏的神态,心中不免想道:"就我这副嘴脸,还能期望得到勒内的青睐。可怜的孩子,真有那么一天,她动了心,表露出喜欢某个男人,那她也肯定不会选中这样一个家伙。"于是,我惋惜起原来那副好端端的面孔,时而泛起愠色,时而固执,不甚讨人喜欢,但是稍一冲动,那五官就会迸发出强悍的生命力。

约莫七点差一刻,我出门就近散散步,期望勒内带孩子回来,我就见得到了。克兰古尔街在蒙马特尔坡地划出一条曲线,堪称巴黎最美的街道,宛若通上天堂之路。它始于一片墓地,蒙马特尔墓地,蜿蜒向天上攀升,而夹护街道的树木,一年四季都天真活泼。最壮观的一段,即接近弧线峰顶的部分,就不再与任何街道交错,在长达至少二百米的区间,完全被框住了,往两边的视线,被两排拱窗门脸的高房严实遮住了。外地人走在这深谷隘道中,心无别念,但愿通到圣心教堂,一想到别是受了巫术的蛊惑,就不免心惊胆战,只好笑脸谦恭地问路。沿人行道停靠的两排汽车,同街道的弧线相吻合,在无限远汇成一条线。汽车属于富裕居民,他们就这样停在自家门口,再带爱犬到穷苦商人的店铺门前撒尿,让那些食品商贩好好瞧瞧,也算是一种乐趣。在这巴黎的城北街区,有一个罕见的特点,也许是独一无二的,这条深谷隧道的居民没有一家咖啡馆,甚至没有一家煤炭铺,他们要想喝点儿饮料,就得爬坡上马尼埃尔咖啡馆。街道在那里冲破围墙,伸展开来,两排树木也同朱诺林荫路的树木相交会,街面扩宽,空间开放为十字街头。十二年来,我和我的家就居住在这十字路口。

十字路口大商号,保罗咖啡馆,我下楼在附近散步,过了拉马克十字街头,克兰古尔街就变了样儿,同本街区的街道相当亲近了。通常跟我打招呼的街上行人,现在不认识我了。不过,在这温煦的秋天夜晚,街上风物依然养眼,也就是说,我毫无生疏之感,我想都不用想,就找回我游逛的老习惯,还是同样的街景,还是同样的好奇心,观赏同样店铺的门面。在我的眼里,柳树街始终像日本的美景,现在面对上坡的街道越看越像,甚至望见背景积雪的火山口,待观赏了几分钟之后,我终于领悟了,心下暗道:总而言之,我还是像过去那样,与柳树街,与商店的橱窗,有着同样的交流,可见,我心中并没有增添多少新东西。只不过我的家裂变重叠了,只因从此往后,我就住在我的家楼上一层了。过两三年,我的条件大大优渥了,就有资格试探一位有远见卓识的母亲了,换了个姓名,重新成为我妻子的丈夫,我又回归五楼的家,一切和好如初,就好像根本没有发生过怪异的事情。

我冷静下来,不再那么理会自己遭遇不幸的种种迹象了。天色渐暗。街上行走的女人都神色惶遽,匆匆赶回家。有些女人挺漂亮,但是男人瞧不见,只因他们捧着报纸,瞪大眼睛专注着大字标题。我则不然,什么报也不看,就注意到她们当中许多人,向我投来赞许的秋波,甚至还回头目送我。到了朱诺林荫路和克兰古尔街拐角,那栋楼房酷似一艘军舰的舰艏冲出街头,我在这附近常见到的一位少妇,正巧从街角迎面拐过来。她褐发黑眼睛,胸脯相当丰满,臀部也挺大,穿着紧身的衣裙,两条腿真美。昨天我还遇见她了,每天都要那样窥视她。她没有看过我一眼,也从来不看我。因此憋着一股火,一句粗话往往就升到我的喉头。除了这样闪电般相遇,我很少想到她,偶尔想起来,就称她撒拉逊女人(中世纪欧洲人对阿拉伯等地穆斯林人的称呼),无疑是因为她那黑眼睛和轻微扭动屁股的缘故。可是这天傍晚,撒拉逊女人拐进克兰古尔街时,她看看我,不是偶然一瞥,而是看了好几次,盯着看我。那种目光,猛然回答了那么多无声的疑问,令我心潮起伏。一时间,撒拉逊女人与我并肩而行,由于她打量我,尽管持重而审慎,我也险些跟她搭话了,只是想到我妻子才忍住了。我放慢脚步让她走到前面,看着她走向马尼埃尔咖啡馆,我又折返回来。冷静地思考一下,我就明白了,我这新面孔的诱惑力,在我的生活中,能引起心旌动摇的多么直接的原因。从前强加给自己的规范,现在对我不适用了。再像从前那样,我就觉得自己未免有点可笑了。贫寒的男人,看到富人经不住诱惑而堕落,而他面对诱惑却很坚强,完全可以引以自豪。其实,贫寒的男人并不了解,受到诱惑挥霍财富是怎么回事。诱惑至少分两个等级,第二等级相当于地狱了。当时我长相丑陋;说得再恰当些,相貌平平,我所得意的是,能觉出撒拉逊女人诱惑不到我。我似乎战胜了内心的冲动:我们相遇不成其为问题。

天色很晚了,我妻子还没有回来。街区路灯点亮了,驱散了最后一抹天光,行人也渐渐稀少了。我走进梦幻咖啡馆,小小门脸的咖啡馆,雄踞整个十字路口。我坐在里面,紧挨着窗户,确信不会错过,看得见我妻子回来。

我进梦幻咖啡馆,每次都有点儿拘谨,通常要接触满身汗味的人群,他们跟老板很熟,总要碰杯。我是偶然认识本街区几位艺术家,有时随同他们进入这家小咖啡馆,一起站在柜台前喝咖啡。我到这种地方毫无乐趣,不过我喜欢在朋友圈里炫耀,借机向他们表明,我认识一些知名的艺术家,自身也达到了一定的地位,可以进梦幻咖啡馆喝一杯;绝不会被人视为推销时新服饰用品的职员,或者换上节日服装的司机。夏季,家里接待客人时,勒内总会不失时机,从阳台上指着这家咖啡馆小小的露天座;笑着对客人说:"那就是我丈夫的俱乐部。就是在这家漂亮的咖啡馆里,能看到他同艺术家一起,臂肘支在柜台上喝咖啡。"客人听了,真想捧腹大笑,就好像我出现在梦幻咖啡馆,让他们萌生了一种滑稽反差的念头。我也凑趣,跟着大笑。

我没有找到合适的座位,只好靠着柜台饮用。我身边的茹贝尔,吉拉尔东街的一位雕刻家,正跟我同楼居住的加尔尼埃闲聊。我心不在焉听他们交谈,眼睛注视着街上。他们一边聊天,目光一边在人行道上游荡,因而望见我家保姆回来:她系着白围裙,手上拿着一个白纸包,装的不是火腿,就是格鲁耶尔碎干酪。

"瞧,"雕刻家茹贝尔说道,"那是塞吕西埃家的保姆。对了,他怎么了,那个可怜的塞吕西埃?"

"可怜的?"加尔尼埃反驳道,"他可不需要怜悯。"

"我不是说他需要怜悯,但他总归是个可怜的家伙。"

不管他怎么说,语气则表达出对我由衷的同情。加尔尼埃这次既不反驳,也不费神表示赞同。此人身形瘦小,脸颊凹陷,目光敏锐而真诚。虽然同住一层楼,我却难得遇见他,只因他是一家剧院的舞台监督,晚间六点到十二点通常不在家。他对我向来有好感。显然易见,在他看来,茹贝尔的断言也无可争议。我对此感到一阵揪心,几乎有些眩晕。

这时,我望见安东南舅舅的汽车绕广场行驶,停靠在我家门前,我当即出去。我还因刚才听到的谈话而心神不安,出门前顺手拿走茹贝尔放在柜台上的报纸。这报纸一定能帮上我的大忙。安东南舅舅的这辆车给勒内和我,造成许多麻烦,这次倒给我带来百分之百的快乐。我躲在茹贝尔的报纸后面,佯装看报,心里无限柔情，嘴上露出笑容。安东南舅舅，是我妻子的舅舅，他在夏图经营一个养猪场，嗜好亲手安装汽车，用的全是从废钢铁商那里买来的报废零部件。他得意扬扬，只花一千二三百法郎，就制造出来一辆汽车，"又亮丽，又健壮，又省钱，从许多方面看，要胜过一些品牌成批生产的新车"。

  安东南舅舅这个人非常招人喜欢，他也特别喜爱我们，但是，勒内总跟他保持距离，就怪那些破烂汽车，让我们在邻居中间有失脸面。勒内一直抱有社会等级的观念，尤其在家庭的层面。她在我赚的钱的基础上，总之非常理智考虑到，我们的生活，直到细枝末节，都必须依此安排得井然有序，无论是羊后腿的全套餐具，还是我的吊裤带，都必须显得体面，与她的身份相匹配。譬如，勒内就不愿意由着我，随便买一辆汽车，因为我们还没有财力买一辆十四马力的车，而且她还认为，乘坐装备简陋的汽车，在路上行驶也不够气派。这类思虑可能显得俗气、可笑，而且在加尔尼埃和茹贝尔看来，甚至是讨厌的，但时至今日，我差不多还是认为他们错了。正是这样的思虑，赋予生活一种辛辣的，然而强烈的味道，即泡在胆汁里的日常现实的味道，这其中或许将包含我们在临终的床上全部的信念。

  安东南舅舅哪里会猜测出来，外甥女乘坐不足十四马力的汽车，还会感到不自在，因而每周总要打一次电话，天真地向她提议，开着他最新造出的汽车来接全家人。这种提议，每年起码接受一次，这是必须的。可怜的勒内。在老旧汽车方面，美国电影滑稽天才所能发挥的全部想象力，也从未接近安东南舅舅现实的创造。其实，他自始至终，也只有一辆车，却时时刻刻改进，他本人也常说他这辆车，比养了三个月的小猪变化还快。他成功改进的妙趣奥秘之一，就是设计和所用材料之间的差距：使用劣质的配件来实现他雄心勃勃的构想。舅舅每次来我们家时，总不乏人来围观他的汽车。勒内真是苦不堪言。为了淡化这种丑事，她就通过门房的渠道，往全楼和周围一带散布，这辆古怪车的主人是个大富翁，又是个有怪癖、不大修边幅的单身老头。

舅舅最新造的车，并不比先前那几辆差，它的最大特点，我看就是后轮远比前轮高。安东南舅舅下了车，喜气洋洋，长长的胡须在夜色中飘拂，且看他在做什么：他踮起脚尖，以便够上用于开启后车门的云母片探视孔，他以响彻十字路口的嗓门嚷道："你们别再动啦！"他走向车头，但是不慌不忙，因为他所到之处，不会不惹人注目，果然，这座公寓楼各层许多窗户纷纷打开，而看热闹的第一批核心成员，也聚集在人行道上了。我早已站定，注视这个场面，什么也不想漏掉，因为我知道，舅舅无论是到来还是离开，总会有别出心裁、给人惊喜的表现。舅舅估算了观众的人数之后，便纵身一跳，骑到汽车的引擎盖上，只为瞧瞧挡风玻璃，他对着坐在车里而外面始终看不见的乘客，开心地微微一笑，还打了个鼓励性的手势。

"我骑到这引擎盖上，如果说认为有此必要的话，"他向观众解释道，"其实很简单，就是为够着位于发动机两侧的引擎盖拉杆儿。"

他鼻子顶到挡风玻璃，随即又改变了主意：

"这两根拉杆儿，"他补充说道，"我可先拉一根，再拉一根，那么预定的结果就要分两步达到。如果一举成功，那就更漂亮了。"

他再次俯下身去，手臂张开，做了个拥抱汽车的动作。很快就听见嘎嘎转动的巨大声响，盖过了继续运转的马达声。猛然间，绷在拱形架上的黑色防雨车篷，好似（老式）照相机的皮腔那样，折拢到车头，而车的尾部，用同样雨布做的垂直的防护罩，也落下折叠起来。于是，我的全家人出现了。舅舅刚才"别再动了"一声令下，他们都僵硬地坐在车里：儿子吕西安在前座，后座犹如高高的舷樯，有我妻子，身边坐着图瓦奈特和舅舅的狗。由于后轮高，汽车的后半部车身大大撅起来，勒内独自下车都很危险。围观者中间发出快活的嬉笑声;我不由自主也参与其中。安东南舅舅的技艺打断了我与家人重逢的冲动。我也体会到了轻松的感觉,大部分男人数日间逃脱了妻子的目光,都会有同样的感受,于是我就这样,轻易地笑起来。不过,我理解,也同情勒内受的那份儿罪。亲爱的人,囚禁在她那舷樯上,在克兰古尔街众目睽睽下,满面羞红,都不敢扭一扭头。舅舅终于来解救她了。他又按下一个松扣机关,翻转放下面朝里安装了折叠梯的踏板。

"简便,对不对?"他转向看热闹的人群,说道,"可是别的汽车,怎么着也没有这玩意儿。"

勒内看得出挺烦躁,催促孩子,话语干脆,避免环视周围。我等待她回家时,心里本来算计好了,设法与她同乘电梯,这天晚上至少打个照面。我放弃了这种打算,做得还算明智。她高栖在舅舅汽车上的狼狈相,如果知道我瞧见了,她绝不会饶恕我。我藏在报纸后面,十分遗憾,连同她的目光相遇的机会都没有。眼看她和孩子已经走到公寓楼门口,我却遭到一次意外的袭击:得克萨斯,舅舅的那条狗,离几步远跟在后面,凭嗅觉认出了我,一下子扑上来,想要舔我的脸。

"这个畜生,还挺喜欢您的,"安东南舅舅指出,同时抓住狗的项圈,"它这种表现还挺出乎意料。我是狗的主人,如果说它信赖我,倒是完全正常的。"

舅舅到公寓楼的门厅里告别。我看见两个孩子扑上去,搂住他的脖子,那种亲热劲儿几乎让我感到眼红。但是,勒内尽量把他们三人往门厅里端拉,因为在行人的注视下,这样拥抱令她难堪。我看不见他们几个人了,还听得到舅舅的大嗓门儿盖过了门房收音机的声响。

"星期天早晨,我来接你们,"他说道,"你可别说不行,我的大外甥女儿。你丈夫不在,我就责无旁贷。况且,和我在一起,你也用不着拘束。就这么说定了。什么?嗳,该死,我不是说了,就这么定了嘛。我本可以答应你,再提前点来,不过,得给我时间重新装备我的车。车篷可以敞开的车子,在气候宜人的季节该有多棒……"

舅舅走出门厅,来到树下,便朝天吐痰。他已然瞄准一根树枝,但高度不够而未击中。他重新再来,红头涨脸,眼睛冒出怒火。他连续吐了四口痰,终于击中目标。他见我在他的车子旁边,便对我说道:

"不管怎样,我还是干成了。真奇怪,不知道您注意到没有:有些日子,事情就是干不成。"

"这也并不容易。"我用假声应道。

"的确如此。尤其像我这个人,早晨才有精神头儿。啊!若是早晨的话,您就瞧好吧。早晨我吐痰,那叫个高,都不可思议。对了,告诉我去哪儿,我可以捎您一程。我经过星形广场回夏图。当然,您若去市中心什么地方,我也不妨绕个脚。"

"您真热情,"我说道,"我正要问您呢,您去不去星形广场那个方向。"

五

舅舅的汽车停靠在用于跑马道的人行道边上。布瓦林荫士道上,除了几辆上行的车辆,白天的热闹景象几乎荡然无存,跑马道也冷冷清清了。

"我倒不是要在这里下车,而是有一件隐私要告诉您。"

我讲这话时,恢复了自然的嗓音。舅舅浑身惊跳一下,他打亮手电筒,仔细瞧瞧我的脸。

"上帝呀,"他说道,"我明明听到我外甥女婿的声音。"

"拉乌尔的声音?嗯!对了,您没有听错。安东南舅舅,我是您的外甥女婿拉乌尔。安东南舅舅,我向您发誓。我是拉乌尔·

塞吕西埃。刚才那会儿您看到了得克萨斯认出我来。正是我娶了勒内·拉比耶尔,您姐姐泰蕾丝的女儿。今天下午,我遭遇了惊险的一幕。突然间,我也说不准哪一时刻,我的形貌变了。"

"出这种事,"舅舅喃喃说道,"真让人困惑。"

"安东南舅舅,您不相信我说的话?"

"既然你这样说,我当然相信了。不过,我总归还有权说,这实在令人震惊。老实讲,你还想让我觉得这事儿十分自然吗?"

舅舅思索了片刻,还是点了点头,赞同我的说法:

"归根结底,这也不算什么太离谱的事儿。一般来说,人的变化是在不知不觉中进行的,不过,有时候也会发生突变。我想起来了,有一回,我的车就是这样……"

舅舅设法让我明白,人的本领所能办到的事,上帝也能办到,而且胜过千倍,他给我讲述四月,如何用了一个上午就改装完他的汽车,结果下午,他从车子旁走过去一趟都没有认出来。继而,还向我描述汽车改造前后的情况,接着又大谈特谈发动机,满口技术术语,夸耀他造出的车多么舒适好用。最后,他渴望让我评价这辆车加速的性能有多优异,就又启动了汽车。

"对了,到底要我把您送到哪儿下车呢?"他驶进树林问道,因为他已然忘了我的形貌变化这码事。对此我有点生气,就冷淡地回答:

"我提醒您,我是您的外甥女婿拉乌尔。"

舅舅有些不好意思,向我道歉,车就停到大湖岸边。而我呢,却开始后悔了,自己一时忘情,想一吐为快,向这个大好人吐露了隐私。我心存疑虑,他的美德和盛情,能否战胜他的冒失,为我保守秘密呢。

"你这新面孔不赖嘛,"舅舅以求宽谅,对我说道,"勒内怎么说呢?"

"她还一无所知呢!"

"哦,真的,你一时还没来得及告诉呢。咱们快去,亮给她看看你的面孔。"

"给她看看,嗳,这可不行。"

"为什么?"

"就因为她怎么也不会相信,会发生这样一种奇事。"

"我这不就相信了么。"舅舅反驳道。

"当然了,可您呢,不是一码事儿。"

"是了,我呢,是个白痴。你就明说吧。"

"正相反,舅舅。甚至可以说恰恰相反。如何向您解释呢?我看见您骑到汽车引擎罩上的时候,一下子就萌生了向您吐露真情的念头。当时,您这双眼睛都在欢笑。您漂亮的大胡子,颤动着犹如触角。我感到自己面对一种难以置信的真相:您是个能摆脱个人理性控制的人。我心下就想安东南舅舅心里接受的,他便承认。这是一种罕见的禀性,比人们想象的还少见。您要对我说,诗人无不如此。哼!算了,算了。对他们而言,荒诞,就是虚幻,就是穿着睡衣的迷雾,就是到最后一刻必然泄气的玩意儿。一位诗人,总在他理性后面游荡;摆出那种负气的样子,但是也小心翼翼,避免踩着理性的尾巴。不要拿诗人说事儿。也许在这世上,唯独只有您一个。我非常爱您,也就全对您讲了。讲出来对我有好处,可以安心了。唔!我很清楚,对我您爱莫能助。我请求您的,就是别无意中,一不留神把我出卖了。您务必牢牢记住,如果我偏要公开表明我是拉乌尔·塞吕西埃,那我肯定就要给关进疯人院。"

"你把我看成一个笨蛋,"安东南舅舅争辩道,"我完全理解,你的处境十分微妙。放心好了,我不是那种干蠢事的人。比如,说我为你做不了什么,你这么想就错了。你知道我要做什么吗?我要去见勒内,告诉她真相。我么,是她舅舅,她会相信我的。"

我应该预料他会出的最大差错,越来越明显了。我气急败坏,不免发火。

"您真要干出这种事,那我就乘火车出国,什么都抛弃。您要透透彻彻明白,我的变貌是一件不可接受的事情。既然如此,就应该顺其自然,否则的话,随便一个穷光蛋,在阿迦汗①被迫销声匿迹之后,就可以冒充他这个人,霸占他的财产,随便哪个流氓闯入家中,上他觊觎的一位美妇的牙床了。"

"不管怎样,拉乌尔,事实终归是事实。"

"那也必须得到证实,否则,只有少数几个人相信。当然了,如果有两三千人一致声明,我的奇特遭遇是真实的,勒内就会相信。况且,我了解我妻子,她不大看重没有广为流传的确切消息。"

"可不要这么说,拉乌尔,可不要这么说。"

"干脆说吧,就算她从内心深处确信我始终是她丈夫,那我也几乎可以肯定,她会佯装不相信。她那么做也自有道理。婚约上没有这一条。对于别人,对于朋友,也会造成不好的影响,对于子女同样如此。事物的自然秩序就这么颠倒,还得正视荒诞的现象,总不能以这种思想培养孩子。不行,请相信我,务必彻底放弃这种念头,绝不能告诉勒内和任何别人。您一口咬定我就是拉乌尔·塞吕西埃,可否知道要把我们二人置于何等境地吗?那就不是关进疯人院了,而是要投入监狱。警方要寻找拉乌尔·塞吕西埃这个人,自然找不到的,那就会控告我们杀害了他,毁尸灭迹了。"

安东南舅舅叹了口气,神色怏怏,有些气馁,想世道如此尔虞我诈,简直不给实事求是留一点儿空间。

"刚才我对您说,您实在爱莫能助,"我补充道,"这样讲未免失言。其实,您将成为我唯一的庇护所,唯独您认为,我始终就是

---

① 阿迦汗(1800—1881),本名阿里·河里沙,伊斯兰教什叶派中尼查尔派的第46位伊玛目,因抗命波斯国王失败,逃往印度。在阿富汗第一次战争中,他支援英军占领信德,受封称为"殿下",即阿迦汗一世,居于孟买,子嗣相传到四世。

拉乌尔·塞吕西埃。您瞧,我流亡生涯还不过半天,就已经感到需要向您倾诉我的不幸了。事情也还有另一面,我受不了孤独。我好比遭遇海难的幸存者,漂流到一个不认识我的世界,能有一个担保人,也是我不幸中的万幸。"

舅舅提议要我住到夏图他家里,协助他养猪,说猪是讨人喜爱的动物。他不遗余力要把我吸引过去,许诺给造一辆五马力的汽车,保证又美观又舒适。我感谢他的盛情,接着也把我做好的安排告诉了他。我引诱自己妻子的方案,在他看来非常美妙,滑稽到了无以复加的程度。舅舅仰起头,开怀大笑,犹如在空荡荡的教堂奏响大风琴,笑声回旋在空旷的树林。而且持续不断。他只是不时换口气,还放开大嗓门儿嚷道:

"笑死人啦!这个可怜的勒内,巴巴地盼望着,要投入谁的怀抱呢?投入她丈夫的怀抱!哈!哈!别拦着,让我笑个够。"

他又笑起来,笑得更厉害,我怎么试图让他平静下来也没用,提高嗓门儿也不管事:他笑得声音太大,根本没有听见我的话。我俩竟相亮嗓儿,一通闹哄,惊醒了栖在大湖的天鹅,开始不安地骚动了。我忽然瞧见,车子左侧的沥青路上隐现一道反光,就赶紧制止他,可是太迟了。两名警察骑自行车巡逻,闻声而来,发现了汽车,已经来到近前。

"您没有开停车指示灯。"一名警察提醒,语调倒也和气。

"咦,真的,"舅舅承认,"我在这儿停车,当时天还没有黑,周围挺亮的。"

疏忽的过失弥补了,巡警也许就会走了,然而,舅舅又想到外甥女,还冲着一名正俯身看车门的骑警,不禁咯咯敞声大笑。

"出示一下您的驾驶执照。"骑警不客气地说道。

"就在这儿。"舅舅回答,讥笑的语气挺戗人,可是,他摸索外衣的一个内兜,却没有找到执照,又探寻另一个内兜,随即又返回头一个兜儿,嘴里还骂骂咧咧。再次犯了老毛病,他忘了带驾照和车本。恐怕得走一趟了,到了警察局,也要顺便查看一下我的证件。如果安东南舅舅不发点儿感慨,引起警察的警觉,那可是个奇迹了。我中了什么魔,偏偏向他倾诉了这段隐秘呢?看来我这场怪异的遭遇要有悲惨的结局。舅舅正摸他裤子的后兜,已经提高嗓门儿咒骂"巫婆的孩子把我的驾照藏起来了"。

"您没找到?"警察问道,语气温和却很噎人。

舅舅在座位上身子前倾,一只手背过去解臀部的裤兜纽扣,憋得满脸流汗,他直起身,眼里冒火,吼道:

"你们发的驾照,你们知道我拿着驾照干什么了吗?"

他戛然住声,我准备打开车门,跑到密林中去。他住了声,脸上则笑逐颜开。他从后兜掏出证件夹,又以若无其事的语气说道:

"我的驾照?嘿,这不是吗,我的驾照。"

警察检查了驾照,做了笔录,告知一句:

"您有一次违章,没开指示灯。"

舅舅又吼叫起来。我踢他的腿,让他闭嘴,两名警察骑车离去。

我该发作了:

"您成心这么干,对不对?您赌咒发了誓,千方百计要引人注意我吧?您决意要把我毁掉了吧?噢!上帝啊,早知道如此。走吧,送我到星形广场,今天晚上就到此为止。"

舅舅相当尴尬,启动了车子。他不时瞥我一眼,神情又畏惧又遗憾,但是我一直气哼哼的。最终,他畏怯地提议,要把我一直送到家。

"好让勒内和孩子们看见我下您的车吗?这一招儿够绝的。"

不过,我同意他把我撂在克兰古尔街坡下。途中,他还问我能不能很快再见面。

"今天,"他承认,"我赶上个不顺的日子,就是不走运罢了。不过,孩子,你放心好了。瞧着吧,我肯定会有良方妙策。"

"那好,等我露面时,您再告诉我吧。您千万别来看我。我会打电话给您。还有,您不要忘了,今后我叫罗兰·科尔贝尔。"

分手的时候,他还问我是否用钱:"你只要跟我说一声就行了。"舅舅再见。我踏上克兰古尔街。街道弯曲幽深,难得望见天空,而路灯又昏暗。行人寥寥,出现在一盏路灯的光晕中,随即被夜色吞噬,继而又复现在另一盏路灯下。我确信自己进入梦幻。

街上的光亮,正是我梦幻之光,既非日光也非月色,而是一种失真诡异的光,在这种光亮中显现的景物,看上去就仿佛隔着一层熏黑的玻璃。我走在没有尽头的两堵高墙之间,自觉非常渺小,只因在这弧形街道上越往前走,景深越往后移,越发显得逼仄了,而这种追逐也形同梦幻。一言以蔽之,我这不可思议的变貌,就证实了我在做梦。我往前伸出手去,就会触碰到勒内温暖的肩头,于是摆脱了惶恐的压抑,在半睡半醒的状态认出自己的床铺。然而,我饿了,而且望见马尼埃尔咖啡馆的灯火,心里并不感到过分失望。

我走进狭长的咖啡餐厅,面对现实生活的场景,有点儿眼花缭乱,起初只看见几处模糊的人影,四五桌都已占用。我不加选择就坐下了,点完了套餐,臂肘支在餐桌上,便开始遐想:我向相距百来米在用晚餐的勒内和孩子们,讲述我的布加勒斯特之行。冷盘端上来时,我分辨清了周围的人。旁边用餐的一对外国人,看样子五十来岁,身穿运动服,布料是中欧的产品。对面的一排顾客中,我认出了好几个本街区的居民。画家和插图画家沙索尔在他常坐的位置上,有熟人相伴,他正友善地折磨一位宾客,提出些既天真又狡猾的问题,让受害者捉摸不透其中暗含的嘲讽意味。邻桌是些电影界人士,他们正谈论淡入淡出和蒙太奇的技巧。再远一点儿,那个撒拉逊女人在注视我,她同一位少妇坐在软垫长凳上,面对一个男人一起吃饭,那人背对着我,是个秃顶的胖子。我凝视他们几个人,又装出一副神不守舍、驰心旁骛的样子。片刻之间,我端详了撒拉逊女人,但是佯装没有看见她注目的方向,就仿佛她的身影处于我沉思的边缘。她那面容丰盈,颧骨明显;侧面看很精巧,却给整个轮廓平添了棱角,有几分男人相,而对称的两盘黑发高高卷起,就更突出了这种特征。一双乌黑的眼睛,也缺乏通常显得温柔的湿润,炯炯闪着黑灰色的光芒。她那丰乳高高隆起,颇为结实健壮,而沉甸甸的丝绸短上衣,倒像悬挂在上面。坐在她对面的家伙,一定能窥见里面的风光。她边吃边说,还目不转睛地注视我。有时,她的头转向身边的少妇,目光却始终不离开我。我一时想要同她对视,她那灼灼目光越发明亮了,让我产生被俘获的感觉。她见我脸红了,嫣然一笑,自己也微微红了脸,但是绝无羞怯的意思。这样眉来眼去,在餐厅里开始引人注意。于是,我眼睛低垂,盯着自己的餐盘反省。勒内,孩子们,道德的准则,忠于自己也是本分,一种遭遇已经可悲,不能再多事弄险了。然而我又难以克制,心想今天晚上我是自由的,任何人都不会过问我的时间派作什么用场了。我妻子的妇道,甚至给我提供了逢场作戏的理由。为了打消她的顾虑,我不是应该学会一套勾引女人的手段吗?然而,我又急转弯,改变了主意,老习惯最终占了上风,还是老老实实,当个谨小慎微的丈夫吧。我的目光,虽非有意,至少我是这么感觉,又找到了撒拉逊女人的目光之后;便将视线移向和她同桌用餐的男人后脖颈,而且死死盯着,要显示出挑战的意味。估计此人富有,看他那白发的光泽、颈背那英国玫瑰色的细腻肌肤,我就可以断定。一个体面的先生,包养得起一位美女。我似乎看出撒拉逊女人有种气恼的举动,就仿佛猜出了我的心思。

我心下十分满意,视线不再经由她的目光,直接收向我的餐盘,开始读报了。我几乎将那年轻女子弃置脑后了。给我端上来卡芒贝尔干酪时,她同桌的两个餐伴起身,她却没有动弹,我心里就咯噔一下:她没有动弹,还点着一支香烟。"您真的不一道去看戏了吗?"那背向我的男人问道。她抱歉说是头疼。那二人俯向餐桌,开了什么玩笑,我没有听见。她陪他俩一起笑,笑得比他们还厉害,但留在原地未动,目送他们一直到门口。一旦独自一人了,她便仰起头,从眼缝里注视我,朝我喷来一口烟,逼近我的干酪烟雾才散尽。我看不得女人为我花费心思,这种呼唤又搅动了我的五脏六腑。我的目光落在撒拉逊女人的双腿上,犹如插下的犁铧,又往上犁去,直到她那闪动黑灰色光芒的双眼。我加速用餐。我一吃完饭,她便离去。

她沿着克兰古尔街人行道边,缓步走在树荫下。我追上去,表示抱歉,但言辞笨拙,还补充说,未经允许就同一位女士搭讪,这是我有生以来头一次,事情也的确如此。

"允许?"她说道,"以我打量您的方式,您大大得到了允许。我甚至希望您别过分回想起我那种表现。您怎么称呼?"

她说话略微嘶哑的声音,相当动人,有自我控制的出色能力。我回答她可以叫我罗兰·科尔贝尔,我就住在这个街区。

由于我转移话题,提起她错过的一场戏,她便指出:

"您不大渴望谈谈您,也不渴望谈谈我。您还没有问我怎么称呼呢。"

"因为很久以前,我就已经给您起了个名字。"

"很久以前?可是,今天晚上才相遇,以前我从未见过您。"

"然而,我早就认识您了。两周之前,您穿一条深紫色长衣裙,配有白色领饰巾。我叫您撒拉逊姑娘,拼音中有个字母Z。那么,您的真名实姓是……?"

"今天,就叫撒拉逊姑娘吧。我觉得这名字挺合适的。"

她笑起来,露出两排亮丽的牙齿,还用力,将我的五指紧紧握在她戴手套的手里。我们停到一棵树下,她口气干脆地制止我的花花肠子,随后便主导了谈话。她表达的方式像个大男孩,简直就像个有阅历的单身汉,但是又不庸俗。她注视我的目光充满好奇,透出贪婪与善意,没有卖弄风情的嫌疑,她尽管才二十六岁,还估摸我有三十二岁,却要把我当作表弟,打算从这表弟身上获取快乐,但是身为表姐,同时也承认负有责任。我受到这样的监护,心里感到很惬意。我们从一棵树走到另一棵树,走走停停。她偶然向我谈起,仿佛视为一件可以修正的事情,说她在我的举止和相貌之间,看出几分不协调。我听了这种看法挺吃惊,也很激动,不觉停下脚步。要回答她的疑问,忽然听见女人走路,鞋跟踏出的清脆而急促的脚步声,我从我们驻足的暗地里,瞧见勒内沿克兰古尔街道下来,走过去,离得很近却没有看见我们,又往前走不远,就横穿马路,换到对面人行道。夜晚没有我陪同,勒内从不出门,至少据我所知是这样。现在,她趁机去会情夫,刚分别一天就急不可待,离家丢下我们两个孩子,我这样一想,又气又恨。撒拉逊姑娘看着我,奇怪我突然无语,脸上的表情异常。我猛然抱住她的头,紧紧搂住她的腰身,亲吻她的嘴唇,仿佛要强暴犯罪似的,我嘴对嘴跟她说:"明天马尼埃尔咖啡馆见,我得走了。"

我悄无声息,走在暗地里。斜前方,勒内走在对面人行道上。我的目光紧紧盯住,听得见她那急促而清脆的脚步声。下流的忿詈冲上我的喉头,有时心里一阵委屈,简直要痛哭流涕。到了克兰古尔街下端,她停住脚步,只见她去按敲一处门铃。我立时豁然,心情松快了,认出那里住着我们的朋友,马里翁一家人,也想起他们的一个孩子刚患了病。一定是他们给勒内打了电话,或者勒内打去电话,前往探视病儿了。我既高兴,又感动而愧疚,自责竟然怀疑一位完美的妻子,不想想我本身,见到个女人就要投入人家的怀抱。看起来,我真不配娶勒内。

她到马里翁家里逗留不过半小时就出来了。我等她先行,走上克兰古尔大街,快到家时,我拉开大步,以便与她同时到达电梯口。我给开门,闪身让她先进,以求她注意到我。人就在眼前,又遥不可及,我又像刚过中午那样,几乎同样强烈地感到,我已然习惯的这场遭遇多么残酷,一想起我要适应这种形同陌路的场景,浑身就不寒而栗。她怏怏不快,又心事重重,我归咎于我的出行,心中不免激动，喉头发紧。启动电梯之前，我问她去几楼，她回答五楼时，抬起颇为冷淡的灰眼睛瞥了我一下，一瞬间我觉得她对我的面孔有兴趣。我考虑到我的声音，还保存她熟悉的一些音色，尽管我的嘴与腭骨新构形极方便变音，不过，勒内再也没看我一眼。她回我们家。我回我的居所。

六

我在新居醒来时，头一件想做的事就是去照照镜子。我看到还是昨天晚上那张面孔。户外，天阴沉沉的，下起霏霏细雨，时而刮上一阵冷风。我多次从窗口探看；不见有我一个家人到五楼阳台。我草草洗漱完了，又考虑我变貌的事，已经产生的种种感慨与念头，大多从脑海里再过一遍，眼下面临难以打发的漫长的一天。找不出任何由头，能制造同我妻子相遇的机会，就只好寄托于偶遇了，可实在无事可干。等待好机会，就可能拉近我们，就算出现了这样的时机，那又如何，勒内对我来说，还不是照样咫尺千里，如同我真的远游了。想象五楼那套房里日常生活的情景，我在布加勒斯特同样办得到。甚至出现这种情况，以家为邻的想法毫无用处，过一会儿就变成了让人腻歪，几乎烦透了的东西，就好像要找一种消遣，绞尽脑汁，苦思多久也想不出一点良策。撒拉逊女人的形象，从我醒来之后就挥之不去，如此反复多次，总萦绕着心头，最终我还是接纳了。昨天晚上，我因与她的暧昧关系而自责，现在看来也没有那么大必要了。身处隐形男子汉非人的孤独中，能有一位女子的爱，在我眼里就变成一种权利，同样也成为生存的一种需要了。我说过，我也认为有必要再提醒一下，我始终恪守身为男人的职责，不善于同我的良心达成妥协。仅从这种初步的忏悔，就可以断定这些防范措施，做的完全是表面文章。实际情况则相反。我这个男人本来身体健壮，好在十分平常，生来能吃苦耐劳，为人忠诚,重友情,还有爱国的情怀,习惯于顺从和婚姻生活,不料无所事事和独身的双重无序状态,猛然放纵了各种恶魔,尤其独身生活乱套了。到我这种地步,就应该随遇而安,也就是说,摆脱了婚姻的束缚,不断体验现实,以便明白一个男人实际欠缺了什么。妻子很专横,引导丈夫,给他戴上眼罩,约束他那些可爱的或无用的缺点,扰乱他的危险幻想,从而使他完善赚钱的本领,这种专横正是一份无可取代的恩惠。我时常琢磨为什么娶勒内。她长得美,可是漂亮女人有千千万,她也并不富有。除了几种意想不到的因素,难得符合成家立业的念头,男人过了二十五岁,只因有了意愿,才会爱上一个女人。这并不损害婚姻的庄严性。选择什么配偶至关重要,其中包含自主判断,与恋情本身不大相干。我一搬进单身汉的这套新居,无须思考就明白,我当时结婚,就是为了放弃我的一部分生活:那种生活状态总是游移不决,朝三暮四,想入非非,毫无条理,又慷慨大方,容易受恶魔的驱使,青年子弟会参加乱党,而老光棍则要半夜起床,到街头游荡。当年勒内让我动了心,我趁势选中了她,将锁住奇思异想的柜子钥匙交给她保管。而现在,我的相貌一变,这一切又重新成为问题,这些钥匙,我重又掌握在手中,不由得内心惶恐,就想再交给撒拉逊女人。她那专横的性格,昨天夜晚我领教了,强烈促使我这么做。

我穿好衣服,准备八点半出门,这个时间,我通常就离家上班去了。虽然不像往常那样喝了咖啡,我也不急于上街,出门不知道干什么。我再次探看了三个房间,以期发现可干的事情。屋里摆放的书籍极少,小客厅里有 P. 马西永①的作品集,以及 R.P. 达尼埃尔出的十二卷《法国史》,全是小牛皮面精装本,摆了一搁板,显然是装门面。真希望能在搁板上找见一部大仲马的小说,然而一

---

① P. 马西永,作者可能把名字变了变,史上有 J-B. 马西永(1665—1742),法国讲道者,克莱蒙市的布道主教,著作有《小四旬斋》。他当选为法兰西学院院士。

无所获。我倒是发现了电话,确认了还好用,就萌生了给勒内打电话的念头。我练了练声之后,就拨了号码。

"喂。"勒内接电话,我则用细嗓门说道:

"蒙马特尔三十二号吗?有人呼叫您。"

沉默片刻,我心里数到三十,又恢复我的原声,稍微放低了一点儿:

"喂,勒内吗?我是拉乌尔。我在布加勒斯特给你挂电话。旅途非常顺利。喂,我听不清楚。"

"我真高兴,亲爱的。我还一直担心来着,这趟旅行乘飞机,你没有晕机吧?"

"一点儿也没晕机,亲爱的。乘小汽车,游玩得怎么样?"

"那就别说了。今天早晨六点钟,安东南舅舅就给我来电话,对我说起你,不知道你在旅途中,怎么可能身上会发生什么变化。一句话我也没听懂。"

"可怜的人。我本来不想跟你说,可是有好几次我注意到,他头脑不清楚了。如果他再烦你,你就赶他走人。孩子们呢,都好吧?"

"都好。今天下午,我打算带他们去参观博物馆。你哪儿知道,自从你走了,家里就空荡荡的。亲爱的,我想我们通话有好一阵了。从布加勒斯特挂电话,一分钟话费很贵。咱们适可而止吧。"

"你说得对,再见,亲爱的。我会给你写信。"

她本来应该陶醉在通话的情感中,却担心起话费贵了,这种思虑,在我看来有点儿庸俗,但是于我有所裨益。我感到自己又被召回到正常状态,重新掌握了自己,能够聚精会神,思考变貌提出来的实际问题。真是惭愧啊,还担心这一天太漫长,会非常烦闷呢。操心什么女人,哪怕是操心自己的老婆,我这不是有更好的事情可做吗?我昨天提取了四万法郎,勒内手头可能有六万多积蓄,加在一起也不是永远花不完的,况且从今往后,家庭生活要有双份儿,或者近乎双份儿的开销。因此之故,我必须分秒必争,力求开创一种新局面。我下楼进梦幻咖啡馆,仿佛一个大忙人,靠柜台几口喝下一杯咖啡,便上了公共汽车。在车上,我想到一个职位。真是唾手可得:我只需拿着亲笔写的推荐信,面见我的秘书。

将近十一点钟,我来到我的办公室。吕西安娜正同一个客户对话,拉戈尔日太太让我在候客厅等待。等待接见令人伤感。我形同一名重新服役的上校,受到普通士兵的待遇。拉戈尔日太太形容枯槁,因而我有时称为"胸脯干"。她从接待小窗口,有好几次冲我微笑:那种相当亲切的笑容,我的印象是留给最值得推荐的求职者。半小时之后,我被引进我的办公室。吕西安娜还是我昨天所见的样子,但是脸上多了几分喜色,眼睛更加明亮,无疑是因为轻松了,没有了老板这个包袱,不管老板对她有多么宝贵。我做了自我介绍,递给她刚才我在邮局写的推荐信。她请我坐下,看过信之后,就坐到我对面的经理座位上。

"昨天傍晚,我陪同一位亲戚到布尔热(巴黎南部机场),遇见了我的朋友塞吕西埃先生,我们交谈起来,我向他透露了眼下我的困难处境。"

"是啊,您就渴望为塞吕西埃先生做事。在什么方面呢?"

"塞吕西埃先生建议我销售金属材料,附带做广告。"

"您最好专心做一件事,至少起步阶段应该如此。不用说,您对这一工作起码有个粗略的想法。我能问问时至今日,您做过什么呢?"

我回答说,曾经销售过纺织原料。吕西安娜目光低垂,摆弄着我的裁纸刀,态度冷淡,听着我介绍。我从她的态度可以猜出,她决意把我打发走,要替老板转圜,显然认为要个印象模糊的伙伴,是一时心软的失误。我这种帅哥儿的相貌也惹她信不过。她常听我说起,唯独天分高的男人,才能在工作和女人之间两全其美。

此外，她认为一个男人，毫无活动能力或者能力很差，会损害我们的生意，这也是有道理的，而且心眼儿太灵通的人，一旦离开我们，就很可能挖走我们一部分客户。确实，我这种小规模经营的材料生意，关键还是掌握在一个人手里。

"总之，"吕西安娜看着我说道，"您丝毫没有专门的经历，从事这种类型的工作。恐怕只是经过短促的交谈，塞吕西埃先生还没时间详细向您介绍，并了解您的能力。"

我想要申辩。吕西安娜的语气变硬了。

"您似乎以为，要干的是商务代理人的差使。这完全是另一码事儿。成吨成吨卖金属材料，可不像巴黎卖的商品。必须有关系，熟悉一些阶层。这种工作，需要长期经营，才能产生效益。假使您有些才干，做事又很执着，那您也得等半年或者更长时间，才会有初步的收益。"

她停顿了一下，要判断她这话产生的效果。我很赞赏她头脑清醒，尤其是极力维护我的利益。我心中暗喜，不由得附和道：

"显而易见。"

她见这么轻而易举，就解除了我的武装，不禁投来怜悯的目光，但是照样要把话说绝，让我死了这份儿心。

"还有，"她又说道，"您在我们这里能拿到的酬金，肯定要大大低于您的期望，远不如一家比我们大的公司那样丰厚。您就算干得很好，也不能指望以此为生。假如您真的渴望进入这行，那最好还是找一家大公司，资产要大得多。在这方面，我倒可以帮帮您，甚至可以说办就办。您愿意吗？我这就为您请求斯图伯公司，安排副经理与您约谈。"

她已经伸手去摘电话筒。论理，我本应该领情，因为她讲的那些道理，我无不赞同，毫无可与之抗衡的理由，但是必须扭转局面，有所表示，我做得很干脆，因为她小看了我的推荐信，让我丢了颜面。我一抬手制止她，并且回答道：

"我新来乍到,还领会不了您这番言辞的深意,可我已经许诺,前来协助塞吕西埃先生。我想,这就是他在信中通知您的内容。"

"好吧,"吕西安娜不敢怠慢,说道,"您什么时候上班?"

"今天就上班。"

"既然如此,我就给您做几点必要的指示。用不了多长时间。"

她在一张纸上写了几家商号,是我要提供商品的进口公司,标明每种等级的底价,以及其他一些次要的事项。总共不过半页纸。

"就是这些,"她说着,把纸给我,"现在,您可以工作了。"

她站起来,我坐着未动。

"请原谅,"我说道,"客户的情况我也需要了解。"

"已经有生意往来的客户,不能划归您的经营范围。这种业绩也实在太容易了。"

"这些公司,我不了解,也不知道已经是我们的客户了,我很可能要去开展业务。"

"我看不至于,"吕西安娜说道,语气透出讥讽了,"其实,您只要把方案告诉我就行了,我会向您提供相关的情况。"

她从办公桌的另一边,身子朝门口移动。我却一动不动。

"小姐,我倒要了解一下,我将来的客户,万一哪家向您打探我的情况,您是否打算美言几句呢?"

我犯傻了。我知道底牌,比她占优势,受到她冷淡接待,心中暗笑也就罢了。可是,我进入新角色也太过认真,受不了吕西安娜敌视的态度,既难堪又恼火。

"我不明白这个问题。"吕西安娜说道,脸色微微泛红。

"塞吕西埃先生的朋友,似乎赢得不了您多大信任,"我冷笑着补充道,"老实说,是他让我怀有希望,能得到更热情的接待。"

"我不过是他的秘书,轮不到我来激励您的志向。"

她讲这句话,凝视我的目光让我怒不可遏。我已分辨不清我的真实个体了。我的变貌的尴尬,以及我扮演的人物的尴尬,在我的头脑中混杂,而这种半自愿的杂糅,又在我心中促生了这种强烈的痛苦感:自己成为被社会排斥的人。这其中无疑也有几分遗憾的因素,即不能让这个我爱过的美丽姑娘认出我来。吕西安娜神态庄重,绕着办公桌缓慢地踱步。她的目光盯着房间壁门,向我表明谈话到此结束。气血冲上我的面颊,也许还冲上双眼,我挺立在她面前,怒斥道:

"您不必告诉我这一点。是的,轮不到您来激励,激励一个丧失一切、毫无生活希望的不幸男人的志向。您做得对,不必同情一个不幸者,一个可怜虫。在他身上什么也捞不到。就应该千方百计,把他从您的路上除掉。如果偶然还给他留个机会,一个可怜的机会,您也要尽量从他手中夺走,将他推下绝望的深渊。您就对他说:你失去了妻子儿女,失去了财产,身无分文,还没有工作,干脆死了吧,没人给你一杯水,没人丢给你一根骨头,你连狗都不如,死了吧,死了算了,滚到垃圾站去吧,你已经一钱不值,一钱不值了。"

说到最后我哽咽起来;一时喘不上来气,眼里涌出泪水。我转身走到窗口,失声痛哭,哭得浑身颤动,有时还发一声呻吟。我小时候,听人这样哭过,那是送别从家里抬走的一个死人。这种状态持续了好几分钟,就觉得我的眼泪永远也流不干。不过,哭完也感到好受一些,心里找到了几分平衡,就好像这样绝望地痛哭一场,才配得上我这匪夷所思的易容。这工夫,吕西安娜悄悄走近窗口,站到我身后。我听见她低语:

"我错了,我请您原谅。"

我没有立即应声。我还得抽泣两三下才止住。

"我错了,"她重复道,"真的,我怪自己。"

"不。是我自己愚蠢,"我没有回头,回答道,"您尽了自己的责任。"

"我不应该泄您的气,这种做法,真不可原谅。"

我们就这样,彼此谦让了几句。我背对着她,还在唏嘘不已。我实在惭愧,悲恸欲绝了一阵,未免在很大程度掺进做戏的成分。我猛然转过身,穿过办公室,走到房门。

"非常抱歉,给您闹出这种场面。您告诉塞吕西埃先生,我放弃了我们的计划。"

"求您别这样,"吕西安娜跟上来,说道,"请您宽容大度,忘掉发生的事情。我亏待了您,不能原谅自己,也得不到塞吕西埃先生的原谅。"

她在门口追上我。她那双诚恳的美目,闪动着遗憾与温柔的泪光。我低下头,仿佛在犹豫。

"今天下午或者明天,您再来吧。我会向您提供更为详尽的情况,方便您开展业务。做我们这门生意,有一种机制,不可不了解。您瞧,"她微笑着补充道,"我承认自己的过错,再诚恳不过了。"

"除非我能确信您有过失,"我低声回答,"好了,我们以后瞧吧。既然您这么建议,又如此诚恳,我一定再来,不过,至少我得先处理完一件事。"

我们分别时,激动地握手,吕西安娜表现出近乎母爱的冲动。正是中午时分,我去附近一家餐馆吃饭,这是我平常的习惯;来不及登上蒙马特尔高地时,往往就在这里用午餐。餐馆里总是很拥挤,顾客大部分为本街区的商人,不同程度是常客。我去用餐次数多了,就认识了不少人,每次进去,总要跟一些人打招呼。我坐到一张小餐桌,最近的邻座是个名叫库埃斯农的人,去年同我有生意往来的关系。他看到我过来就座,却视而不见。我胃口很好,边吃边想,不免有点儿后怕:刚才我在自己的办公室演出的那场大戏,最令我惊恐的,不是我那样痛哭流涕,而是借以操纵了吕西安娜的女人的灵巧。我没有刻意为之,却玩弄了一套暧昧的手法,这是狡猾而妖艳的女人惯用的伎俩,极力展现她那解除人防范的软弱性,再加上媚眼就尤为动人,足以赢得一颗男人的心来情愿保护。在万般无奈的情况下,我也肯定会有顾忌,实难采用随手拈来的骗术。于是,我就多加个圈套,使得骗局复杂化,但是加进来的假货终归于事无补,还容易惹人生疑。我不免心下诘问,在谎骗中这种表里不一、这种相当低劣的女人特有的行为;究竟应什么新的需要而产生的呢?在此之前,我总是表现为一个有点儿笨拙的男人,不忘男子汉的尊严,因此,甚至到紧急关头,要用我十分成功对付了吕西安娜的这种迂回手段;此念一生,我就会厌恶地排除掉,宁愿冒着充当受骗角色的危险。然而,我的变貌仅仅是外在的。为了确认这一点,我有相当令人信服的坐标。我的同情心、我的趣味爱好、我的鄙视憎恶,只需在头脑里过一过就足够了,无论涉及男人、女人、政治、读物还是饮食,什么都没有变动。由此应当认为,与我的男子汉性情如此不合拍的这种倾向,在我变貌之前就已经存在,但是我本人还一无所知。我的新面孔,也可以说,我有了新面孔的意识,通过善于发现其表达途径的一些更可靠的原动力,突然打通了在我整个男人一生中受压抑的、深藏的这股暗流谐波。总之,刚刚发生的情况,证实了我昨晚的预感。一个人的面孔和内心生活之间,确实存在着某些契合点和感应,彼此的映象。这些想法引起我对未来的担心。等到我这五官变成我熟悉的相貌特征之后,我在刚才踏进的路上,一直会走多远也难说,恐怕要到卑鄙无耻的地步吧?我偷偷审视邻座库埃斯农的长相:一张高颧骨的大脸盘,强壮的下颌上支棱几根逃过刮胡刀的红胡须,一张看家狗的嘴脸,长一对狐狸眼睛和一只小鼻子,整个儿一个吃货。我同他打过交道,深知他粗暴、贪婪、狡猾、百无禁忌,但并不是从骨子里坏透了的恶人。记得我见过他忧伤忘情的时刻,顺应一种羞羞答答的大度,仿佛他的心已经厌烦与他粗野的长相保持一致了。我看着他用餐,就在他傲声傲气,申斥一名伙计的时候,我还试图给他塑造另一副形象,从而解放出来一个处于黑暗状态,在他的潜意识中昏睡的好人。

从餐馆出来,我想寻求一种友好声音的安慰,就去给安东南舅舅打电话。

"喂,"舅舅的声音说道,"是你吗,拉乌尔?"

"是啊,可是,您已经忘了我的叮嘱。我给您重复一遍,我叫罗兰·科尔贝尔。"

"是这样,洛朗①·科尔贝尔。我没有忘记,不过我以为,在电话中没关系。我的孩子,很高兴能跟你说说话。我要告诉你一条重大消息。今天早晨,我给你妻子打电话了。"

"是的,这事我知道,她告诉我了。"

"她告诉你啦?"

"我给她挂了电话,就好像是从布加勒斯特呼叫的。"

"真的呀,还能这样,"舅舅喃喃说道,"这主意可真妙,我怎么也想不出来。"

"一个主意什么也解决不了。对了,舅舅,实话告诉我,我有非常重要的事要问您。想好了再回答我。是这样,我这副新面孔,给您留下了什么印象?"

"印象极佳,"舅舅当即回答,连一秒钟都不考虑,"你这样子就是个可爱的小伙子,但是,我也觉得你这样一种模样儿;还不知道如何准确地告诉你。喏,拿你现在的相貌,加上我对你透彻的了解,你就让我联想起今年春天我那辆汽车,我是用六缸发动机装备起来的。不知道你是否还记得那车的样子,那个漂亮,简直没比了,但是车体很单薄,很轻便,谁也想不到,它能承受如此大功率的发动机。事实上,忽然有一天,整个儿散了架。不知道我跟你讲过

---

① 原文与上文的"罗兰·科尔贝尔"拼写不同,因此用不同的字音译。

没有,那是开往奥尔良的路上……"

"知道,您跟我讲过。现在,我给您的就是这种印象。除此之外呢?"

"没有任何新的想法了。不对,刚才我想到了一个惊人的念头。我亲爱的拉乌尔,我是想说,我那亲爱的贡特朗,我肯定,你听了准会打呵欠。是早晨六点钟,我猛然产生了这个念头。我想起你,我考虑到你在跑业务过程,最出人意料的,就是你随时在变脸儿。可能正是这一点,在勒内看来是不可思议的。其实不然,恰恰相反,相貌变化是缓慢进行的,例如,在你去布加勒斯特的三四个星期时间,这样,让人接受就容易得多。"

我一时受到安东南舅舅的这种逻辑吸引,随后又耸了耸肩膀。渐变的概念不适用于奇迹。这是个本质的问题。假如不是整个形貌,变异仅仅发生在我的面部,其神奇奥妙的效果,丝毫也不会减弱。不管是在一个月期间,还是顷刻之间实现的。

"于是,我就给勒内打了电话,"舅舅接着说道,"好让她有个思想准备,等你旅行回来会发现你变样儿了。不用说,头一次涉及,我是一丁点儿一丁点儿透露。"

"我想也是。您就不担心,您有两种视觉的天赋,勒内不会感到吃惊吗?"

"我会特别当心,不向她预言任何事情,只是向她暗示,点到为止。"

舅舅还非常得意地补充一句:

"当然了,要摆出满不在乎的样子。"

我心里在掂量,我是不是给他泼了冷水,不让他按自己的想法推进。他见我沉默不语,有些不安地问道:

"你满意吗?"

"当然了,舅舅,当然了。"

"我这主意还有一点我挺满意的是,能让你放弃引诱您妻子的打算。现在你是个帅哥儿了,你很可能得手,这对我这可怜的外甥女,对你也同样,毕竟是个伤感情的事件。就这样,你让我全权处理,说定了吧?"

可怜的舅舅,他甚至没有想一想,我和我妻子是近邻,在我所谓的旅行期间,她会在电梯遇见我上百次。我还留个心眼儿没告诉他,稍过一会儿,我就去自然博物馆,期望在那种场合认识勒内。

七

我游荡在大洪水史前的巨兽骨架之间,边走边遐想,这些巨兽在显微镜下得到证实的历史,还不如我的经历令人惊叹。我有了这种念头,便得意扬扬,带着善意注视这些蜥蜴类和草食巨兽,一具具骨骼令人联想到船舶修理厂。我还公然捧着个笔记本,做些记录,有时画幅雷龙的下颌,或者翼手龙的胫骨的素描。我这是弄景作秀,心想让我妻子瞧见,能引起她的兴趣,成为攀谈的话题。此外,我还犹豫,装扮成博物学者,还是到生物早期的这些古迹中寻求灵感的建筑师。建筑师这种职业,勒内会喜欢的,其艺术性无损于人的尊严。可是另一方面,我作为博物学者,可以期待出奇的有利效果,知道在她的想象中,这类学者的形象,必是白发苍苍、戴金丝边眼镜的老者。

我最先见到我的两个孩子,他们正出神地观看大獭兽如大船般宽阔的胸腔。

"好大呀,"我正好靠近我的孩子时,吕西安说道,"真想不到,这家伙光吃草。那么雌性的呢,能产多少奶呀。"

"雌性的?"图瓦奈特问道,同时抬头看她十二岁的哥哥。

"就是奶牛,你喜欢这么叫也成。"

我借机说出这种看法,以表明我的存在。

"的确,"我说道,"这个种类的奶牛产奶量特别高。可能有人计算过,每头这样的奶牛,每天能产一千二百至一千五百升奶。"

毋庸置疑,我是个博物学家。

"真棒。"吕西安低声赞叹,那心仪的神态不是冲我,而是冲着大獭兽。我觉出他有问题要我解答,但因腼腆而不敢开口。图瓦奈特对这数目有多庞大不怎么敏感,冲我抬起那双美丽的栗色眼睛,见我友善地看着她,便信赖地冲我微微一笑。我心里猛然一阵激动,浑身颤抖起来。我多想紧紧搂住我的孩子,亲他们可爱的小脸蛋。在家里,我只管陪他们,乖乖地回答他们的问题,帮他们做作业,跟他们一起玩游戏。我一回到家,图瓦奈特就吊在我的脖子上,她的头顶着我的头,她的双腿盘住我这如大树的上身,而现在,再也不可能了,然而她就在面前。

我转过身去避开,不让他们瞧见我的冲动,发现勒内相距十五米远,站在巨兽的前肢之间,犹如身处大教堂的门廊下,有一个同她谈话的人被巨兽的胫骨遮住半个身子,在场的第三者阻碍了我的计划。但是我完全随意,边做笔记,边朝我妻子靠过去。机会错过了。最好的做法,无疑是从勒内身边走过,又好像没有注意到她。如果她认出我来,那我至少赢得一筹,吸引她注意到我了。已经刻不容缓了,我还下不了决心。我从兜里掏出个放大镜,也不思考一下;用放大镜观察一只大獭兽,这种行为可能有多么怪诞,我俯下身细看骨骼的脚趾,直起身子时,却同安东南舅舅打个照面。他似乎对我拿的玩意儿产生兴趣,一惊之下,他脱口叫出来:

"咦,是拉乌尔。"

"拉乌尔?"我怒视他一眼,质疑道。

"我本想要叫贡特朗,"安东南舅舅改口说,"可是,你在这儿干什么呢?"

我真想当场灭了他,然而,我克制住了,回驳他的语气彬彬有礼:

"先生,对不起。我既不叫拉乌尔,也不叫贡特朗,"我随即转向勒内,只是客气地微微一笑,补充道,"我叫罗兰·科尔贝尔。"

"是啊,洛朗·科尔贝尔,不过,我还在想……"

他大概认为,勒内一定还没有见过我这副面孔,眼看他的计划全泡了汤,舅舅便猛一挥手,做了个绝望的动作,开始咕哝着诅咒起来。

"您不就是斯德哥尔摩乌鲁斯堡教授吗?"我问道,"他在最后一封信中……"

"什么?教授?这里哪儿有什么教授,只有安东南舅舅。现在,全砸锅了,这场戏演下去,一点儿意思都没有了。"

我听了这种话,表示吃惊,皱起眉头,还佯装犹豫,不知自己采取什么态度才合适。最终,我拿定主意,就好像唯独在场的一位杰出的女子,才可能阻止我没教训这个鲁莽的家伙规矩点儿。

"请原谅,"我再次对勒内说道,"我是博物学者,我同一位与我有通信关系,但是从未谋面的瑞典人,多半定在这里见面。现在您该明白了,我为什么吃惊。这实在不好意思。"

勒内也只能客气地逊让。

"您的职业一定很吸引人,"她接着说道,又操起我们接待客人时,那种颇令我尴尬的社交声调,"您专门研究古生物学吗?"

她相当得意,说出了"古生物学"这个词。我则以钦佩的会心一笑,又以更自如的声调,适当表示出她这样博学,就让我在专业领域里不必拘束了。

"不,古生物学只是我一个特别的研究课题,不过,我正准备写一部专著,题为《脊椎动物向杂食动物的进化》。乍一看这一论题,许多人也许会认为太武断,然而,我的论据雄辩有力。我到这里来,也是为了对照实物,证实我的一些直觉,我得承认还不完全满意。这些问题,太太,您本人似乎非常内行吧?"

"哦!非常内行……也就是说,我非常感兴趣。"勒内回答,尽管她从来分不清蜜蜂和熊蜂。

我对她的学识似乎有了好评,让她喜不自胜,以至于她脸上泛出红晕的喜色。我感到她觉得我颇有魅力,这引起我的隐忧。这工夫,安东南舅舅无疑还耿耿于怀,不肯原谅我搅了他玩的把戏,开始在一旁嘟嘟囔囔:

"博物学者,这像什么样子。本来是我,干得正一帆风顺。博物学者。"

"舅舅,"勒内对他说,"你能不能去看着点儿,别让孩子跑远了?"

舅舅咕哝着走开,勒内请求原谅他刚才那么随便招呼我,以及他那些荒唐可笑的想法。她提起她舅舅的脾气有一些古怪的表现,还尽量给予说得过去的解释,不能失了她家庭的体面。绝不要随便猜测,舅舅是个疯疯癫癫的人。由于她不能自圆其说,我就帮她下台阶。

"在我看来,您舅舅是个独特的、很有趣味的人。"

我说得恰到好处。勒内听了很受用,精神放松了,就给我讲了几件事,表明舅舅确实独特。每件事,多多少少都是编造的,从而我能衡量出,她不惜为我花费心思了,只因她平常不大喜欢说谎或者夸张。我还注意到,她只字未提她舅舅改装的汽车。

"您讲述的方式很动听,足以描绘出您舅舅喜人的形象。不过,我得承认,比起这个杰出的人,我更渴望了解您本人,因为我确信已经遇见过您。我能问问您,德·瓦尔杜瓦伯爵夫人前天举办的鸡尾酒会,您是否去参加了?"

遗憾,勒内回答没有出席,从她的眼神里看得出,一场艳遇刚刚闯入她的生活。这并不是说,她这个女人最不赶时髦,也最不浪漫,而是喜欢有所保障,对方人品要好。找个情夫,是自身安宁和廉耻的巨大付出。付出如此代价,要找个靠得住的情夫才值得。

"我向您提起那场鸡尾酒会,是因为我回到巴黎之后,那是我出席的第一场聚会。我去阿富汗旅行,上周才回国。"

我感到这样的旅行,还能提高我的身价。我漫不经心,谈论阿富汗,猛然间,仿佛灵光一现,我想起来了。我们在电梯里见过面。恍然大悟,原来我们是邻居。受到如此偶然的眷顾,未免有点可疑,我妻子显得心慌意乱,局促不安。我本人也装作事起突然,一时不知所措,就仿佛不慎出了差错,我们沉默了几秒钟。我重又把话题引上脊椎动物,谈到大獭兽和其他一些种类灭绝了,就因为始终不明白未来属于杂食动物。我觉得勒内只顾看着我,不大注意听我讲什么了。她那双灰色眼睛,平素冷淡而清亮,从未见过像现在这样,闪动着热切而湿润的光芒。我从这种充满忧伤的热烈眼神里,似乎能看出一位三十四岁女子的惴惴不安,因为我年轻貌美。其实,勒内依然美丽。她二十岁时那张有失娇弱的清秀面孔,随着年龄的增长反而增添了姿色。原先某些线条轮廓颇嫌柔弱和稚气。等某些过分单薄的部位充分发育成熟了,也就变得纯洁而高雅了。无论从她整体形貌,还是略显偏瘦的腰姿,我都重新发现她机能的平衡。我从她的打扮中,也同样发现这一点,那是一种搭配得体的优雅,绝非随心所欲,别出心裁所能达到的效果。这工夫,安东南舅舅带两个孩子回到我们身边。他似乎认栽了,自己那套计划彻底失败,现在殷勤得有些缠人,恨不能让我们立即投入对方的怀抱。

"你们还一直谈论自然科学呢?我对这方面的事儿,兴趣也大得很。应该告诉您,我很在行。我外甥女对您说过吗?"

"我舅舅从事饲养工作。"勒内只透露这一句,不想具体说明。

"我养猪,我饲养的猪膘肥体壮。等哪天,您一定得去看看,勒内会带您去,我最好还是开车接你们大伙。怎么样,我的大外甥女?"

勒内十分气恼,断然拒绝这种冒失的邀请。身为一个猪贩子的外甥女,她深感羞辱,恐怕她不会饶恕我知情了,我就设法打消她的顾虑。

"这一行业我很熟悉,因为家父就是做这行的,我没有继承他的事业,有时还挺遗憾的。我的童年时光,就是伴随这些牲畜度过的,而且,这对我要成博物学家的志向,起了很大推动作用。"

我随机应变,做得不错。勒内的情绪马上平静下来。我从她的眼睛里看出赞赏的神色:一个受伯爵夫人们喜爱的青年学者,能如此坦然而率真地承认自己低微的出身。我也差不多想到,勒内本人要承认乘坐的是安东南舅舅的破车,再也不会脸红了,那辆车就停在街上等候呢。我有礼貌地婉拒去夏图参观养猪场的邀请,准确说来,我以含混的客套话接受了邀请,就随即转移话题说别的事。我的兴趣放到孩子身上,向他们母亲转述了刚才关于大獭兽奶产量的对话,勒内听了咯咯笑起来。图瓦奈特一副认真的样子听我讲,让我觉得我挤进她的家庭圈子引起她几分担心。安东南舅舅则用动情的、极富会心默契意味的目光,将我妻子和我笼罩起来,他越来越急不可待,渴望看到我们超速接近,不时亲热地用"你"来称呼我,还冲感到奇怪的勒内挤眉弄眼,分明回应他已经把我视为家庭成员了。我都不知道怎么才能泰然自若了,于是转向孩子,回答吕西安问我大约在什么时期,大獭兽灭绝的,同时听见安东南舅舅喃喃说道:

"这小伙子爱上你了,这情况显而易见。他神魂颠倒了。"

勒内粗暴地斥责他,但是说什么话,大部分我没有听见,况且给我的感觉,她并没有真的恼怒。我们的目光再次相遇的时候,我看出她眼里闪耀着喜悦的光彩,心想她从我的眼里看出了什么。舅舅真忙叨人,就好像一分钟也不能耽误了,他提议带孩子去吃茶点,给我俩单独留下一两个小时;说是好能就脊椎动物的进化交换看法。这回,勒内可要发火了,我便赶紧告辞,省却她生闲气。我握住她热乎乎的手,感到在我的手里微微发抖;刚才那会儿,她脱下手套,无疑是要我赞赏,因为她那双手非常秀气,纤巧可爱。我走出了十来步远,回头望了一眼,看见她目送我,还大大方方,冲我微笑。

我走在圣日耳曼大街上，闲得无聊，进了一家咖啡馆。我这一下午，再也不想干什么了，觉得这一辈子都不会干什么事了。我在寻思为什么，同勒内相遇，会给我留下一种绝望的滋味。也并不是觉得她要背弃我而大失所望的缘故。真到了那一步，我所难过的，倒是感觉不出这种巨大的幻灭更加苦涩。然而，我借助变脸之际，刚刚朝我的生活中心斜瞟了一眼，却让我的心全凉了。我看到我在阳光下的位置空了，而且立时感到差不多一向如此吧。凡是我本人不在的地方，我就不存在了。这一点显而易见。即使我亮相的时候，也难说我在场，就赋予了我的人生一种多么可靠的现实。要思考这类的蠢事，就必须有一副透过墓穴的清醒目光，从容地审视了自己的生活，并且以局外人的身份，洞彻了自身的秘密。自家有妻子和儿女，有职业和生活习惯，总之，有一个浓浓的、厚实的、不透明的小天地，自身就安顿在这中心。盘成一团，又四面扩散，可是猛然间，透过这一切看出去，就好像这一切不复存在了。总归还有妻子、儿女，然而，围绕运转的不再是这个天地了。我又想起儿时的一个念头，约莫十岁的时候，让我魂牵梦萦：这个世界虚幻存在，别无目的，就是引我误入歧途，假如我能出其不意，猛然回首；那么我身后所见就空无一物，只有虚无。现在，我不由自主，回过头去，但还不够快，因为我发现了身后还有冰淇淋、软垫坐凳，还有顾客，其中就有朱利安·戈蒂埃，我没有看见他进来。我选择这家咖啡馆，也并不纯属偶然，他来这里如同回家一般。当年我们给公证人当书记员的时候，朱利安就在邻近一家旅馆有间客房，正是在这里，奶油咖啡的漫长夜晚，他幻想着别种命运。他成为右岸和香榭丽舍大街的人之后，还是喜欢独自一人待在这里，尤其每逢举棋不定的时候。我盯着看他，终于引起他的注意，而且看他脸上一些表情我就明白，他认出我就是昨天下午在王宫桥拦住他的那个怪人。从昨天起，我心里就经常争执，一旦相遇，我是否跟他说话，而每次我都决定避开他,然而,我却身不由己地站起来。朱利安见我走向他,丝毫没有表露惊讶的神色,接待我的目光很客气。

"朱利安·戈蒂埃先生。"我坐到他对面,说道,"您一定严判了我昨天那会儿的态度,我理应向您做出解释,不过,我想先向您提一个问题:我的声音,没有让您想起您熟悉的一个人的声音吗?"

"当然想起了,您说话完全是我一个朋友的声音。这一点,我昨天就注意到了。"

"您不会也注意到,我跟您那朋友是一样的体形吗?"

"天哪……对,差不多。这种巧事倒也不少见。"

"那么,这道伤疤,您怎么看呢?"

我张开左手掌,给他看一个细长的逗号形的白色疤痕:这道深深的口子,是十五年前的一天,他不是有意给我留下的。当时,勒科尔舍先生的事务所里没人了,我俩玩闹起来,右手抄雨伞,左手握蘸水笔杆,模仿雅纳克的著名决斗①。这是我们当书记员生活的一件逸事,我经常向朱利安·戈蒂埃提起,他也同我一样,没有忘掉这道伤疤。他冷眼观瞧,我感到他警惕起来。

"一支普通的蘸水笔杆,竟能伤得这么厉害,"我说道,"只有亲眼看见才会相信。血溅到一份遗嘱原本上。真正的雅纳克一击,对不对?"

朱利安脸上流露出相当强烈的好奇表情,甚至掺杂几分惊异,但是并非我所期待的那种愕然。

"您到底要说什么?"他问道。

我沉吟着不回答,还想唤起他对我们共事的另一些记忆,有一些是我俩的秘事,但是我觉得什么也证实不了一件荒诞事的真

---

① 雅纳克(1514—1584),夏博男爵,法国上尉。1547 年,他在决斗中,战胜了拉夏代理雷领主,弗朗索瓦·德·维沃纳。出其不意,一剑击膝弯,形成法语一句成语:"雅纳克一击",意为出其不意击中要害。

实性。

"我要对您讲的,实在令人难以置信,我还是放弃为好。然而,我倒是希望能改变昨天您在王宫桥上对我的看法,老实说,尽管促使我透露这些私事,主要还不是出于这种考虑。"

"怎么做好,您随意,"朱利安说道,语调很和气,"我也不愿冒昧相问。但是我也要承认,您的缄默会令我失望。"

我仍然犹豫,是否和盘托出,突然鬼使神差,推了我一把。

"归根结底,说了也没什么大不了的,反正你已经认定是撞见了一个疯子。朱利安,我要对你说的事很荒唐,怪诞得很,真的,我就是你的朋友拉乌尔·塞吕西埃。昨天遇到你的时候,我刚刚变了脸,自己还没觉察出来呢。"

朱利安眉头也不皱一下,这恰恰是我担心的反应。我真想收回自己的话。

"无不有可能。"他礼貌地低语。

"不然,我都没法相信自己。不要说无不有可能这种话。请你行行好,至少做出点儿反应,提出些为难我的问题。你就把我当作个神经病,但是还通情理。谁知道呢?或许你能把我治好,说服我不是拉乌尔·塞吕西埃。喏,你怎么看我的声音、我这道伤疤呢?"

"显然,这是些有趣的巧合,"朱利安回答,他进入我设的局,却难以掩饰厌恶的情绪,"这些算不上证据。"

"不错,就不可能有证据。刚才,我很想唤起你一些记忆,唯独我俩知道的往事,但我又一转念,有什么用呢?在你看来,这仅仅证明我非常了解情况。假如我提醒你有一天晚上,就在这里,我们坐到靠角落的这张小餐桌,抽签决定谁抽偷来的一支雪茄,那是当天下午,从勒科尔舍老爹的烟盒里顺来的,你也不会怎么感到惊奇。那还是你采取的行动,而我将一封回信的草稿交给老爹,吸引开他的注意力,回信是要答复弗朗戈代老妈信中的指责,说他在舍讷维埃尔那份遗产继承中,偏袒了她的表弟麦特罗。那支雪茄,就放在我们之间的一份晚报上,说定了彼此猜对方裤子背带的颜色,谁猜对了就归谁抽。你猜我的背带是紫罗兰色,我猜你的是白色。我赢了。你验证了我的背带和裤子是一色的,还对我说了一句:'拉乌尔,我低估了你。'"

朱利安听着频频点头,他的目光也越发锐利了。我继续说道:

"像这样的往事,我盘点起来能一直讲到明天,但我也承认,我那是浪费时间。塞吕西埃可能讲给任何人听,还会详详细细讲述他一生的某些情况。"

"反之,也不应该抱成见,有意贬低这些回忆的奇特性。姑且认为这些往事,塞吕西埃给您讲过,现在听来也照样让人感慨万千。"

"还有更加搅动我们心肠的,"我兴致大发,说道,"那就是听我回答您的提问。严格说来,我可能详细记住塞吕西埃生活的一些片段,但是不可能了解他整个一生。您就问我吧。"

"好哇。有一天上午,在事务所,勒科尔舍先生外出了,我正接待蒂耶里城堡的公证人,名字我忘记了。"

"名字?也许是布尔干先生吧?"

"正是。我的伙伴塞吕西埃一进门,以为我独自一人……"

"'进门就唱起:一切都会好,一切都会好……吊死公证人全报销。'可怜的蒂耶里城堡公证人,吓得夹鼻眼镜失落了,而你,佯装发怒,对我说道:'塞吕西埃先生,为了改掉您这种恶作剧的嗜好,我会请求勒科尔舍先生拒绝您提薪的申请。'"

"正是,"朱利安喃喃说道,"那么,托尔卡永档案呢?档案出了个特殊的状况……"

"是啊,红墨水缸碰翻了,几乎染红了所有文件。"

"越来越让人心乱了。我认为没有必要问下去了,还不如您给我讲一讲,您的相貌特征发生了变化,是怎么意识到的,好不好？"

我不用请求，就向他讲述那场身份照的风波，我初生疑惑，为求安生而压下去，直到我们在王宫桥上相遇。朱利安听我叙述，至少注视着我的眼神，也注意听我讲的话。

"就是这样，我猛然发现丧失了我本人，也丧失了我的朋友们，朱利安。我下决心向你倾诉，希望说服你，就是需要找回一个朋友。突然陷入孤独，人世间就没人认识你了，这是一件极其恐怖的事情。我讲述的遭遇，却不能向你证明，我永远也拿不出你想要的那种证据。你必须朝我迈一步。只要自问这个简单的问题：'万一是真的呢？'你就能做到这一点。我恳求你想一想。花一分钟想象一下：一位老朋友，阻隔在一张陌生面孔的后面。朱利安，我记得有一天，我们就在这家咖啡馆，你设想用什么办法，甩掉勒科尔舍事务所，就对我这样说：'今后，就是有多么非凡离奇的经历，我也不足以报复套着硬领的这种悲惨岁月。'你瞧，你意欲报复而呼唤的这种历险，闻所未闻，现在却撞上我了。难道你已经丧失了辨认，理解这种奇遇的能力啦？再不然，难道我们的友谊锈蚀得这么严重，经不住这种考验了呢？假如我们还是二十五岁，朱利安，你就会相信我了。我三言两语，你就深信不疑了。"

我异常激动，声音嘶哑了，我感到朱利安·戈蒂埃也激动不已。

"说起来，"他说道，"这显然是一场奇幻的历险，但是无论如何，我也想象不出来，而激发我想到的，也无不停留在条件判断上。对此我无能为力。您向我提出的要求，超越了一种信德的行为，是改变宗教信仰了，就是上帝本身也不会提出更高的要求。在我看来，至少有一件事确实可信，即您是个非常不幸的人，我很想帮帮您。怎么办呢？这个问题，从谈话一开始就给自己提出来了。尽我所能，最好也就是自由表达对您这情况的看法。既然您选定我做您的知情人，我说出的道理，对您不会无关痛痒。"

"唉！我何尝不知道。就是世人的道理。"

"正是。我担心的就是您不肯费神停下来想一想。您非说自己是拉乌尔·塞吕西埃。正如您本人所讲，您毫无办法证实，但是，您有许多幻想，似乎寄托在推定的价值。对于公正的观察者，只有一种巧合，很可能成为您的谬误的起点，就是您同塞吕西埃的声音相似。"

"那些往事呢？我们回忆起来非常准确。"

"塞吕西埃可能写了日记，非常详尽地记述了他的生活，交到了您的手中。由于你们的声音相似，您就对那一页页日记产生了兴趣，最终您充当了知情人，甚至在您的掌心制造出一道伤疤。您的面孔丝毫也不像拉乌尔，接着您就想象出变脸。您这种情况，其实并没有让我多么惊讶。我认为这正是医学上所称的人格错乱。"

"您建议我去看医生吗？"

朱利安没有当即回答。他垂下眼睛，从他声音里我听出一种审慎的忧虑语调。

"或许有更好的办法。假如您能见见塞吕西埃，我想您就能治愈。我们约他见见面好不好？我们去给他打个电话吧。"

"没用的。人家会告诉您，他去了布加勒斯特。"

"还是去试试吧，看看究竟如何。"

是种命令的口气。我猛然明白，朱利安怀疑我杀害了他朋友。如果我真患了他以为的那种疯病，他这样判断也完全合乎逻辑。我俩同时站起身。他一抬手指路，让我走在他前头。我们往有电话的地下室走时，我还想到忘了给他看看我写的字迹，可是现在最好还是免了。给他看了反而会加重我的案情。朱利安把我推进电话亭，给了我个听筒。

"塞吕西埃先生昨晚起程，去了布加勒斯特。"应答的是吕西安娜的声音。

"昨天晚上我同他有个约会,"朱利安还进一步说明,"我很奇怪他没有安排您通知我一声。您见到他是几点钟?"

"他四点半离开了办公室。"

"好的。他外出时间长吗?"

"半个月,或许三周吧。"

"等他回来,请您告诉他立即通知我,我有极其重要的事要告诉他。谢谢您。"

朱利安显然消除了惶惑,挂断电话。出电话亭时对我说道:"希望您不要指责我同那女秘书串通一气。这不,您和我一样听到了,我的朋友塞吕西埃,昨天下午四点半还在他办公室,也就是说,在我们王宫桥上相遇的一个多小时之后。您做结论吧。"

我可以向他解释,是我导演了一场戏骗了女秘书,但是如此轻易地就解脱了,我不会有多高兴,就赶紧装出惭愧而不好意思的样子。他也算大度,不再责备我,只慎重地提醒我,万一我还不理解他的意图,他会及时让他朋友提防我的把戏。在分手之前,我还竭力给他留下一种印象,他与之打交道的一个狂人并不伤害人,沉迷于文学作品和麻醉品中。我认为做得很成功。

我穿越巴黎,走了两个小时,到了马尼埃尔咖啡馆,已经疲惫不堪,渴望见到那个撒拉逊女人,可是没有等来。我独自吃了晚饭,回到住处,随即上床睡下,却陷入惊悚的梦魇中。我试图装扮成我的表弟赫克托克,以便接近我妻子,眼看就要成功,不料朱利安和撒拉逊女人却发现,其实我说话是安东南舅舅的嗓音,手迹是大獭熊的足迹。

八

次日上午,我乘火车去夏图,就打算在安东南舅舅家永远住下去。在巴黎生活的前景，孤零零一个人，还受幽灵的纠缠侵凌，时刻耗神要隐藏我的尸身，会让我这个人形同病入膏肓。将近九点钟，我乘火车到夏图站下车，步行三公里到达养猪场。舅舅兴高采烈欢迎我。他正忙着重新油漆一块布告牌，安装在送货小卡车上，布告牌正面有他的姓名，后面还写上："劣等货色俱全。"这种恶搞的念头是他在夜里萌生的，兴奋得跟个孩子似的。他满肚子事儿要告诉我，首先就是勒内狂热地爱上了我。昨天我走之后，勒内跟他好一顿吵闹，责备他把我吓跑了，非常担心我对她和她的家庭产生什么看法。最后，在他看来最能说明问题的举动，就是外甥女拒绝乘坐他的车回蒙马特尔，说坐他的破车受人百般嘲笑。

"这证明不了什么，舅舅。况且，我得告诉您，差不多要放弃引诱勒内的计划了。我有些厌恶，也更为恐惧一种背信弃义。这种行为，或许相当于对着锁孔，企图偷窥我妻子的心灵。但是我想，别指望有任何可喜的发现。昨天，我少许捕捉到的勒内的表现，就给我发出了警告。组成一个家庭的幸福，就是以一种彼此盲目的相爱，以一种相互不了解的平静意愿换取来的。夫妻之间犹如铁路轨道，总保持一定间距，一旦合拢了，夫妻的列车必会倾覆。为什么要我引诱勒内呢？只为听到对情夫讲而不对丈夫讲的话吗，那又怎么样呢？我已有所料，但我的机灵，就在于可知而不求知，宁愿一直保持不得而知的状态。喏，再说了，所有这些捷径，由我现时的境况提供给我，得以探知多么无聊的秘密，我统统厌弃了。"

"真可惜，"舅舅说道，"我为了你们所有人的幸福，拟订好一套巧妙的方案。近几天，你跟你妻子同房，半个月之后，我布置一个小小的现场，制造拉乌尔自杀的假象。一天早晨，有人在塞纳河边，发现了他的帽子和外衣，外衣口袋里有一封信。就这样，对不对，一个女人陷入悲痛，还要抚养两个孩子。而你呢，有一颗高尚的心，你来了，了解到这种情况，便说道：亲爱的朋友，我将我的姓氏、我的福运奉献给您。"

"谢谢,我不爱寡妇。"

"我要给勒内准备一份嫁妆,我照看两个孩子,让你们去旅行度蜜月。"

"拉乌尔·塞吕西埃自杀不可行了,那会给我招来麻烦。昨天,我离开你们之后,干了一件蠢事,就不得不慎言慎行了。"

我向舅舅讲述了昨天夜晚,我同朱利安·戈蒂埃的那场谈话。他听了十分气愤,怪我怎不扇那个无能的朋友两个耳光。继而,他开始好奇地端详我,手指抚弄着他的胡须尖儿,还用来搔自己的耳朵眼。

"其实呢,"他突然冒出一句,"还真难说,也许他做得对,你不是拉乌尔。"

我感到脸唰地白了,心跳也放缓了。

"不过,"舅舅接着说道,"这无足轻重了。既然你这么坦率,这就足够了。话是这么说,但我确信无疑,你就是拉乌尔。对勒内,你再考虑考虑。一位年轻女子,丈夫久久不归,总是有点儿危险。你应当明白,我对勒内非常有把握,不过,归根结底,若真出现了最糟糕的情况,最好也不要后悔。"

舅舅重又开始刷漆,说起别的事情,但最后这几句话,却对我触动很大。次日上午,我返回巴黎。到夏图度过的这一天,对我的身心大有益处。在那里,我摆脱令人绝望的孤独,不再面对别人,也不再面对他们那种特别亲近,又特别寻常的生活。尤其舅舅善解人意,接受我的变化,又会抚慰。听他一说,就完全可以认为,这不过是个意外事件,带来麻烦,处理得好,就会消融在日常生活中。我回城做的头件事,就是打电话给吕西安娜,报给她一个可能客户的姓名。做完这道程序,我就去克利希,登门拜访一位厂主,打算去面谈已有一段时间了。我在他的办公室逗留一小时,谈得相当融洽,初步定下一笔大生意。随后,我到了附近的一家企业,只得到了含混的许诺。跑这两趟业务,在克利希就待到午后一点钟了,这一天余下的时间,心里也有事可想了。重又拾起工作,我就不大想我妻子,也将那撒拉逊女郎置于脑后了。我没有费什么周折,思虑的事情就理顺了,以后办起来也会顺手多了。通过眼下忙的事务,来审视一个难题,哪怕是复杂的情感,也总是有益处的。对于男人来说,工作就是自身施展的一个过程,将沉思默想抛到外界,与事物和事件相结合。好好工作,就是好好生活。人无须变个脸儿,就应该懂得这个道理。次日和随后几天,我发奋工作,表现出了同样坚韧不拔的意志,还像从前那样,没有沉沦,度过了最艰险的危机岁月。这种奔波,往往徒劳无益,又不能利用我本人的影响力,我做的过程中,即使谈不上快乐,总算找回了往日平衡的心态。我的生活突然被打乱,这种状况不断引起我思虑,但是对我的情绪影响不大了。我十分豁达地看待这场悲剧,从而能拉开距离,当成了我活动的舞台背景。我心里无须再纠结了,只因我是为她和孩子在工作,而这种努力,我显然责无旁贷,必须重新建立一种联系,我早已决定,勒内将成为我情妇,如有可能,就做我妻子好了。

几天的工夫,我在克兰古尔街上,多次碰见了勒内,每次都在住宅楼附近。我只是打招呼向她致意,眼睛里则尽可能流露热恋和忧伤的神色。她也感激我如此稳重,不过后来我听说,她因此也不免有几分不安。

我从安东南舅舅那里得知,一天下午,她到马德莱纳大街附近一家商店办事,我就守在那里,见她从商店出来,便迎了上去。她也笑脸相迎,向我伸出手来,那神情又殷勤又拘谨。意外相遇,让这位女子有点儿慌乱,那神态相当动人,一改家庭主妇一贯冷静的特点。至于我,倒没有特别激动,甚至不够意思。我的意念在操纵她,感觉上本就属于我的,头脑也就非常自由了。勒内不再代表荒唐的艳遇,她进入了我的工作计划,于是在谈生意的两次会晤之间,我就解决内政的问题。经过初始几次客气的约会之后,我毫无碍难,就向她表白了我的爱情,是一种牢固的、深思熟虑的情感,我意欲将我的独身生活建立在这种感情的基础之上。我请她原谅向她奉献一种隐秘的爱情,但是我们两颗心在光天化日之下的结合,最终并不取决于我。机遇尚待时日。勒内心潮汹涌,面颊热红,她注视着我,那种信赖的表情流露出几分惧色,仿佛渴饮了我的话,但是她的应答,却一味辩解和推托。

"我过惯了没有谎言的生活。在家里还得装模作样,我心里会很痛苦,同孩子在一起,也会感到不大自在,同所有人打交道,处处都会感到不大自在了。"

"我知道您说的这种情况。是的,我要求得太多,也更为确信,那您就不能成其为您本人了。您掂量风险自有道理,不必急于答复。即使完全准备好了,我也求您再缓几天。但愿至少在这些时日,您将是我这一生的主宰。"

我们在饱含千言万语的沉默中分手了。我回身望去,只见勒内那苗条的身影隐没在行人中间。我不由得愧疚起来,想想我们玩的是一场不平等的游戏,仅仅让她陶醉在这场感情的游戏中。我应自责,没有表现出点儿激情来。一个丈夫的想象力,难得找到一种如此有利的依托。恐怕我因形貌变化,心灵已经冷酷,感受不到富有刺激性的局面、出人意料的情景。我这是白折腾,仿佛跟在我的拖鞋后面奔跑,真怕错过了一次浪漫的机会。我非常看重我这计划的进展,要成为无与伦比的情人,至少不能让勒内失望。

傍晚时分,我买了几张盖了邮戳的罗马尼亚邮票、一本特殊的信纸、一瓶胶水,以及造假所需的别种物品。我要制作一封从罗马尼亚寄给勒内的信件,次日避开门房私自塞进信箱里。当天晚上,我进餐馆,始终未见撒拉逊女郎再出现,离开餐馆,就动手做活儿了。信封不是最难制作的。我写一封信,在不会引起一个妻子嫉妒的前提下,有意讲述一些臆想的酗酒和寻欢作乐的夜晚,那种亲昵的粗俗场景,会令人产生对出行者不利的联想。例如这样一段信文：

"到午夜，我们全喝醉了。布朗老爹抄起他的钢笔，执意要在一个胖妓女的屁股上画一座钟楼。我还从来没有这样哈哈大笑过。恐怕我也一样，怪相百出了，不过应当说，我记不清楚了。你会以为，我过上一种放荡的生活，不然，你尽可放心。这一切如我对你讲述的，绝不会走得更远。跟我说说，我的小宝贝内内特，我们到了这种年龄，无论什么情况都要相互依赖。"

四天之后，星期一下午，我与勒内在电梯里相遇，只有我们二人，我意已决。唯独星期一有利于我的行动，因为怏怏不悦的星期天，提不起妻子们的情绪。她没有注意，我按下的是六楼的电钮。等电梯上升时，我对她说：

"勒内，我的心炸开了，我是受着地狱之苦，噢！慈悲的上帝，勒内，我等不了啦，不管您怎么想，反正我也活不成了。"

我从前天晚上就反复练习的这些话，脱口咆哮而出。我心里早有打算，不要怕戏剧性的举动、恣情的吼叫，反而应当避免温文尔雅，讲究分寸地暗示爱情，那种求爱方式，用在我们订婚时期，我认为很文雅，现在则会唤起她当初的记忆。勒内抓住我的手，抓得特别紧，还低声呼唤我的名字。有一种情况我没有料到。勒内的这种惬意，是我预见并期望的，事到临头却让我气急败坏。我由嫉妒而绝望，一股怒气冲向失德的妻子。我抓住她的肩头，掐得她疼痛，以受到伤害的声调说："勒内，勒内，这不可能。"她误解了。电梯停下，我跟随她走到楼梯平台，打开了我的房门。她迟迟没弄明白，一看到了我的楼层，她愣住了，眼神惊恐，"噢"了一声，急忙退了一步。"别让人看见，"我说，"快进来呀。"这才促使她迈出这一步。我的套房门厅昏暗，逆光看不清我妻子的脸。幸好如此，因为我很可能从她脸上捕捉到一抹温情的光彩，又控制不住情绪，出言不逊，甚至发生更糟的情况。她摘下帽子，放到托架上，动作那么优美洒脱，几乎引发我一声赞叹。她张开手臂，搂住我的脖子，头偎在我的肩上,对我连说了几遍"我的爱"。我强忍住,没有冷笑起来,手指还发痒,真想扇她几个耳光,不过,我大体上顺应了情境的要求。我紧紧搂住勒内,很有点儿狂热爱恋的劲头,也确实出于爱。我沉默无语,这样也不错。我的鼻子压在妻子的头发里,目光盯着卫生间的门把手,心想这毕竟是不幸的事。我拥有她盲目的信赖。我则沉迷于敬慕和热恋中。我欺骗她的时候,这种情况很少见。我因愧疚而睡不好觉;而她呢,碰到头一个轻浮的年轻人,在一起的时间总共不过一小时,这就搂住脖子,称"我的爱"了。

然而,该做的事总得做,不能在门厅就这么定格了。我搂着她拖到客厅,让她坐到长沙发上。沙发上方悬空的搁板,排放着 P. 马西永版的小牛皮封面著作。"您这里真漂亮啊。"我回答没有好气儿。不过,我这做丈夫的怒气很快消散了。我从未见勒内如此美丽,哪怕是在我们结婚之前那段时间。我尽量说服自己,从前我不善于看她这个人。作为忠实而虔诚的丈夫,我生活的伴侣可以说是一副有点儿单纯的形象,而这种形象遮蔽了我妻子的真正面目。共同生活,眼前的人看习惯了,就维系了这种谬误。不过今天晚上,勒内实实在在成了另一个女人,她的面孔变得厉害,我仿佛第一次看到豁然开朗了,犹如一座雕像的面孔突然注入了生命。这正是一种内在的生命,不为我所知,也许也不为她本人所知,现在突然映现,在她的五官上活跃起来,赋予每个部位一种新的价值,赋予整张脸一种出乎意料的和谐。她那双冷泉般清澈的眼睛,她父亲从前称之为工头的眼睛,今晚则放射出异样的光彩,一种销魂的温柔,还带有几分兽性。就连她说话的声音也变了。我有些惶惑不安,仔细观察,女人的这种大喜悦也在我的心中引起共鸣,向我明示了一种新的福运。这种火热的温情,使她的形象焕然一新,也侵袭到我的周身,不由得令我目眩神迷。我原以为耍弄人,自己却被人逮个正着。在我看来,这何止是一种风韵又焕发青春,这是另一种爱,一切都这么新鲜,简直令我怀疑我是否爱过勒内。

迄今为止,我对她抱有的坚定而真诚的感情,现在觉得那是短暂而含混的,几乎有点儿可笑;甚至有好几次,我心里萌生了惭愧。在交欢达到高潮的瞬间,我还想道:"感谢我的变貌,这也许仅仅是开始,可是已经超越了我的过去。"

我们的衣服就堆放在一张椅子上。勒内睁开眼睛,血色又回到她那苍白的面颊。我关注自己的惊喜,唯恐这种感觉消失,好似我浑身的肌肉一放松,就再也搂不住的一个幻象。然而,这种感觉依然持续,甚至又是一场惊喜。勒内若有所思的目光久久停留在我的脸上,严肃的眼神近乎严厉。继而,她又闭上眼睛,嘴唇凑近我的耳畔,低声对我说道:

"罗兰,我原先不懂。我原先根本不懂爱。我可以向您发誓。噢!根本不懂,一丝一毫也不懂得。"

"这怎么可能呢?"我酸楚地咕哝。

"罗兰,"她接着说道,声音一直低低的,"我要让您明白,比起进入您的家门之前,为什么我爱您增长了上千倍。听人说什么是爱情,而我的体会,从来就像一种不胜其烦的事儿。"

"勒内,您可别这么说。这会让人受不了。"

"不,这非常美妙。您若是知道该有多好。改日,我会讲给您听听。"

我住进这套房以来,第一次响起了电话铃声。只有安东南舅舅知道我这电话号码。电话安装在隔壁房间,壁板很薄。我不动弹,勒内不免奇怪。

"或许有要紧事情。去接电话吧,请吧。"

我遵从了,很不情愿,动作也缓慢,算计着但愿舅舅等得不耐烦而挂断电话。我失算了。今天晚上,他非要我接电话,不惜等到世界末日。

"是你吗,拉乌尔?我是说,是你吗,贡特朗?我是你老舅啊。你从夏图走了之后,就再也没有音讯了。我挺担心的。"

"要知道,我非常忙。我这部论述脊椎动物的著作,占用了我许多时间。"

"什么?哦!是啊,脊椎动物,"舅舅说着,放声大笑,"总之,既然知道了你的情况,这就好了。我的孩子,你知道,我很高兴,而你呢,也一定会很高兴。你想想看,我又有了一个奇妙的主意。干脆全变了,全推翻了。你再也不必去引诱那个可怜的小勒内了。"

"这事我们以后再谈吧。眼下我正忙着,有些脊椎动物,我早就确定了类别,例如狐猴亚目和奇蹄目,对环境的适应能力有待论述。您明白吗?"

"你这是哪儿跟哪儿啊?为什么你总说什么脊椎动物?"

"因为有此必要。您瞧瞧灵长类和羊科动物,正面临抑制型自动性的一种现象。"

"上帝啊,"安东南舅舅压低声音说道,"她在那儿呢,对不对?她在你那儿吧?你再一次,毁掉了我的全套计划。全完了。等我赶到,又太迟了,嗯?"

"就是嘛,不错,太迟了。"

"拉乌尔,你干那事儿真缺德。可怜的小外甥女。恐怕明天,我非得去一趟了吧?"

"可别,千万不要来。我会考虑您的质疑。亲爱的先生,晚安。"

我挂断电话,就照了一会儿电话机上方的壁镜,注视我这双美丽的眼睛:勒内身上奇迹般的变化,以及这种活力的突然焕发,势必归咎于这双美目。只需换一副新面孔。只需一副面具。究竟爱情是件纯属偶然、毫无根基的事情,还是相貌至关重要呢?或许到末了,勒内会发现这副可爱的面具后面,还是从前那个人,于是,很快就故态复萌,她对他就只剩下亲热相处关系的平淡感情了,而她十三年的婚姻生活,也正是建立在这种感情之上。说不清是何等自负心理,阻止我相信最终会这样。只差某种情况了,一旦向她提示真相,哪怕她从一种幻想中醒悟过来,结果也不会是一无所获。不过,我尤其觉得,且不说我的面孔,也不说我尚未涉足过的那些处女领域,她在我身上发现了一种敏感性,甚或一种智慧,不仅让人耳目一新,而且似乎更加精微细腻。刚才在她身边,我体会出某些交流的真实性,起点和落脚点都集中在我身上,达到前所未见的深度。果真如此出人意料吗?我回顾有一天,我思考过面孔和内心依存关系和相互的作用,有了一些想法。假如对我而言,我的心灵是这两种因素之间关系的体现,那么对观察我的人而言,为什么就不是同样情况呢?我真的认为,一张面孔的透明度,并不是一种无谓的比喻,一个人的面孔切切实实显露出他的心灵,而且按照自身所特有的折射率折射出来。这种认知的方式,丝毫也不虚幻。太阳温暖我们,照亮我们,也要看天气:晴朗、多云还是雾霾。心灵的视觉效果,看得见也抓得住。

我在镜子里看见门开了,勒内披了件外衣,从半开的门缝儿胆怯地挤进来。我问她:"您担心了吧?"她说是的。

"我听不到您的声音了,就害怕了,浑身还开始发抖了。开头,我倒是想,自己真傻,既然打电话,当然要谈到脊椎动物。可是,我心里猜测起来,仿佛看见您拳头托着下颏儿在思索。您那是做什么呢,罗兰?"

"我照照镜子,就想瞧瞧自己,就像您看我那样。"

"您那样看不行。我深入了您的双眼,看得极远极远。"

九

如果说我把握十足,凭口头讲的话就能让人相信,那我也很当心,不告诉勒内我变貌的真相。一天傍晚,在瓦格拉姆林荫路一家咖啡馆,我和安东南舅舅见面。

"现在,"舅舅对我说,"既然她狂热地爱上你,你要说什么,都能让她相信,那为什么就不能把真相告诉她呢?"

我摇了摇头,脸先就突然红了。

"说开了,情况就会非常简单了,"舅舅指出,"免得你俩各怀鬼胎,浪费时间和精力,你们也好商量,或许能找到转圜的余地,恢复共同的生活。嗯?为什么不向她和盘托出呢?"

"不行,绝对不行!"我气得嚷起来。舅舅吃了一惊,诧异地打量我。

"我明白了,"他微笑道,"比起夫妻生活,情人之间的亲热魅力更足。"

"根本不是这码事儿。实话告诉您:我最大的愿望,就是恢复家庭生活。"

此话不虚。不过,我也没有讲出全部想法。他等下文。我岔开话题,说到我这变貌仍然是勒内难以相信的奇事。这种真相,我可以告诉舅舅,但我这隐私太极端了,出于廉耻心也犯踌躇。他还难以理解,恢复拉乌尔·塞吕西埃身份的主意令我厌恶。他也不会理解,这种变化日益深入我心,我已经成为另一个人。

自不待言,我还不敢说,从前这个男人的旧皮囊已经蜕尽。每时每刻,我都辨认出自身许多感受和思维的方式,但是往往伴随着新的反应,仿佛是追加的,还有点儿羞羞答答,近乎表现为瞬间的遗憾,但有时也很专横,强加于人。在细节上和转瞬间,这些变化相当微妙,我临场觉察到,却辨识不清。自己性格的一种主要特征,我判断起来更有把握,例如这种责任感,从前像界碑一样牢固。同样的责任感,此刻还在我身上,但是显得多么单薄,多么脆弱,多么不靠谱,说到底,不甚牢固了,我有多次机会,感受到了这一点。况且,对待这些隐秘的变化,我在相当程度上有戒备心理,考虑到这其中或有臆想的成分。然而,某些发现,骗不了人,不可能视为一种想象的游戏;这种情况我有体验:一种新的冲动、一种感觉、我听到或者亲口讲的一句话,就能让我的身体感到舒服或者痛苦。

勒内虽非有意,在这类微妙感受的探索中,也往往对我有所助益。

有些发现,我还禁不住以从前的惯性思维来衡量,引起我不安。一方面,我觉得自己颇有城府,能品味人生;另一方面,又武装得不够,难以捍卫人生。不过,我丝毫也不懊悔,反倒急切地盼望,我的灵魂最终契合我的面孔。

自从勒内来到我这住处,我就减少了工作量,大部分下午的时间用到她身上了。我这样从不感到愧疚,不像从前,我从工作挤出的消遣,总被内疚心理扫了兴。我这实干家的意识、一家之主的良心,现在都没有不安的忧烦。我学会了洒脱,有了思虑一挥而去,不像从前那样纠缠,搅得我不知如何是好。此外,我还有些更为私心的忧虑,如何认识自己,如何表达生活可能给予我的感受,如何始终保持这种自在的状态,又略感挂虑。使我更加敏锐地领略心动和感觉。我确实觉得,我对勒内的爱异常强烈,无与伦比,肯定从未体验过,有时竟至渴望有机会为她献出生命。不过,我想到我们的爱情,无异于我的人生时刻,一种要尽享的幸福。我的心何尝不知道,她三十四岁了。有时当着她的面,我就想象我势必造成她痛深的忧伤,因而更爱她了,但这既不能阻遏,也不能拖延结局。我看着我的生命,继续百般苦恼,又风情万种,而她的生命,则退隐到凄凉的阴影中。两个孩子,我对他们的爱心不减,但是我要习惯于将他们置于我的生命之外。我所视作并确实存在的我的生存意义,我也倾向于将其视为无关乎我的命运。我也许怀着一颗自由心所接受的束缚,我渴望全部抛开。

我尽管用于工作的时间很少,却获得相当满意的成果。我开展工作的手段很有限,收益至少相当于从前。我上阵的十天来,进行了多场商谈,其中三场正在落实,快有成果了,同时,我还做成一大笔生意。我从前工作更努力,条件也更优越,并没有取得更好的成绩。这种成功并不依赖于更为敏感的商业意识,或者更为精细的对客户的心理分析。再说,干我这一行,能说会道不算什么,抬高不了商品的价值。关键完全在于报价,提供确切的参照。我去闯关,通常携带有溢美之词的推荐信,同客户就处于平等地位,总是有备而去。可是如今,形貌一变,我就丧失了关系之利,只能含混地提一提。我的秘诀仅仅在于引起对方对我本人的兴趣,几乎不费周折就做成了事。有人还想同我再次见面,邀请我再次光临,或者共进晚餐。显而易见,我的新面孔起了作用,赋予我前所未有的一种潇洒的举止。特别是他们对我这个人有兴趣,就因为感到我本人首先表现出兴趣来。

昨天上午,去我那办公室,汇报我前天谈成的那笔生意。自从那天哭了一场之后,我再也没有见过吕西安娜。她见我重新露面的惊讶表情,主要是因为我身上发生了变化。此前有一会儿工夫了,我佯装从布加勒斯特给她挂电话,问她如何看待我的朋友罗兰·科尔贝尔。她谈起他时,怀有一种热心的同情,遗憾他没有再来办公室,对他的境况表现出近乎母爱的同情。可怜的小伙子赤手空拳,处境如此艰难,恐怕难以自保,在他选择的职业中也难以成事。她希望再见面给他另指一条路。

我当即看出,她白白怜悯了一场。我穿了一套新装,布料高级,剪裁十分合体。我来就是让她亲眼看看,我出乎她的意料,做成了一笔生意。我还试图重新激发她的怜悯心,向她表示我的感激之情。

"我这次是撞上难得的运气,但是没有您的鼓励,我很可能会错失良机,幸亏记得您那副热心肠,慷慨的态度。"

"其实,这没有什么可庆幸的,"吕西安娜指出,"假如谈话一开始,我就是一副热心肠的话,那么您开始工作的时候,就会掌握一批参考资料,能更容易完成任务了。我还想寄给您呢,可是不知道地址。"

"真的,地址我忘记留给您了。至于参考资料,对我来说,也并不是那么宝贵,我更渴望干出实绩,不辜负您的信任。我的最大心愿,就是能在您的眼里弥补回来,使得您忘掉我在您面前演的那一出,真是又可笑又可怜的一幕。"

吕西安娜赶紧逊让,她被我的谦卑所打动,也因我如此敬重她而欢心。我不该旧事重提。我也是不由自主,寄希望于她内心有同情和保护人的需要,跟她长谈了,说到游移不决和意志懦弱,如果相信我的话,正是我天性的核心。

我谈论自己所抱的善意,坦露自认为很不得体的弱点,这会惹起吕西安娜的反感,等我离开她之后,才认识到这一点。回想一下我对她说了那么多话,太饶舌了,听起来就假,好像一种腻歪的文学忏悔,有时还转变为在街头对女人讲的恭维话。想想又厌恶又不安,我对自己本来是看好的,就怪拉乌尔·塞吕西埃,搞了个画蛇添足。我不免想到,我以为在自身发现的所有深刻的变化,应是我借勒内之力,很可能只是一种惬意的幻觉。我不过是个顺从的情夫,天真地献殷勤,急于看到自己的表现,要符合一个机敏而又有主见的情妇所希望的样子。

我边走边思索,不觉来到地铁站台,瞥见体重磅秤上安装的镜子,便上前久久端详自己的脸。可惜的是,我的忧虑似乎得以证实。这双美目寻觅的眼神,我记得在一些男子身上见过,那种为讨好而焦虑的眼神,不惜求助于各种虚假的表象。我让过了一趟列车。靠近我的一些乘客不禁奇怪,我为何过分地审视自己的形象。我在镜子里碰见一名地铁职员盯着的目光,就赶紧往投币孔里塞进五苏硬币,表明我称体重是正常的,以免招致占用过久的指责。

我看到自己瘦了六七公斤,无疑是变貌导致我忧虑和冲动的缘故。眼下,这事儿没有引起我格外注意。又驶来一趟列车。我坐下之后,脑海重又浮现掉的几公斤肉,猛然间,我心中迸发出个念头,不仅我的脸变了样儿,就连身体和整个人都变了样儿,包括手臂、双腿、心肺、大脑、脚趾、神经系统,结果除了继续是拉乌尔·塞吕西埃的幻想,我再也没有剩下什么了。

我瞧瞧两只手,似乎没有变样儿,还是原来方形的短手指。左手还有疤痕,我也给朱利安·戈蒂埃看过。这种孤证不足为信,我匆匆吃完午饭,以便尽快回住处。我照大镜子,看出我的腰身细溜儿了,双肩也变窄了,我体重减了六七公斤,这也就不足为奇了。往常除非不经意,我没有这样观察自己身体的习惯,然而恍惚记得,从前在肚脐旁边长了一颗痣,现在不见了。不过,我也不能绝对肯定这颗痣的存在,有可能记混了,那是一个朋友或者亲戚的情况。但我还是抱着极大的诚意,在心中维持着这种疑虑,或许留待适当的时机,有助于我选定一种或另一种个性。我内心还在争执不休,这时,勒内等孩子去上学了,便来与我相聚。她穿一条新连衣裙,很漂亮,我不禁想售价一定不菲。我赞美两句,她满意地笑了,但是一点儿也不快活,她紧紧偎依着我,低声喃语:

"我特别想打扮得漂漂亮亮。我害怕,已经开始害怕了,觉得您只是个过客,并不是真的在这里安顿下来。您对自己和所有事情,还充满变数。怎么样,我说错了吗?"

"是的,勒内,完全错了。可以说,我是惴惴不安的男人的反面。我的情格和情感都很稳定,一种稳当的状态,有时甚至让我颇为惭愧。自从我认识您之后,勒内,我身上肯定发生一些变化,体现我的生活与姿态。不错,我是感到不安,但恰恰是回应您的不安。我也同样害怕。我真想对您说,您的生活……"

她不肯让我把话说完。"噢!不。"她接连说了三遍,还哭起来,哭得那么伤心。我对她说:我的心肝,不要哭哇。她的泪水流到我的脸上、我的手上。我心乱如麻,就感到自己满怀同情,化为一张吸泪的吸墨纸。亲爱的,心上人,小宝贝,我对着耳朵就这样叫她。

"罗兰,请您原谅。刚才我有点儿痛苦。从昨天夜晚就开始了。我给您打过电话,对不起,罗兰,打过电话,而您不在屋里。"

"怎么,是您?两次,对不对?头一次,我以为是在做梦。第二次,我睡得迷迷糊糊,赶去接电话又太迟了。我的小妞儿,我的上帝,早知道是您。当然要接了,唔!是的,要接。"

"您千万不要以为,我给您打电话,是要了解凌晨一点您是否在家。我发誓没有这种想法。我是伤心,需要听听您的声音,噢!罗兰,我想要听见您叫我的名字。今天早晨,我就想哭来着,还有这封信的事儿。"

"一封信?您吓着我了。"

"嗳,没什么,您不必担心,这没什么。从布加勒斯特来的一封信,毫无意义,写了四页,实在乏味,等于什么都没有说,但是我感到划过一个阴影、一种威胁。哼!不要以为他一回来,就能阻止我们相见,这甚至不成其为问题。我说一种威胁时,想到的仅仅是我,仅仅是他回到我的生活,回到我生活的每一天。如果您了解,如果您认识他就好了。我最好只字不提,永远也不对您谈起他,可是我伤心透了,再也不能沉默了。他这个人真讨厌,真可恶。不对,我夸大了,没有讲真话。他既不讨厌,也不可恶,甚至算不上愚蠢,必须承认他有些优点。但是笨拙,他就是这样的人。笨拙。他自己甚至没有觉察。再说了,他一点感觉都没有,连一点悟性也没有。他只承认牢靠的明显事实、粗枝大叶的感觉。凡是表达不出来的东西,还有许多别的事物,他想都想不到。我哪儿能找到勇气和耐心,陪伴如此平庸的一个男人生活呢?或许抱着我也不知道的什么希望,什么预感,最终我们会相遇。您说呢,罗兰?"

"很可能是这样,勒内。是的,应该是这样。女人往往有这类预感。其实,男人也一样,勒内,要知道,男人也一样。"

"亲爱的,你人长得帅,感情细腻,人格高尚,你呢,还善解人意,我什么话都可以跟您说。跟您在一起,我没有羞耻感,有话就说,想哭就哭,现在我还说个不停。时时刻刻,我都是您的勒内。真是怪得很。您在眼前,我就必须简简单单,明明白白。您并不了解我,我这可悲的家庭妇女,一个小资,冷淡,虚荣,吝啬,喏,为人之妻。因为面对他,我就必须这样做,把自己掩饰起来。笨拙,跟您说他笨拙。他看任何事物的方式,就是视为一种食物。他动身去布加勒斯特的前一天,午餐吃的是猪血香肠。他吃完咂咂嘴,说道:'一大段香血肠,也同样让人胃口大开。'上帝啊,我倒不是指责他爱吃香血肠,说出来的时候还咂着嘴。可是,每次他一要开口,为什么总得让我料到会讲出这样一句话呢?最糟糕的,也许是他虽然笨拙,相貌粗俗,他的行为却没有什么让人诟病的地方。他性情快活,做事认真,还是个好丈夫,好父亲。他尽可能讨我欢心,这样无可挑剔,可这恰恰将我置于精神的折磨中,因为,我受不了一个无可指摘的男人的关怀,不怪我本身,又能怪谁呢?我只能怪罪自己的谬误,我这种又丢人、又掉价的谬误。一个男人很有可能看走了眼,跟一个女人生活而受罪,还能够容忍她。而一个女人,跟一个她不爱的男人在一起,还得忍受。这才是损毁名誉呢,怎么也不能补赎了。我为他感到羞愧,在您面前更是羞愧得要命,不过,我为自己尤其羞愧难当,是自己欺骗了自己。您看着我,鄙视我吧。我要花多少年工夫,力求安之若素,从我的谬误中吸取教训。我都不敢怎么承认,这个男人一直引发我的疏远和仇恨。然而我恨他,我恨他。"

"不要夸大其词,勒内。"

"是的,我很清楚,我的遭遇很平常,不足为奇,一个女人认为白活了一生,向往着更美好的命运,更配得上她的命运。我同意您的看法,这相当滑稽,足以激发有才智的人的灵感。然而,他若是非常和善,宽以待人,那么,他就会一笑置之:不应该说得过分。"

勒内又一阵心酸,流下泪来。我感到自己的善意和同情,表现得不如头一次。不过,我还是尽量安慰她。不讲小宝贝之类的话,而是语重心长,探究她的境况,颇有学究的风范,总归抚慰她的痛苦。我理解她的伤感,这也同样是我的伤感,只因我熟悉她得跟着受罪的那种男人。我怀着饱含酸楚的乐趣,为她勾画出相当逼真的一幅肖像。不管怎样,这形象还是个诚实的人。勒内也同意,不过,她又追加了一些可笑之处,倒使这种人物变得着实有趣了。我情不由己,跟她一起笑起来。我确确实实感到我同这个可怜的塞吕西埃,再也没有任何共通之处了。

快到五点半钟了,勒内回到五楼之前;想到次日是星期天,又眼泪汪汪了。孩子不去上学,就占用了她的下午。一天见不到我,实在难熬。她怯声怯气向我提议,等孩子上床睡着了,保姆走了之后,她可否上来和我相聚。一听这话,我这做父亲的意识奋起抗拒。突然塞吕西埃的脾气十足了,我对她说不行,这辈子休想,丢下您的两个孩子,不管会出什么意外。然而,我又说:

"如果您愿意,心爱的勒内,干脆我下楼去您家。"

乍一听,她很反感,身子颤抖了一下,随即又接受了,眼睛也明亮起来。偷偷溜进我的家,这种情景令我产生不同的惊悚和波动,有的在肌肤,有的在内心。

勒内走后,我着手整理生意信函,拖到相当晚才出门,到马尼埃尔咖啡馆,已是八点半了。有一个星期我不再想的撒拉逊女郎,正和人一起用餐。她见我进去,冲我粲然一笑,我答以的微笑很谨慎,近乎冷淡。这次不期而遇让我不自在。我一心扑在勒内身上,想着次日夜晚,以生人身份回到我家的戏剧性场面,而撒拉逊女郎也不是我不在乎的人,她重又露面,就穿插进了我这些感情的冲动中。她那餐桌上谈话很热烈,她并不看我,参与交谈的那种投入和欢快,几乎引起我的嫉妒。她还在同一张餐桌上吃饭,比起初次见她的那个夜晚,我觉得她更加漂亮了。她那张美丽的脸庞,略带男性特征,在我看来,宛若沐浴在更为柔和、更为朦胧的光线中。她那双黑灰色的眼睛,也闪烁着更为柔和的光彩。她穿一身粗毛料的长衣裙,柔美的深蓝色,一排金属纽扣一直扣到下颏儿,那隆起的弧线形,随着胸乳的节奏律动。撒拉逊女郎诸多魅力的一个亮点,让我后来念念不忘的,就是她的洁净,那似乎是她身体的本色,主要不是她精心修饰的结果。

我吃上饭的时候,她过来坐到我的对面,用手背托着下颏儿,目光与我的目光相会。她对我说话的声音略微沙哑:

"您来了。我第一次见到您的那个夜晚,您那么突然就离开了我。当时我非常生气,不想再见到您了,第二天没有来赴您的约会。随后,我就动身旅行去了,在外地我却想念您。我感到幸福,但又害怕找不见您了。您也等过我吗?您也想过我吗?"

"撒拉逊姑娘,您非常漂亮。"

"您瞧瞧我那张餐桌,您对面那位褐发少妇。有一天半夜,我去她房间见面说说话,告诉她我是撒拉逊姑娘,我爱上您,谈论您就像说一个未婚夫。我没有您的地址,但是给写了好几封信,写好就撕掉,那是十六岁女孩写的信。我感到自己变化真大。安娜说我越发显得年轻了。真的吗?您一句话也不讲。我昨天旅行回来,今晚还走,对,一会儿就走,去五天。最迟星期四晚间回来。星期四晚上您说好吗?八点钟?在哪儿?好,就在朱诺咖啡馆。我爱您。"

十

我几乎怀着轻松的心情,接受撒拉逊姑娘留给我一周的缓冲时间。在我们短促的谈话中,她暗示在用完晚餐和动身去火车站之间,预计还有两小时的空闲。我本可以请求她把这两小时交给我支配,也知道她不会拒绝,但我什么也没有说。她要离开我,回到那些女友中间时,还俯身探向我,喃喃说道:

"您的喜悦看不大出来,可我不愿意担这份儿心。我在旅途中,再回看您这矜持的神态,揣想对您来说,我们相遇是件重大事情,我就会放下心来。"

老实说,这场艳遇在我眼里,还没有太大分量,不过我也清楚,迟早有一天,这事件真的开始发酵了。到那时,就再也没有因说谎而要脸红面对的妻子了,毫无疑问,我会顺其自然,让撒拉逊姑娘把我征服。尤其是到那时,我会有充分理由忘掉勒内和我的孩子,就更感到自己抵挡不住了。因此,坠入她的情网,现在还不是我的急务。我虽然不打算爽约,却也隐约希望还有延缓的机会。

况且,我同勒内定的次日夜晚另一次约会,还萦绕在我的心头。星期日整个白天,我就总在想这件事。可是到最后时刻,等待我的却是一场空。晚上我回到住处,发现门下有勒内的一封信,通知我她一个表姐从布卢瓦来巴黎玩几天,已经在她那儿住下了。表姐每次来,我们总殷勤接待,这次也不可能打发去住旅馆。随后几天,勒内不得空闲。雅奈特表姐非常爱她,几乎跟她形影不离。我打电话请安东南舅舅来接走表姐,至少留她在夏图住上一天,不料他的汽车,按照他的说法,正处于蜕壳期,他没有闲心离开养猪场,而车子散了架,发动机、车轮、车身,全需要他护理。他魂不守舍,爱搭不理我的焦虑。

勒内用便条通知我,星期二下午,她要陪表姐去廉价商场,设法趁混乱的人群溜走,到塞夫尔街一家咖啡馆去找我。五点多了,她才来赴约。雅奈特表姐情深意笃,看得很紧,有两次在人群中追上了她,她好不容易才脱身。我觉得等待时间过久,从情绪上表现出来,看她买一件豹皮大衣穿上也不顺眼。去年,我费尽了口舌,才说服她肯买一件俄国羊羔皮大衣,可是,她又觉得那么大价钱是无用的挥霍,最终还是买一件最便宜的普通羊羔皮大衣,价钱很可能只有这件豹皮大衣的四分之三。这件豹皮大衣我看质量极佳,她穿着非常高雅,但是我没有对她讲一句赞美的话,只是为她进咖啡馆时吸引一桌桌顾客的眼球而得意。我态度相当冷淡,听她抱怨雅奈特表姐。

"时间晚了,"过了片刻,我提醒道,"您若是愿意,我们出去走走吧。"

我们走在塞夫尔街上，都沉默无语。勒内因我冷淡而心里难受，我也同样。她抬起眼睛望我，猜得出来眼神惶恐不安，但是我装作心不在焉。走到龙街，她挽起我的胳膊，声音微微颤抖，怯声怯气说道：

"我惹您生气了吧，罗兰？我请求您原谅。"

"嗳，没有啊，没生气。您为什么要惹我生气呢？"

勒内没有回答，我这拒不随和的态度让她失望和受伤。街道昏暗，行人寥寥。一种愚蠢的高傲，还让我硬撑着，不肯紧紧搂住，安抚她的忧伤。我觉出她的手在我的胳膊上颤抖，在痛苦的沉默中，散步又继续了几分钟。我们走近圣日耳曼大街的公交车站，勒内双手紧紧抓住我的手，向我抬起她那张因惶惑而失态的脸。

"罗兰，"她对我说，"事情没有到此为止吧？"

"勒内，您想到哪儿去了？刚才我犯糊涂，不讲道理。您惩罚我吧，不过，您别再担心了。我不仅惹心上人痛苦，还看到她眼神里巨大的惶恐，那一定得爱她一辈子。"

她的脸豁然开朗了，还亲吻我的大衣袖，脑袋偎依在我的肩头，露出灿烂的笑容。一辆公共汽车到站，下来一些乘客，目睹了这张如此美丽的笑脸，其中就有朱利安·戈蒂埃，正巧同我们打了照面。他肯定认出了我，他那冷峻直视的目光死死盯住我的目光。这次相遇令我心生几分恐惧，很可能在朱利安的头脑里，重又促发我吐露隐衷曾唤起他的危险怀疑。我与勒内这么亲密，而且还不怎么掩饰亲密的关系，这不仅会引起他对我的敌视，还会让他联想到我们丝毫也不必担心她的丈夫了。由此便可以推测是我清除了拉乌尔，得此结论也许只差一步了。他这回知道了我是勒内的情夫，就肯定认为看透我这所谓神经错乱，很可能把这视为一种犯罪意愿下意识的遮掩。所有这些想法，我还来不及仔细琢磨。勒内什么也没有看见，甚至不知道她身在何处。我带着她加快脚步，这时，朱利安·戈蒂埃走过去，他也许拿不准是否看清了我挽着的是拉乌尔·塞吕西埃的妻子,还回过头来,毫无顾忌地打量我们,不安的目光流露出威胁的神色。他似乎在犹豫,要不要跟勒内说话,我想唯一的阻碍,就是勒内一直引起他的厌恶感。勒内认出他来,立即放开我的胳膊,神色惊慌,悄声说道:

"我丈夫的一个朋友。您看到了吧,他紧盯着注视我们?真没教养。我也一直让他避而远之,今天他要报复了。"

的确,她对待朱利安,乃至对待我婚前的所有朋友,始终彰显一种一概敌视的态度,预感到这些老伙伴很危险,难保不唤起最温顺的丈夫身上想入非非的习惯。而且,朱利安从未做出任何努力冲破这种阻力,因为我们结婚之初,我妻子就几乎公然给他颜色看,两个人很快交恶,相互鄙视了。从此我就知晓了,正是这种原因,我以为能让他了解我的秘密的那天,已经阻止了他去找勒内了。

勒内的态度,以及这次相遇所引起她的极度不安,还真让我有点儿奇怪。听她脱口而出的几句话,我就明白她多怕朱利安把事情给捅出来。然而,还不过五分钟之前,我一句就让她大放宽心,她甚至心甘情愿,不惜看着她的家庭毁掉。我心下暗想,她扮演的双重角色,妻子和情妇在争斗,一如我本身这种双重人格,从而可以得出结论,我的变貌给我带来的方方面面,随便什么人循着自身都能发现。这工夫,朱利安也走在圣父街上,落下我们几步远,我认为本人跟在后面,非常坦然,根本就不怕他。他数次回头,望见我们并肩走着,保持正常的间距,就可能以为我们刚才那会儿忘情,只不过是一种表象。勒内越来越烦躁,终于忍不住,怨道:

"为什么偏要跟着他?这多可笑,就好像您挖空心思挑逗他。"

我要向她解释我的打算,可是,她不容我开口。

"不用说,您想怎么样就怎么样,根本不在乎这次相遇,可能带来的后果。您行啊,是自由之身,可我呢,我有丈夫,有孩子。您无拘无束,没必要关心,但这是我的生活。"

"您别这样冲动,勒内,他可能听见,会以为这是情人之间的争吵。"

说罢,我嘿嘿干笑了两声,如同演戏那样,给一句回敬的话增添尖酸刻薄的语气。而勒内则只顾担心,气恼,看不透我的意图。我们拐进雅各街,一旦不见了朱利安的影子了,她温柔一笑,对我说道:心爱的,刚才我有点儿凶。我回答说:不,不,您不够世故,仅此而已。嗳!罗兰,您不想弄明白。哪儿的话,我明白得很。就这样你一言我一语,一直到六点半。约莫晚上九点半钟,我在自己房间的孤独中,真正的悲剧才开场了:我揣摩朱利安·戈蒂埃要干什么。如果他决定报警,那我就完了。当然,他们无法证明是我干掉了塞吕西埃,而且,我也下了决心,如有必要,就矢口否认我向朱利安吐露过隐私。不过,我没有户籍,也没有担保人,在这种情况下,我打算搞到假身份证件就毫无用处了。我又想到,朱利安以为掌握了证据,他的朋友去了布加勒斯特,于是这种担心就可以释怀了。估摸他可能怕塞吕西埃旅行回来,就面临死亡的威胁,也许今天晚上,他已经确信了这一点,但是认为罪案已经成立就毫无根据了。别人可以有理由猜测,他仅限于关注拉乌尔归来,立即让他采取防范措施,也许还先行给拉乌尔写一封信去。不管怎样,就算去报警,他提供一些简单的怀疑,也不敢引证勒内背叛。因此,他只能陈述我们在咖啡馆的谈话,大致描绘出我的形貌。警方会到我家里,我的办公室调查,还会打电话询问罗马尼亚领事,而我的护照在领事处办了签证,于是,警方放了心,就结了案。塞吕西埃旅行久拖不归,情况异常,有朝一日,警方又得重新审理这个案子,不过,从现在到那时,我就可以从容考虑,采取防范措施。睡眠很糟糕,夜里我还用了一部分时间,想象自己被捕,尤其受审的情景。

"这么说,"探长问道,"您于1900年6月1日,出生在X城。好,您父母在该城是钟表匠。是这样吗?""是的,探长先生。""您再次说谎。既不是X城,也不是Y城,也不是Z城。户籍簿上没有您这个人。行了,我听腻了您的谎言。勒福尔队长,您替我收拾收拾这个人,直到他肯讲出真实的身份。""探长先生,我这就全对您讲了。我的形貌发生了变化。""形貌变了,这事儿可真有意思。我对变脸变相始终有极大的兴趣。""是啊,突然有一天,我的面孔变了,换成另一个人的脸。我不可能说我是拉乌尔·塞吕西埃了。我也不得不换了姓名。""这可真有意思。队长,靠近一点儿,我们的朋友很可能需要您。这么说,您换了脸,为此您一定非常痛苦。""您这话我相信,探长先生。您想想,生活搅得一团糟。""您放心吧,小伙子,您的不幸遭遇这就结束了。有人会好好给您治一治。我正巧了解一家医院,有变相方面的专科大夫。""不,放我走!我不愿意!放开我!我要离开!不,不,不!""队长,给他套上紧身衣。"

这个糟糕的夜晚,我醒来后就处于不安和烦躁的状态,这也许能够解释当天上午,我同吕西安娜在一起时奇怪的行为。现在,我的工作给我提供了理由,不管怎样也是个借口,可以每天去我的办公室。我走进办公室,通常想到我的外表;打算对待吕西安娜,采取一种能提高她对我的看法的态度。然而,一到她身边,我要讨她欢心的渴求却占了上风,不由自主又耍起小聪明,就是要摆出受保护的姿态。渴望讨人欢心也情有可原,这也是渴望重新获得一个女人的爱和友谊。我确实感到孤独,需要人保护。这个美丽而正派的姑娘,目光非常明亮,浑身有一种温情和力量,邀人去寻求庇护,似乎紧紧拥抱住她;自己的灵魂便一定得到拯救。然而,她的态度越来越矜持了,往往直逼冷淡了,并不鼓励我放肆。我眼神呆呆的,壮起胆子对她说:上帝啊,您真迷人;或者两个人同看一份材料,我的头偎依着她的头;再不然,在办公桌下,我们的膝盖。每次,她都让我速速收敛,那种生硬的方式叫我无地自容。

那天上午,接待窗口不见了拉戈尔日太太。我说:咦,拉戈尔日太太不在？她刚才让人给我打来电话，说她身体不舒服，吕西安娜回答。得知只有我俩了，我心潮澎湃起来，立刻想到放开嗓子表白，狂热地喊出来，像管风琴那样席卷一切的嗡鸣。我这么想觉得好玩。其实，我是以稳重的声调，告诉吕西安娜我来办公室的事由。有一个客户在犹豫，必须同意其略微低于底价的要求。这件事的定夺，唯独她有决定权，我们之间便交换看法。我俩站在办公室中央。我强调这桩生意的重要性。说话慢条斯理，未免过分注意吕西安娜，看她那明朗而严肃的面孔，散发着青春芬芳的运动员似的高高身段。她在搜索记忆，想找出一个具有权威性的先例，因聚精会神思索而抿着嘴，皱起眉头。我端详她久了，就感到心荡神迷，不禁伸出双手抱住她的头，紧紧压在我的嘴上，喃喃讲着热恋的话。她一只手重重推开我，怒目而视，声音平静地对我说：

"您这个傻瓜，十足的蠢货。"

"吕西安娜，我爱您。求求您了，听我说说。我请您嫁给我。"

"这事不可能。"

"吕西安娜，您要理解我。您生气了。我知道，自己很笨拙，让所有人都讨厌。不要说这事不可能。不要轻率地答复，也不要讲气话。您是我的全部生命。"

"我答复您，这回不是气话：这事不可能。"

语气干脆，无可挽回。可是我大动感情，涨满了心胸，觉得我的爱情是件美事，接受不了刚冒头就这样给遏止了，至少还得争一争，也好用动人的场面包装一下我的失意。我趁拉戈尔日太太没上班，就叫嚷起来，说我这一生算是毁了，原来还痴心妄想，以为时来运转了。然而，命中注定如此不幸，一种孤独着附了我这类型的所有恶魔。我呢，如此陶醉于生活，却诅咒我出生的时刻。吕西安娜一言不发。我期望挑起争论，就指责她玩弄了我，千方百计鼓励我的感情，现在又想一口回绝。吕西安娜忍无可忍，走向间隔的房门。

"我让您憎恶吗？"

"对,有点儿。"她说道,随即走进另一间屋。

吕西安娜说这话的鄙夷口气,让我怒不可遏。正是这种时刻,我一夜焦虑不安和梦魇的蓄积要发作了。一股粗野之人的怒火蹿上来,犹如烈酒上头,但是还给我留下一点儿理性,明白自己的行为多么无耻。我随后冲上去,几乎拉掉房门。吕西安娜坐到办公桌上,一条腿耷拉着,扭头目视窗外。我走到近前,这次没有叫喊,但是说话的声音,因受盛怒的阻遏而变了调：

"我让您憎恶？那么塞吕西埃呢,他不让您憎恶吧,嗯？您很爱他。在布尔热机场,他全对我讲述了。那种关系,持续两周。他全对我说了。有一天,就像今天这样,拉戈尔日不在,您一上午在他办公室整理资料,他拥抱您好几回。中午时分,他对您耳语：'您把门厅的房门锁上。'您那份儿激动,那种幸福感,涨红了您的脸。跟您说,他全对我讲了。"

吕西安娜先是惊恐地注视我,继而,她那表情变得冷酷,真让我以为会扇我耳光,不过,她还是扭过头去望窗外。我看见她直眨眼睛,咬紧牙关,极力控制住泪水。当面我再也伤害不了她了,说什么也无损于她的尊严。她这种失落,是伤害到了心灵。我明白了,但是我想要看她泪如雨下。我要目睹这种场面,心中强烈的嫉妒,却掺杂着另一种情感：感激和赞赏。

然而,我又发起狂来,就是要毁誉,要玷污人格：

"可以说,他什么也没有瞒着我。他商务旅行去南锡,是您陪同的,当时您向拉戈尔日太太谎称身体不舒服。在那里度过两天两夜。您似乎穿一身白色睡衣,好看极了。'老弟,'塞吕西埃对我说——您了解他是何等样人,有点庸俗——'老弟,她真像个白雪公主。'噢！我不能全部向您复述他对我讲的那些事。例如在南锡的头一天上午,关于一双长袜的事儿,再如,一次乘出租车的游玩。我不能讲了。我运气不佳,不善于赢得爱情。我只是个没教养的人,一个可悲的家伙,但是,总归还有些事情,我可说不出口。喏,我可以向您保证,塞吕西埃这个人,什么事都打不住。我真为他感到丢脸,在认识您之前就为您感到悲哀。那么口无遮拦,而我,虽然共过事,只是泛泛之交,十年未见面。噢!您太不了解他了。"

她挺直脑袋哭泣,眼睛睁得大大的,泪珠沿着面颊滚下,落到上过浆的白衣领上,形成一些微小的鼓泡。

"他竟然连做爱之后,您的头一句话,也对我说了,那么美妙,您知道:'你的眼睛……'"

吕西安娜哭泣了一阵,随后哀吟,声音细微得几乎听不见,好似受伤害的小女孩的呻吟。我瞧见她那只垂下的手大大张开,仿佛再也抓不住什么了,任由生命离去。我觉得我的心猛然裂成两半。我双膝跪下,请求她宽恕。

"您别相信我的话,拉乌尔什么都没有说过。我向您发誓。有朝一日,我会告诉您。我会写信告诉您,我是如何知道的,但是您要确信,拉乌尔从来就没有对我讲过任何事情。啊!吕西安娜,现在您不相信我,也不可能相信,可现在我讲的是真话。"

"您走吧,"吕西安娜低声说,"让我安静点儿。"

我站起身,悄声退出去。我陷入绝望,深恶痛绝自身和这种行径,一到街上便奔跑起来,就好像要逃窜,远远甩掉刚才出现在我身上的凶兽。我在奔跑中撞上个身穿羊毛衫的大块头儿,他一把抓住我的胳臂,拉我转了半圈儿:"哎!不管不顾的人,您得稍微检点些。"我也不管掉转了方向,还继续跑,又原路跑回,停到我的办公室所在的楼前。我刚刚冒出个念头,吓得胆战心惊。吕西安娜本来充实的情感,一下子从心灵里掏空,处于极度沮丧的状态,我却丢下不管,而她那天生的美好平衡机能,我觉得经受不住这种打击,就有可能自杀。我很想再上楼回到她身边,可是又不敢,既没脸面,又怕她见了我,因憎恶而情急之下,恰恰会决心走上绝路,因此我呆立在原地。我这惶惑之态一定非常明显,刚才被我撞了的那个大汉又从我身边经过,再次招呼我,而且换成关切的声调:"先生有难处了吧?"他说道,也不等回答。我犹豫了好几分钟,才用迂回的办法,谎称从布加勒斯特给吕西安娜打电话。

"喂!是拉戈尔日太太吗?"

"不是。"一个哽咽的声音回答,几乎听不出是谁了。

"是吕西安娜吧?我是塞吕西埃,从布加勒斯特给您打电话。我刚从索菲亚旅行回来。还好吧?"

"谢谢。"

"办公室里没什么事吧?生意还顺利吧?那个新手呢,他干了点儿事吧?"

"是的,他上手干了。"

"吕西安娜,您说话声音异常,听着就好像发火了。我给您挂电话,就是想跟您说说话,感觉和您在一起。"

我听见电话里传来饮泣声,接着一阵讷讷的声音。

"吕西安娜,您哭啦?"

"我?没有。对了,您那个朋友,科尔贝尔先生,刚才来问我,有一个新客户,能否破例,同意降点儿价钱。"

她详细讲述了那笔生意,我借题引发一场业务方面的讨论。吕西安娜似乎忘掉了伤悲,恢复正常的声调。我最终对她说:

"我非常爱您,当然认为您做得对。您觉得怎么好就怎么办。不过,您要向我发誓不会忘记我。"

"上帝啊,"她叹道,"这事儿,我完全可以向您发誓。"

这声叹息,我觉得无限温柔,正可以成为这场通话的结论,因此我主动挂断电话,实在受不了听她说要一直爱我,不管发生什么情况。再者,我毫无根据认为她一定会这么说,而她讲话的声调,也完全可以理解为另一种意思。真的,自从我引诱了自己的妻子之后,就感到我这直觉鬼精灵了,尤其能洞彻感情上的事儿。

下午,由于心事萦念,我不禁又来到我的办公室附近转悠。倒也不必再为吕西安娜担心了,但是上午我莽撞的可悲事件,还是挥之不去的悔恨。三次路过楼门口,我始终毫无意愿进去,只求平复自己的烦忧。这样来回溜达未免可笑,我终于觉得不自在,正准备换到对面的人行道上,忽然发现朱利安·戈蒂埃等待过街,正独自站在街中心的安全岛边上。他撞见我陪同勒内的第二天,出现在这一带,便引起我的警觉。从前他时常来办公室看我,认识吕西安娜,觉得她很有魅力。他要跟她商议一下对付疯子的办法,他产生这种念头也是自然的事。果然,我望见他走进楼门,上了电梯,等电梯开始缓慢升起时,我也可以进入楼内,无须担心被瞧见,从底楼确认电梯停在四楼。

十一

安东南舅舅接到紧急电话,当天晚上就得赶来,到我指定的克利希大街一家咖啡馆同我见面。九点半钟我就到了,由于他还未到,我还是喜欢在街上等他;至少可以散一会儿步。我的情绪如此烦躁,在咖啡馆长凳上等待也受不了。天气阴冷潮湿,雾气笼罩着一盏盏路灯。大街两侧的人行道,我踱步的这条,没有什么能引起夜游者好奇的地方,到夜晚这种时刻也失去了白天热闹的景象。我刚刚走出五十来步远,到一个岔口的街角,就有个女孩对我说:嘿,小狼,瞧瞧我长相多俊俏。她说话拖长声调,让我想起我出生地的乡音。她很年轻,身形瘦小细溜儿,就显得年岁更小了。估计她刚进入这个行当,在这条街当小保姆刚刚丢了饭碗。她揪住我的大衣袖口,我得以看见她的手,那么小,但是又红又肿,还未来得及护理。我已停下脚步,端详她那美丽的面容,有几分机灵,尤为天真。我挣扎在凶险的处境,就觉得小保姆给我提供一种逃逸的途径,真想跟随她,确切地说,跟她一起远远逃离巴黎,将我的生命和忧患系在这条纤细的拖缆上。唯有认真实干的人,才会凭着这股突发的冲劲,萌生掷出骰子,将宝押在极微不足道的运气上,而这种运气,他们在一种苦熬的复杂生涯的辛劳中,就不可能遇得到。

"怎么样,小狼?"

"多冷啊,"我说道,"什么鬼天气,什么鬼生活。您说说看,所有这一切,您愿不愿意稍微忘掉,去有阳光的、有这里所缺少一切的国家呢?可以乘火车,也可以乘船……"

"打住,"小保姆截口说道,"别说嘴了,我听明白了,但我不去干贩卖白人妇女那种勾当。"

她面露一抹体恤的笑容,眼神也闪亮得意而喜悦的光芒。

"我要干的这行,到时候看吧,你想都想不到。你看仔细了,记住我的模样儿。过两个月,或许再早点儿,我就演电影了。因为我的男友,他是拍电影的。"

我挺好奇,想进一步了解,就提议去喝一杯兑水的朗姆酒。她一路上说个不停。

"干这行,正如我对你说的,到时候看。但是也为了让我做好准备,要先拍外景。维克多,他要我扮演现实主义角色。照我的意思,倒喜欢寄宿生类型,上流社会的少女;不过,现实主义角色,这也挺好,维克多说了,每人的才华不一样。我呢,就是现实主义的人,他一眼就看出来了。这阵子,他在为我准备一部片子。拍外景,要去蓝色海岸还是阿根廷,他还在犹豫。让我高兴的是,给我姐姐莱奥妮也安排一个角色。这几天,就要让她从外省来。"

我就跟着去她挑选的咖啡馆。我们还没有离开我散步的人行道,迎面开来一辆小卡车,在我们旁边停下。我抓住小保姆的胳臂,身子俯过去,好让她在隆隆的马达声中能听见我的话,我高声说道:

"真是傻透了!拍电影是胡扯,您总不该上这种当。这明明是骗局。要知道,您那个维克多是个坏蛋。"

"打住。我知道,有些坏家伙就是用这种办法诱骗女孩子。这种事儿,维克多对我说过。少安毋躁。我呢,维克多让我试过镜头。我看见自己上了银幕。是的,上了银幕,我看见了。太棒了,上了银幕。"

这时,一只手按住我的肩膀,往后一拉。我想必是维克多,转身要应战。原来是安东南舅舅,他那眼神立时让我不安。看到这个大胡子的男人,想必是警察,小保姆撒腿就跑,穿过大街,消失在人群中。舅舅一副蔑视的神态,定睛看着我。他见我对这种态度感到惊诧,终于厉声说道:

"流氓。您胡说什么变貌,把我好一顿戏弄。我一下子就上了当,真够愚蠢的,得好好反省。"

"您到底怎么啦,舅舅?是什么突然就让您这么认为?"

"一切,现在,一切都让我这么认为。无耻之徒。然而,我若不是当场看到您跟个妓女鬼混在一起,还会被您的谎言蒙蔽。可是,我看见您了,我看见您了。"

"我不明白。就按您所说的,我跟个妓女鬼混在一起,这件事,您怎么又跟我的身份联系起来?"

"怎么联系起来?哼!我的小伙子,您自以为非常狡猾,也确实很狡猾,考虑怎么周全也有疏漏,要不然,您就不够了解我的外甥女婿。告诉您,拉乌尔是个正经人。一心守本分,总之,可以说,一个男子汉。拉乌尔什么时候,都不会趁独自一人,便跟一个街头妓女拉拉扯扯,您那种行为,刚才是让我看到了,他可从来不会。"

"就这事!拉乌尔是个正经人,但他也有意志薄弱的时刻。而且现在,您还让我用第三人称谈论他,发什么神经!"

"哈!哈!您可让我逮着啦!"

"舅舅,求求您别这样。好好瞧瞧我。不,不要看我,要听听我,听您外甥女婿的声音。一个假朋友很可能弄错,而您不同!您不相信我。那至少让我告诉您,刚才是怎么回事。我等您来,就在这儿来回走走,一个女孩过来跟我搭话。"

舅舅没有打断,一直听我讲完小保姆的事。

"您到来的时候,我就想让她明白她太天真了,出于怜悯,不如说有点儿生气,情急之下,就抓住她的胳膊摇晃,给我的话增添些分量。"

"可怜的孩子,"安东南舅舅说道,"真是骇人听闻。试试看,也许还能找见她吧。"

"不可能,找见她没用。怎么样,舅舅,您还是坚持同样的理由,认为我是流氓和骗子手吗?"

"当然不是,我巴不得相信您是我的外甥女婿。"

他的回答又含混,又有保留,也许他意识不到。而且,他跟我说话,继续使用尊称,不像他通常那样用"你"来称呼。几乎可以肯定,他不是有意这么做的,但这同样给人提个醒。我们到约定的咖啡馆坐下。从他开来的小卡车旁边经过时,他向我解释,重新装配的那辆汽车还不能上路,还向我描述了车子正接受的重大改装。直到我们坐下,他还意犹未尽。这一话题重树他的信任,就好像从车子的变化中,他找到了理由相信我的变相。他对我重又以"你"相称了。

"怎么回事儿?"他问道,"又碰到什么坎儿啦?你打电话,真吓着我了。"

"我的境况更复杂了,甚至变得危险了。我认为朱利安·戈蒂埃行动起来了。"

一提起朱利安·戈蒂埃这个名字,就让人想起对我的遭遇所持的某种立场,舅舅的脸当即阴沉下来,眼神也变了,我感到他力图抑制从内心深处冒出的怀疑。尽管如此,我仍然说下去:

"事情是这样:昨天傍晚,六点来钟,我和勒内一起散步,撞见了朱利安。他掉头跟上来,超过我们,以便确认是否看错了。我还让勒内挽着手臂,这更让他吃惊了。在他看来,事情很明白了。他什么也没有对我们说,连个招呼也不打,但是毫不掩饰审视我们,有点儿像盯着看要供认罪状的罪犯那样。他肯定认为,我在他朋友拉乌尔的生活中,显然占了很大位置,也许占了全部位置。"

"显而易见。"舅舅不由自主地附和,就好像我的想法触动了他。

"您为什么说显而易见呢?"

"我说显而易见,就因为显而易见。"

我这样问他是气话,他回答是挑战的语气,稍微加重点儿,他就很可能补上一句:"我完全有权有自己的看法。"我认为交心该到此为止。我们彼此间,令人难堪地沉默了一分钟。我感到我唯一的证人开始脱离真相,唯独他还能综观我这命运的两方面。假如他不再相信我,拒绝证明我的身份,我就可以认为我的全部遭遇,不过是我想象中的一个错觉。我似乎到了临终的时刻了。舅舅也同样意乱心烦,他惴惴不安地注视我。怀疑盘踞在他的脑海,这种变貌十分荒唐,在他看来也越来越明显,他还在犹豫,只因他忠于自己的感觉。我们之间建立起来的这种友谊和默契的关系,尤其他深恐面对非此即彼的决断,都起着对我有利的作用;真要决定我是个坏蛋还是受害者,支持我还是反对我,这种选择很难,刚才他本可以一气之下就作出来了。

一种显然的事,哪怕是虚假的,也能促使他那么做。他很冷静,也从容地思考,心里还定不下来。我认为可以尝试一把,夺回优势。

"舅舅,咱们坦率讲吧。您还有疑虑,而且不止疑虑。我向您提个问题,而这个问题,我跟朱利安的讨论如能深入的话,也会向他提出来了。如果我不是拉乌尔·塞吕西埃,那么活见鬼,我为什么非得向您交底儿呢?我这样做冒极大的风险。我还需要您插一手,才能成为勒内的情夫吗?不需要。我设法向您勒索钱财了吗?

既然您主动要资助我,那我本来可以利用您的信任和慷慨。我那么做了吗?当然还可以设想,我想要确保您的大力支持,依仗您对勒内的权威,说服她相信我是她丈夫。可是,您每次向我提议往这方面干预的时候,我总是断然拒绝。您还记得吧,有一天晚上在夏图,我都发火了。不,我怎么追根,怎么挖空心思也没用,除了真相,我真的看不出我的行为,能有任何别种解释。您呢,这方面有念头吗?"

"我?还用问,根本没有。"

"当然了,您就差以为我是疯子了。朱利安就深信不疑,他有自己的逻辑,因为我声称面孔变了,这个事实本身就足以证明我疯了。不管怎样,比起昨天,或者三个星期之前来,您并没有更多的理由认为我是疯子。您看见我身边有个小妓女,就叫嚷是骗子。有点儿太草率了,不过,一时冲动就下结论,人人都有这种时候,这不是讨论的重点,因为归根结底,您承认了我的意图是纯洁的。至少,我希望在这点上,您没有任何疑问了。"

"没有了,毫无疑问。没那么痴呆。即使您的意图不纯洁,现在我也承认,推定的结果也是轻微的。"

"是吗?"

"是啊,当然了。我还承认,任何新的事实,也不能成为丝毫怀疑的理由。"

安东南舅舅住了口,目光没入他的领带中,他开始扯自己的胡子梢儿。我心里紧张,等待他沉思的结果。终于,他仿佛抗拒着自己的坚信,没有抬眼睛,以一种遗憾的声调,喃喃说道:

"不管怎么说,拉乌尔,不管怎么说。就像这样,一下子变了相貌,总归不正常。对一个正常思维的人,总归不是件可以接受的事。"

毫无指望了。相信荒诞性,就是通过魔力,诱惑人进入一种神往的状态。魔力消失了,不管要达到什么意图,理性的全部努力也不能恢复这种信念。舅舅大概明白了,这种特殊的神往状态离他而去,他给我的印象,就是感到自身收缩了,贫乏了。他偷眼瞧我,像个变节者那样胆怯,我认为他意识到并感到羞愧,自己背叛了荒诞的创业。不管怎样,他没有勇气表明自己的立场。他几次对我提起朱利安·戈蒂埃,我明白他萌生与朱利安会面的念头。我引导他向我承这种意愿,就提议安排他们会面。他感激地接受了。

"也许我失策了。"我叹息一声,说道,"但是管不了这许多了。至少,我要当面为自己辩护,尽快一下子说透,再也不必争论了。我并不抱侥幸心理,期望您赞赏我的道理,不过,也许您在公允思想的支配下,能够听进去。我的希望仅此而已。"

舅舅极为诚恳地申辩,他只求心安。我们约定第三天中午,在星形广场附近一家餐馆相聚。我负责通知朱利安。

对我而言,根本谈不上去吃这顿午饭。我这是抢在前头,以便争取时间,唯恐舅舅次日就联系上,向朱利安·戈蒂埃提供一些他肯定会利用的情况。毫无疑问,这会威胁到我的人身自由。中午刚过,朱利安就去见吕西安娜,在交谈过程中,肯定要具体说明他的担心,描绘执意取代拉乌尔·塞吕西埃的那个危险的躁狂病患者,而吕西安娜从那形象中也不难认出我来。这一新的发现,朱利安会十分重视。我不仅取代了他的朋友,霸占了他的妻子,而且还阴谋顶替他在事业中的地位。一定会提出报警的问题。好在朱利安可能认为我还在罗马尼亚。贴了布加勒斯特邮票的信件能证明这一点。然而,他嗅出这种骗术,也不是不可能的,尤其吕西安娜再回想我动身的那天下午,她连一次机会也没有看清我的脸。老实说,她不大可能忆起那种情景。同样,拉戈尔日太太也会一口咬定,她看见了我。

不管怎样,朱利安没有我的地址,我给吕西安娜的地址是假的。即使他们已经发觉作了假,那么等找到我在克兰古尔街的住处,两天怎么也得过去了。我原本希望次日一早就搬走,然而我心中系念,没有再见到勒内,不能一走了之,离开本街区,或许离开巴黎,因为我还希望带她和孩子一起撤退。她表姐预计第二天,即星期四下午回布洛瓦,我和勒内说好晚饭后相见,过了九点钟,孩子睡下之后,她在家里等我。也是这个星期四晚上,撒拉逊姑娘要在朱诺咖啡馆等我,但是,为了我妻子,我即使不无遗憾,也要毫不犹豫舍弃这场幽会。

我从蒙马特尔高坡回住所,取道吉拉尔东街隐蔽的坡路下到十字路口,因为我想到,朱利安确认我给吕西安娜的是假地址,他就有可能在我妻子的住宅附近蹲守,以期找到我的行踪。幸而克兰古尔街冷冷清清。我观察五楼我的家,阳台尽头我们卧室的窗户还亮着,百叶窗板完全敞开。已是晚上十一点钟了,我到达六楼,看见勒内在楼梯平台上等我。

"刚才,我在阳台上望见您回来了。"

"您表姐呢?"

"去看电影了。今天下午我们预订了座位,临走时,我的头很疼,雅奈特就跟保姆去了。可是,您回来晚了。我装头疼的机会,几乎没有怎么利用上。"

"要是早知道就好了。"

我们进了我这住处,单身的套间。安东南舅舅的变节,我深受刺痛,听我妻子说话思想走神儿,心想我变了形貌的后果,直到这时总算避开了,可是我从前生活的所有见证人,全要离我而去。最终把我丢在完全孤独的境地。我形同老人,发出一声叹息。

"您怎么啦?"

"没什么,"我答道,随即又叹息一声,"要是早知道今天晚上能见到您,我就会准备同您谈谈了。今天,我心里提出许多有关您的棘手问题,现在,一时还聚拢不起来。我愿意向您提出,但是要有相当的技巧和粗暴迫使您只回答是或者否。假如您回答:'我不知道',那么解释权就归我了。"

"罗兰,我已经知道您所有问题的意图了:让我直面我的矛盾。您若是愿意做个公正的人,就什么也不要问我了。我给了您我所能为您支配的一切。您想到的那些矛盾,是我们约定俗成的部分。况且,您先于我就领悟了这一点。"

这种交谈的开场,就足以预示出结局。我妻子并没有变。我赞赏她猛然间,就找回了她作为妻子和主妇的冷静头脑。她目光明澈,对我说道:我爱你,但这是段插曲。我似乎没必要说下去了。我的命运契合我这张新面孔。吕西安娜和舅舅抛弃了我。我妻子也准备步其后尘。

"您想什么呢?"勒内问道。

"我不能对您讲,您刚给我下了禁令。您表姐这趟来巴黎,玩得还开心吧?"

"好了,提您的问题吧,年轻人。年轻人的称呼令您发笑?有什么办法呢?我就要满三十五岁了,而不是我跟您说的三十岁。我是家庭主妇。而您,一个可爱的年轻人,三周前到巴黎,仿佛从天上掉下来的,带着您父母的一笔年金,脑袋一热就离开了他们。或许他们想要阻止您娶一名女售货员,您就像个男子汉,说是要独自闯荡巴黎时,他们在心里这样嘀咕:'有何不可呢?他会忘掉那姑娘。'您永远也弄不清楚,您坐上火车,是父母的安排,还是您自己的决定。事起突然,您都顾不了带上植物志、您收集的蝴蝶标本,也没带上您那个女售货员。到了巴黎,您成为博物学者,还征服了一个有夫之妇。事情的经过大致如此。实质上,我的话没有这么离谱。况且,具体情况我也不想了解。亲爱的,我特别愿意一无所知,忘掉隔离我们的一切,那对我是不利的。然而您还年轻,我一定得想到,您满足于爱情的时间不会很长。您想要了解一切,拥有一切,这才是您最看重的方面,而这正是最妨碍爱情,给爱情泼冷水的事,我就干脆不闻不问,模糊处理了。我对您说过,我丈夫相当笨拙,就是一般人,我很难适应。我这么说是好意,您不觉得吗？对情夫说，丈夫是她唯一的太阳，羞于实话告诉他，她男人跟所有人一样，跟男人过着同甘共苦的生活，喏，不这样做，完全是好意。您呢，作为有教养的年轻人，就应该逢场作戏，不失时机地帮我一把，给我的生活添点儿彩。您非但不这么做，反而不耐烦了，因为您认为看到了我丈夫的影子，而那可怜的人还远在布加勒斯特。你们什么也不饶过我，包括我表姐，包括拉乌尔。对了，我还向您隐瞒了，可是他有名字，他叫拉乌尔。从昨天起，您看我的眼神，就仿佛从我的眼里读出背叛。那也好。您就向我提那些问题吧，不如说，提您那个问题吧。您不想问了吗？如果不是，那您就问我：看在上帝分儿上，痛快一句话，您还爱他，对还是不对？"

"您说得对，不仅如此，我正儿八经三十八岁，不是个年轻人，而是个孩子。我确要向您提出一些冒傻气的问题。不过，在我的眼里，最重要的问题，并不是如您所说的，要知道您是否还爱他。我特别想要问您，是否准备随我去大地的另一端。现在，我当然作罢了，不过您得承认，这样一个问题，从来没有让一部爱情小说失去光彩。我甚至还能讲出些相当美好的事儿。"

"这我深信不疑，罗兰，我也会爱想那种事。然而不瞒您说，我刚做了果酱，必须想着吃。我还正为图瓦奈特打一件羊毛衫，还准备打几件背心、毛线长袜、短袜。何必呢！大地的另一端。我可以来这儿找您，做不了比这更长的旅行了。我让您难过了吧？"

"不，恰恰相反。我钦佩您的理智。我就觉得，我们已经结婚了许多年，可这三周期间，我却忘记了。您确信您的丈夫真的在布加勒斯特吗？"

鉴于我变了形貌的境况，再看情人之间的这种逢场作戏，我突然觉得又愚蠢又无聊。勒内还问我本人，是否就确切知道我那商场小姐在什么地方，我当即打断她的话：

"少说傻话吧。哪儿有什么商场小姐，您捕风捉影也都子虚乌有。上帝晓得为什么，这里有个爱您的男人，能供养您和您孩子的生活,他还想到,不久您就会需要他。您有平平静静生活的本领,对您说什么事儿,就没法遮遮掩掩。要知道,您丈夫经营生意的类型,范围极其有限,出行已经三个星期,是说不过去的。这么长的旅行期限肯定不必要,不管怎样,在那里处理好他的生意,逗留一周时间绰绰有余。事情明摆着,您丈夫一去不复返了。"

勒内的脸唰地白了,鼻翼抽搐,真让我以为要昏倒了。

"您想要吓唬我,"她可怜巴巴地说道,"您随口说说,不是认真讲的。"

"有可能我说错了,其实,他只不过是跟个妓女跑了。这显然是可能期望最好的情况。他携带很多钱走的吗?"

"他在电话里对我说,他走的时候支取了四万法郎。"

"不是好兆头。据您所知,他常有艳遇吗?"

"嗳!没有。他生活非常规律,我可以这么说,很难骗过我的警惕性。我甚至让他有点畏惧感。我敢说,我稍微流露出点儿怀疑来,就足以让他中断关系,如果他真有外遇的话。有一种方法,能让男人在最细小的生活琐事上守规矩,那就是让他们感到始终伴随在身边,哪怕他们远离自己的妻子。"

勒内这样回顾对丈夫的控制力,精神似乎又完全振作起来,她那张脸重又红润放光了。

"恐怕正是这种情况,应该引起您忧惧,"我说道,"我认识一些这样的男人,被妻子牢牢掌控,他们身上挑不出一点儿毛病,直到暴风雨来临之日,将他们卷出夫妻的道路,到那时,他们一旦挣断了锁链,再有天大的理由,也不可能把他们拉回家了。他们不惜堕落到卑鄙无耻的地步。我还记得,其中有这样一个人……"

我给她讲述了这个人的经历。他极受人敬重,生活优裕,有四个他喜爱的孩子,可是对他妻子唯命是从,这便铸成了他的不幸:二十年的婚姻生活之后,他全然忘掉了自己的责任,同一个既不年轻又不美丽的女人私奔了。

"有一天,我在马赛碰见他,他在老港正招徕游客去海上观光。他向我解释了如何走到这一步,抛弃了他的家庭。我真没见过更可悲可怜的境遇了。一天傍晚,他离开办公室,有生以来第一次接受了一个妓女的邀请,一想到自己良心上有了污点,十分恐惧面对妻子的目光,便在那个妓女带他去的旅馆住下来。记得我曾规劝过,让他振作起来,向他摆明他丢下不管,让家庭陷入困苦的境地,孩子吃不饱饭,妻子拼命给人做家务,他这些亲近的人头顶悬着致命的危险。然而,他私奔三年之后,仍像当初那样,受恐惧所控制,滞留在那间破烂不堪的客房里。"

"真是骇人听闻。"勒内喃喃说道。

她若有所思,无神的目光停留在壁纸的一幅图案上。我因内疚而心里感到十分沉重,但毫无不快之感。我握住她的两只手,如同忠实的朋友一般注视她的眼睛,对她说道:

"心爱的勒内,我悔不该将您置于惴惴不安的状态,本来还可以等几天。归根结底,也没有什么心急火燎的事。是的,我本应等您自行考虑面临的情况。我又干了蠢事,刚才对您说的话,您就尽量忘掉一些吧,至少今晚置之脑后。时间晚了,您表姐随时都可能回来。这件事前后我还得反复考虑,如有必要,情况再弄清楚些,明天晚上,到您家里,我们再谈谈,头脑会更冷静。"

勒内搂住我的脖子,吊着对我说,我永远也体会不出她有多么爱我。她的语调含有坚定和深思熟虑的意味,让我认为自己可能成为丈夫了。

十二

次日,我怕在家里被逮,早早起床,七点半钟就来到街上。天空非常清亮,天气先于时令,干冷干冷。我信步走去,毫无目的,只为排遣眼前漫长白昼的孤独。回办公室看来有危险,朱利安可能在那里为我设下陷阱,我也必须撂挑子,放弃我开展的业务。直到夜晚去会勒内的时刻,我得确保不撞见一个熟人。在巴黎街道溜达了一个钟头,我就感到身心疲惫,继而转为恶心。现在看待我这场奇特遭遇,已是对自身丧失兴趣的态度,好比厌世过渡到习以为常的状态,我已经漠然处之这种境遇的荒诞性,既无自豪感,也没有丝毫的冲动了。这天上午,我感觉特别明显,所谓奇特的、荒诞的、难以置信的、神奇的事,比什么都更乏味,更加烦透了人。而且对滋补思想和感觉而言,也比什么都更缺乏营养。我一想到奇迹,心里就恨恨的,奇迹就是一棵枯树,一枝无根无叶的秃茎。令人惊诧的是宗教,无不情愿将奇迹视为一种神的显灵。上帝有何必要跟自己过不去,否定本身,作茧自缚呢?从这种角度看来,奇迹只不过是本事不大的魔鬼作祟,是偷偷摸摸、小打小闹的把戏。我甚至这样想,唯独信仰能跟想象力对上话,引发灵魂的陶醉。我感到被上帝抛弃了。对于我这变貌,我不再期待会有任何可喜的,哪怕是值得经历的一场收效。事情往最好里打算,假使勒内同意跟我走,那么我开创了一种新生活,也必须以一种可悲而又令人尴尬的谎言为基础。而且,为了支撑这一主要谎言,我又万般无奈,只好维持许多别的谎言。的确如此,为了离开巴黎,我就得找个借口,还得另外找个缘由,不再同安东南舅舅见面,解释我为什么没有家庭,为什么非要采取某些防范措施,随时准备回答完全出乎意料的问题。我的两个孩子会把我视为闯入者,兴许还会敌视我。同样,还必须考虑到物资方面的困难,我感觉自身并不具备所需的创业的动力资源,解决全家人的温饱问题。勒内能有勇气,经受这些考验,但是难免发发怨言。她肯定要怀念家里红火的时光,常有暗示和影射,使得现实的日子非常难过。我就只剩下一条路,抛下妻子儿女,一切从头做起,可我又没有那种冲劲了。三十八岁重新起步实在艰难,既缺乏口实,又没有跳板。我只有一个真正的渴望:融入正常秩序,重获遵从共同规则的权利。我在里凯桥上左思右想,目光扫视脚下的铁道网、货物储运场和煤气储罐车的宽阔景象,向欧伯维利埃街区延展。神庙街区的前沿地段,撞上维莱特街的一排楼房,那些建筑相似的门脸全被火车头的煤烟熏黑,这天上午在阳光下仿佛晾晒出难以医治的牛皮癣。一辆火车头从桥下驶过,一大团臭烘烘的浓烈白烟围上来,冲进我的鼻孔和口袋。一阵气馁的情绪,难以抑制,侵占了我的周身。这是一种得过且过的缓冲。有没有家庭,生活在我看来,就是铁道网、货物储运场和长了牛皮癣的楼房这种城郊的形象:一幅图解、一副伪装、一截卡住的布景、一场噩梦的架构、一种令人毛骨悚然的假设、一节幽明临界的车厢。我叫住一辆出租车,将朱利安在哥白尼的地址告诉司机。现在是九点半,朱利安肯定在家,他睡觉总是很晚。我登门造访会出乎他的意料,不过,他丝毫也不会奇怪,肯定会倾听我准备向他供认的真相。我们初次相遇,他就怀疑我杀害了他的朋友塞吕西埃,而现在,他完全有理由相信他的担心站得住脚。在拉我去哥白尼街的出租车上,我放松下来,有一种歇息和解脱之感。我终于成为别人有权假定,并且完全符合期待的人。我供认之后,就能获取一种不容置疑的生存方式,甚至,也尤其在我眼里就该如此。我扮演的角色绝不会是窃取的。事实上,拉乌尔消失之谜,除了我,谁能回答得清楚?我几乎用不着玩文字游戏,就可以说服自己相信,我确确实实就是杀害他的凶手。

我按响朱利安的门铃时,心情非常平静。来开门的是一位戴眼镜的白发老妇人,我在他这里见过,知道是他的秘书。"戈蒂埃先生不在。"她说道。我大失所望,还气愤地说道:

"简直不可思议!他上午十一点之前从不外出!"

"您同他有约会吗?"

"没有。有办法联系上他吗?"

"他没有对我讲去哪里了。我认为他上午回不来了,午饭后倒有可能。"

"算了。请您务必转告,说是杀害拉乌尔的凶手来找过他。"

"一定转告,"老妇人热情地回答,"戈蒂埃先生没见到您,会感到遗憾。"

我从而得知,她把我当成电影演员,自称在影片中扮演过的一个角色,更容易让朱利安想起来。我这样以杀人凶手自居,让人恐惧或者惊诧,倒也自得其乐。这也是我敢作敢为的一种方式,拒绝偶然向我提供的改变主意的机会。我一离开又不禁后悔失言了,谨慎行事的确不是多余之举。绝望之下毅然决然,干脆一了百了,无须重拾起来再干一次。不过,我这决心,虽然经过短暂的犹豫,在我离开哥白尼街的时候,并没有动摇,我毫不迟疑,又前往九月四号街。我去的意图,不是要向吕西安娜交底。告诉她塞吕西埃已死,我没有这种勇气。但是我萌生了这个念头,朱利安可能就跟她在一起。他起来这么早出门,必有一种特殊重要的原因。他们第一次晤谈的第二天,非常可能再次相聚,研究他们一天来忙于调查的案件所搜集的情况,以便决定对我采取什么行动。

拉戈尔日太太病愈上班,告诉我吕西安娜在老板办公室,正接待一位客人,还随口将客人的姓名透露给我,正是朱利安·戈蒂埃。

"如果您愿意,我可以向吕西安娜说一声您来了。"

"谢谢,我不着急。等她接待完了吧。"

"那时间可能会很长,戈蒂埃先生在等电话。"

我在前厅坐下等待,有两张客椅,摆在我的办公室房门与拉戈尔日太太的窗口之间。我隐约听见吕西安娜和朱利安的声音,并不想侧耳倾听,不大关心旁边讲什么。我心平气和,想着自己这一戏剧性的举动,体验了一种惬意的安全感,不由得忆起有一天早晨醒来,要穿上一套特别合身的新西装,带几分幼稚的欣喜状态。拉戈尔日太太接个电话,我听见:"喂,对,请稍候",接着是切换装置的声响。

"戈蒂埃先生接电话,"她说道,"是字迹专家菲内隆先生打来的。"

我听到最后这句话,就感到浑身血液又沸腾起来。我这逃亡者的敏捷和冲动,一下子全恢复了。犹如落入陷阱的一只野兽,已经原地待毙了,却一跃冲入突然裂开的逃生豁口,我从一种沉睡似的明智中醒来,发现了一条生路,便调动起浑身解数。我听得非常清晰了:朱利安提高了嗓门儿,突出每一个词语,让菲内隆先生听得更清楚。

"喂,是的,先生。您做得完全对。好的。这么说,您断定布加勒斯特信件的字迹,同样本的字迹是一体的。是啊,错判的概率极小。嗳!不是的。是这样。实际上,确凿无疑。"

我不等电话的下文,准备走了,向拉戈尔日太太解释说,要去办一件急事,当天还要到办公室来一趟。我哼着歌曲下楼,到楼梯的最后几个台阶,还是单腿跳下去的。看来证据确凿,塞吕西埃还活着,除非想象他遭非法囚禁,一切都令人相信,他确实在布加勒斯特。与此同时,我就变成暂时不会伤人、用不着去惊扰的一个人了。塞吕西埃一旦从布加勒斯特返回,了解到我的行为,那就由他本人决定如何对待我了。这样看待问题的方式,字迹专家鉴定的结果显然能让吕西安娜和朱利安接受,从而也就给了我一个宝贵的喘息机会。打消安东南舅舅的疑虑,我看比什么都容易。字迹专家刚才证实,拉乌尔还活着,这对安东南舅舅来说,就等于证明他不存在了,而他变换形貌便成为事实。舅舅前一天晚上的态度,他认知方向的那种改变,将我置于孤独的境地,也多半是我气急败坏的种种表现所造成的。重获他的信赖,就让我再生了。不管怎样,舅舅一心支持,就会扫清许多障碍,助我不冒任何风险,就能解决有关勒内所摆在面前的问题。此外,时间上也不那么紧迫了,有些事情我也不必操之过急了。

我欢欣鼓舞,走在卡普西纳大街上,饶有兴趣地观望行人和商店。一个橱窗的广告牌,吸引住我的目光,上面粗体字写着"请去罗马尼亚游览参观"。我调皮地面露微笑,继续走我的路,可是没走出几步,戛然停住,仿佛濒临深渊,脸上的笑容也随即消失。"请您务必转告,说是杀害拉乌尔的凶手来找过他。"刚才那会儿离开朱利安的秘书时,我讲的这句话,忽又在我的耳畔响起。第一时间我就感到,自己这下完蛋了,这句惹祸的话收不回来,太容易预判会如何刺激朱利安了。毫无疑问,朱利安一了解这种情况,听了秘书向他描绘的来访者的相貌,就肯定要去警察局报案了。我十分气馁,然而绝不会再像刚才那会儿,自暴自弃,承认自己从未犯过的罪行。我坚定不移,决心申辩自卫,也要力求安稳放下心来。说到底,我对他秘书讲的话,朱利安也不见得就认定为真知灼见,很可能理解为一种嘲讽或者挖苦,影射他对我抱有的怀疑,而那种怀疑的想法,他在我们初次相遇结束时就流露出来了。也许在这方面还有可为的事,做得巧妙,就恰好能引导他这样理解我的话。我开始沿着这种思路考虑,可是,我的头脑处于亢奋状态,各种念头蜂拥而至,毫无头绪,不可能集中精神想一件事。我径直前行,走得很快,步子的节奏也不足以让我分神。到了中午十二点半,我还没有想出任何值得深入思考的点子,就规定自己不拿准一个好主意不许去吃午饭。即便这样督促,也没有产生任何可喜的效果。我实在想象不出更巧妙的办法,还是得去找朱利安,告诉他全部真相。

　　我这样冥思苦索,不觉信步走出巴黎城门,到一点一刻,已游荡在城郊的街道上,估计是阿尼埃尔或者勒瓦卢瓦街区。饿还次要,实在走累了,我决定进入一座综合餐饮楼,外观上挺华丽,近乎外省风格了。楼内设有台球室,二楼大厅则是"婚宴厅"。整个一楼为大咖啡厅,里边的区域,在突出的柜台隔出穿过道的另一边,在正餐时间就变成餐厅。餐厅六张桌子,两张有客,我在第三张餐桌落座。挨着的邻桌坐着一女一男:女子三十来岁,一头褐发,身体丰满,打扮得花枝招展;男人有五六十岁,秃顶,体态臃肿。二人用午餐,女人狼吞虎咽。咀嚼着蛋清和食物,用含混不清的声音责备着男人,她那双眼睛相当美,但目光阴沉,闪动着仇恨的光芒,她的词语跟不上时,就大口大口喝葡萄酒。那男人,样子很难受,他不饿,总说着,好了,我的小猫咪,我的美丽的小鹿。他不时拿起身后的圆顶礼帽,大概曾滚落到地板上;拿起用手指弹一弹,以便弹掉还沾在上面的锯末。这种小动作激怒了他的女伴。她说,维克托里安,你真伤我的脸面。你这样对待我实在丢人。那人以那种目光看我的乳房,在公共汽车上惹起众怒,大家都等你站起来,扇他的耳光,可是你呢,并不比我以为的顾脸面。所有男人都可以欺侮我,而你连一根小手指都不会动一动。哼!别人一眼就看得出来,你是什么人。但丢脸面的还是我。就算这不是头一个这样看我的男人吧。要知道,我嘛,早把男人都看透了。这话是得告诉你,维克托里安。首先,要有个样子。首先,一个有教养的男人,吃午饭之前不会想女人。这你应该知道;可是,没门儿。你有钱归有钱,别人看得清楚,你还粗粗拉拉。你给我放下这顶帽子,别再摆弄了。

我没有这份儿闲心观赏夫妻吵嘴。不过,这种责备含混不清的声音,伴随着饮食吞咽的节奏,倒是缓解了我的疲倦和不安的情绪。我还羡慕起这种无聊的争吵,极富生活情趣,完全可以规避变了形貌的荒唐经历。我情愿替代那个胖家伙的位置,想象自己也破口大骂,扯着嗓子吼叫,打掉这个褐发泼妇一颗牙齿,嬉笑怒骂没遮拦,粗俗下流又习以为常,无不植根于生活的艰难。我对面那排餐桌只有一个年轻人,边吃饭边看书,不时瞧瞧手表。两点差一刻的时候,他丢下奶酪,走到电话亭,位于通向婚宴厅的楼梯下面的小间。电话亭的灯亮了,年轻人的身影在毛玻璃门上晃动。老板娘在柜台打毛线活儿,每隔一会儿就送给餐厅甜美的一笑。我听见远处传来台球的撞击声,有时还传来一个玩家的欢叫。年轻人从电话亭出来,向伙计抱怨,未接通电话。接下来半小时,他又数次去打电话,显得十分烦躁,那不安的神情唤起了我的不安。于是我心想,是否最好给朱利安打个电话,却又没有气力考虑这事,全身因疲倦和热菜食而麻木了。褐发女人正吃第三份甜食,刚又要了一杯葡萄酒。接着,她又骂骂咧咧,真不知道你做了什么值得我跟了你,一连说了好几遍,她又喝了一口酒,不惜以侮辱性的言辞提醒同伴注意,他身上有不为人知的一些缺陷。维克托里安忍无可忍,他朗声说,太过分了。他掏出钱包,拿起礼帽。全砸锅了。她眼神惊恐,随即又变得特别温柔,朝男人贴了上去,还不由分说搂住他的腰。男人挣扎着,够了,够了。她的嘴唇对着他那发紫的毛茸茸耳窝儿,悄声对他说话。他背向我。我瞧见他热血上头,染红了秃顶,脖颈也在假领之间涨起来。这场景很感人。他们要了咖啡和利口酒;我也同样,要了一杯咖啡和一杯烧酒,终于进入麻醉状态。一名台球手连得四分,我的邻座说悄悄话,粗俗的字眼也真够份儿,老板娘干咳了两声,随后便是一阵明显的寂静。突然,电话亭的门猛地打开,劲头极冲,仿佛爆炸一般,那年轻人一个箭步蹿出来,嚷道:

"两封信的字迹不一样!拉乌尔·德·康伯雷化装逃逸啦!"

柜台另一侧大厅一阵喧哗。我发现所有人都看我。我旁边的那一对也站起身,一副威胁的嘲讽神态。老板娘、伙计和台球手沿柜台走来,异口同声地大吼。我惊吓出一身汗,起身跑进电话亭躲藏。满大厅声音嘈杂,仿佛一支队伍追踪而至。我想要关在电话亭里,可是门没有合页了,不用推就翻转晃悠,总有半边敞开。我从兜里掏出小刀,却发现刀尖稍触碰到什么,刀刃就缩回刀柄里。好在我的敌人虽然围住小间,看见我手上的武器会敬而远之,并不知道这武器的毛病。我用空着的这只手拿起话筒,但是动作太笨,用力不当,拉断了电话线。老板娘在门外,柔声细语,好意对我说:

"断了没事儿,您尽管用电话线通话,照样打得通。"

于是,我扔下话筒,拿起夺拉下去的电线头,送到嘴唇边。

"请给我接上帝。"我说道。

"请稍候,"拉戈尔日太太的声音回答,"喂,我的上帝,是您吗?有人要跟您谈谈。"

"我是拉乌尔·塞吕西埃,从克兰古尔街打的电话。我妻子始终不信,一点儿也不相信,而我却相反,一直相信。"

我等了几秒钟,可是上帝没有回答我。我游移不决,为了让上帝关注我,心里刚冒出个谎言,几乎马上就决定讲出来,我这样做是否明智。我在睡梦里,总是不那么诚实,不那么勇敢,远远比不上在现实生活中。从梦境醒来,有时我很不自在,不免想道:"骨子里,也许是……"

"我的上帝,"我以凄切的声音又说道,"我谋生很不容易,要养活五个孩子。真是艰难。然而,我用全部闲暇时间宣扬您。我对孩子们说,上帝存在的证据,就是物体相吸引,与相互间距离的平方成反比。要注意,拿这平方说事儿,多么简便,又多么贴切。指数很可能就是个小数。偶然性对整数并无偏见。因此,引力必然遵循既定的法则。"

"您还不笨。"上帝说道。从声调我听出他挺得意,同时也看出他现形为我曾起哄闹过的一位教师的面目,我也就放松随便了。他开始验证一个几何定理时,就被我打断了话。

"怎么搞的,就连动词'是'的变位,我都不会了?"我问道,"您晓得吗?"

"什么?这可是个天大的错误!"上帝嚷道,"您这个人创造出来,恰恰既定为……既定为……为……"

说到这里,他因愤怒或者痛苦,说话结巴起来,接着失去胳臂腿脚,变为一尊石膏半身像,摆在壁炉台上,我也看不见了。电话亭的门大概又插到户枢上,这不严严实实关上了。现在望出去,是一片模糊不清的场地,石头缝儿长出草,边界隐没在朦胧的暮色中,也许连着一片沼泽,如今想起来还心惊肉跳。门前只有咖啡馆老板娘了,陪伴着一名便衣警察。他们的脸色黯淡,如同在停车库里,他们灰色的衣服,多处也同背景色调融为一体。他们两个谁也没有气势汹汹冲我来,警察转向我,声音平淡地说了一句:"只有给门扇充气了,我带着家伙呢。"他立刻摆好自行车打气筒,将气门嘴对准门的插销口,就像插入轮胎的气门芯里那样,便开始打气了。门扇犹如肚腹,一下子就开始鼓起来。鼓肚逼近,把我吓傻了。我被门扇的大圆球挤到里侧。卡住动弹不得,想要呼唤上帝,又忘记他的名字,看来我已经葬身此地了。很快,我浑身各部位都感受到压力,尤其胃部仿佛穿透,门扇几乎与我背靠的板壁合拢了。眼看要死了,我叹息一声:完了,别指望明天了。

顾客走光了。我睡着了,身子朝前俯去,餐桌边缘顶痛了我的腹部。伙计站在柜台旁边,一副有礼貌而为难的样子,等待我醒来。我不好意思再向他要一杯咖啡,付了账,从餐桌站起来,浑身一激灵,觉得冷,四肢也滞重。天空阴沉沉的,我感到户外寒气突袭。我睡得不好,消化也不好,整个人萎靡不振,不大考虑上午焦虑的事情了。我有几次走错了路,在街道上游荡了三刻钟,连个鬼影也不见,真以为又接上我的噩梦了。终于回到尚佩雷门,我还以为是阿尼埃尔门呢。走路我身上也没有发热,倒是非常疲惫。差不多快到四点钟了。我不难确信错过了时间,不能去找朱利安做什么了,他肯定不在家里。要确认他不在也很容易,只是我真讨厌进电话亭,哪怕是咖啡馆里的,尽管我渴望喝上一杯热饮料。我这辈子从来没有过这种时候让消化不良折腾成这样。路过一家电影院,电影广告挺吸引我,更加迫切的需要是休息暖和身子,忘掉烦忧。我颇为犹豫,在这危急的下午,怎好花费两小时看电影,接着,我心里又重复梦中的话:"别指望明天了。"

影片已经开始放映了,我摸黑找个座位。银幕上表现务实的美国青年,在勤劳的工作中发现了爱情。有一个小职员,虽不富有,但前途无量,还有一个漂亮的女打字员,既正派又勇气十足,二人都洋溢着亲近感和乐观主义。我忘记了在餐馆做的那场梦。暖融融放映厅和银幕上美好的画面,很快就消除了我的烦躁和疲劳。我品味到一种不可名状的、略带兽性的快感,时而又受敏锐意识的惊扰:这仅仅是短暂的间歇。身边坐着一位女士,身上的香水味很好闻,看样子很年轻,身段优雅,这是昏暗中所能作出的判断。我为她拾起了手提包,她表示感谢,声音很动听,而我也想起来自己有一副好模样。在电影院的黑暗中,搞这种偷偷摸摸的小勾当,比什么都远离我的口味和习惯,然而,一个漂亮的小伙子,就跟天生一副好嗓子的人那样,总跃跃欲试,施展自己的天赋。因此,我也不闲着,一点儿一点儿贴近邻座的女子。她既不躲避,也不鼓励,大概要等到幕间休息再说,生怕碰到一个相貌或年龄不相当的男人;可我这边,却喜滋滋地畅想,等电灯一亮,展露我这美貌与魅力,眼见她打消这种顾虑。不过,我无意推波助澜走得太远,只想电影一放完就离开,给她留下个遗憾。幕间休息时,我的膝部和肩头还紧紧挨着她的膝和肩,我先看她,偶然眷顾了我选座:她是位年轻美丽的女子,五官清秀,衣着优雅。她也看了看我,我还设法同她的目光相遇。她随即移开目光,同时离开贴着我的膝部,整个身体退避到座位的另一侧。再明显不过了,她表示希望调情游戏就此结束。我好不尴尬,有一点挫辱之感。以我这帅哥儿的经历遭此失败,我的思想没有什么准备。我还试图自我安慰,心想她这类女人为数众多,不喜欢漂亮可爱的出众男子,偏爱膀大腰圆的粗俗汉子,那些让她们联想到兽类的满身肉、满身毛的男人。

　　出了电影院,我在尚佩雷门上了公共汽车,到克利希广场下来,徒步沿克兰古尔街上行已是七点半钟了。我感到愧疚,糟蹋了这一天,因懦弱将已经困难的局面搞得更糟。我还假模假样,决定晚饭之前回住处一趟,几乎明知道朱利安不在家也给他打个电话。我经过报摊,想买一份晚报,刚拿起一份,女报贩就亲热地对我说:

"五分钟前,您太太就买了这份报。"

我道了声歉,买了一份别的报,以免向她解释她看错了人。我离开报摊,心不在焉瞧了一眼头版大标题,毫无兴趣,就想过一会儿,撒拉逊姑娘会到朱诺咖啡馆等我,但是等也白等,只因今天晚上,我还得下楼到妻子家。我开始感到有些遗憾了。我刚巧走到我家楼门前,遇见我认识多年的行商的邻居,他似乎很匆忙,交臂经过时,敬重而热忱地抛给我一句:"晚上好,塞吕西埃先生!"

十三

我不等刚升起的电梯下来,就跑步登上我那六楼。开门时,我的手抖得厉害,拿着钥匙对不准,插了好几次才插进锁孔。这不再是大吃一惊的事了,在镜子里又见到从前这张脸,我还是不禁惊叫一声,如今已说不好,这是解脱的,还是失落的一声惊叫。自不待言,总归是大大松了一口气,折腾我两天不得安全的危险,就这样一下子摆脱了。从此往后,我再也不必说谎了,掩饰了,再也不必没完没了地耍手腕,搞鬼把戏了。再有烦恼,就是正派人通常的事儿了。我坐在一张扶手椅的边缘,交叉的双手插在双膝之间,想着故态复萌的生活习惯,心里一点儿也不冲动。

我不时抬起头来,瞥一眼镜子,也许还隐约抱有一线希望。我这张面孔令我反感,刺伤我的眼。我从来就不觉得,今天晚上才明白,这张脸多么讨厌,多么粗鄙,多么乏味。一时间,想想刚离我而去的面孔,真有点儿心疼。我责怪自己不配,没有这种德能。现在看来,我的变貌好似一场荣耀的机遇,一次上天的眷顾,而我却没有能力好好把握住。我这样愚昧,命里注定一生平庸,上帝心生怜悯,赐给我扬眉吐气的红运,这样一种神奇的天幸,世人连做梦都不敢想,而我什么时候都没有领悟,这是机遇的呼唤。我一门心思找回自己的妻子、自己的工作、自己的情妇;重新聚拢我旧生活的全部关系,殊不知恰恰应该全部了断。换了新颜新貌,我却着急忙慌披挂起老一套。今天晚上,我还打算为了我妻子,牺牲掉同撒拉逊姑娘的幽会,那是个多么光彩夺目的妙人儿,在我变貌之前,从来不屑于垂青看我一眼。而我,有意爽约,不去会她,甚至不是看重勒内的爱情,而是急不可待,渴望回我家里待一晚上,回到我的家具中间,穿上我这做丈夫的旧拖鞋。上帝完全有理由看不下去,就把我帅小伙的容貌收回去了。

　　撒拉逊姑娘的形象浮现在我脑海里,她的记忆萦绕心头挥之不去,我就忙活搬家以求解脱,彻底收拾旅行箱,每件用品仔细检查之后才放进去,不能让勒内认出曾是她情夫之物。当然,这种谨慎措施并非绝对必要,即使她看见我拥有的手表或者睡衣不正常,无论多么吃惊,我稍作解释,事情也就过去了,但是我不愿意留下神秘兮兮的迹象。我脱掉一套新西服,换了内衣、领带、皮鞋,又穿上原先那套深灰色黑条纹西装。正是我动身去布加勒斯特的整套衣着。我对着镜子穿戴妥当,勒内就打来电话说等我去。保姆走了,孩子也都入睡了。我害怕暴露,便低声答复,过一刻钟去她家。老实说,我在这里已经无事可干了,于是穿上大衣,戴上帽子,拎起旅行箱,将房门钥匙留在门里。几周之后,房东会带着警察分局局长和一个锁匠,打开这套房间,要查找家具下面有没有一具尸体。

　　到了五楼,房门一推就开了,我刚走进去,勒内就出现在过道的另一端,身穿白缎子睡衣:这件下襟天鹅绒镶边的睡衣售价,也一定高得令人咂舌。我回来得正是时候。她站在卧室门口一动不动,那种姿态和灯光效果,显然是精心设计好的。过道很昏暗,而我注视着她,怀着吃人恶魔的狂喜。我见她迎上来,便打开了电灯。她叫一声"拉乌尔",同时张开手臂。我细察她脸上惊慌的迹象。她面失血色,表情吃紧,双眼圆睁,目光游移,其实,这种种表现,无不因激动而可以合理解释,而且,这样失态仅仅持续几秒钟。

　　"亲爱的,我真高兴,"她拥抱我之后,声音欢快地说道,"我就算定今晚你能回来。今天上午,我就有这种预感。"

她退后一步,指着她崭新的睡衣,一副既羞惭又顽皮的样子,压低嗓音补充道:

"你瞧,我就等你来着。"

勒内天生就憎恶故意说谎,这一点我多次证实过。而这个谎言,她讲时从容不迫的神态,给我的印象实在难以忍受。

"想得真周到。"我拘谨地说道。我这种拘谨恐怕显而易见,也令我心里恼火。

走进我们卧室,勒内问我,临楼道的房门是否关好了。

"我想是的。"我回答时有意犹豫一下,可能给她留下疑虑。

"我去检查一下。"

"过一会儿的,不是什么急事。现在这时候,谁要进咱们家来呢?给我说说孩子的情况吧。"

勒内不敢坚持。她一直面带微笑,心平气和地说话,然而,她的声音时而颤抖,有时还偷眼瞥一下过道。这情况持续了将近一刻钟,直到我脱掉大衣,她拿到套房的另一端挂起来。只听咔嗒一声,外屋门锁上了。这回,她就不怕她那情夫蹑手蹑脚,摸黑溜进来,轻轻叩卧室的门了。我觉得现在,她那脸上的神情安详多了。她坐到一张扶手椅上,跷起二郎腿,一边说话,一边摇晃着挂在脚趾尖上的白色高跟皮拖鞋。她那若无其事的态度,包裹住我周身的怜惜与亲善的目光,让我惋惜她所受的折磨这么快就结束了。她还问我在布加勒斯特逗留的情况,我就示意她住声,小声对她说:"有人敲门。"勒内腾的一下站起身,连拖鞋都甩掉了。她来不及重新穿上拖鞋,就试图单腿跳向外屋房门。

"我去,"她说道,"你别动。"

"那哪儿成,你没穿衣服,瞧你。"

我已经走进过道。她跨上一步,以楼上都听得见的高嗓门儿,咬字清晰地叫我的名字,冲我喊道:

"求你了,拉乌尔别去。也许有危险,拉乌尔。"

我望一眼楼梯平台,又关上房门,回到妻子身边。她穿上了拖鞋,重又坐到扶手椅上。她微笑着注视我,亲热的神态含有讥讽的意味。我们又继续中断的谈话。我感到勒内进入了状态:她意识到掌控住了风险,就自然而然进入清醒而敏锐、体会战斗快感的这种状态。

"总而言之,"她说道,"你这趟旅行完全徒劳无益。"

"显然是这样,成果真不够出色。本来期望很高。可是处处掣肘,我没有料到我起程的三天后,行情跌得一塌糊涂。这回我真的交了厄运。"

"好了,反正我也不会责备你缺乏先见之明。一定要有预见性。我所不解的是,这次运作的成功机会,第三天就已经确定,可你没有当即回来。"

"我向你保证,我不能无功而返,还一直抱有希望,怎么也得开个头儿,办点儿什么事,这趟也算没白折腾。"

"我可怜的大孩子,你还是老样子。不过,也没什么,你回来了,我真高兴。"

她那微笑洋溢着体贴与宽容。我则意识到我刚才的表现,就像罪犯在自我辩解。这种质疑十分契合她行事的方式,而常年以来,我总是战战兢兢接纳这种塑造,这回第一时间,自然再次领受她的支配力,忘掉我这老练丈夫的优势,低头哈腰唯命是从了。问题在于争论已经结束,时过境迁,我却一反常态,愚蠢地反抗了。

"好个亲热的迎接,"我冷笑着说道,"我外出三周回家,只为听老婆指责我低能,指出我,唉!总是老样子。真会逗闷子。就好像有意让我觉出,到得不是时候,搅了好戏,让人哭笑不得似的。"

后面这句话,自认为讲得十分巧妙,能如愿扰乱人心。我这样讲的时候,无论我的态度和脸上的表情都紧密配合,觉得格外彰显我的话里包含的影射。然而,我错位了,这才是根本的。这个半意识的自我,还是几个小时前就终止的那个人影像。我在镜子里照见自己真正的面孔,才发现了这一点。将我唤回现实,完全出乎意料,既难堪又丢脸,让我大为光火。

"嗳,拉乌尔,这真可笑。你很清楚,这样说不公道。"勒内说,一副亲切的责备口气。

"可笑,是的,我知道,用不着你告诉我。你对我是什么感觉,你看我是什么样的人,我早就定格了。可笑,千真万确。我笨拙,对不对,我是笨拙,粗粗拉拉。我知道你跟我结婚,就错嫁了人。你是将错就错,凑合着跟我共度了这么多年。我缺乏理解力,缺乏魅力,完全缺乏让一个女子生活惬意的东西。我蠢笨。至少在这方面,我没有抱幻想。如果说你鼓起勇气,跟一个如此平庸的丈夫生活,你却没有勇气不让我晓得,我在你心目中的形象。再确切点儿说,你认为我太蠢笨,不明示就不明白。"

勒内已经站起来,目光傻呆呆地注视我。这就是她那惊愕的神态,重又听见她自己的怨言,曾经出自她的口的原话,她无言以对,一时心慌意乱,只顾着连连耸肩,这就更给我怒火上浇油。

"你有理。你以鄙视的态度对付我,一直得心应手。接着来呀,为什么缩手缩脚了呢?我这十足的大笨伯,无论什么都会接受。不必担心他抗拒。在日常生活最琐碎的事务中,有一种规范男人的方法,能使他们彻彻底底听从老婆的摆布。真知灼见啊。殊不知总有那么一天,男人会发觉生活中还有别的事儿可干,何必像条狗似的,趴在一个装模作样的小婆娘脚下呢。喏,应该让你知道了,我并没有去布加勒斯特做生意,而是因为厌恶了你这间卧室、你这颗焕发青春的小小心灵。我一去不复返了。我这趟旅行无比美妙,你这个做会计的狭隘头脑理解不了。我受何等内疚、何等愚蠢的顾虑的驱使,才回到这个令人窒息的店铺。生活多么广阔,多么丰富多彩,我有那么多事可做,可经营,偏偏要回来,蒙上满身灰尘,囚禁起自身,变得愚痴而蠢笨。"

我陶醉在愤怒和遗憾的发泄中。我看到河流，收获葡萄的场景、热带雨林、高楼大厦和中国古玩。我想到撒拉逊姑娘，绝望地呼唤她。勒内乍一听到我这通披露，不免惊慌失措，但是很快开始收拢自己的尊严，已经搜索她掌握秘密的某种巧妙而犀利的反击。她因竭力思索而生鱼尾纹的冷峻眼睛，忽来灵感而闪闪发亮了，不过，她刚要开口讲话，我却掉过头去，走向过道，朝身后抛去一句话：

"我滚开了。"

勒内喊叫着追上来，连声呼叫又痛哭流涕。怎么闹都没用了，做什么都留不住我了。我还动身去布加勒斯特，要重新开始我的生活。出了门，我毫不犹豫，几乎连想都不想一下，就沿朱诺林荫路上行。刚下过雨，街道和路灯还湿漉漉的。一个冷得抖抖瑟瑟的穷汉，叼着一小段熄了的香烟向我借个火。我走过去未予理睬，他嘟囔了一句："就这德行，连个举手之劳都不肯帮人。"

我走进朱诺咖啡馆，瞧见撒拉逊姑娘。她独自一人，坐在餐厅的另一端，边看报边摇动着咖啡杯。她听见我的脚步声，抬一抬眼睛，随即又接着看报。我在她对面一张桌子坐下，瞧着她，心里憋闷，既有痛苦的悔恨，又抱着莫名的荒唐希望。她那俯下的脸庞，从上看下去，我觉得熠熠闪着内心喜悦的光彩。她并不从报纸上抬起头，目光却几次移向店门口，那双黑眼睛则流露出等待的不安神色。我心中暗道："她那是等我呢，她那是想我呢。"我注视她时，越过她的肩膀，从镜子里望见我的面孔。我还是尽量只看她的脸，还等待奇迹发生。撒拉逊姑娘合上报纸，抬起头，扫视一下餐厅，目光落到我身上一秒钟，视而不见，犹如落到一件物品上。我感觉就像被活埋的人，又像压在重物下奄奄一息，无法显示自己的存在。我勉强离座，朝她走去。她皱起眉头，以为碰到一个不识趣的人。

"女士，"我小声说道，"对不起，您是撒拉逊姑娘吧？"

她一脸惊讶,尤其不安,点了点头。我走上前,却不知道向她说什么好,迫于场面,只得说些完全违背心愿的话。我是情不由己,继续说道:

"我的朋友罗兰·科尔贝尔委托我向您道歉。他不得已匆匆离开法国,很长一段时间回不来了。他主动向我透露,他未能当面向您表达苦衷,心中十分沉痛。想必他既不知道您的姓名,也不知道您的地址。"

撒拉逊姑娘大惊失色,垂下双眼,以便掩饰心中的慌乱。我觉得她不单纯是失望。还流露出真切的哀伤。她感情外露,有些气恼,便振作起来,颇为好奇地打量我,想要看清她所爱的男人选作心腹之人的相貌。她脸上的表情一直冷淡,我想她很失望。我的头脑闪过一念,恨不得告诉她,我丧失了真面目,是个可悲的受害者,不可思议地改变了形貌。然而,这样一种交心,只能让我出丑可笑。我只好放下身段,提议说:

"假如您愿意,我一旦有了消息,就会转告给您。"

撒拉逊姑娘没有应声,意味深长地沉默了片刻。她瞥了一眼手表,身子微微后仰,礼貌地笑了笑,感谢我费心了。没戏了。

我回到自己的餐桌,没有再坐下,付了钱,走到门口,我还不禁回过头去。她一只臂肘支在餐桌上,伸展的手背托着下颏儿,眼睛直视前方,吐出一团烟雾。我磨蹭了数秒钟,还希望她叫住我,以便能谈谈他,然而,她没有留意我。

雨又下起来了,密集的大雨点,噼里啪啦响彻柏油路面。在林荫路上曾向我借火的那个汉子,正在朱诺咖啡馆露天座篷下避雨,我也就地躲雨。他没有认出我是那个匆匆的过客,以试探的声音说道:"时令到了,就是这种天气。"我们交谈了几句,临走时,我送给他几支香烟和一盒火柴,他特别高兴地收下了。他想到我把他当作流浪汉,几乎肯定他就是了,他就委婉地打消我的顾虑。

"我不是这个街区的人。"他说道,"其实,不如说我住在贝尔西那一带①,人经常远离自己的住处,想都不想为什么。人总是来来往往,对不对?结果,也就远离了自己的家。"

雨势减弱了。我立起大衣领,沿朱诺林荫路跑着下行。我未加思索,就跑去找撒拉逊姑娘,现在也无须思索便回家来了。一刻钟之前我投身的冒险生活,现在自行了断了。这同下雨不下雨毫无关系。出现这种结局,不以我的意志为转移,这就迫使我回家去,我就像一个再也没有别的事可干的男人,乖乖回家去了。我打开门,看见勒内还像刚才那会儿,站在过道的另一头。她脱下白缎子睡衣,换上了绒布浴衣。我没有奔她去,而是进了孩子的卧室。两个孩子都熟睡了。图瓦奈特睡在小床上,身边的布娃娃占了一大块儿地方。女儿入睡之后,勒内通常将布娃娃拿开,今天晚上她就忘了。至于吕西安,我仅仅看见从被窝里挓挲出来的一簇头发。我呆看了一会儿,倾听他们的呼吸,就觉得在我的身上,生活又恢复了正常的节律,终于感受到一种纯粹的快乐:我变回原貌,明天就能拥抱我两个孩子的乐趣。我一想刚才那会儿,我动身要去过放浪的生活,就不禁以宽容的怜悯之心微微一笑。

我离开孩子的卧室,发现勒内在过道,背靠通楼道的房门。她以为我这趟返回,只是为了告别孩子们。她目光直视,脸上一副毅然决然的表情。

"拉乌尔,"她说道,"你得听我说说。你尽可放心,我不求你留下来,但是要向你坦白一件事。"

而我呢,心里实在烦了,几乎六神无主了,如何接受她的供认呢?我不以为然,摇了摇头。

"刚才,"她继续说道,"你有失公正,指责我一通就走掉,这就是不讲道理了。一个男人,被他妻子闹烦了,被他一直熟知的她那些缺点激怒了,不能以这种理由离开她。你这样做,就背负了一种

---

① 巴黎东郊。

坏名声。然而,你有一种理由离开,一种名正言顺的理由,我愿意让你了解,再离开就问心无愧,我也心安了。我欺骗了你,我有过一个情夫。"

"这事儿我知道。"

勒内不禁错愕,半晌无语。这场面让我觉得很开心,便面露微笑,纯粹是好心情的流露,她无疑认为是苦笑。于是,我就摆出一副严肃的,尽可能装出的高傲的面孔。

"我当然知道。这样一件事儿,你以为还能向我隐瞒哪怕一分钟吗?我一回来,从你那目光,从你那神态,就看出来了。从你每句的话里话外,我就听得明白。女人对自己的掩饰能力,总抱过多的幻想。其实,女人的机灵劲儿,主要表现在善用甜言蜜语,而一个不甘受骗的男人,总会有办法识破的。至于我,跟你重又见面之前,我心里就有了准谱。我从布加勒斯特最后一次给你打电话,那是上星期五,那时从你说话的声音和方式的变化,我就明白出了什么事儿。"

我妻子直愣愣地注视我,毫无疑问,她已经刮目相看了。

"女人鄙视自己的丈夫,总归是谬误的。无论谁,一旦鄙视别人,那就再也理解不了对方,就要受人家的制约了。这一点,刚才我就看得一清二楚。你以为对付我,摆出一种从容不迫的优越姿态就行了,殊不知你的每句话语、每个神态,都是一种招认,甚至此刻你若坦白,也还是会犹豫的。关于你这次偶合艳遇,我了解到的情况,也许比你本人知道的还多,我可怜的孩子,你说是坦白出来,就算是真诚的,恐怕也等于没向我披露任何新情况,我认为这样讲并不夸张。况且,你对我说:'我有过一个情夫',并不完全是真话,应当说:'我有个情夫。'"

勒内申辩说,完全结束了诚恳的申辩,但是语气尚欠缺自信。

"如果说你们之间关系完全结束了,"我说道,"那也不过是一刻钟之前的事。我可以打赌,你这断绝关系的决定,你那情夫甚至还不得而知。可以肯定,你今晚等待的男人,并不是我。这次幽会,你不惜约定在这里,也不顾忌还有两个孩子。也许,他们甚至认识这家伙,你把他们拉过去当了同谋。噢!真见鬼,我若是早知道这样!"

我的火气真的上来了。勒内直摇头,开始哭泣。我见她羞愧难当,十分可怜,就不免自豪地想到当年,我总是战战兢兢,生怕惹她不高兴,或者同她的看法不一致。我掏手绢递给她,她悲伤不已,一直抽抽搭搭,我就推着她走开。

"别待在门口了。可能有人经过楼梯平台,听见我们了。"

勒内还哭哭啼啼,拖着脚步走。我则像个古代掌握生杀大权的人,神态又高傲又可怕;我还装作有点伤风,大声咳嗽,听着很吓人。我安置她坐的扶手椅,正是刚才那会儿她摆弄白皮拖鞋的位置,现在那双拖鞋和缎子睡衣,都放得远远的,不知在哪个抽屉垫底了。她坐在扶手椅上,身子裹着绒布浴衣,满脸泪痕。我坐到对面的床边上。我还要说道说道。"真见鬼!"我又骂了一遍,从此承上启下,随即便说道:

"不可思议。走到这一步,你呀,可是我孩子的母亲。也许这不是最糟的情况。我想到刚回来时,你表演的那出戏。可悲的不幸女人,实在可怜。嗒!并不是谎言本身特别令我反感。在自己家,在自己孩子住的地方,本来等情夫来,却看见自己的丈夫出现了,就势必要编织谎言。撕裂我这颗心,永远也不能忘怀的,就是看见了你的样子:你从前,多么正派,多么坦率,这次即兴说起谎来,却那么津津乐道,那么神采飞扬,正是这样,神采飞扬。我看见你陶醉在自甘堕落,自残毁誉的乐趣中。噢!可怜的女人,你再也理解不了,我看到这种,这种表演,怎么说呢,总之,看到这种表演,可能痛心到何等程度。"

勒内在哭泣中,开始抽噎起来,结结巴巴,讷讷说道:拉乌尔,对不起,实在卑鄙,再也不会了,拉乌尔,对不起。

我,拉乌尔,这时我站起身,开始大步流星,在房间踱来踱去,沉思中时而搔搔头,时而用拳头托住下颏儿,须知这颗脑袋即将做出一个重大决定。我并不怕沉默,任其持续,永无止境。终于,我说道:

"为了孩子,好吧。我愿意维持表面的共同生活。我们要在两个孩子面前表现,就好像什么事情也没有发生过似的。至少,我会尽力而为。当然了,我们再也谈不上同居了。"

我颇为犹豫,要不要接下来说出我灵机一动的念头。如果真的一言既出,那么我就实现了惊人之举,而比起这一奇迹来,我的变貌就再也微不足道了。豁出去了,我说道:

"有些日子,就像今晚这样,我要住在家里,那就睡在花格壁纸的房间。"

我背对着妻子,提高嗓门儿讲出这话,壮着胆子转过身去。勒内注视着我,一副由衷敬佩的神态。我是主人。我又大步流星,在房间走了一个来回,停下脚步,对我妻子说道:"我累了。"

"我给你铺床去。"我妻子小声顺从地说道,叹息的语调已别无所求。她急忙起身,消失在过道之前,还朝我这边胆怯地瞥了一眼。我毕竟还是个厉害的角色。我去照照镜子,并且同塞吕西埃这副尊容彻底和解了。

十四

我吹着口哨洗漱。妻子过来照看一下我还缺少什么。保姆端着餐盘给我送茶点,我照她的后腰亲昵地拍了一大巴掌,这是破天荒第一次,好玩极了。还好吧,玛格丽特?好哇,先生,她笑得露出满口牙齿。

两个孩子来了,他们搂住亲我,往两边拽我,两个小脑瓜夹住我的脑袋,要挤碎成几瓣似的。我塞吕西埃就是这样,粗声大气地笑着。这才是我。我大谈布加勒斯特之行,大谈乘飞机的情景。该去上学了,我跟他们一道出发。图瓦奈特去上街区小学,过十字街口五十米远。近来这三周,我站六楼的窗前,望见她进校门出校门,就不怎么惦念了。到了学校门前,她拥抱我,吊在我的脖子上,然后离开我们跑进学校。吕西安上罗兰中学,要走到高地的另一面坡。我们一起沿吉拉尔东街上坡。他向我透露想当博物学家,还以赞赏的语气提起科尔贝尔先生,我们家楼里的新房客,在博物馆遇见认识的,那人在大洪水史前动物方面的学识令人赞叹。我心生嫉妒,很快就抓住机会,给他这份儿热情泼泼冷水。

"一千五百升奶?这可大错特错了。大獭兽日产奶量,超不过两百升。我可怜的孩子,你那个博物学家,依我看很不严谨。我甚至觉得他很不靠谱,利用孩子的轻信,散布这样愚蠢的见解。说他是博物学家,就等于说我是大主教。我若是见到他时,会毫不客气,也不讲情面,把我这想法告诉他。"

吕西安肯定会钦佩我这广博的学识,不过,他还是叹了口气,可惜没了一千五百升的产奶量。这件事再次表明,孩子能获取一些激发心智的知识,规避开父母是有益的。一种神奇的奥秘,绝不可以指望从父母那里得到。路上遇见他班上一个同学,名叫阿兰·勒杜克,吕西安招呼过来同我们一道走。

"要知道,"吕西安说,"那天我告诉你,大獭兽日产奶量一千五百升,这不是真的。爸爸刚对我说,日产量是两百升,而不是一千五百升。"

"唔!"勒杜克礼貌地应了一声,但是,我从他眼神里看出,他根本不相信我的看法。我甚至感到那目光中的敌意和暗含的讥讽。这一千五百升的日产奶量,他大约对同学讲了,或者打算讲,他不想轻易放弃让同学惊奇和他本人惊奇的乐趣。我这做父亲的权威,能使得吕西安信服,对他的同学则不起一点作用。

离开他们之后,我下坡走向市中心,一路行走,浑身舒展,心情欢畅,这种轻快和新生的感觉,唤起童年无比清新的记忆。我也想到昨天沉闷的散步,走在小教堂街区,秋季城郊的街道上。今天早晨,我无须给上帝挂电话了。上帝在我心中,如同在每人心中那样,我重又变回上帝的创造物了。我的生命和我的面孔都是上帝的赐予,只为令我满意。我跟所有人一样,因而我心满意足。我有时冲美女微笑,她们并不留意,我这是自娱自乐。有那么几秒钟,我心中长一棵开花的苹果树,我六岁时的一棵苹果树,安慰我上学的那一天。现在想来就没什么用了。如果像今天早晨这样,苹果树又开花了,那就是意外惊喜了。到了殉道士街,我给吕西安娜买了一束香堇花;突然急不可待,要同她见面。于是打了辆出租车。

我是头一个到达了办公室,八点半还差一点点。回想起前天我出言不逊,心里就有点儿压抑,真怕等一会儿见面显得不大自然。

吕西安娜非常准时,她打开前厅的门。我听见她在隔壁房间走动的声音,随后还唱起歌,小伙子一般的嗓门儿不时走调。我朝间隔门走了两三步,又停下了,心里惴惴不安。我们最后一次见面时,我讲的那些话,重又在我的耳畔响起,真切得特别伤人:"他全对我讲述了,跟您说,他全告诉我了。噢!我不能全部复述他对我讲的那些事。有些事情,我可说不出口。喏,我可以向您保证,塞吕西埃这个人,什么事都打不住。"吕西安娜定然确信这些秘密话的真实性,这会羞得我脸上挂不住。我将刚才买的一束香堇花藏到衣兜里,我自己都想隐藏起来,就像我刚变貌的那天傍晚,躲进储藏室,或者文件柜半开的门里那样。不过,我想到朱利安·戈蒂埃找吕西安娜谈过话,又稍许放下心来,朱利安一定让她接受了他的这样见解:罗兰·科尔贝尔偷看了塞吕西埃的私人日记。本人记录下来这类隐私,谁都无可厚非。糟糕的是,吕西安娜不会相信存在这样一本日记。朱利安是个男子汉,可以满足于理论上的可能性。吕西安娜则不然。毫无疑问,她第一反应,准要研究这种操作的物质条件。她知道我在家里,绝不可能写这样私密的日记,而在办公室写,我也瞒不过她,至少我的一些特殊的举动会引起她的好奇心,今天就可能讲出来:"怪不得呢,现在我才明白为什么……"她还了解我这个人不记日记,朱利安也不是不知道,区别就在于吕西安娜把这当回事儿。我倒还是抱有希望,一种有利的疑虑溜进她的头脑。她唱着歌,走进我的办公室时,我从心乱状态差不多恢复了平静,已经泰然自若了。一阵惊讶过后,她说非常高兴见我回来,我们还握了握手。刚才来九月四号街,我坐在出租车上还心荡神迷,想着温情的抱吻,可是一见面我就觉出,她与我相处的方式有了变化。她面带微笑,见我安然无恙放了心,但这种高兴不是与我重逢的喜悦。我也感到她似乎要同我保持距离,说不清采取了什么微妙的防范措施。

不过,她的态度热情诚恳,那双明亮的眼睛不知掩饰,我看不到丝毫责备,连怀疑的影子都没有,然而,她有时目光闪避,言语略显迟疑,有时脸还红了。感情流露或者与其相关的话,都尽可能简短,我们赶紧转到业务上。进入这一领域,任何拘束立马就消失了。我终于想通,只因我胆怯以及尚在发酵的惭愧,一开头我才那么拘谨。我正准备告诉吕西安娜,我对妻子讲了不会经常住在家里的话之后,我是怎么考虑的,正巧拉戈尔日太太来了,打断了谈话。她迟到足足半小时,过来向我问好并道歉。吕西安娜要回隔壁办公室,给女打字员安排上午的任务,临走时请我给朱利安·戈蒂埃打个电话。

"他渴望尽快与您见面,事情非常严重。"

我装出诧异的询问神态。

"确实很严重。"吕西安娜补充道。

"您了解吗?"

"是的,朱利安·戈蒂埃先生对我讲过这件事,不过,我还是只字不提为好,只怕笨嘴拙舌,误导了您。最好由您朋友亲口告诉您。"

"好吧,我马上就去他那里。您能不能问一下他是否在家?"

到了哥白尼街,我还没有打定主意。我可以专心倾听朱利安讲述,然后表示不胜感激。我也可以试试让他接受真相。头一种打算,显然最简便,也最明智,但我觉得,什么也不对他隐瞒,才不辜负我们的友谊。此外,我还考虑为我妻子恢复名誉。阻碍我的大难题,就是无法让人接受三周之前荒唐、今天依然荒唐的一种真相。在进门的时候,我又想起同吕西安关于大獭兽日产奶量的谈话,想想多么容易就修正了他所珍视的一种谬误,而在他同学勒杜克面前,我又如何失利了。我情愿相信,我激发起朱利安·戈蒂埃的信任,也会有助于我,朋友能听得进去的事,却只能引起生人最危险的猜忌。不管怎样,我似乎不会冒多大风险。

朱利安匆忙洗漱完了,穿着浴衣在他卧室接待我。

"亲爱的老兄啊,你想象不出,又见到你我有多高兴。我几乎不抱多大希望了。这几周,可让我想死你了。你先坐坐,我刮刮胡子就来。"

重又见面,他那份儿高兴劲儿,显得特别真诚,让我非常感动。这种热情的接待坚定了我的决心。这些日子,他为我的事情奔波,表现出了极大的忠诚和热忱,这种友谊,我再用谎言报答,就实在无地自容了。我坐在凌乱的床铺上,如同当年,我突然闯进他的单间公寓房那样。他刮胡子的时候,我听到他哼唱着歌,注意到他那近乎孩子的声调,不同于他平时的声音。他刮完回来,坐到我对面的椅子上。

"真的,你到底干什么去了,在布加勒斯特待了三周?昨天夜晚睡觉时,我还想来着,心里猜测,莫非他跟只野鸡飞跑啦,要不然怎么回事呢,哈!我可怜的老兄。"

"我没有去布加勒斯特,我根本就没有离开巴黎。"

"这话,可太过分了。没有离开巴黎?能否问一问,你干吗躲藏起来?"

"嗳,朱利安,我没躲藏起来。"我轻声说道。

从我这声音和目光,他就明白如何理解这简单的一句话。他浑身猛一惊抖,令人想到伦勃朗①的画幅上,面对显圣的光芒中耶稣复活的形象,一名朝圣者惊讶的神态。我们沉默无语,面面相觑。终于,我耸了耸肩,颇为气馁地说道:

"有什么办法,真事儿就是真事儿。我来你家的路上,还一直犹豫,要不要敞开心扉跟你谈一谈。一无所知该有多么简单,了结这段荒谬的经历,该有多么舒坦啊。接着,我又一转念,不行。他这三周,怀着深厚的情谊一直担惊受怕,我就不该向他隐瞒真相。是的,朱利安,你在咖啡馆见到的那个人,你视他为疯子,并且怀疑他想谋杀我的家伙,那正是我。到了今天,再要说服你相信这件事,我甚至用不着追忆我们一起的往事,也不必听我的声音,看我的伤疤。我两次改变了面貌,却没有证据。我只能亲口告诉你。"

我住了声。老实说,我未免夸大了。我可以引证一些推测,例如,在我的办公室,很容易就能找到罗兰·科尔贝尔字迹的样本,伪装的字体,由字迹专家一辨认,肯定就能确认出自我的手笔。我经历了这种荒诞事,就只好缄口,不能引述任何情况开启证明程序。无论多么贴切的论据,一用到这件事上,就势必引发并启动理性的危险机制。荒诞事物的辩护律师,也像艺术家那样,应当面向论证的雄辩力达不到的人的区域,我也不知道是什么提醒我,一切都在最简单的方法中。我甚至担心说的话过多了。本来说几句我就应该收住。这工夫,朱利安热情洋溢,探过身注视我,就好像要播收音机,"对准"一个波段。

---

① 伦勃朗(1606—1669),荷兰伟大画家。青年时师从历史画家拉斯特曼,逐渐掌握明暗对比、人物或动物姿态、神情与位置,以及配景等活跃画面。熟练掌握画面安排和明暗的技艺,胜过其师。名作很多,其中有《浪子回家》《夜巡》《耶稣受难》(五图)。

"我相信你。"他几乎压低声音说道,就好像有点感到自己有罪似的。

一种暖心的激动冲击我,泪水夺眶流下面颊。我说:"真傻。"朱利安抓住我的双手,紧紧握住,好不亲热。

"我请求你原谅,拉乌尔。我这一阵的举动,简直是一个笨蛋,比宪兵队长灵敏不到哪儿去。真没想到,你那是向我呼救,而我又愚蠢又自负,竟然回避、躲藏起来了。你那时很痛苦,我非但不帮你一把,反而给你增添重重困难。老兄啊,何等遗憾。我受到的惩罚,错过了一场奇妙的经历,本来可以与你共享的。你讲讲吧。"

整个过程,我又从头讲起。朱利安兴趣盎然,聚精会神听我讲,就有身临其境的感觉,我也尽量讲得津津有味。他十分赞赏安东南舅舅,毫不犹豫就接受了我变貌的事实。"多好的人,多好一颗青春的心。"他感叹道。我还告诉他,这期间我的性情出现了临时的变化,有许多为表象而非实际的变化,我认为可能与我的新面孔有关。他说对我无比熟悉,却没能在我身边判断这些变化的真实度,这是他无法安慰的遗憾。我也谈到吕西安娜,谈到这三周我对待她的方式,但我还是觉得我们的私情不便告诉他,一切我都归咎为一种敏感性的争执,就仿佛罗兰·科尔贝尔仅仅嫉妒塞吕西埃在姑娘心目中的威信。老实说,我对朱利安的友谊关系信赖有加,不必碍于这些顾忌,不过,我这样口风稍紧一点儿,似乎能安抚我良心上的一个痛点。关于近几天的事态,我没有听说任何重要情况。

"鉴定了字迹之后,"朱利安对我说道,"我更为放心的是,得知那家伙(他笑了),昨天早晨登门找我,自称是杀害拉乌尔的凶手。我看这种态度,无非是一个受了无端怀疑的家伙愤怒的挑战。你瞧,我万万没想到,你是来领罪的。多么可怜啊!我一想到昨日那一整天,以及我让你经受的恐惧,你是怎么度过的,我就痛悔不已。我会念念不忘这段奇妙经历,自始至终,我都是个笨蛋。自负的笨蛋。只怕你还会有点儿怨恨我。"

"我可怜的老兄,怨恨你?恰恰相反,我非常感激你为了对付我所做的一切,这正是友谊的一种佐证。不过,我还是想问你点事儿,关系到你本人。我很想了解,一件如此荒谬的事情真的发生了,这种意念能给你造成什么影响呢?至于我本人,过分卷进这种事变中,难以设想面对应当称为的一个奇迹,一位旁观者会有什么感受。就说你吧,你怎么看呢?"

朱利安思考片刻。我确实感到他上了心,不讲一句不真实的话。

"情况是这样。我应该向你承认,我是抱着某种超脱的,几乎可以说淡然的态度,来看待本来会搅乱我的思维,令我怒不可遏的事件。当然了,这不包括你所忍受的痛苦,这我完全想象得出来。不过,变形貌的这种事,本来应该让我思潮翻滚,却仅仅令我惊诧,反应一点儿也不强烈。我并不认为这是缺乏想象力的缘故。我完全明白,从这样一道思维的裂缝中,能流泻出何等千奇百怪的情景来,但是,我欠缺这种满怀的激情。"

他有意停下,思考了一会儿,又接着说道:

"你若是问起我来,为什么这次就相信了变貌;我的回答是看到了三条理由。其一,也是最重要的一条,只因你是我的老伙计拉乌尔·塞吕西埃,相识二十年来,一直那么老老实实,不怎么喜爱想入非非。其二,倒不是如此具有决定性的一条,也许能向你解释为什么我淡然处之。在我看来,促使奇迹更为可信的因素,就是奇迹不再是现实的,而是已经存在于过去中了。也许我弄错了,但我确实觉得,正因为奇迹现实存在,近在眼前,才令人震惊,迫使我不得不面对。我面临着与奇迹相遇,眼看它进入我的生活中来。反之,如果不再是现实存在物了,那么它就与我有关,或者几乎无关了。就譬如铁路上的一场车祸,既已成为过去的事了,想想谁也不会为之不安了。总而言之，你的变貌已是过去的事实，这样，我和理智就能相安无事，不会有过激的反应了。你千万不要以为这是相互妥协了。其实，理智犹如锁链拴住的护院狗，一听到篱笆外围有动静，就挣紧锁链狂吠，等外面的人离去，便闭上嘴，只是低吼了。"

"是的，我理解，然而，还不能完全让人放心。这件事已经冷却了，可我若是来向你提起刚刚发生的一种变形，例如说我妻子化为一只燕子，你的理性还能相信你这老伙计拉乌尔吗？"

"说不好，"朱利安回答，"作为一种变形，这未免生硬了一点儿。你尽可以轻巧地对我说，荒谬的变形，幅度大小没关系，但终究还有个表达方式、增添佐料，以及情境的问题。不管怎样，我很可能会相信你。化为燕子的那种把戏，显然会引起我的理性狂吠，但我若是觉得有必要信服，那就会设法充耳不闻它的乱叫了。最后的交代，完全可以归咎为一时的冲动，再不就是一种抒情式或神秘性的狂热，或者干脆就发疯了。当然，你这是引我说，其实，我也没有什么稀奇的告诉你。相信荒诞故事的人，满大街都是。我也认识一些人，有人相信鬼魂，还有人相信巫术或者灵动桌。他们在特定的一段时间，面对刚才向我提出的同样问题，他们大部分人归属，都变成有点儿疯疯癫癫的人，或者，按照你的说法，成为控制他们理性的人。我觉得更加有趣的是，了解你是怎么想的，你非同寻常，见识过奇迹，而且还做过奇迹的工具。你确认的事，毕竟有一种特殊的价值，不管事情本身，你觉得多么讨厌，这已经成为你长久生活的中心了。"

"嗳，你这么说就错了，我这段变貌的记忆，我想不会在我的生活中占多大位置。你了解，我这个人有点儿笨拙。我可不是那号人，稍微明白一点儿事理，就飘飘欲仙，双脚离开大地了。那些伤脑筋的问题，一旦阻碍了我，我就跟别人一样，坐在那上面优哉游哉。我这理性，并没有随机应变所必备的那类敏感性。真到二十岁,我还是个规规矩矩的虔诚天主教徒。我坚信约书亚①让太阳停下,然而又不是不知道地球围绕太阳运行。我从来没有绞尽脑汁,找到什么诀窍,得以调和这两件事。我这理智的结构,一定是分成隔间,像许多人那样,也许跟那些相信鬼魂、巫术,乃至显得有点儿疯疯癫癫的人差不多。因此,其中有一隔间,装着我的变貌,有时我偶尔回想起,甚至稍微思索一下变貌的事,丝毫也不会扰乱我的生活。况且,在这三周的变貌期间,我这可怜的脑袋毕竟亢奋了一阵子,我关心变貌后果的程度,远胜过琢磨奇迹本身。归根结底,我又回到昨天晚上恢复原貌之后的念头:我真不配这样一场奇妙的经历。"

"从这一角度说,"朱利安指出,"我也同样,不是一个理想的知心人。你本可以运气好一些,向一个更有爆发力的人透露这件神奇的事,那人准会激动得浑身发抖,反复惊叹:'好家伙,真会这样。'尽管三思之后,我并不认为一个人头脑大致平衡,在你这件事上会发起热来。单纯一种奇迹,对他们而言无非就是荒诞,这便没有多大刺激性了。"

我们交谈两个多钟头了,时近中午,我提醒朱利安,他还没有穿好衣服,而我前天晚上就同安东南舅舅约定吃午饭,我们三人到马约门一家餐馆相聚。那位可怜的舅舅肯定想不到,再次见面我却恢复了原貌。我决定让他相信,我真的从布加勒斯特回来了,毫不知情,也没有参与这场事件。朱利安一听十分气愤,我也同意他的看法,舅舅应该受到特殊对待。可是这又带出新的问题,我一旦告诉了他真相,这次就拿不出任何像样的理由,要求他保守秘密了。如此重大的消息,他不仅忍不住要宣布出去,还自认为出面做证,责无旁贷。他会在我家人和朋友中间散布,我现身为一位年轻

---

① 约书亚:《圣经·旧约》中人物,继摩西之后成为犹太人的首领,他曾带领犹太民众进入迦南地方。本文中所指应是他传说中的圣迹。

的神,目光温柔而明亮,以便陪我妻子睡觉。多么喜人的视角。我在这里就能看到,我那赫克托耳表弟会展现什么样的笑容,接受他所说的一种富有诗意的换位。总之,不管舅舅做证可能产生什么后果,我也不惜任何代价,绝不让这场奇幻的经历侵入我的生活,反倒只想任其留在记忆中。我从布加勒斯特回来,就将斩断这一切。最终,朱利安还是赞同了我的观点。

"我还是在想啊,"他边穿衣服边说道,"刚才,在研究有利于我进行荒诞性谈话的理由时,我明明对你说有三条,现在发觉忘了对你讲第三条了。你想了解吗?好吧,我的小老弟,第三条理由嘛,我在一种性情的随和中看到了:我因随和而比平时更容易轻信了。是的,我认为生活的喜悦、幸福使得我大意了一些,更顺随情感的理智了。我无比幸福。"

我坐在床上,回头看去,见朱利安只穿上衬衣,手上拿着领带,笑容可掬。

"你恋爱啦?"

"对,爱上了最漂亮、最纯洁的姑娘。四月的一片果园。拉乌尔,我要结婚了。我对你说了这么多,你总该猜得出是谁了。我爱吕西安娜。"

"她也爱你吗?"

"是啊,她爱我。这件事,就在昨天晚上全定下来了。应当告诉你,这三周期间,我俩频繁见面。就在你变貌的第二天,我去请她说明情况,你怎么动身去布加勒斯特了。到了第三天,我同她不期而遇。后来,你那办公室我去了好几次。我俩又多次一道去看电影,看戏。最后,在圣日耳曼大街撞见你陪伴你妻子时,我就决定告诉她防备那个危险的家伙,我们都为你的生命提心吊胆。我就不离开你的办公室了,每天晚上一起去吃饭。就是这样,刚才,我还想来着。拉乌尔这个老伙计,多亏他这趟布加勒斯特之行,我们才有了这种幸福。而现在,我可以说了:这多亏了你的变貌。这样讲就更美妙了。你不觉得吗？"

我回答是啊,的确如此。他向我赞美吕西安娜,说她的心朴实,思想纯正。目光温柔,肌肤鲜艳,他的话滔滔不绝。他终于穿好衣服,离开房间一会儿,丢下我一人,完全被这新的一击压垮了。我刚刚失去的,正是吕西安娜的爱,我当初那么珍视,现在又成为我以新方式组织生活的依据。我本来打算,今天晚上不回家住了。我的星期天已经安排好了。一到星期六中午,我们就一起动身,骑自行车上路,甚至徒步。我向往着在树林中相爱。在风雨或者凄清的冬日,待在漂亮的单间公寓里,守着小火炉,吃便餐,看电影。我就对妻子说:星期一傍晚之前我回不来。还有,在克兰古尔街、马尼埃尔咖啡馆、梦幻咖啡馆,有人议论:您说说,塞吕西埃,你们还不知道,他有了外遇。还会有人说:你们给我瞧瞧,他现在的衣着打扮,仪表堂堂,总那么帅气,真是不得了,一下子显得这么年轻了。他们说得有道理。爱情的欢乐让我焕发了青春。我深深爱着吕西安娜,那么温柔,高高的个头儿,活似一株报春花。我的生命奉献给她,我完全做得到。譬如说,有朝一日,她病倒了,医生说:要输血,需要三升血。有我在,当场献血,抽取三升。医生又说:还需要一升血。我已经气息奄奄,还回答说:需要多少,您就尽管抽吧,结果我的血液全抽干了。吕西安娜终于得救,而我呢,也很幸运,保住了这条命。于是,她崇拜我,超过任何女人爱一个男人,我们的爱情也令人艳羡。

今天晚上,我就回家住了,今天晚上、明天晚上和其他夜晚,都要回家住。星期天,全家人去万森树林散步,再去香榭丽舍大街喝开胃酒,给孩子喝一瓶石榴果汁。下个星期天,还去万森树林,或者去看望阿雷纳·德·吕泰斯一家人。我的裤兜里还鼓鼓囊囊,装着那束香堇花,还是今天早晨我在殉道士街为吕西安娜买的。何必扔掉呢,今天晚上回家,就送给我妻子好了。

我尽量收敛,居于有利的地位上,以宽宏大量的心态看待他们的幸福。我心下暗道,一切都会很完满。我这把年龄的人,还要占有一位年轻姑娘的一生,自己又没有做出任何配得上人家的事情,这就非常差劲了。我心里这样嘀咕,但这仅仅是默祷,我的心并不宽宏大量。此刻这么想未免太早了点儿。以后看吧,很久之后,过几天,等勒内重又把我掌握在手里的时候。

"你来呀,"朱利安说道,"阳光灿烂,就像四月天。我们去生活吧。"

十五

安东南舅舅挑一张位于角落的餐桌,坐在那里能监视店门,但是他只顾在菜单背面画汽车草图,就没有瞧见我们到来。我说:您好,舅舅。他同我们握手。并未注意到我恢复了原貌。等我们已经坐定,我坐在他对面时,他才觉察出来。

"咦,怎么是你呀,"他惊诧地嚷道,"嗳,你来这儿干什么呀?"

他一脸茫然,充满疑惑的目光惴惴不安地盯着我。接下来错指错认人的场面非常滑稽,让邻座的顾客颇为开心,只因舅舅说话的嗓门儿很大。朱利安见我恼火了,焦躁起来,就打断他的话。

"您冷静下来,"他对安东南舅舅说道,"从您这种态度,我想是看明白了,您了解有个叫罗兰·科尔贝尔的人,想要取代拉乌尔。这一情况,我告诉了您的外甥女婿。拉乌尔也认识那个人,前往布加勒斯特之前,有机会多次见过,知道那是个躁狂症患者,但绝不会伤人。至于变貌这种故事,您若是信以为真,那也完全情有可原。那畜生伶牙俐齿,能把死人说活了,实话对您讲,我也一样,差不多就被他说服了。总之,整个这件事,其实也无足挂齿,干脆就忘掉算了。"

舅舅的情绪本来放松了一点儿,他听到朱利安最后这句话,脸上表情的变化又令我不安了。他的嘴唇和长胡须不住地抖动。我

真怕他吵闹起来。果然,他欠起身,声如雷鸣,又嚷道:

"无足挂齿!你这倒霉蛋,要知道,那头猪坏了你的名声,他跟你老婆睡过觉!"

餐馆里所有顾客的目光都投向我们。经理也冷眼旁观。

"舅舅,我求您了,别这样大嚷大叫,您也不要这样急于指责勒内。我知道,勒内至少跟那家伙出去过一次,因为朱利安遇见他们了。我也知道他在我们公寓楼租了一套房。难道这就能说明,您的外甥女背叛我了吗?坦率地讲,我根本不这样想。"

我怕他又愤然怪我轻信,非要辨明真相,辨清是非不可,于是我就把话说在头里:

"您想好了,舅舅,假如我有理由相信,勒内背叛了我,那就马上离婚。"

他只好闭口了,但还是气呼呼的,直揪他的胡子,就好像要拔出堵嘴的布团似的。朱利安力图把谈话引开,但他几乎在唱独角戏。舅舅愁眉不展,我也一脸苦相。为了排解他的忧伤,我就问他在我出国期间,他的汽车是否有重大改进。我这一问,他似乎精神了一点儿,说起他有一项很棒的发明,也许要申请专利,那是一台低功率的备用发动机,体积很小,能安置在座位下面。他兴致冲冲,就像过大喜日子那样,可是猛然间,他驰心旁骛,叹了口气:

"还要说,多可惜啊。"

"什么事可惜啊,舅舅?"

"我还是想这变貌的事儿,是件真事儿那该多好啊!"

他住了口。这种遗憾的心情让我十分感动:在同样的情况下,这也应该是所有孩子失落的情绪。

"真的吗,"朱利安说道,是要让他解释这种想法的意思,"您还恋恋不舍吗?这是为什么呢?"

"大概是因为我年老了吧。"安东南舅舅回答。

我表示异议,朱利安也说,他并不老,他情愿相信外甥女婿的变貌,恰恰证明他还年轻。他摇了摇头。

"不对,不对,你们不明白。我相信是因为我年老了。这两天我就有了疑虑,仔细思考过了。没错儿,我老了。"

"一般来说,"朱利安指出,"老年人不大爱接受突然打乱现状的变化。"

"有这种可能。然而,到了我这年纪,时间过得很快,快极了,你们会明白的。这种感觉很怪异,总让人渴望挣扎,感受自身卷进一套运转的机械中,无休止运行,根本不可能发生故障。这套机械咬合得非常紧,让人厌倦而不得脱身。真希望看到它出个意外,不管多小的毛病,即使丝毫也改变不了事物的现状,这毕竟还算有个间歇。我们这些老年人,有人看见我们又去做弥撒了,就总是想象为了采取措施以防万一,其实不然,我们实在受不了这机械生活,才要向机械师进一言。我呢,这一点明明白白。到了上帝存在的日子,我总要试图给他鼓鼓劲儿,让他操纵机械倒转。还有,事情摆在那儿,总得说一说。那个罗兰·科尔贝尔,我非常喜欢。交往很愉快,一张漂亮的脸蛋,很年轻,长一双大姑娘那样美丽的眼睛。我打心眼儿里就觉得,这是拉乌尔的红运。而且,他这种念头,亲自跑来告诉您:'是这样,我变了脸,但我就是拉乌尔·塞吕西埃。'难得啊,不是随便什么人能产生这种念头。"

舅舅以挑剔的目光打量我,摇着头补充道:

"当然了,绝非你能想到这么做的。"

正好六周前,我变换了面孔走出这个行政机构,今天再次进入,还不免毛骨悚然,有一种恐惧之感。我走上中二楼,推开办公室门之前,从兜里掏出小镜子照了照,还依然是我。我进了门,走到办事窗口,看见伏案书写的帕萨旺太太的花白头发。公众办事这一侧,卡拉卡拉先生在旁边窗口,正同里面的女职员交谈。他那根银手柄手杖挂在木板窗台上,他本人臂肘也撑着窗台,一根手指

贴着面颊。他乜斜了我一眼,提高嗓门儿继续说道:

"我作了自我介绍,别人一旦了解我是谁,就会道歉了。"

我的目光投向办公室深处,寻觅布斯纳克先生那胖墩儿的身影,但是光线太差了。有人开始打亮台灯了。

"就在这儿办,"帕萨旺太太声调平淡,说道,"材料备齐了吗?"

她没有看我,拿过去我放到窗口的一沓材料,取出写在印花公文纸上的申请书,单放到一旁,打开绿布封面的厚厚登记簿。

"照片带来了吧?"

我的心怦怦直跳,将两张照片放到窗口。单凭我这举动,帕萨旺太太就满意了,她看也没看一眼照片,就登记入册。我知道她还要办理一会儿,自己闲着无事,便收拢思绪,想想当天的急务,最重要的是找一名机灵的女秘书,以便吕西安娜在月底离职之前,好能交接让她熟悉业务。但愿新秘书有五十多岁,或者相貌丑些,不过,我也抱一丝希望,没准儿会有点惊喜。老实说,我已经不大在乎了。我的生活虽有细微差异,如今也极像两个月前的情形,又故态复萌,在以前的路上恢复稳健的运行,即使一名可爱的女秘书的微笑,也不可能使之偏离多少。吕西安娜的婚姻纵然搞砸了,她重新爱我,那也为时太晚了。我的妻子是何等女人:那么姣好的姿容,那么雅量的心胸。我在内心深处冷笑也是徒然。亲爱的小宝贝勒内。送香薰花束的那天晚上,她十分感动,满脸呈现出她的心灵,以至于餐桌上好一派温馨的家庭气氛,仁慈的上帝就悬浮在半空。我也完全忘掉了我那单独的房间,仿佛还遵照习惯,又回到共同的大床,没有什么屈辱的感觉,亲热的话语从我嘴唇滚滚流出来。第二天夜晚,我本来打算换种别的方式。可是,趁着失眠的势头,自尊心又活跃起来,引导我计算受了多少屈辱,煽动我反抗。我恼羞成怒,情绪高涨,结果折腾得头疼了。我的额头滚烫,肌肤汗津津的,在枕头上辗转反侧。勒内在我身边,睡得非常安稳,却突然在我看来,这种甜美的睡眠,这种均匀的呼吸,就是一种恬不知耻的侮辱。我决意起床,穿好衣服,等她睁开眼睛时,就说:"午夜十二点半,我有个约会。"然而,我只看见自己在清冷的街道上,踽踽游荡,寻觅艳遇而又毫不渴望。我坐在床上呆想。明天,我的床铺要安放在花格子壁纸房间。我在睡眠中消气了。从这个夜晚起,我日复一日,顺顺当当,重新适应了家庭生活的幸福与安宁。回忆起我变貌的那段经历,也不会扰乱我们夫妻的和睦。我对勒内从不提起她的失德,我从中只想看到一种稍许过头的意图。其实,我们时刻都在回想,尤其勒内。起初那些天,我还沾沾自喜,觉得我作为相当老到,比我妻子居于优越的地位,可是现在我醒悟了,自己盘算错了。在这件事情上,勒内面对我,不仅丝毫也不感到局促,还从中获取某种优越感,一个大旅行家那种优越感;曾经陶醉在异国风情的美景中,现在则以高姿态,安于家居的生活。基于这种优越思想,她对待我就表现出一种略显高傲的温柔态度,一副心不在焉和怀旧的神情,可以随意取舍,截断和决定一切,那是一种超乎争论,不经意而又不由自主的专横。我赞赏她如此得心应手,善于利用一种境况,而换了我就会感到非常为难了。不过,有一天,我动了点儿气,感到有必要让她明白,我的顺从是一种宽厚而友善的态度,我若想讥讽人,那还不是轻而易举的事。

那是个星期天早晨,我俩都在盥洗室,我正刮胡子,勒内懒洋洋躺在浴盆里,不知道我在那儿。她以孤芳自赏的眼光,瞧她秀美的裸体,目光从脚趾尖一直看到乳头:这些部位失重漂浮在水中,也确实相当好看。她心不在焉的单调声音,仿佛自言自语似的,打破了沉默,说道:

"管他呢,热米雅尔一家人爱咋想咋想吧,反正今天下午,我们不去他们家了。"

热米雅尔一家是我本家的老朋友,我对他们一直怀有真挚的情感,喜欢同他们在一起,我们有那么多外省人共同的记忆。勒内嫌他们庸俗,说话啰里啰唆,我不得不克制,每年只去看望他们两三次,以免她产生抵触情绪。已经有半年多未见面,这周我碰到热米雅尔老爹,就向他许诺星期天下午去拜访他们。现在,我最初的反应就是发声驳斥勒内的决定,可是心里清楚,我反对不会有效果。勒内只会听我说说,根本不予理会,过两三个小时,她再提起来时,就当作一件一致决定下来的事了。"我打去了电话,表示了我们的歉意。"她说道。我考虑要想让她收回成命,就必须瞄准更远的目标,当然,我也不希望重新讨论"和解协议"。这工夫,几秒钟过去,我什么话也没有说。我在镜子里忽然瞧见勒内的脸上,泛起胜利者的微笑,于是放下剃刀,走过去坐到浴盆边上。

"喏,还是应该告诉你真相:我没有去布加勒斯特。"

她的目光慌乱了,明白我又要算旧账,危及她的安宁了。她光着身子,刚才还得志满地自赏,现在面临一场艰巨的,也许无比激烈的争论的威胁,就突然感到窘迫而落了下风。她试图用双手遮住身子。

"我告诉你要动身去布加勒斯特的那天傍晚,刚刚发生了一种奇特的情况。下午我去办理B.O.B许可证,窗口里的女办事员拒收我的身份照片,声称照片一点也不像我本人,还叫过来其他几名职员,他们都附和她的看法。"

"真是岂有此理。"勒内高声说。那种夸张的气愤声调,无疑是要迎合叙述者的虚荣心。

"争论了好半天,我就离开了。走到王宫桥上,我碰见了朱利安·戈蒂埃,就伸出手走上前。他看着我,视同陌生人,还明确说他不认识我。"

"有这事儿!"

"我万分诧异,我跑到一家商店照镜子,也认不出自己来了。"

我讲到这里,发现由于我的话太离谱,勒内已经放下心,于是我因激动变了声,就像滑稽剧演员那样,哑着嗓音补充道:

"我变了脸啦!"

这样幼稚的故事,勒内听了微笑起来,为了回报我愿意逗她玩,还善意地对我说:

"亲爱的,你真够傻的。"

我也哈哈大笑,发出我这塞吕西埃由衷粗犷的笑声。我本可以讲下去,向她叙述我如何引诱了她,并且举出我们偷情中乱人心性的细节。我不能说服她,但是会引起她不安,况且,我已没那么大兴致,深探我们那段奇妙经历的暗道密室。不过,我还是要趁机,向她提出压在我心头的一个问题。

"我的故事很愚蠢。可是,假如我真的改变了面孔,假如那天晚上,来的是一个陌生人,长着一对美丽明亮的大眼睛,他操着同样声音,穿着同样服装,写的字体也相同,还了解我们最私下的秘密,这样一个人来对你说:'我是你丈夫。'你会怎么对待呢?"

换个时间,勒内很可能要说,我这个问题毫无意义,因为发挥想象力的游戏,她通常没什么兴趣。然而,她可能想到,给她讲这样一个荒诞的故事,似乎是由热米雅尔的事端引起的,我起初的意图很有攻击性,只是说话中间改变了主意,转移了话题。她存心不想顶撞我,回答我很认真,像对待所有事情那样,考虑了片刻才说:

"我一定会把他赶出门。"

"这么说我不信服。你一定还会考虑,这么多巧合的情况,几乎可以认作证据。"

勒内又思索起来。我感到她不认输,摆到她面前的这个问题,已知的条件就好像是真实的。我向她指明选择的两难:

"要么同意一种骇人听闻、荒诞的事实,要么就冒风险,冒极大的风险,将你的丈夫永远排除你的生活。"

她的目光越来越冷峻,脸上活跃着内心激烈的搏斗。她出于良心上的顾忌,延长了内心的一场争论,不过猜得出来,她已然做出了选择,也许她自己还不晓得。一种潜意识的本能,非常强势,促使她偏向人性的风险，不容荒诞的僭入，因为她觉得，荒诞中的任何生活，都会丧失常态，无果而终。

"可以肯定，我要把他赶出门。"她松了一口气，平和地重复道。

"假如那陌生人提供无可辩驳的证据呢？"

勒内从浴缸站起擦香皂，她毫不犹豫地回答：

"这个问题，如果不给留出脱身妙策，那就不值一提了。"

谈话到此为止，我又抄起刮胡刀。勒内认为要策略些，不再强行反对我们去拜访热米雅尔一家了。就这样，下午将近三点钟，我们一家四口出发，徒步前往好朋友家。他们就住在特尔纳门附近，一路散步非常惬意。开头，我走在我妻子和小图瓦奈特之间，女儿一路牵着我的手。吕西安走在前头，拉开几步远，拖着步子，哭丧着脸，我是得承认，他对热米雅尔一家人，也没有多大热情与好感。我们走在克兰古尔街，几乎到达坡顶的时候，我气哼哼地对吕西安说，瞧你，吕西安，你走在前面或者和我们一道走，别总跟在我们后面晃悠。我正说着，忽然望见撒拉逊姑娘迎面走来，身边陪着一个女友。她们似乎在进行一场贴心而严肃的谈话。撒拉逊姑娘那张男相的美丽脸庞，若有所思，俯向挽着她胳臂的女友。她那姿态悠然自得，堪比纯种的佩尔什赛马，多少仗恃着肌肉发达的双腿，以及富有象征意义的胸脯。她们走过去的瞬间，我还盯着看她。她没有瞧见我。我也知道，她再也不会看我一眼了。我的目光专注与方向，自然逃不过勒内的眼睛。她恶言恶语，对我说道：

"你看见了吧，刚走过去的那个胖女人？她摆出一副小伙子的派头，一眼就看出她是什么人。"

我没有应声。

所有灯都打亮了。卡拉卡拉先生将他的手杖移了位置，挂到了他的右侧。这样一来，他就任由目光一直投射到我身上。他瞧见我放到窗口的那两张身份照,从而唤起他的一段记忆。"对了,"他对女办事员说,"您又见到了这个笨伯,他拿别人的照片,硬说那是他本人的吗?"女办事员表示不了解。我望见办公室里端,布斯纳克先生胖胖的身躯探进台灯的光晕中,正看一本厚厚的书。

帕萨旺太太在登记簿上写完,抓起她放在桌上的照片,在要贴上的当儿,还像上次那样瞥了我一眼,我当即产生幻觉,时光衔接起来了,我的这场奇历,整个儿发生在富有弹性的一秒钟,极度延展的瞬间,但随后重又收缩,结果实实在在,仅仅持续一秒钟。